어느 날 몸 밖으로 나간 여자는

어느 날 몸 밖으로 나간 여자는

화이의 이야기

정아은 장편소설

차례

1부/ 7

2부/ 209

1부

1/

아이들이 온다. 식탁으로 와 화이를 본다. 큰딸 명현이 고개를 숙이며 슬쩍 올려다보고, 작은딸 래현이 다가와 팔을 잡는다.

"엄마, 이제 괜찮아?"

화이는 앉은 채로 래현을 당겨 안는다. 여덟 살 아이의 달짝지근한 살냄새가 코를 찌른다.

"니 엄마 숨 못 쉬겠다. 와 그리 꽉 끌어안노!"

갑자기 투박한 남자 목소리가 들려온다. 화이는 래현을 감쌌던 팔을 풀고 소리가 나는 쪽으로 고개를 뺀다. 래현의 몸 뒤로, 떡 벌어진 어깨의 중년 남자가 보인다. 탄탄한 체구에 얹힌 복숭앗빛 얼굴. 얼굴 가득 미소를 짓고 있는 이 남자는 화이의 남편이다. 최승현이라 불리는 사람. 43일 전 그녀를 집 밖으로 내쫓았고, 43일 만에 다시 만난 지금은 자상한 남편 역할을 천연덕스럽게 해치우고 있는 사람.

"니 뭐 먹을 수 있겠나."

남편이 의자를 꺼내 앉으며 화이를 건너다본다. 화이는 허리에 매달린 래현을 옆자리에 앉히며 남편을 쳐다본다. 머리가 밝은 갈색으로 물들어 있고, 티셔츠 너머로 보이는 가슴근육이 더 탄탄해졌다. 정기적으로 피부과에 가서 관리받는 피부는 이전보다 더 뽀얗고 탱글탱글하다.

"조금만 먹죠 뭐."

화이는 앞에 놓인 수저를 잡아끌며 말한다. 남편이 건너편에 자리 잡자 식탁 한쪽에 서서 가만히 엄마를 보던 명현이 그 옆자리로 가 앉는다. 남편과 큰딸이 나란히 자리 잡는 모습을 보는 화이의 마음에 해일 같은 감정이 밀려온다. 이렇게 간단하게 4인 가족의 저녁 풍경이 완성되다니. 여기 앉아 있는 몸이 조금도 제 것 같지 않은데, 한편으로는 완전히 제 것 같다. 가족이라 불리는 사람들, 언제나 너무 넓어 보이는 8인용 식탁, 광활하게 펼쳐진 주방. 화이는 10년 가까이 머물러온 서식지가 너무나 낯설고 너무나 익숙해서 그만 울컥해진다.

"음식 안 짜게 잘해주셨죠? 얘가 회복기 환자거든요."

식탁에 미역국을 올리고 몸을 돌리던 도우미의 등에 남편의 말이 날아가 꽂힌다.

"아, 네, 그럼요. 한남동에서 말씀도 있고 해서."

시모 집에서 상근으로 일했던 적이 있는 50대 도우미의 말을 통해 화이는 두 가지 사실을 알게 된다. 남편이 그녀의 부재를 아파서 잠깐 어디서 치료받고 온 것으로 둘러댔다는 것, 그리고 그에 대해 한남동 시모와도 입을 맞추어놓았다는 것.

숟가락으로 밥을 뜨던 화이의 시선이 천장에 가 닿는다. 화이를 내쫓던 날 저녁, 남편은 들고 있던 아령을 집어던져 식탁 위에 달린 샹들리에를 박살냈다. 촛대 모양의 장식물과 수십 개의 전구 유리가 깨지면서 나던 소음, 비명을 지르며 뒷걸음질치던 자신의 모습이 생생하게 떠오르며 그날의 풍경을 소환해낸다. 장식이 많이 달린 거대한 샹들리에였는데, 지금은 흔적도 없다. 그 자리엔 심플한 초롱 모양의 전등 여섯 개가 달려 있다.

"니 마음에 드나."

남편이 말하며 국그릇에 숟가락을 찔러 넣는다.

젓가락을 들어올리던 화이가 놀란 눈으로 남편을 본다. 방금 저 두툼한 입술에서 나온 말이 뜬금없다. 남편의 입에서 화이의 마음을 살피는 질문이 나오는 건 굉장히 드문 일이다. 화이는 어찌해야 할지 모르면서, 한편으로는 안도감을 느낀다. 지금 이런 말을 내뱉는 인간이 밥을 먹은 뒤 곧바로 폭력을 휘두르지는 않을 테니까. 이유는 모르지만 화이는 알 수 있다. 남편이 자신이 돌아온 걸 반기고 있다는 걸.

"전에 있던 것보다 훨씬 낫네요."

이렇게 말하다가 화이는 아, 소리를 낸다. 발목에 따뜻하고 부드러운 살덩이가 느껴진다. 화이의 상체가 아래로 구부러지면서 식탁 밑에 자리 잡은 피조물과 눈이 마주친다. 회색빛 털에 휩싸인 초록 눈과 마주치자 내면에 있던 둑 하나가 무너진 듯 마음이 요동친다. 그때 거실에서 도우미의 목소리가 들려온다.

"채리야."

순간 화이의 눈동자가 커지면서 몸에 힘이 들어간다. 채리란 말에 몸이 절로 반응한다.

"아유, 사모님 퇴원하셔서 식사하시는데 얘가 방해를 하네요. 채리야, 이리 와."

"괜찮아요. 그대로 두세요."

이렇게 말하며 화이는 발목에 머리를 비벼대는 생물, 푸른빛이 감도는 회색 털을 자랑하는 제 반려동물의 살덩이를 느낀다. 집을 떠나 있는 동안 가장 보고 싶었던 건 큰딸 명현도, 작은딸 래현도 아닌 이 아이, 온종일 화이를 졸졸 따라다니는 단짝, 채리였다.

화이는 젓가락을 놓고 의자를 뒤로 뺀다. 입을 벌리고 울 듯한 표정을 지으며 제 반려동물을 안아 올린다. 손님이 방문하면 싱크대 밑에 숨어 절대로 나오지 않는 이 까칠한 반려동물은 집안 식구들 중 오직 한 사람, 화이에게만 손길을 허락한다. 식구들 모두 이 아이에게 손을 데려다 손에 긁힌 자국을 안고 번번이 패퇴했는데 유일하게 화이만, 응징당하는 일 없이 채리를 만지고, 들어올리고, 볼을 비빌 수 있다. 무릎에 앉은 채리가 고개를 숙이며 정수리를 드러내자 화이가 머리를 내밀어 제 반려생명체의 머리에 부딪힌다.

"채리야. 엄마 보고 싶었지?"

이렇게 말한 순간 화이는 비로소 실감한다. 돌아왔다는 것을. 4인 가족과 한 마리의 반려동물이 있는 60평대 아파트 안주인으로 다시 안착했다는 것을.

2/

서재에 앉아 교정지를 보고 있는데 남편이 들어왔다.

"바쁘나?"

"할 말 있으면 해요."

태연한 척 말하며 의자를 살짝 옆으로 돌렸다. 팔걸이에 얹은 손이 떨리고 몸에 오한이 일었다. 목소리가 떨려 나왔을까. 화이는 입을 꽉 다물고 조금 전 공기를 갈랐던 제 음성을 떠올려보았다. 아닐 것이다. 아주 당당한 목소리는 아니었지만, 그렇다고 티 나게 겁먹은 목소리도 아니었다.

"어쭈, 이화이 세졌는데?"

남편이 책상으로 다가오는 게 느껴지는 순간, 화이의 몸이 의자를 회전시켜 완전히 창가를 향했다.

"니 그동안 어데서 지냈나?"

머리 받침대에 남편의 손이 얹히는가 싶더니 의자가 스르르 돌아 앞을 향했다. 화이는 벌떡 일어나 의자를 빠져나왔다. 그와 가까이 마주 보는 상태를 잠깐이라도 유지하고 싶지 않았다.

"그런 말투 좀 안 쓰면 안 돼요?"

남편은 서울에서 나고 자랐다. 경상도말을 쓸 이유가 없다. 신성포장의 사장으로 부임하기 전, 남편은 교육 애플리케이션 사업을 차렸다가, 엔터테인먼트 업체를 차렸다가, 정치권에 들어가 일했는데, 보좌관으로 일하던 시절에 '모셨던' 국회의원이 경상도 토박이였다. 상사를 지나치게 경외한 나머지 그와 비슷한 말투를 쓰려고 노력하다가, 급기야 경상도말도 서울말도 아닌 이상한 말을 쓰게 된 것이다.

"할 말만 해요. 나 이거 주말까지 마쳐야 되니까."

화이는 의자를 제 쪽으로 당겼다. 상대에게 역겨움을 느끼자 경직됐던 몸이 풀리면서 마음에 여유가 생겨났다.

"이 가스나가, 이게 이게 미쳤나."

남편의 윗입술이 코 쪽으로 벌어져 올라가면서 한쪽 손이 번쩍 위로 들렸다.

"니 내가 이 집에서 다시 나갔으면 좋겠나."

불쑥, 화이의 입에서 남편의 희한한 억양이 튀어나왔다. 남편은 눈을 크게 뜨고 한동안 화이를 쳐다보더니 천장으로 목을 꺾으며 웃음을 터뜨렸다.

"으하하하, 이 가스나 봐라. 머라꼬. 다시 나갔으면 좋겠냐꼬!"

화이는 그 틈을 타 책상에 흩어져 있던 교정지들을 그러모았다. 출판사에서 보내온 교정지였다. 주말까지 체크해 보내면 책이 되어 나올 것이었다. 편집자가 체크해준 사항과 화이가 덧붙인 사항들이 빼곡히 담긴, 훼손되면 몇 주일간 두 사람이 들인 공이 모두 수포로 돌아가게 될 귀중한 문서에 그가 해를 끼치게 하고 싶지 않았다.

"아니다. 니는 여기 있어야제. 애들 엄만데."

남편이 다가오며 말했다. 부부는 주먹 하나가 사이에 들어갈 만한 틈을 남겨두고 마주 섰고, 화이보다 고개 하나가 큰 남편의 육중한 몸이 우뚝 서서 내려다보는 구도가 완성되었다.

"어차피 안 쓰는 공간이잖아요."

시선을 맞받으며 화이가 차분히 말했다. 그토록 두렵게 느껴졌던 남편이, 마주치기만 해도 벌벌 떨려오던 번뜩이는 눈빛이, 예전만큼 두렵지 않았다. 습관이 된 두려움이 몸에 남아 얕은 떨림을 유발했지만, 예전처럼, 죽을 것처럼 두렵지는 않았다.

처음 이 집에 입주했을 때, 남편은 이 방을 자신의 '서재'라 천명했다. 방의 반 이상을 차지하는 커다란 원목 책상을 들여놓은 뒤 유리문이 달린 대형 책꽂이 두 개를 들였다. 당시 유행하던 모 출판사의 세계문학전집을 세트로 들여놓고 유리문으로 봉해놓았다. 화이가 몰래 열어 몇 권씩 빼내 읽고, 중학생이 된 명현이 몇 번 열어보지 않았다면, 이 육중한 관짝 같은 책장 안에 들어찬 세계문학들은 그 안에서 질식해 썩어버렸을 것이다. 그런데도 남편은 화이가 이 방에 들어와 책을 보는 걸 싫어했다. 어느 날부터 화이는 중고 노트북을 마련해 이 방에서 글을 썼는데, 며칠 만에 집에 들어온 남편이 제 '서재'에서 글을 쓰는 아내의 모습을 발견하고 기겁을 했다. 노트북을 집어던지며 소리 지르던 남편의 성난 얼굴과 ㅁ자를 이루며 파들파들 떨리던 입술은 그 후로도 간간이 화이의 새벽녘 꿈에 나타나는 단골 레퍼토리가 되었다.

"이제부터 내가 좀 쓰려고요."

남편에게서 날아오는 와인 냄새를 인식하며 화이의 입이 용감하게 말을 뱉어냈다. 남편은 술이 들어간 초반에 조금 너그러워진다. 그리고 화이는 직감하고 있다. 이렇게 말하면 되리라는 것을. 그러니까 조금 전 남편의 정체 모를 억양이 역겹다고 생각한 순간부터 화이는 갑자기 알게 되었다. 이제 그녀는 다른 어조로 말하게 될 것이고,

그것이 상대에게 먹히리라는 것을.

"써라. 니 좀 쓴다고 책상이 마, 닳겠나."

남편이 말하며 손을 뻗는 것을 피해 화이는 얼른 의자에 앉았다.

"어쭈, 피해? 야, 이화이 많이 변했네. 니 어디서 뭐를 하다 왔는데 이카게 됐노."

남편이 어깨를 들썩이며 키득거리는데 문이 열리면서 래현이 들어왔다. 화이에게서 안도의 한숨이 새어나오고, 남편의 입에서 웃음기 섞인 목소리가 흘러나왔다.

"우리 래현이 안 자고, 왜?"

래현은 이 집에서 남편을 무서워하지 않는 유일한 생명체이자 남편을 애정으로 대해주는 유일한 생명체이다. 래현이 아빠에게 겁 없이 말하고 대하는 것을 보면 늘 놀랍고 믿기지 않았는데, 오늘도 래현은 10시가 넘은 시간까지 깨어 아빠가 좋아하지 않는 짓, 즉 제 방을 벗어나 엄마 아빠가 쓰는 방에 들어오는 짓을 서슴없이 단행하고 있다.

"왜? 뭐 필요한 거 있어서 왔어?"

자기와 판박이처럼 닮은 딸을 향해서는 갑자기 말쑥한 서울 말씨를 구사하는 남편. 화이는 남편을 지킬박사와 하이드의 현대판 버전이라 불러도 손색이 없겠다 생각하며 순식간에 선량한 중년 신사로 화한 남편을 지그시 쳐다보았다. 래현은 그가 밤이나 낮이나 지킬박사의 품성으로 대해주는 드문 케이스에 해당한다. 그러나 제가 얼마나 희소한 확률에 해당하는 혜택을 받고 있는지 조금도 의식하지 못하는 래현은 아빠에게 눈길도 주지 않고 화이 쪽으로 돌진해왔다. 아빠와 엄마 사이에 난 비좁은 틈을 작은 몸으로 잽싸게 뚫고 들어와 엄마에게 달려드는 폼이 얼마나 날렵한지, 흡사 채리의 움직임을 보는 것 같았다.

"엄마 이제 안 아파?"

남편은 애들에게 엄마의 어디가 아프다고 해놓았을까. 둘러댈 말을 고르며 아이의 머리를 쓰다듬는데, 남편의 목소리가 들려왔다.

"다 나았어, 래현아. 이제 래현인 걱정 안 해도 돼요."

"진짜? 진짜야, 엄마?"

품에 안겨 올려다보는 딸의 눈빛. 열 달 동안 몸에 담았다 세상에 내놓은, 아직 한없이 어린 딸의 맑은 눈. 순간 화이는 모든 것을 털어놓고 싶은 충동에 휩싸였다. 아아, 래현아. 나는 왜 이 집에 돌아왔을까. 왜 다시 이 지옥으로 돌아왔을까.

그러나 화이는 늘 그래왔듯 감정을 꿀꺽 삼켰다.

"응, 아직……"

화이의 말은 이내 남편에 의해 중단됐다.

"엄마는 다 나았어, 래현아. 이제 병원에 안 가고 계속 집에 있을 거야."

눈길을 화이에게 둔 채 말하는 남편의 번뜩이는 눈빛을 보며 화이는 바로 알아차렸다. 이것이 명령이라는 것을. 아무 일 없었던 것처럼 받아줄 테니 다시 충실한 엄마 역할로 돌아오라는 명령.

"엄마 혹시 코로나 걸렸어?"

래현은 아빠의 말을 못 들은 척 화이에게 물었다. 그 눈 가득 서린 공포심이 읽혀서, 감염과 동시에 사회적인 낙인이 찍히는 무서운 병명을 말하는 아이의 마음이 너무 직접적으로 와 닿아서, 화이는 아연해졌다. 내가 없었던 기간, 아이는 그런 생각으로 가슴을 졸였을 것이다. 그런 아이의 마음을 누가 추슬러주었을까. 물끄러미 쳐다보기만 하고 아무 말도 하지 않던 명현의 의뭉스러운 얼굴이 떠오르면서, 뭔가가 얹힌 것처럼 가슴이 무거워졌다.

"아빠가 말했잖아, 래현아. 엄마는 그런 병 안 걸린다고."

남편이 엄한 얼굴로 선언하듯 말했다. 뒤이어 엄마가 장염에 걸렸었다는, 그래서 한 달간 요양이 필요했다는, 성인이 들으면 즉각 거짓임을 알 수 있을 뻔한 거짓말을 늘어놓았고, 래현은 엄마의 무릎에 앉아 아랫입술을 쭉 내밀고 아빠의 말이 끝나길 기다렸다.

"그러니까 래현인 이제 걱정하지 않아도 돼. 알겠지?"

나름 성의를 기울여 만들어낸 거짓 이야기를 마무리하며 남편이 래현을 확 안아 들었다. 유난히 친절하게 말하는 남편의 표정을 보며, 래현이 엄마에게서 떨어져나가지 않으려 발버둥치는 모습을 보며, 화이는 알게 되었다. 남편에게 무슨 일이 있었다는 것을. 이 못돼먹은 인간의 내면에 뭔가가 일어났다. 알 수 없는 그 뭔가 때문에 그녀가 이 집에 머무를 필요가 있어졌다. 불쑥 집에 돌아왔는데도 태연하게 맞아준 것이나 서재를 쓰겠다고 할 때 순순히 동의한 것도 그 '뭔가'와 관련이 있으리라. 그리고 그 모든 마음의 밑바닥에는 화이가 집을 나가버렸다는 사실, 나가라고 하니까 곧바로 나가버리고, 그 뒤로 40일이 넘도록 소식이 없다가 아무렇지도 않게 돌아올 수 있는 인물이라는 데 대한 놀라움이 자리하고 있을 것이다. 화이는 아빠의 손에 이끌려 나가며 자꾸만 뒤돌아보는 딸을 향해 잘 자라고 말하며 손을 흔들어주었다. 어떤 예감이, 어떤 자신감이 서늘하게 마음을 가로질러 갔다.

3/

점심식사 장소는 시청 근처 이탈리아 레스토랑이었다. 문가에 서 있던 턱시도 차림의 직원이 레스토랑 문을 열어주자 소스라칠 것 같은 에어컨 바람과 풍부한 성량의 테너 음성이 웅장하게 흘러나왔다. 건물 꼭대기층 전부를 쓰는 넓은 공간이었는데, 천장이 높고 테이블 사이가 널찍해 널따란 들판 같은 느낌을 주었다.

레스토랑은 한산했다. 바다에 드문드문 뜬 섬처럼 놓인 테이블 중 세 개의 테이블만 차 있어, 안 그래도 넓은 객장이 더 광활해 보이는 효과를 냈다. 홀을 가로질러 가자 오른쪽 창가 테이블에 한 쌍의 남녀가 앉아 있는 게 보였다. 입구 쪽을 향해 얼굴을 보이고 앉은 여자가 손을 흔들자 여자의 건너편에 앉아 등을 보이던 남자가 상체를 돌려 화이와 남편을 보았다. 남자의 등이 돌아가고 얼굴이 드러난 순간, 화이는 놀라서 그 자리에 멈춰 섰다. 군데군데 희끗한 머리가 섞인 서글서글한 인상의 남자, 이쪽을 향해 눈을 치켜뜨며 웃어 보이는 남자는 지성이었다. 어제 아침까지 함께 있었던 남자. 삼시 세끼를 나누고 같은 침대에서 잠들었던 남자 김지성. 어떻게 그 남자가 저기에 있는 것인가.

"상무님, 일찍 오셨습니까."

남편이 테이블에 다가서며 말했을 때에야 화이는 1미터 전방에 앉은 그 남자가 지성이 아니라는 것을, 권 상무라는 것을 인식했다.

"어이구, 사모님도 오셨네요."

권형욱이 과장된 몸짓으로 자리에서 일어서며 두 팔을 벌렸다. 두 팔을 벌리며 고개를 옆으로 기울이는 것은 권형욱이 상대에게 호의를 드러낼 때 습관적으로 하는 몸짓이었다. 화이는 어색한 웃음으로 환대에 답한 뒤 권형욱이 건너편으로 가 제 아내 옆에 앉는 것을 지켜보았다. 남편의 손짓을 받고 권형욱이 앉았던 자리의 옆자리로 들어가 앉았지만 머릿속에는 아직도 지성의 얼굴이, 정확히 말하면 권 상무를 지성으로 착각했던 순간의 놀람이 생생하게 남아 있었다.

"오랜만에 뵙네요."

권형욱의 배우자인 주석희가 메뉴판을 화이에게 밀어주었다. 화이는 입꼬리를 살짝 올려 보인 뒤 담담하게 답했다.

"네. 잘 지내셨어요?"

지성은 키가 크고 마른 남자였다. 작고 통통한 편인 권 상무와 닮았다고 하기는 힘들었다. 굳이 공통점을 찾자면 무테안경을 썼다는 것? 흰머리가 서리처럼 얹혔다는 것? 테이블에 놓인 흰 천을 펼쳐 무릎에 놓는 화이의 손이 가늘게 떨렸다. 화이는 다시 한번 자신이 '집'으로 돌아왔다는 사실을 실감했다. 지성의 집에서 나온 지 겨우 하루밖에 지나지 않아다는 사실도. 지난 24시간 동안 커다란 변화가 일어난 셈이다. 권 상무의 얼굴이 지성으로 보였던 건 아직 그런 변화에 적응하지 못했기 때문일까.

"저희 A코스로 할까요? 간단하게."

화이가 넋 나간 표정으로 앉아 있는 동안 주석희가 메뉴판을 보며 말했다. 화이의 남편 최승현은 누구와 함께하느냐에 따라 메뉴 선택에 극명한 차이를 보이는 인물이다. 회사의 실세이면서 호시탐탐 사장인 남편의 자리를 넘보는 권 상무와 함께하는 자리에선 늘 그 가게에서 가장 저렴한 메뉴를 시키고, 조금이라도 관심이 가는 여성이 있는 자리에서는 가장 비싼 메뉴를 시킨다. 지금, 오랜 세월 함께 식사 자리를 가지며 제 남편이 다니는 회사 사장 최승현의 성향을 파악한 주석희는 선제적으로 가장 저렴한 메뉴를 제안하고 있는 것이다. 값싼 메뉴를 선택한 뒤 최승현이 늘 붙이는, '간단하게'라는 말까지 덧붙이면서.

"좋죠. 간단하게."

최승현이 눈까지 감아가며 고개를 끄덕여 보이자 권 상무가 손을 들어올렸고, 2미터쯤 떨어진 곳에서 테이블을 주시하던 검은 턱시도 차림의 직원이 전광석화처럼 다가와 주문을 받아 갔다.

그간의 숱한 경험에 비추어 주문 뒤 음식이 나오기까지가 가장 어색하고 지루한 시간이라는 걸 알고 있는 화이는 마음을 다잡았다. 꼿꼿이 앉아 미소 지으며 소설의 마지막 부분을 생각하는 거다! 마지막 교정쇄를 이번 주말까지 넘기기로 했다. 이렇게 낭비되는 시간엔 사람들의 말에 대충 대답해주면서 속으로 소설의 결말에 대해 생각하는 게 현명할 것이다.

"상무님 아니었으면 그때 신성포장도 날아갈 뻔했죠, 아마?"

남편과 권 상무는 이런 타이밍이면 늘 하는 얘기, 즉 납품했던 포장재가 전량 불량이 나서 거래처에서 불벼락을 맞았던 일화를 끄집어냈다. '신성포장'은 남편의 부친이 창설한 포장재 회사다. 라면용기부터 음료수, 각종 즉석식품에 이르기까지 다양한 종류의 먹거리를 포장하는 특수포장재를 생산한다. 어떠한 경우에도 사람들은 라면과 음료수와 즉석식품을 사 먹기 마련이라, 신성포장은 창사 이래 한 번도 불황을 겪은 적이 없다. 전염병이 유행한 이후에는 이전보다 매출액이 몇 배로 뛰기까지 했다. 국내에서 이런 포장재를 만들어 파는 곳은 몇 군데 되지 않아, 소수의 회사가 국내 식품포장 사업을 나눠 갖는 구조를 형성하고 있다. 맨손으로 회사를 일군 남편의 부친이 각종 식품 기업들과 관계를 탄탄하게 맺어놓은 덕에 아직까지 신성포장의 아성을 넘보는 회사는 나타나지 않았다. 40년이 넘도록 회사가 존속하면서, 신성포장의 지위를 넘보는 신생주자들이 몇 번 출현했지만 그때마다 하청업체의 협력 거부와 식품 기업들의 냉대로 몇 해 버티지 못하고 시장에서 축출되었다. 그러니까 남편은 가만히 있어도 월 매출이 수억씩 발생하는 회사의 수장으로 앉아 있는 셈이다. 그러나 아무리 판매 경로가 탄탄해도 공장과 150명가량의 임직원을 거느린 기업의 운영이 늘 순조로울 수만은 없는 법이라, 가끔 대량의 불량이 발견되어 거래처로부터 호된 질책을 받거나 공장 직원들과의 노사문제로 언론에 오르내리기도 했다. 그럴 때면 남편의 부친이 사장이던 시절부터 이 회사에 자신을 '투신해온' 권 상무가 나서서 사태를 해결했다. 남편은 그런 건이 발생할 때마다 회사 경영에서 손 떼겠다고 시모에게 소리 지르고, 시도 때도 없이 권 상무를 호출해 이미 했던 질문을 끝없이 반복하다가 일이 마무리되면 그제야 웃음을 쪼개며 권 상무의 능력에 찬사를 보냈다. 물론 집에서는 열렬히 권 상무에 대한 험담을 늘어놓으며 이번 일이 모두 '권 상무 그 새끼'의 자작극일 거라는 음모론을 펼쳤다. 지금 남편은 그런 일들 중 하나를 끄집어내 권 상무에게 감사를 표하고, 마치 당시 자기도 권 상무와 함께 배를 이끌고 어려운 항해를 마쳤던 공동 선장인 양 무용담을 늘어놓고 있다. 그러니 지금 인왕산 전경과 서울 도심의 건물들이 내려다보이는 이 고급스러운 이탈리아 레스토랑에서 두 남자 사이에 오가는 말들은 아무리 선의를 갖고 찾아보아도 의미나 가치를 찾을 수 없는 그런 말들인 것이다.

"제가 뭐 한 게 있겠습니까, 사장님이 그때 EJ푸드에 들어가셨으니까 해결된 거죠."

권 상무 역시 지지 않겠다는 듯 말도 안 되는 공치사를 늘어놓았다. 대기업 EJ의 식품 계열사인 EJ푸드 사장이 만나주지 않겠다는 걸 며칠 동안 공을 들여 가까스로 약속을 잡고, 사장인 남편이 가서 사과의 말들을 늘어놓기만 하면 되도록 만들어준 것은 모두 권 상무였다. 남편은 자신이 만나는 사람이 EJ 본사 사장이 아니라 계열사 사장이라는 것도 몰랐다. 집에 돌아온 다음에야 방금 저녁을 함께 한 사람이 신문에서 늘 봤던 유명인사(대한민국 역사를 짚는 책에서 반드시 거론되는)의 직계자손이 아니라는 걸 알고 얼마나 실망스러워했던가. 쌍욕을 날리며 화풀이를 해서 화이는 새벽녘까지 남편의 언설에 시달려야 했다.

"드시죠, 사모님."

지루하게 펼쳐지는 두 남자의 이야기를 인내하며 듣던 주석희가 제 앞에 음식이 담긴 접시가 놓인 것에 반색하며 화이에게 손짓했다. 화이보다 다섯 살 연상인 주석희는 말끝마다 화이를 '사모님'이라 칭하며 예를 표한다. 비쩍 마른 몸에 찔러도 피 한 방울 안 나올 것 같은 뾰족한 얼굴을 가진 그녀는 A여대에 재학하던 도중 권 상무와 만나 졸업도 하지 못한 채 결혼했다니, 스물다섯에 임신해 결혼한 화이보다 더 불쌍한 젊음을 보냈다고 보아야 하리라. 화이가 신성포장에 비서로 입사하고 1년이 지난 뒤 권 상무가 입사했을 때부터 안면을 텄으니 화이와는 거의 16년 동안 알고 지내온 셈이다. 그런데 아무리 만나도 가까워지는 느낌이 들지 않는다. 주석희는, 화이의 시부가 사장이었을 때는 화이가 사장의 비서였기 때문에 경계했고, 화이의 남편이 선친의 갑작스러운 사망 이후 점령군처럼 회사 사장으로 부임한 이후에는 화이가 '갑자기 날아와 앉은 철없는 젊은 사장'의 부인이라는 이유로 경계하는 듯했다. 두 사람은 늘 가까이 있지만 절대 가까워질 수 없는 사이였던 셈이다. 아무리 그렇다 해도 사람이라는 게 자주 만나다보면 어떤 형태로든 친분이 생기기 마련인데, 주석희와는 그런 게 조금도 생기지 않는다. 좀처럼 웃는 법이 없고 큰 소리로 말하는 법이 없는 이 여자는 조용히 앉아 함께한 사람들의 말에 귀 기울이다가 갑작스레 정수를 찌르는 말을 던진다. 처음엔 그 말의 의미를 눈치채지 못했다가 시간이 흐르면서 그 말이 얼마나 날카롭고 사태를 꿰뚫는 말이었는지 알고 소스라쳤던 경험을 몇 번 한 뒤, 화이는 주석희가 있는 자리에서 말을 조심하게 됐다. 원래부터 '사모님'으로 가 앉은 자리에서는 거의 말을 하지 않는 편이지만, 주석희가 있는 자리에서는 특히 더 언행을 조심한다.

“역시 이 집이 음식을 잘해. 그러니까 음식점도 검증된 데를 가야 한다니까. 안 그래요, 상무님?”

커다란 라자냐의 반을 썰어 한입에 욱여넣은 남편이 입을 우물거리며 말하자 권 상무가 역시 음식으로 가득 찬 볼을 씰룩거리며 오른손 엄지를 치켜들어 보였다. 화이는 풍선처럼 부푼 남편의 볼 너머로 덜 깎인 수염이 오르내리는 것을 보며 혐오감에 몸을 떨었다. 맛있기는. 소스로 뒤범벅된 싸구려 맛이구만.

“어떠세요, 맛?”

두 남자가 만들어내는 쩝쩝 소리를 들으며 깨작깨작 음식을 집어 먹다가 화이는 주석희에게 말을 걸었다. 음식 먹을 때 내는 소리를 수치화해서 나타낸다면 남편과 권 상무가 50, 주석희와 그녀는 5에도 미치지 못할 것이다. 원래 남자들은 저렇게 소리를 내며 먹도록 코딩된 채 태어나는 것일까? 그럴 리가. 대번에 지성의 얼굴이 떠오른다. 그 남자는 밥 먹을 때 참 조용했다. 가끔 먼발치에서 본 적도 있었는데, 그 조신한 남자는 혼자일 때조차 입을 꼭 다물고 조심조심 먹었다. 과장해서 말하자면 먹을 때 주석희와 자신보다 더, 수치화하면 2도 안 되는 레벨의 소리를 냈다. 그러니까 남자라고 해서 선천적으로 소리 내며 먹도록 코딩된 것은 아닐 것이다. 아니면 지성이 희귀한, 돌연변이 같은 존재인 것일까?

“좀 강하죠? 제 입맛에는 영 아니에요.”

주석희가 최승현을 흘끔 쳐다본 뒤 조용히 말했다.

“좀이 아니라 완전 소스 범벅이죠. 인테리어만 화려하게 했지, 솔직히 음식 질은 형편없잖아요.”

일부러 큰 소리로 말했지만 남편과 권 상무는 옆에 배우자가 있다는 사실 자체를 잊은 듯, 엄청난 기세로 몸에 음식물을 욱여넣으며 과거로 향하는 여행에 동참하고 있었다. 마치 자신들이 어려운 시절을 함께 극복해온 소중한 전우들인 양.

"어디가 아프셨어요?"

예전의 화이였다면 남편이 막 칭찬한 음식을 소스 범벅이라 폄하하는 짓은 하지 않았을 것이다. 맛있다고 호들갑을 떨며 장단을 맞춰주었으리라. 그리고 눈앞의 이 여자, 주석희는 그런 화이의 변화를 알아챈 것 같다. 바로 화제를 바꾸어 건강에 대해 묻고 있다.

"어디라고 딱 잘라 말하기가 좀 그래요. 그렇다고 아무 이상이 없다고 하기도 힘들고……"

"장이랑 혈압이랑 혈액순환이랑 빈혈요?"

화이가 둘러댈 말을 고르느라 뜸을 들이자 주석희가 이렇게 치고 들어왔다. 순간 막 나온 스파게티를 포크로 말아 올리던 화이의 손동작이 멈췄다.

"아시는군요."

장과 혈압과 혈액순환과 빈혈. 남편이 이미 권 상무에게 말했던 것이다. 제 아내가 앓았던 가짜 병명을.

"앞으로 안 아프실 건가요?"

아무런 표정 변화 없이 건네는 주석희의 말에 쿡, 웃다가 화이는 사레에 들리고 말았다. 스파게티에 들어 있던 매운 식재료가 기도로 들어갔는지 눈물이 솟으면서 목구멍이 얼얼해졌고, 화이는 몸을 옆으로 꺾으며 상체를 뒤틀었다. 마구잡이로 흘러나오는 소리와 함께 온몸이 요동쳤다.

"괜찮으십니까?"

침을 튀겨가며 떠들어대는 남편에게 장단을 맞추던 권 상무가 화이 쪽으로 고개를 내밀었다.

"당신, 왜 그래?"

그제야 옆을 돌아본 남편이 놀라는 척을 했다.

"별거 아니에요. 사레예요."

한쪽 손을 들어 괜찮다는 표시를 해 보이다가, 화이는 기침을 토해내며 자리에서 일어섰다.

"잠깐 실례할게요."

손님이 몇 명 되지 않는다 해도 전염병 정국에서 요란하게 기침을 하는 건 여간 눈치 보이는 일이 아니다. 화이는 입을 틀어막고 빠르게 화장실 쪽으로 나아갔다. 널따란 홀에 또각또각 구두 소리가 울려 퍼지며 그녀가 가로지르는 공간의 넓이와 바닥의 재질을 확인시켜주었다.

4/

사태는 좀처럼 진정되지 않았다. 입안과 목구멍을 얼얼하게 만드는 무언가가 계속 독한 기운을 토해내었다. 세면대에 몸을 구부려 기침하는데 어느 순간 욱, 소리와 함께 먹었던 것들이 쏟아져나왔다. 뭉개진 면발과 살구색 덩어리로 변한 식재료들, 조금 전 입으로 들어갔던 음식들이 흐리멍덩하고 흐물거리는 형태가 되어 눈앞에 펼쳐졌다. 더 토할까봐 다시 상체를 구부리는데 누군가의 손이 등에 와 닿았다.

"괜찮으세요?"

건조하고 중성적인 여자 목소리. 주석희였다. 계속 구부리고 있으면 등을 쳐줄 기세라 화이는 억지로 허리를 폈다. 물을 틀어 쏟아져나온 음식물을 쓸어 보내고 입을 헹군 뒤 거울을 보았다. 거울 속에는 두 여자가 서 있었다. 기침으로 눈물이 글썽한 살찐 여자와 신체 어느 부분에도 군살을 찾아볼 수 없는 늘씬한 여자가. 붉어진 얼굴의 살찐 여자가 피곤한 듯 눈을 감았다 뜨자 옆에 선 늘씬한 여자, 주석희가 입을 열었다.

"아기인가요?"

아기? 화이는 방금 귓속으로 들어온 말을 음미해보다가 풋, 웃음을 터뜨렸다.

"아기요?"

화이는 래현을 낳은 뒤 난관 수술을 받았다. 시모와 남편이 알면 펄쩍 뛸 것 같아 말하지 않았지만 화이에겐 아이를 더 낳고 싶은 생각이 눈곱만큼도 없었다. 덕분에 남편이 접근해올 때마다 임신 공포에 시달리거나, 피임약을 먹어 몸에 무리가 오는 일에서 놓여날 수 있었다. 하지만 그런 사정을 이 여자에게 말해줄 필요는 없을 것이다.

"아니신가보군요."

주석희가 백에서 손수건을 꺼내 건네주었다. 화이는 수건을 받아 입가를 눌러 닦았다. 손수건의 부드러운 촉감이 입 주변을 감싸는 동안 플로럴 향이 떠다니는 공간을 채우는 바이올린 소리가 조금씩 고조되었다. 악기의 깨끗한 음색으로, 개별 칸에 들어가 변기를 보기 전까지는 도저히 화장실이라고 믿을 수 없을 깔끔한 공간의 시크함이 몇 배로 증폭되는 듯했다.

"장이랑 혈압이랑 혈액순환과 빈혈 때문이죠."

화이의 입에서 주석희와 똑같은 어조의 대답이 흘러나왔다. 감정이 서리지 않은 완전 건조체의 말이.

"저기 잠깐 앉으실래요?"

주석희가 입가를 살짝 올리더니 창가에 놓인 작은 탁자를 눈짓으로 가리켰다. 한쪽 벽의 전면이 유리로 된 화장실 창밖으로 도심 풍경이 시원하게 펼쳐졌다. 넓게 뻗은 광화문 대로와 오래된 빌딩, 드문드문 보이는 차량과 행인. 올 때마다 느끼는데 이 레스토랑에서 가장 뷰가 좋은 공간은 이곳, 여자 화장실이다.

"어떠셨어요?"

주석희가 작은 창을 연 뒤 의자를 뒤로 뺐다.

"네?"

화이는 건너편에 앉으며 주석희가 의자 팔걸이에 손을 걸치고 다리를 꼬는 것을 지켜보았다. 살구색 민소매 원피스 아래로 드러난 가늘고 긴 다리가, 그 다리 끝에 걸친 가는 굽 샌들의 모조보석 장식이, 창을 뚫고 들어온 햇빛을 받아 화려하게 반짝였다. 원피스, 다리, 샌들이 부드럽고 여린 곡선을 만들어냈다. 하나하나가 원래부터 이런 조합을 이루기 위해 존재해온 양 자연스럽게 맞아떨어지며 빚어내는 아름다움.

"집 밖에서 지내신 것 말이에요."

주석희가 다리를 바꿔 꼬며 어깨를 으쓱해 보였다. 화이는 주석희를 뚫어지게 쳐다보다가 콧소리를 내며 웃었다. 이 여자는 알고 있는 것이다. 화이가 아프지 않았다는 걸.

"좋았죠."

화이는 눈을 지그시 감으며 아쉬운 표정을 지어 보인 뒤 은근하게 웃었다. 방금 성대를 통과해 나간 말이 내부에서 울리며 잔향을 만들어냈다. 좋았죠. 이렇게 회고형으로 말하고 보니 지성과 있던 날들이 머나먼 옛날의 일로 자리매김되는 것 같았다. 좋았던 옛날의 일로.

"더할 나위 없이."

이렇게 덧붙인 뒤 화이는 다리를 꼬았다. 흰색 플레어스커트 밑으로 드러난 두툼한 종아리 살이 포개지면서 둔중한 주름을 만들어냈다.

"와우."

주석희가 상체를 내밀며 눈을 반짝였다. 순간 화이는 눈앞의 상대와 가까워진 느낌이 들면서 뭐든지 이야기해도 될 것 같다는 생각에 사로잡혔다.

"50대 남자하고 같이 살았거든요."

이렇게 말한 뒤 화이는 웃음을 터뜨렸다. 고개를 쳐들고 크게 터뜨리는 웃음을. 지성과 있었던 기간 동안 새롭게 만들어내 몸에 장착

시킨 웃음이 이때다 하고 흘러나왔다. 으흐흐흐핫핫핫핫핫. 으흐흐흐핫핫핫핫핫. 이 웃음은 나채리의 트레이드 마크였다. 이 소리를 낼 때마다 지성이 얼마나 경이로워했던가. 얼마나 재미있어했던가.

"매력적인 남자였군요"

화이가 혼자 요란하게 웃는 동안 가지런한 이를 드러내며 웃던 주석희가 진지한 얼굴을 해 보였다. 화이는 고개를 틀며 주석희의 얼굴을 보았다. 내 말이 진짜라고 생각하는 걸까. 설마. 화이는 의자를 끌어당기고 자세를 고쳐 앉으며 자연스럽게 화제를 돌렸다.

"아무려면 권 상무님만큼 매력적이겠어요?"

머리를 쓸어 넘기며 주석희의 반응을 살폈다. 창문을 열어놓은 탓인지, 에어컨 바람이 나오는데도 두피에서 땀이 배어나왔다. 열이 많은 화이의 몸은 기회만 있으면 땀을 흘린다.

"사모님이 이렇게 농담을 잘하는 분이신 줄 몰랐네요."

주석희는 팔짱을 끼며 의자에 기대앉았다. 올해 마흔다섯이 되었는데도 주석희는 피부가 탄탄하고 얼굴엔 잡티 하나 없다. 170센티미터에 가까운 키에 군살 없는 몸. 이런 여자 앞에 앉아 있으면 화이는 질투심과 경계심에 빠져든다. 지금 땀이 나는 건 그 때문인지도 모른다.

"권 상무님이 올해 몇 되셨죠?"

이 늘씬하고 세련된 여자, 남편 회사의 '사모'가 부재했던 기간에 무엇을 했는지 파악하려 애쓰고 있는 이 똑똑한 여자가, 어떻게 권 상무 같은 인간과 사랑에 빠졌을까. 화이는 문득 궁금해졌다. 어떻게 그런 인간과 결혼생활을 유지하고 있는지.

"쉰셋요."

주석희가 화이의 등 뒤 어느 지점에 시선을 둔 채 무표정하게 말했다.

"아, 벌써 그렇게 되셨나요?"

화이와 처음 대면했을 때, 권 상무는 30대 후반이었다. S대 경영대를 나온 뛰어난 재원이 이렇게 작은 회사에 들어와줬다고, 선대 회장(당시에는 사장이라고 불렸다가 말년에 회장으로 불리게 되었다)이 입이 귀에 걸리도록 좋아하던 기억이 생생하다. 그 시절, 호남형에 서글서글한 인상의 권형욱을 화이도 좋게 봤더랬다. 무엇보다, 일처리가 빠릿빠릿한 것이 마음에 들었다. 비서인 화이는 회장의 의지를 임직원들이 어떻게든 현실에서 실현시키도록 중간 다리 역할을 해야 했기에, 똑똑한 직원을 누구보다 더 간절히 기다렸다. 좋은 학벌과 높은 시험점수를 가진 직원들 중에도 타인의 말을 제대로 알아듣고 그에 맞게 실행하는, 화이가 보기엔 '지극히 기본적인' 능력이 없는 사람들이 많았고(직원들 상당수가 그랬다) 한두 마디로 자신의 의중을 전달하는 회장의 말을 풀어 설명해야 하는 화이에게는 그만큼 골치 아프고 곤란한 존재들이 또 없었다. 그런 몽매한 인간들에게 시달리던 가운데 혜성처럼 등장했던 권형욱. 그런 수재가 어쩌다 신성포장 같은 회사에 들어오게 되었는지는 알 수 없었지만 아무튼 화이는 권형욱의 출현을 환영했다. 그로 인해 일의 많은 부분이 줄어들었고, 때로는 권형욱이 화이가 할 일의 일부를 덥석 떼어가기도 했다. 내 회사생활은 권형욱 등장 이전과 이후로 나뉜다고 주위 사람들에게 말하고 다녔을 정도로, 권형욱의 등장은 화이에게 큰 영향을 미쳤다.

그런 나날이 그대로 지속되었다면 화이는 지금도 권 상무를 진정 '매력적'이라고 생각하고 있었을지 모르겠다. 그런 시절은 얼마 가지 못했다. 30대 후반의 전도유망한 청년(입사할 때부터 결혼한 상태였지만 회장은 그를 늘 '청년'이라고 말했다) 권형욱이 어느 날, 일을 일으켰던 것이다. 3차까지 회식이 이어졌던 날, 그해의 첫눈이 온 날이었다. 술자리 내내 회장이 따라주는 술을 그대로 들이부은 권형욱은 평소와 달리 약한 모습을 보였다. 회장님이 대기하던 기사의 차에 올라타고 사라지는 순간 권형욱이 비틀거리기 시작했고, 화이는 그를 부축해 모텔로 데려다주었다. 권형욱을 침대에 눕히고 모텔방을 빠져나오려던 순간, 그가 그녀의 손목을 우악스럽게 잡아챘다. 비명을 지를 새도 없었다. 그와 엎치락뒤치락하며 실랑이를 벌였던 시간은 채 5분이 되지 않았을 것이다. 화이는 아슬아슬한 순간을 몇 번 넘긴 뒤 모텔방을 탈출했다. 그날 있었던 일은 두고두고 뇌리에 남았다. 누군가의 몸무게에 짓눌려 쓰러지던 순간, 억센 손길에 두 손이 놀려 꼼짝달싹 못하던 순간에 느꼈던 공포감은 길을 가다가도, 회사에서 워드 작업을 하다가도, 때로는 꿈속에서도, 줄기차게 등장했다.

"나이보다 훨씬 더 들어 보이죠?"

화이와 권형욱은 그날의 일을 함구했다. 아무 일도 없었던 듯 예전과 조금도 다름없이 서로를 대했다. 하지만 두 사람 사이에 감돌던 호의적인 분위기, 그러니까 회장의 입과 귀가 되어 기민하게 움직여야 하는 비서와, 회장의 총애를 한몸에 받으며 회사 운영의 핵심적인 역할을 맡아 움직이는 엘리트 직원 사이에 감돌던 신뢰와 격려의 분위기는 깔끔하게 사라졌다. 권형욱이 혹시 둘 사이에 감돌던 분위기를 이성적인 것으로 착각한 것일까. 이따금 화이는 생각해보았지만, 아무리 생각해도 그럴 것 같지는 않았다. 둘은 서로를 호감을 갖고 대했지만 일정한 선 이상은 넘어가지 않았다. 그 사건을 기점으로, 둘은 눈을 마주치지 않았고, 가능하면 말을 섞지 않았다. 그러다 화이가 회장의 외동아들과 사귀게 되고, 사귄 지 몇 달 만에 결혼하게 되면서, 그리고 회장이 갑자기 세상을 떠나고 그 아들이 사장으로 부임하게 되면서, 화이와 권형욱 사이에는 묘하고 복잡한 기류가 감돌았다. 화이는 가끔 궁금해진다. 권형욱의 마음속에 자신이 어떤 인물로 남아 있을지. 죄책감의 대상일까? 아니면 하찮은 미물인데 어쩌다 제 젊은 상사와 결혼에 골인한 골칫덩어리일까? 아니면 언제 자기 치부를 폭로할지 몰라 움츠리게 되는 두려움의 대상일까?

"더 들어 보이긴요. 운동도 열심히 하시고, 몸도 탄탄하시잖아요."

"요즘 들어 술자리가 많아져서 그것도 제대로 못 하고 있어요."

주석희가 심드렁하게 대꾸했다. 권 상무는 작지만 어딘가 다부지다는 느낌을 주고, 살이 좀 붙긴 했어도 인상이 그리 나쁜 편은 아니다. 짙게 쌍꺼풀 진 눈이나 우뚝 선 코, 붉은 기운이 감도는 입술 덕에 보는 사람에 따라 '잘생겼다'고도 평할 수 있는 얼굴이다.

"쉰셋인데 그 정도면 선방하신 거 아닌가요."

화이가 말하자 주석희는 떨떠름한 미소를 지어 보이며 핸드폰을 만지작거렸다. 쉰셋이라. 화이는 방금 제 입에서 나간 숫자를 곱씹어 보았다. 그렇다면 권 상무는 지성과 동갑인 셈이다. 그런데 기억 속의 지성은 권 상무보다 열 살은 더 나이 들어 보였다. 어떨 땐 노인처럼 보이기도 했다. 하지만 지성과 처음 만났을 때를 떠올려보면, 귀

공자 같았던 당시 이미지를 생각하면, 그래, 역시 갑자기 발생한 불운한 일이 그를 폭삭 늙게 만들었다 해야 하리라.

"석희 씨."

화이는 가만히 상대의 이름을 불렀다. 다섯 살 많은 여자지만 남편의 회사 내 서열 때문에, 화이는 주석희를 이름으로 부르고, 주석희는 화이를 사모님이라 칭한다. 달리 뭐라 칭해야 할지 몰라 그냥 이런 호칭을 이어가고 있다.

"네."

주석희가 요란하게 울리는 핸드폰을 받아들며 손짓으로 양해를 구했다. 권 상무와는 어떻게 만났어요? 당시에 권 상무가 매력적이었나요? 지금은요? 지금도 매력적인가요? 물으려 했던 말들이 입가에 맴도는 가운데, 화이의 핸드폰 또한 부르르 몸을 떨며 테이블 위를 기어가는 게 보였다.

왜 이렇게 안 와

남편이었다. 문자를 보며 화이는 자리에서 일어섰다.

"사모님 속이 좀 안 좋으신 것 같아서. 네, 지금은 괜찮으신 것 같아요. 금방 갈게요."

역시 남편의 호출을 받은 듯, 주석희도 핸드폰을 들고 일어섰다. 함께 걸어 화장실을 가로질러 가는데, 화이는 살짝 아쉬운 마음이 들었다. 이제 막 이야기를 나눌 참이었는데.

"사모님."

화장실을 나서기 전, 주석희가 돌아보며 화이를 불렀다.

"네?"

"아이라인 번졌어요."

화이가 거울 앞으로 가 얼굴을 바짝 대자, 주석희가 손을 들어 먼저 가보겠다는 표시를 해 보였다.

"석희 씨."

등을 돌려 나가던 주석희가 다시 몸을 돌렸다. 그 눈길을 똑바로 받으며 화이가 말했다.

"내 이름은 화이에요. 이화이."

주석희가 눈을 동그랗게 떴다. 그래서 어쩌라고? 라고 말하는 듯한 얼굴이었다.

"이름으로 불러주셨으면 좋겠어요."

말한 뒤 몸을 돌려 거울을 쳐다보는데, 주석희의 한쪽 입가가 올라가는 모습이 눈가에 잡혀왔다. 화이는 방금 했던 말의 질감을 곱씹으며 씨익 웃었다. 좋다, 이런 말.

"알았어요, 화이 씨. 금방 와요."

이 말을 할 때 주석희의 입가가 살짝 올라갔던가. 모르겠다. 목소리에 웃음기가 섞여 있었던 것 같기도 한데, 거울로 얼굴을 확인하느라 미처 보지 못했다. 조금 뒤 주석희가 화장실 바깥의 대리석에 발을 내딛는 소리가 들려왔다. 타가닥타가닥. 뒤가 트인 샌들형 구두가 끌리며 내는 소리를 들으면서, 화이는 손으로 눈 밑의 검은 얼룩을 닦아냈다. 뭔가 커다란 일을 해낸 듯 얼굴이 따끈하게 달아올랐다.

5/

회합실은 예배실보다 공기가 더 서늘했다. 창밖으로 건물 밖 정원을 채운 신록의 반짝임이 보였고, 테이블 중앙에 놓인 꽃병엔 분홍색 장미가 촘촘히 채워져 있었다. 마스크를 쓴 성도들은 맞잡은 손을 테이블에 올린 채 원병기 목사의 신실한 기도에 귀를 기울였다.

"하나님, 오늘 우리의 성도, 당신의 어린 자녀 이화이가 고난의 시간을 보내고 당신의 품으로 돌아왔습니다."

기도는 클라이맥스를 향하고 있었다.

"이렇게 당신의 다른 자녀들과 함께 다시 교회의 품에 들게 하심이 당신의 깊은 행하심이었음을 믿습니다."

이 방에서 유일하게 마스크를 쓰지 않은, 푸른빛이 감도는 창백한 입술과 우둘투둘한 갈색 턱선을 그대로 드러낸 목사가 이번 여름에 성도 이화이가 얼마나 아팠는지, 그것이 얼마나 큰 시험이었는지, 하지만 어린 자녀 이화이가 그것을 이겨낼 수 있도록 도와주신 당신의 의도가 얼마나 사려 깊은 것이었는지에 대한 회고를 마치고 마무리 멘트를 하자 회합실을 채운 이들의 입에서 일제히 "아멘"이 흘러나왔다.

화이는 실눈을 뜨고 사람들을 관찰했다. 옆에 앉은 남편, 그 옆의 두 딸, 건너편에 앉은 시어머니, 그리고 시이모와 시이모부. 모두 어쩌면 그렇게 지고지순한 자세로 앉아서 눈을 꼭 감고 있는지, 정말로 털이 북슬북슬한 양들을 보는 것 같았다.

"감사 기도를 올렸으니 이제 다 같이 37번, 〈하나님의 품에 안겨〉

찬송 기도를 바치겠습니다."

노래를 청하는 말이 떨어지기 바쁘게 여러 개의 손이 일제히 테이블로 뻗어나와 찬송가 책장을 넘겼다. 바스락거리는 책 소리를 듣자 화이는 마치 고향에 돌아온 듯 아늑한 느낌에 휩싸였다. 태곳적부터 교회의 아이였던 것처럼. 여러 사람의 목소리가 합쳐 근사한 합을 이루는 찬송시간은 교회에서 행하는 절차 중 그녀가 가장 좋아하는 시간이다.

"얘!"

찬송이 2절에 이르도록 화이가 찬송가 책의 가죽 장정을 만지작거릴 뿐 입을 열지 않는다는 걸 눈치챈 시모가 이마를 찌푸리며 작은 소리로 며느리를 불렀다. 왜 그렇게 앉아 있느냐? 근엄한 메시지를 보내는 시모의 눈빛을 보고 화이는 하마터면 깔깔깔 웃음을 터뜨릴 뻔했다. 시모가 매서운 눈초리로 행동거지를 바로잡으려는 시도를 하는 게 너무 어설퍼 보였고, 그런 눈초리로 화이를, 마흔 살이나 먹은 멀쩡한 성인을 제압할 수 있다고 믿고 있다는 게 놀라웠다. 터무니없는 농담처럼 느껴졌다 할까.

"네, 어머니."

화이는 엄청난 면적의 흰자위를 드러내는 시모에게 입모양으로 말한 뒤 찬송가 책을 펼쳤다. 과장되게 입을 벌리며 노래하는데, 찌를 듯한 시모의 시선이 느껴졌다. 태연한 척 입을 벙긋거리지만 며느리를 향해 고개가 돌아가는 걸 막지 못하는 70대 여성의 불안한 눈초리가. 화이는 열심히 입을 움직이면서 미소 지었다. 노래를 부르면서 웃을 수 있다는 깨달음이 먼저 왔고, 자신이 예전처럼 시모를 두려워하지 않는다는 인식이 뒤를 이었다. 40여 일 전만 해도 시모의 눈초리에 벌벌 떨었더랬다. 한 번의 시선에 곧바로 제압되었고, 반하는 행동을 할 생각을 아예 하지 못했다.

노래가 끝날 무렵 목사가 화이의 머리에 손을 얹었다. 화이는 두 손을 모으며 허리를 숙였다. 결혼 뒤 시모를 따라 교회에 다니는 동안, 교회에서 맺은 인연과 교회의 논리, 관습, 어느 하나에도 애정을 느끼지 못했지만 이 목사, 두터운 뿔테안경 너머로 보이는 깊은 눈으로 인간을 어루만지는 듯한 이 퉁퉁한 몸집의 목사에게는 늘 존경심을 느꼈다. 드문 경우이긴 하나 이렇게 머리에 손을 얹어줄 때는, 흡사 신의 손길이 와 닿는 듯 경외감에 사로잡혔다.

"돌아오신 걸 진심으로 환영합니다, 성도님."

환영 의례가 끝났음을 알리고 자리에서 일어설 때 목사가 손을 내밀었고, 화이는 두 손으로 그 손을 맞잡았다.

목사님, 저 어제까지 다른 남자와 함께 살았답니다.

화이는 맞잡은 손을 통해 전해지는 목사의 체온을 느끼며 생각했다. 지금 내 안에서 울려 퍼지는 이 말을 바깥으로 끄집어내면 이 사람은 어떤 표정을 지을까?

"하나님의 축복을."

목사가 손을 빼내며 속삭이듯 말했다. 화이는 인자함이 뚝뚝 떨어지는 목사의 눈을 들여다보았다.

그렇지만 목사님. 저의 배우자는 저를 죽도록 두들겨 패고 내쫓았는걸요. 제가 길거리에서 병사하는 것보다는 혼인한 사이가 아닌 남자와 같이 살며 어떻게든 생명을 이어가는 편이 하나님 보시기에도 더 어여쁘지 않았을까요?

“화이야, 이쪽으로 와서 같이 인사드리자.”

회합실 문이 열리고 사람들의 웅성거림이 방 안으로 밀려드는 순간 시모가 손목을 확 잡아끌었다. 회합실 바깥에는 수많은 인사들이 마스크를 한 채, 악수와 눈인사를 나누며 활발한 움직임을 만들어내고 있었다. 이 인파. 이 말소리. 이 향수 냄새. 화이는 자신이 이전의 삶으로 완벽하게 돌아왔다는 걸 실감했다.

“어이고, 성도님. 고생 많으셨습니다. 이렇게 나오셔도 되나요?”

“어떻게, 며느님 몸은 좀 나아지셨습니까?”

“며느님 얼굴이 많이 초췌해지셨네.”

성도 규모로 세계 10위 안에 들어간다는 이 커다란 교회의 회당을 가득 채운 이들은 대학교수와 전직 대학교수, 모 대학병원장의 딸과 갓 개업한 전문의, 전직 국회의원과 현직 국회의원, 플루티스트와 바이올리니스트, 미국에서 박사를 마치고 돌아온 재원과 교수 임용을 코앞에 둔 박사, 유망한 벤처기업 사장과 그 배우자들이었다. 뉴스나 신문에 가끔씩 얼굴을 비추는 이들이 부지런히 와서 화이에게, 시모에게 인사를 건넸고, 화이와 시모는 마스크 너머로 너무 감사해 몸 둘 바를 모르겠다는 표현을 하는 데 가능한 모든 말과 몸짓을 동원했다. 화이는 제게 다가오는 모든 사람이 흥미롭게 느껴졌고, 자신이 이런 집단의 일원이라는 게, 완전히 갖춘 투피스 정장 차림으로 인형처럼 서서 이런 언행을 매끄럽게 해내고 있다는 게 거짓말처럼 느껴졌다. 내가 이렇게 조신하고 예의 바른 인물이었단 말이지. 와우, 놀라운데, 나채리?

그때 불쑥 지성의 얼굴이 떠올랐다. 그 사람이 옆에 있었다면. 그녀는 지성도 여기에 서서 욕망을 교묘하게 포장해 표출해내는 사람들을 지켜보는 쾌감을 함께 만끽하기를 바랐다. 그렇게 떠오른 지성의 얼굴은, 이내 다가와 인사를 건네는 세련된 30대 여성을 환대하느라 곧바로 잊혀졌다.

6/

"동쪽 하늘에서도, 서쪽 하늘에서도."

노래를 부른다. 하늘에 뜬 별이 반짝이며 세상을 비춘다는 노래를. 래현은 이제 막 잠들었다. 계속 엄마가 어디가 아팠던 것인지 묻더니 조금 전부터 입을 다물고 규칙적인 숨소리를 내기 시작했다.

"장염이 있고 혈압이 심각하게 높다네요. 혈액순환이 잘 안 되고 빈혈 증세도 있답니다."

낮에 교회에서 시모가 사람들에게 수십 번씩 읊조렸던 스토리를 그대로 들려주었지만 래현은 물음을 멈추지 않았다. 어린아이 특유의 직감으로 알아차렸으리라. 이상하다는 것을. 어른들이 뭔가를 감추고 있다는 것을. 래현의 의구심이 손에 잡힐 듯 느껴졌지만 화이는 계속 똑같은 이야기를 반복했다. 장과 혈압과 혈액순환과 빈혈이라는.

"북쪽 하늘에서도, 남쪽 하늘에서도."

아이가 잠든 걸 알고도 계속 노래를 부른다. 아기 때부터 래현은 이 노래를 좋아했다. 동쪽 하늘과 서쪽 하늘 소절이 끝나고 불쑥 북쪽과 남쪽 하늘을 덧붙이면 몸을 뒤틀며 까르르 웃었다.

"래현아. 치과 치료는 어떻게 됐니?"

에어컨 돌아가는 소리가 규칙적으로 들려오는 어둠 속. 아파트 앞뒤 동들에서 쏟아져나오는 빛을 받으며 잠든 아이에게 이렇게 묻는다. '치과'라는 단어를 입 밖에 내자 가슴 한구석이 싸하게 저려온다. 올봄과 여름에 걸쳐, 명현과 래현은 아파트 맞은편 상가에 있는 치과에서 치료를 받았다. 래현은 교정 치료를, 명현은 충치 치료를 받았다.

"의사 선생님은 잘 계시니?"

어느 날 밤 단지에서 마주쳤을 때, 래현과 명현을 치료해준 치과 의사가 반갑게 웃으며 아는 척을 했다. 멀리서 걸어오던 남편이 젊은 의사와 화이가 이야기하는 모습을 보았고, 재빨리 화이의 옆에 서서 의사에게 적대적인 시선을, 누가 보아도 화가 난 것임에 틀림없는 시선과 말투로 인사를 건넸다. 얼떨떨한 얼굴로 서 있는 의사를 뒤로 하고 남편의 손에 이끌려 집으로 돌아오면서, 화이는 불길한 느낌에 사로잡혔다. 이번 여름에 있었던 가출 사건은 그 치과의와 우연히 만난 데서 비롯됐다고 할 수 있으리라.

"선생님 그만두셨어."

래현이 갑자기 눈을 뜨고 말하는 바람에 화이는 하마터면 비명을 지를 뻔했다.

"너 안 잤어?"

놀란 목소리로 묻자 아이가 크게 하품을 하며 돌아누웠다.

"다른 선생님이 오셨어."

"다른 선생님?"

되물었지만 등을 돌린 아이는 미동도 하지 않았다.

"래현아."

아이의 등을 흔들려다가, 화이는 가만히 손을 내려놓았다. 잠깐 깼던 아이는 이제 완전히 꿈의 세계로 건너간 것 같았다. 래현이 이 순간을 기억할까. 엄마가 치과의사에 대해 묻고 자신이 대답했던 순간을. 잠깐 두려움이 찾아왔지만, 오래지 않아 사라졌다. 남편이 알면 어떤가. 이제 화이는 무서울 게 없었다.

등을 돌려 눕는데, 창밖으로 건너편 동 옥상의 경관등과 단지 너머 6차선 도로를 달리는 차들의 라이트가 휙휙 지나가는 게 보였다. 치과의사는 이 아파트의 주민이었다. 화이네 동 바로 앞동의, 같은 라인의 꼭대기층에 살았는데, 화이는 베란다에서 빨래를 널다가 우연히 그가 뒷베란다에 나와 있는 걸 보고 그 사실을 알게 되었다. 동간 간격이 넓었지만 양쪽 다 꼭대기층인데다가, 화이가 시력이 좋았기 때문에 연보라색 드레스 셔츠의 윗단추를 풀어 젖힌 채 담배를 피우는 남자가 치과의사임을 단번에 알아보았다. 다음 날 명현을 데리고 갔을 때, 남은 교정 절차를 설명하던 치과의사가 불쑥 그 얘기를 했다. 뒷동에 사시더군요. 그러고는 뜬금없이 말했다. 저는 도시가 좋습니다. 인간이 만든 인공물들, 특히 한국에서만 볼 수 있는 이 거대한 아파트 단지들이 그 어떤 자연보다도 위대하다고 생각합니다. 편리함으로도, 미학적으로도, 압도적이지요.

머리맡에 두었던 핸드폰이 위잉 소리를 내며 울었다. 화이는 손을 뻗어 핸드폰을 들어올렸다. 치과의사와의 인연은 한 번 더 있었다. 철쭉의 물결이 온 아파트를 뒤덮었던 봄날의 어느 밤이었다. 래현의 친구 엄마들과 와인을 마시러 갔는데, 그 와인카페에 치과의사가 와 있었다. 화이는 가볍게 목례한 뒤 지나쳤고, 이후로 엄마들과 이야기하느라 그가 그 자리에 있다는 사실을 잊어버렸다. 자리를 마치고 나올 때 종업원이 '아까 인사 나누신 남자분'이 화이 테이블의 금액을 대신 계산하고 나갔다는 걸 알려주었다. 그러니 엄밀히 따져보자면 몇 주 뒤 단지 내에서 마주쳤을 때 남편이 의사에게 공격적인 태도를 보인 것은 어느 정도 정당성이 있었다고 할 수 있으리라. 의사와의 인연은 그게 전부였다. 의사가 화이에게 호감을 품었는지 아닌지는 알 수 없지만, 적어도 화이 쪽에서는, 아무런 감정도 품지 않았다. 의사에게 접근할 빌미를 줄 만한 어떤 행동도 하지 않았다. 그런데 남편은 그 일로 두고두고 화이를 괴롭혔고, 결국엔 폭력을 휘둘렀다.

화이는 돌아누우며 길게 한숨 쉬었다. 그만두었단 말이지. 리모컨으로 에어컨 온도를 높인 뒤, 다시 옆으로 누웠다. 남편이 의사에게 찾아갔을까? 가서 무슨 짓을 했을까? 드라마에서 흔하게 보았던 장면이, 남자 둘이 엎치락뒤치락 싸우는 장면이 이내 머릿속을 채웠다. 설마. 최승현이 아무리 철없는 인간이라 해도 그런 짓을 하지는 않았을 것이다. 의사에게 개인적인 사정이 있었겠지. 이사를 갔다거나. 갑자기 결혼을 했다거나. 화이는 똑바로 누워 한쪽 팔을 이마에 얹었다. 눈을 감고 의사의 또렷하고 낭랑한 목소리, 선한 눈매로 웃던 모습을 떠올리는데, 머리맡에 두었던 핸드폰이 다시 짧게 진동했다.

밤늦게 죄송합니다, 작가님.

교정지 언제까지 보내주실 수 있나요?

문자는 출판사 편집자에게 온 것이었다. 오늘 오후까지 마지막 교정본을 보내주겠다고 했는데, 연락이 없으니 문자를 보내왔다. 밤 10시. 편집자는 지금까지 기다렸을 것이다. 독촉하는 느낌을 주지 않기 위해. 그러다 더 늦기 전에 연락해야겠다 싶어 문자를 보냈겠지.

화이는 래현의 방문을 열고 까치발로 나왔다. 방문 앞에 서 있던 채리가 고개를 쳐들고 덤벼들었다. 정신없이 하루가 가버렸다. 오전 시간을 교회 예배와 시모와의 점심에 써버린 거야 예정된 일이었다 쳐도 명현의 학교 학부모들과 예기치 않게 자리를 갖는 바람에 틈을 낼 수가 없었다. 허리를 숙여 채리와 머리를 맞대는데 여러 장면이 뇌리를 스쳐갔다. 서재에 펼쳐진 교정지가 편집자의 손을 거쳐 인쇄소로, 인쇄소를 거쳐 전국의 서점으로 옮겨가는 장면이. 자신이 쓴 소설이 책이 되어 나오는 장면이. 이날을 얼마나 기다렸던가. 쫓겨나 생판 모르는 남자의 집에서 기식했던 동안, 소설을 완성하리란 생각으로 버텼다. 숨 쉬는 시체와 다름없는 50대 남자와의 나날을 견디려면 뭔가 미래를 기약하는 일이 필요했다. 그래서 틈날 때마다 한 문장 한 문장 써나갔다. 모여서 커다란 이야기를 이루게 되는 문장들을.

낯선 공간에서 글을 썼던 날들을 떠올리다가, 화이는 채리의 머리를 쓰다듬어주고 허리를 폈다. 오늘 밤을 새워서라도 교정을 끝낼 것이다. 예정된 날짜에 반드시 책이 나오게 할 것이다. 남편에게 두들겨 맞고 입원하거나 이 집에서 다시 쫓겨나기 전에, 제대로 완성해서 넘길 것이다. 그리고 이 집에서 탈출할 계획을 짜는 거다.

오늘 밤에 조금 더 손보고 내일 오전까지 보내드리겠습니다.

문자를 전송하고 거실을 지나가는데 텔레비전에서 나오는 왁자지껄한 웃음소리와 총천연색 화면이 눈에 들어왔다. 화이가 멈추어 서자 뒤따라오던 채리도 자리에 쭈그려 앉았다. 남편이 텔레비전을 틀어놓은 채 소파에 앉아 벌게진 얼굴로 키득거리고 있었다. 자세히 보니 한쪽 어깨와 머리 사이에 핸드폰을 끼우고 활처럼 휜 자세를 하고 있었다. 얼굴에서, 몸 전체에서 쏟아져나오는 웃음. 저 인간이 저렇게 웃을 때도 있구나. 잠깐 동안 그 드문 광경을 구경하다가, 걸음을 빨리해 거실을 통과했다. 서재 문손잡이를 붙잡고 잠시 채리를 안으로 들일지 말지 갈등하다가, 후자를 택했다. 채리 거기서 기다려. 힘주어 말한 뒤 서재 문을 닫자 미요오, 하는 소리가 들려왔다. 책상에 자리 잡았을 때에야, 남편의 전신에서 웃음이 나오게 한 수화기 너머의 상대에게 생각이 가 닿았다.

사랑.

그것이구나!

남편이 사랑에 빠졌다. 이렇게 생각하자 화이의 입가에 부드러운 곡선이 생겨났다. 갑자기 시원한 바람이 불어와 오장육부에 쌓인 노폐물을 걷어가주는 것 같았다. 그 표정, 그 웃음, 그 몸짓. 그래. 그건 사랑에 빠진 인간에게서만 나오는 것이었다. 화이는 콧노래를 부르며 의자에 기대앉았다. 그제야 집에 돌아온 이후 남편이 했던 이상한 언행과 너그러운 말투, 자신에 대한 집착의 크기가 줄어든 듯한 기묘한 기류가 이해되었다.

진정한 사랑이기를.

허리를 곧추세우고 교정지를 들추며 화이는 기원했다. 누구에게나 사랑은 온다. 설령 그것이 저밖에 모르고, 모든 이에게 제 이기심을 노골적으로 드러내는 남자라 해도. 그전에 만났던 여인들, 구름처럼 많았던 여인들 중 누구도 남편을 이렇게 만들지 못했다. 남편은 사냥 욕구, 혹은 정복 욕구에서 여자들을 만났고, 상대가 넘어왔다 싶으면 이내 싫증을 내고 돌아섰다. 그러고는 집으로 돌아와 다시 화이에게 집착했다. 그러나 이번에는. 화이는 교정지를 내려놓고 두 손을 맞잡았다. 부디 이번 만남은 그런 것이 아니게 해주시옵소서. 교회에 출입한 15년 가까운 역사상 최초로 자발적인 기도가, 진심 어린 기원의 마음이 흘러나왔다. 하나님, 저를 보우하사 최승현이 이번에 만난 여성을 진심으로, 깊이, 끈덕지게 사랑하게 해주시옵소서. 그것이 당신의 깊은 뜻임을 굳게 믿사옵니다. 아멘.

7/

교정을 마친 것은 창밖으로 붉은 여명이 번지기 시작했을 즈음이었다. 교정지를 봉투에 넣은 뒤 서재 문을 열자 커다란 털뭉치가 덤벼들었다. 푸른 기운이 도는 회색 털로 뒤덮인 생명체가.

"채리야!"

화이는 사랑스러운 반려동물을 번쩍 안아 들었다. 미요, 미요, 소리를 내며 채리가 화이의 가슴에 고개를 비벼댔다.

"밤새 거기 있었어?"

작업을 시작했을 때 문밖에서 미요, 미요, 소리를 내던 아이가 조금 지나자 조용해졌다. 밤새 방문 앞에 서 있었던 것이다. 온 집안 식구들이 잠든 가운데 오직 이 작은 아이, 채리만 눈을 뜬 채 화이를 기다려주었다.

"그냥 자지! 왜 기다려!"

바닥에 내려놓자 채리가 꼬리를 빳빳하게 세우고 올려다보았다. 화이는 쭈그리고 앉아 채리의 머리를 쓰다듬었다. 채리가 하늘을 보고 드러누워 푸둥푸둥한 배를 드러냈다.

"넌 내가 그렇게 좋니?"

말하며 배를 긁어주는데 가슴 가득 뿌듯함이 들어찼다. 채리로 인해, 누군가에게 조건 없는 사랑을 받는다는 것의 의미를 알았다. 인간에게선 받기 힘든 종류의 사랑이었다.

"나도 너 좋아, 채리야. 좋아요 좋아요."

두 팔을 땅에 짚고 채리에게 이마를 들이대며 화이는 생각했다.

지성에게 나도 이런 존재였을까.

지성의 집에서 보냈던 첫날, 화이는 애완동물 같은 존재가 되어야겠다고 마음먹었다. 귀엽고 부드럽고 계산 없는 존재, 이성과 합리가 배제되고 육신과 감각만 남은 존재가 되자고. 천진하고 무구한 여인. 무조건적인 사랑을 주는 여인. 그것이 화이가 설정한 제 인물상이었다.

채리가 화이의 자세를 보더니 반색을 하며 일어나 이마를 들이댔다. 화이의 이마와 채리의 푸른 회색 털이 맞닿고, 둘은 서로 이마를 비비며 먀, 먀, 소리를 냈다.

원래는 날이 밝으면 그 집을 나올 생각이었다. 그런데 잠든 지성의 모습을 보다가 문득, 전에 이 사람을 만난 적이 있다는 사실을 깨달았다. 쌔근쌔근 소리를 내며 잠든 남자는 화이가 20대였던 때, 문화센터에서 강연을 들은 적이 있는 인물이었다. 미학으로 조명한 한국문학이었던가. 그런 비슷한 타이틀을 단, 일주일에 한 번씩 한 달여에 걸쳐 진행된 강의였다. 강단에 선 김지성은(당시 30대였으리라) 말을 멋들어지게 하기 위해 태어난 사람 같았다. 어려운 개념을 어찌나 쉽게 풀어놓는지, 수강생들 모두가 홀린 듯 그의 언변에 빠져들었다. 그가 걸쳤던 옷이 특히 기억에 남았다. 그는 B브랜드에서 나온 티셔츠에 한쪽 귀퉁이가 낡아서 터진 갈색 가죽 가방을 들고 다녔다. B브랜드는 당시 '싸구려'로 인식되어 인기가 없었고, 그렇게 낡은 가방을 들고 다니는 사람 또한 찾아보기 힘들었다. 화이에겐 그 차림새가, 그 가방이, 그렇게 '있어' 보일 수가 없었다. 볼펜은 또 어떠했던가. 흰 펜대에 심 부분만 검게 마감된, 200원을 주면 살 수 있는 그의 싸구려 볼펜이 지성인의 상징처럼 보였다. 인간이 만들어낼 수 있는 최고의 브랜드는 '지성'이라는 사실을 그로 인해 깨달았다.

눈앞에서 가지런히 두 팔을 모은 채 규칙적인 숨소리를 내고 있는 중년 남자가 젊은 시절 제가 동경했던 지식인이라는 사실을 알게 되자 불쑥, 이 집에 머물러야겠다는 생각이 들었다. 어차피 갈 데도 없지 않은가? '채리'가 되자. 만만하고 순진무구하다는 인상을 주면 나를 경계하지 않으리라. 오갈 데 없는 빈한한 여인을 차마 내쫓지는 못하리라.

그런 생각의 저변에는 그 남자가 제 몸에 함부로 손대지 않을 거란 확신이 깔려 있었다. 화이는 알 수 있었다. 눈 앞의 남자 같은 인간은 누군가 보기에 확연히 나쁘다고 할 만한 짓은 절대로 하지 않는다. 싫다는 여자를 억지로 눕혀 관계를 갖거나, 폭력을 휘두르거나, 금품을 갈취하지 않는다. 더구나 이 남자는 문화센터 강사 시절 이후 인생이 잘 풀려서 유명인사가 되었다. 텔레비전 토론 프로그램이나 책 소개 프로그램에 출연해 이런저런 얘기를 늘어놓는 셀럽으로 자리 잡았다. 그런 인지도를 가진 사람이 처음 보는 여자의 몸에 손을 댄다? 절대로 일어나지 않을 일이다!

그와 함께 사는 것은 한 편의 연극과도 같았다. 매순간 흥미로웠지만, 한편으론 낯설고 두려웠다. 늘 정체를 들킬지 모른다는 불안에 시달렸다. 그 불안에는 죄책감도 섞여 있었다. 가진 것 없고 머리에 든 것도 없는 여성으로 행세하면서 상대를 기만하고 있다는 죄책감. 그렇다면 그는 어땠을까. 화이는 닷새 전의 지성을 떠올려보았다. 나가라고 소리치며 눈을 부릅뜨던 모습을. 내가 지긋지긋했을까? 꼴도 보기 싫었을까? 그래서 나가라고 했을까?

화이는 세차게 고개를 흔들었다. 아닐 것이다. 그도 화이의 일부분을 포용하고 받아들였을 것이다. 화이를 애완동물로 보았든, 혹은 백치미 넘치는 여성으로 보았든, 아니면 모든 것이 연극임을 눈치채고도 그냥 모르는 척했든, 일말의 호감을 느꼈을 것이다. 그렇지 않았다면 어떻게 한 달이 넘게 같이 지냈겠는가. 거실 바닥에 무릎을 감싸고 앉자 채리가 몸을 세워 화이의 무릎에 앞발을 올려놓았다. 먀, 먀. 채리의 커다란 눈이 화이를 보고, 화이의 눈이 채리의 녹색 눈을 응시했다. 채리야. 그 사람에게 내가 너처럼 느껴졌을까? 내가 너를 보듯 그 사람이 나를 보았을까?

8/

화이의 책상은 말끔히 치워져 있었다. 마지막으로 회사에 왔던 게 7월 초였으니 두 달 가까이 비어 있었던 셈이다. 당시 체크하던 세금계산서 철과 결재파일이 책상 한구석에 가지런히 놓여 있고, 책상 칸막이에 아이들 사진과 약속시간을 휘갈겨 적은 포스트잇이 비스듬하게 붙어 있었다.

"보던 책, 내가 서랍에 넣어놨어."

화이는 깜짝 놀라 돌아보았다.

"언니!"

영업지원팀 신영진 실장이 겸연쩍은 듯한 표정을 지으며 서 있었다.

“잘 지냈어요, 언니? 너무 반갑다!”

신영진은 화이가 신성포장에 입사했을 때부터 재직했던, 사내 최장기 근무자 중 한 명이다. 원래 송금과 사무실 물품 관리를 맡아 ‘서무’라 불리는 일을 했던 신영진은 처음엔 ‘총무팀’으로 불리는 부서의 소속이었다가, 회사의 개편과 함께 회계팀, 경영지원팀을 거쳐 현재는 영업지원팀 소속이 되었다. 당시 같이 일했던 여직원들은 결혼과 출산을 거치는 과정에서 하나둘 회사를 떠났으나 신영진은 결혼과 세 번의 출산을 거치면서도 꿋꿋하게 버텨 지금에 이르렀다. 작고 다부진 체격에 또렷한 일자 눈썹을 가진 신영진은 사소한 일이라도 대충하는 법이 없어 주위 사람을 긴장하게 만드는 편인데, 당시 갓 입사한 화이를 ‘교육’시키고 ‘예의’를 가르치는 역할을 담당했다. 출근 첫날 화이가 치마가 아닌 바지 정장을 입고 왔다는 이유로 눈물이 쏙 빠질 정도로 혼쭐을 냈던 것도, 회사생활 초기에 ‘4년제 대학을 나왔다고 건방지게 굴면 안 된다’는 말을 가장 많이 투하한 것도, 모두 이 인물, 신영진이었다. 한마디로 신영진은 갓 들어온 신입사원인 화이를 ‘사내 여직원 문화’에 동화시키는 역할을 도맡았던 셈이다.

“너 오늘 오는 줄 알았으면……”

2년 전, 하루아침에 회사에 점령군처럼 부임한 남편은 화이를 억지로 영업지원팀에 끼워 넣었다. 결혼한 뒤에도 회장을 돕느라 직간접적으로 회사 일에 관여해왔지만, 공식적인 직함을 갖고 일했던 것은 아니었기에, 화이는 그런 조치가 당혹스러웠다. 직급도 애매했다.

부장도 아니고 말단도 아닌 차장이라는 직급. 갑자기 등장한 '이화이 차장'을 직원들이 어떻게 보겠는가! 상상만 해도 얼굴이 벌게졌지만, 결국 일주일에 한 번씩 회사에 나가게 되었다. 팀 사람들과 어울리려고 나름 노력도 해보았는데, 매일 출근하는 것도 아니고 하는 일의 범위와 책임소재가 불분명한 화이를, 게다가 '사모'인 그녀를 팀원들이 편하게 대할 수는 없는 일이었고, 화이는 가끔 출근해 자신이 할 수 있는 일이 무엇인지 파악하려 애쓰면서 회사생활을 유지했다.

신영진은 그런 화이에게 말을 걸어주고 같이 점심을 먹으러 가자고 권해준 유일한 인물이었다. 부하직원처럼 부렸던 화이를, 자식을 가르치듯 엄하게 가르쳐 '쓸 만하게' 만들었던 화이를, 그러나 이제 '차장'이라는 애매한 직함을 가지고 등장한 화이를 얄미워하면서 골탕 먹일 만도 한데, 신영진은 그러지 않았다. 화이가 불규칙적으로 회사에 나갈 때마다 신영진의 손길, 그러니까 화이가 짐짝처럼 덩그러니 혼자 놓여 있지 않도록 배려하는 손길이 어김없이 날아왔다. 신영진을 성질 더러운 상사쯤으로 여겼던 화이에게는 의외의 일이었다. 둘 사이에는 그렇게 새로운 관계의 역사가 시작되었다. 각자 가슴에 간직한 감정의 앙금들, 아마도 신영진은 화이를 '건방지고 말귀 못 알아듣는 철딱서니'로 여기는 마음이, 화이는 신영진을 '마치 직속 상사라도 되는 양 사장비서한테 이래라저래라 월권을 휘두르던 심술궂고 나이 많은 옆 부서 여자'라는 마음이 고스란히 남은 채, 둘은 서먹하고 찜찜하면서도 친숙한 관계를 이어갔다.

"알았으면? 알았으면 뭘 해주려고 했어요, 언니?"

창고에서 가져온 푸른 박스에 서랍에 든 내용물을 옮겨 담으며 화이가 친근하게 말했다. 화이는 오늘부터 이 회사의 '부사장'이 되었다. 아직 사내에 공식적으로 발표되진 않았지만, 지금 그 수순을 밟고 있는 중이다. 짐을 싸고 자리를 옮기는 것은 새롭게 맡은 부사장 역할을 그럴듯하게 해내기 위함이다. 이 말도 안 되는 발령에 신영진의 존재가 힘이 되어주었으면 좋겠다. 아침 출근길에 화이가 신영진의 자리에 들러 자신이 새로운 역할을 맡게 되었음을 알렸던 것은 그런 바람 때문이었다. 차장 역할을 떠맡았을 때 해주었던 것처럼, 좀 더 부담스러운 역할을 해내야 하는 지금, 신영진이 화이가 스스로를 '짐짝'이 아닌 '인간'으로 느끼게 해주었으면 좋겠다.

"특별히 뭘 해주겠어, 내가? 점심 약속 안 잡고 너랑 같이 먹었겠지. 근데 화이 너는 뭐 하다가 이제야 나타났니? 여름 동안 코빼기도 안 보이다가."

신영진이 옆으로 와 왼쪽 서랍에 있던 내용물을 책상 위에 쌓아 올렸다. 화이는 조심스레 주위를 둘러보았다. 어쨌든 자신은 이제 '부사장'이라 불릴 인물이다. 그런데도 신영진은 커다란 목소리로 자신을 화이, 너, 라고 칭하고 있다. 차장 직함을 달고 하는 일 없이 회사를 드나들었을 때와 지금은 다르다. 남편의 부재 기간 동안 화이가 결정권을 갖고 회사 일에 실질적으로 관여하게 될 텐데, 무엇으로 부사장 직함에 따르는 권위를 창출해야 할까. 호칭이나마 제대로 잡아야겠다는 생각밖에 떠오르지 않는다.

"아유, 몇 년 동안 없어졌다 온 것도 아닌데. 괜찮아요, 신영진 실장님."

화이는 실장님이라고 깍듯이 부르며 신영진을 올려다보았다. 원래 신성포장에는 '실장' 직급이 없다. 신영진은 누구도 오래 근속하지 않으리라 생각했던 자리에서 충분한 연한을 채우고, 결혼과 출산을 거친 뒤에도 퇴사하지 않고 10여 년을 버틴 뒤에 마침내 실장이라는 직함을 얻었다. 내내 미스 신, 영진 씨, 신 계장으로 불리던 신영진을, 3년 전에 권 상무가 실장 자리에 앉혀주었다.

신영진은 원래 큰아이가 생겼을 때 회사를 그만둘 생각이었는데, 갑자기 남편이 실직을 하게 되면서 회사에 눌러앉게 되었다. 신성포장 창사 이래 최초로, 제도적으로 존재는 하나 누구도 사용하지 못했던 '출산휴가'를 쓰고, '육아휴직'을 쓴 뒤 회사로 돌아와 원래 하던 일을 되찾아오고, 안 하던 일까지(재고 확인 및 정리 같은) 적극적으로 맡아 하면서 제 자리를 다졌다. 둘째 아이가 생겼을 때도 '이제는 그만두겠지' 생각했던 주위 시선을 뚫고 굳건히 첫 아이 때의 수순을 반복했던 것은 그때까지 남편이 재취업을 하지 못했기 때문이었다. 신영진이 셋째 아이를 가졌단 소식을 들었을 때에야, 사람들은 신영진이 이 회사의 붙박이 같은 존재가 되리라는 것을 깨달았다. 신영진의 남편은 여전히 실직상태였고, 두 아이의 육아와 집안 살림을 제법 잘해냈다. 신영진은 직원들에게 은근히 남편의 살림 솜씨를 자랑했다. 대놓고 남편이 살림과 육아를 전담하고 있다는 티를 내지는 않았지만, 주위에 늘어놓는 말을 통해 사내 직원들은 눈치챌 수 있었다. 그렇게 해서 신영진은 여사원 가운데 최장기로 근속한 사원이 되었고, 신성포장이라는 보수적인 작은 기업에서 마흔일곱 살이 되도록 건재한 유일한 여성 직원으로 자리 잡았다. '신 실장'이라는 듣기 좋은 직함까지 달고. 화이는 그런 신영진의 존재를 통해 '먹고사는 일'의 위대함을 실감했다. 신영진이 남성 중심적이기 그지없는 조직에서 살아남았던 것은 순전히 생계 때문이었다. 신영진은 제 또래 여사원들이 모두 나가고, 부른 배를 안고 회사에 와서 임신과 출산에 동반되는 여러 성희롱적인 말에 시달리면서도, 눈 하나 깜짝하지 않고 회사에 나왔다. 둘째 아이를 가졌을 때는 회사에서 양수가 터져 병원에 실려 갈 정도로 악착같이 회사에 붙어 있었다. 한번은 당시 경영지원팀(지금은 영업지원팀으로 통합된) 팀장이었던 백 부장(지금은 퇴사하고 다른 회사로 갔다)이 대놓고 신영진에게 퇴사를 종용했는데, 신영진은 단칼에 거절하고 굳건하게 출근을 이어갔다. 그리고 그런 압력을 안겨주었던 이들보다 오래 살아남아 신성포장의 터줏대감이 되었다. 지금 신영진은 회사의 많은 일에 관여하는, 그리고 남녀 상관없이 전 직원이 어려워하면서도 편하게 제 고충을 털어놓을 수 있는, 회사의 '어른' 같은 존재가 되었다.

"얘가 왜 이래? 웬 실장님?"

신영진이 제게 날아온 깍듯한 존칭을 들으며 파티션 위에서 화이를 내려다보았다. 언제나와 같은 눈빛, 한 치의 실수도 용납하지 않겠다는 엄하고 결연한 눈빛으로.

"언니, 이제 연배도 있으신데, 제가 언제까지 언니, 언니 하겠어요. 실장님이라고 불러드려야죠."

화이가 완전히 비운 오른쪽 서랍을 물티슈로 닦으며 대꾸했다.

"그러니까 너 지금, 나한테 너 부사장으로 불러달라 이거지?"

신영진이 물티슈 통에서 물티슈를 하나씩 꺼내 건네주며 말했다.

"아이, 실장님, 꼭 그런 얘기가 아니고……"

화이는 서랍을 두 손으로 잡고 흔들어 빼냈다. 아예 꺼내서 닦는 게 속 시원할 것 같았다.

"뭘 아니야. 그런 얘기 맞구만, 안 그래, 부사장?"

빠져나온 서랍에 물티슈를 문지르던 화이의 고개가 돌아가고, 신영진과 눈이 마주쳤다.

"뭐, 실장님이 그렇게 불러주시면 저도 조금 면이 서긴 하겠죠?"

"뭘 그렇게 빙빙 돌려? 다른 사람들 눈도 있으니까 그냥 부사장이라 불러주면 안 되냐고 그냥 말하면 되지, 화이 너는, 아니지 부사장이지, 아무튼 부사장은 그게 병이야. 괜히 여우짓 해서 상대방 나쁜 사람 되게 만드는 거. 그 여우같이 말하는 버릇 좀 고쳐야 될 것 같아, 부사장은."

"아우, 언니…… 진짜."

화이는 눈을 가늘게 뜨고 신영진을 쳐다보았다. 이놈의 잔소리.

"나머진 제가 할게요. 가서 일 보세요, 신 실장님."

"난 어차피 오늘 오후에 해야 할 일 다했네요. 이거 저쪽 자리로 옮기면 되지, 부사장?"

신영진이 가득 찬 박스의 윗부분을 테이프로 봉한 뒤 사무실 반대편 쪽을 향해 머리를 기울여 보였다. 최승현이 화이의 자리라고 지정해준, 3층 사무실의 가장 안쪽에 있는, 일어서면 3층 사무실에 있는 직원들의 동태를 한눈에 파악할 수 있는 그런 자리였다.

"고마워요, 언니! 아니, 신 실장님!"

쭈그리고 앉아 맨 아래 서랍 안쪽으로 손을 넣던 화이가 큰 소리로 외쳤다. 순간 파티션 너머로 직원들 얼굴 몇 개가 나왔다가 들어갔고, 화이는 손으로 입을 가렸다. 신영진은 박스를 들고 이미 저쪽으로 건너가고 있었다.

몸을 구부리고 서랍 안쪽의 물건을 꺼내다가, 화이는 책상 앞에 철퍼덕 앉았다. 이렇게 바닥에 앉아 파티션을 올려다보면 잠깐이나마 동굴로 피신한 느낌을 받는다. 그새 상자를 놓고 온 신영진이 화이가 앉아 있는 걸 보고 옆에 와 쭈그리고 앉았다. 그리고 신영진의 각진 얼굴과 일자 눈썹이 앞에 놓이는 순간, 화이의 뇌리에 이달 초에 이 얼굴과 만났던 순간이 번쩍 떠올랐다. 그녀가 지성의 집에 얹혀살던 때. 돈 빌릴 데를 떠올리다가 머뭇거리며 이 얼굴의 소유자에게 전화했던 때가. 화이는 전화를 건 뒤 무작정 찾아가 이 얼굴과 대면했더랬다. 제 집 근처 도넛 가게에서 만났을 때, 신영진은 불쑥 봉투를 내밀었다. 화이가 부탁한 액수만큼의 현금이 채워져 있는 봉투를. 화이는 말없이 신영진을 쳐다본 뒤 봉투를 들고 나왔고, 신영진은 앉은 채 떠나는 그녀를 응시했다. 눈빛과 행동으로 소통했던 순간, 투박했던 대화와 말없이 행해지던 움직임들. 그리고 며칠 전, 집으로 돌아온 화이가 돈을 갚겠다는 문자를 보냈을 때, 신영진은 계좌번호와 은행명만 달랑 찍은 답 문자를 보내왔다. 신영진은 돈을 입금받은 직후에 '돈을 갚아준 건 고맙지만 은행이자만큼은 쳐서 주면 좋겠다'는 문자를 전송해왔다. 화들짝 놀란 화이가 은행이자의 두 배쯤 되는 이자를 송금했을 때는, 신영진이 절반의 돈을 다시 내주겠다고 고집을 부려 한동안 서로 옥신각신하는 문자를 주고받기도 했다.

그때 신영진은 왜 아무것도 묻지 않았을까? 입사 당시부터 지금까지, 화이는 회사 사람들에게 살뜰히 대했다. 도와줄 수 있는 건 다 도와주었고, 누군가에게 도움을 받을 경우엔 반드시 받은 것의 배 이상으로 되돌려주었다. 특히 회장의 외동아들과과 결혼한 뒤에는, 도움을 준 사람이 섭섭하지 않도록 더욱 신경 썼다. 신영진에게도 물론, 적절한 방법으로 보상을 할 생각이었다. 다만 돈으로 주기가 뭐해서, 뭔가를 사서 보내야겠다 고민하던 참이었다. 그런데 은행이자를 달라고 한 것은 무슨 의도일까? 돈거래를 하는 게 그리 내키지 않은 일이었다는 걸 표현하고 싶었을까? 그렇게 해서 화이의 측근이 되는 걸 피하고 싶었던 걸까? 아니면 단순히, 세 아이를 건사하기에 살림이 너무 빠듯해서, 마지막 한 푼까지 챙겨가고 싶었던 것일까?

"부사장은 잘해낼 거야."

신영진이 손으로 화이의 어깨를 치며 조그맣게 말했다.

"잘할까요, 신 실장님? 저 너무 부담스러워요."

화이가 울상을 지으며 소곤거렸다. 남편이 뜬금없이 부사장 자리를 신설하고 그 자리에 그녀를 앉히려는 것은 순전히 권 상무를 제지하기 위함이다. 디지털 혁신이니 뭐니 해서 권 상무가 상당한 예산이 들어가는 일을 시도하고 있는데, 남편은 그 모든 게 권 상무가 회사를 가로채기 위해 하는 짓이라 의심하며 발을 구르고 있다. 권 상무의 권한남용과 사적인 자금도용을 막으려면 회사에 성실히 엉덩이를 붙이고 있어야 하는데 그러긴 싫고, 다른 방안이랍시고 생각해낸 것이 부사장 자리를 마련해 제 아내를 앉히는 것이었다. 그것이 그 인간이 머리에서 짜낼 수 있는 최상의 아이디어였으리라. 지금부터 달아야 하는 '부사장' 직함은 '차장'과는 비교도 할 수 없는 민망함을 안겨줄 것이다. 그런 생각으로 몇 번 고사했으나 남편은 아랑곳 않고 그녀의 명함을 파고 자리를 마련했다.

여름의 가출 사건으로 화이는 돈의 중요성을 뼈저리게 깨달았다. 화이에게는 선대 회장이 그녀 앞으로 남겨준 자산이 있지만, 그것은 모두 한남동에 있었다. 시모의 장롱 속에, 금덩어리와 달러와 엔화와 채권이라는 형태로 고이 묻혀 있어, 화이의 의지로는 100달러짜리 한 장도 꺼내 쓸 수 없었다. 남편에게 쫓겨나 거리로 나갔던 날, 화이는 자신이 사실상 돈 한 푼 없는 '거지'라는 것을 알았다. 남편 명의로 된 신용카드는 모두 정지돼 있었고, 화이의 수중에는 지갑에 들어 있던 몇만 원밖에 없었다.

그 시간 이후로 화이는 정신을 차렸다. 이제 그녀는 미래에 대비해야 할 것이었다. 남편과 검은 머리 파뿌리가 될 때까지 살겠단 생각은 눈곱만큼도 없지만, 일정 규모의 돈이 마련될 때까지는 참아야 할 것이었다. 그런 측면에서 보면 회사에 부사장으로 발령이 난 것은 기회가 될 수 있었다. 이 자리에 앉아 있으면서 권 상무가 회사 돈을 사적으로 유용하는 것도 막고(가능할지 모르겠지만), 남편에게 벗어난 뒤 독자적으로 살아가는 데 종잣돈이 돼줄 현금도 마련하면 될 터였다.

"이화이가, 아니 이화이 부사장이 일은 잘하잖아. 말귀를 좀 빨리 못 알아먹어서 그렇지, 일단 알아들으면 잘해내거든. 우리 팀 사람들이 다 그러던데? 사모가……"

말하다 말고 신영진이 헉, 소리를 내며 손가락을 제 입에 갖다 댔다.

"괜찮아요, 실장님. 내가 사모지, 그럼 누구겠어요? 계속 말해봐요. 팀 사람들이 뭐라고 했어요?"

화이는 사람들이 제 앞에서는 이 차장님이라 부르지만 뒤에선 사모라 칭하는 걸 알고 있었다. 어쩌겠는가. 자신은 '사모'가 맞고, 그렇기에 이렇게 합리적이지 않은 방식으로 회사를 오가고 있는 것을.

"사람들이 다 그래. 사모가 사장보다 일을 백배는 잘한다고."

신영진이 귀에 대고 이렇게 소곤거린 뒤 고개를 숙이고 웃음을 죽였다. 화이도 손으로 입을 막고 꾹꾹 소리를 내며 웃음을 다스렸다.

"지금 그걸 칭찬이라고 하는 거예요, 실장님?"

웃음을 멈춘 뒤 화이가 눈을 흘기며 말했다. 남편이 아무 생각 없는 상속자이자 낙하산 인사라는 건 누가 봐도 명백했다. 다른 직원이 이런 말을 했다면 차마 동조하지 못했겠지만 신영진에게는 터놓고 말할 수 있다.

"아, 오해는 말고, 부사장. 사장님이 일을 잘 못한다는 게 아니라 사모가, 아니 부사장이 일을 잘한다는 의미로……"

신영진이 어깨까지 오는 파마머리를 귀 뒤로 넘기며 열심히 말을 쏟아냈다.

"괜찮아요, 실장님. 저도 알 거 다 아니까."

화이는 신영진과 눈을 맞추며 씨익 웃은 뒤 책상을 붙들고 자리에서 일어섰다.

"실장님, 이 박스 좀 저 자리로 날라다줄래요? 그동안에 내가 남은 거 마저 싸면 이제 다 끝날 거 같아요."

어차피 가라 해도 가지 않을 것 같아 신영진에게 박스를 옮겨줄 것을 부탁하고, 화이는 다시 짐을 꾸리기 시작했다. 이럴 때는 신영진이 자신과 매우 가까운, 믿을 수 있는 측근으로 느껴진다. 오랫동안 알아왔다는 이유 하나로.

9/

시모의 차에선 새 차 냄새가 났다. 화이는 차 안으로 상체를 들이밀었다. 운전석에 있던 박 기사가 뒤돌아 고개를 숙여 보이는 걸 보며, 그제야 뒷좌석에 자리 잡은 시모가 굳이 자신에게 차 안으로 머리를 들이밀게 한 이유를 알았다. 시모는 박 기사에게 보여주고 싶었던 것이다. 제 며느리가 돌아와 '작은 안주인' 노릇을 온전히 해내고 있음을.

"몸조리 잘해라. 또 병원 신세 지지 않게."

시모가 큰 소리로 말하며 뒷좌석 한편에 두었던 붉은색 쇼핑백을 내밀었다. 유명 브랜드명이 인쇄된, 시모의 집에 늘 몇 박스씩 쌓여 있는 홍삼 상자를 담은 백이었다.

"감사합니다."

방금 다녀온 한의원 녹용에 홍삼까지 먹으라고요? 제 몸이 무슨 잡탕용기인줄 아세요? 화이의 마음속에 이렇게 쏘아붙이는 모습이 생생하게 떠올랐다 사라졌다. 가출 사건 이후로 시모의 일거수일투족에 토를 달고 싶어졌다. 언젠가 입 밖으로 그런 말들이 튀어나오지 않을까 걱정될 정도로 강렬한 충동이다.

"가자."

옆에서 기다리던 남편이 손을 잡아끌었다. 화이는 시모에게 고개를 꾸벅 숙인 뒤 남편에게 이끌려 주차장 엘리베이터로 갔다. 시모의 차는 한의원 건물 지하 2층에, 남편의 차는 지하 3층에 주차돼 있었다.

엘리베이터는 건물 12층에 멈추어 내려오지 않고 있었다.

"가만히 있어라."

화이가 손을 놓으려 하자 남편이 잡은 손에 힘을 꽉 주더니 비상구로 잡아끌었다. 성질이 급한 남편은 엘리베이터를 기다리지 못해 툭하면 계단을 이용한다. 화이는 가쁘게 숨을 쉬며 끌려가다시피 비상구로 갔다. 걸음이 빠른 남편이 오늘따라 유난히 빨리 걸었다.

"니 약 잘 챙겨무으라, 알겠제?"

차에 시동을 걸며 남편이 말했지만 화이는 못 들은 척 고개를 돌려버렸다. 시모와 있을 땐 멀쩡한 서울말을 쓰던 인간이 둘만 남자 갑자기 경상도말을 쓰는 게 싫었고, 시모가 약을 지어준 이유가 뭔지 알면서 모르는 척 능청을 떠는 것도 가증스러웠다.

주차장을 빠져나오자 환한 빛이 눈을 강타했다. 9월. 비로 뒤덮였던 여름이 지나가고 빗물이 빠져나간 자리에 강렬한 햇살이 남아 세상을 비추고 있었다. 화이는 눈을 가늘게 뜨고 지나가는 신도시의 풍경을, 하늘을 찌를 듯 솟은 아파트의 행렬을 구경했다. 가을이 오는구나. 햇살의 따가움은 그대로인데, 햇살을 싸고돌던 진득한 습기가 쏙 빠져나가 바삭바삭하고 청결한 느낌을 만들어내고 있다.

"선글라스!"

경부선에 합류해 들어간 남편이 인상을 쓰며 짧게 부르짖었다. 화이는 보조석 서랍을 열어 선글라스를 찾아 건네주었다.

"펴서!"

그녀는 벌레 씹은 듯 남편을 쳐다보다가 묵묵히 선글라스를 펴서 건넸다. 그래. 이런 식으로 말하는 사람이었지. 언제나 짧게, 명령형으로, 어미를 생략하고 말하는 사람. 역시나 예전 버릇이 그대로 나온다.

"음악 좀 틀어봐라."

남편이 다시 입을 연 것은 경부선 양쪽으로 펼쳐지던 녹지가 다시 빼곡한 건물로 바뀔 때쯤이었다. 화이는 창에 기댄 채 왼쪽 팔을 뻗어 오디오의 파워 버튼을 눌렀다. 뛰어노는 듯한 피아노 소리와 콘트라베이스 소리가 이내 차 안을 채웠다.

"니 이 음악 우짠고, 좋은 거 알겠나?"

화이는 대답 없이 창밖을 쳐다보았다. 남편은 록 음악을 좋아한다. 유명 록 그룹의 곡들을 귀청 터지게 틀어놓아 동승한 사람을 괴롭게 만드는데, 오늘은 웬일로 재즈를 듣는다. 하지만 그에 대해 아는 척하고 싶진 않다. 보나 마나 지금 만나고 있는 여자가 재즈를 좋아하거나, 그 여자가 재즈에 관련된 일을 하거나, 둘 중 하나일 것이다.

"아앗."

갑자기 남편의 손이 뒷목을 잡아채는 바람에 화이의 입에서 비명이 흘러나왔다.

"사람이 말을 하면 쳐다봐야지, 이 싸가지 없는 가시나야."

화이의 얼굴이 남편을 향해 돌아가고, 반사적으로 목에 힘을 주는 바람에 뒤틀린 어깻죽지에 뻐근한 통증이 일었다.

"니 말이다."

뻗었던 손을 운전대에 올려놓으며 남편이 말했다. 화이는 손톱살을 깨물며 정체불명의 지역어를 내뱉는 남편을 노려보았다.

"니 아까 치과 얘기 나오니까 눈이 막 퍼드득거리데."

남편을 보는 화이의 눈가가 떨리기 시작했다.

"내가 언제 그랬어요!"

화이의 목소리가 떨려 나왔다. 숨이 거칠어졌다.

"어쭈, 이 가시나 봐라. 뿔따구 났나."

화이는 의자에 기대앉아 눈을 감았다. 한의원 대기실에 앉아 있을 때, 시모가 물은 건 딱 두 가지였다. 명현이 교정하는 데 얼마가 드는지, 교정하는 의사의 출신 대학이 어디인지. 화이는 단답형으로 답했고, 그것으로 그 이야기는 끝났다.

"와, 치과의사 얘기를 내가 하면 안 되나? 그노마가 뭔데."

"승현 씨."

화이는 정색을 하며 남편을 불렀다. 이름을 부르자 온몸에 뭐가 돋는 것처럼 이질감이 들었다. 최대한 감정을 섞지 않으려 노력했지만, 눈이 뜨거워지면서 입가가 떨려왔다.

"니 지금 우나."

화이를 곁눈질로 본 남편이 황당하다는 듯 말했다. 그러자 정말로, 눈물이 쏟아져나올 것 같았다.

“내 마지막으로 묻는다. 다시 안 물을 거니까, 확실히 말해라.”

남편이 뭘 물으려는지는 뻔했다. 이미 수십 번, 수백 번 물었고, 지금도, 그리고 앞으로도 수없이 물으려는 말. 의사가 병원을 그만두고 시야에서 사라진 마당에도 그런 말을 꼭 해야 하는가. 마지막이라는 상투어까지 붙여가면서.

“화이 니 그노마랑 잤나?”

“그런 적 없다고 몇 번을 말해요! 그것 때문에 몇 번씩 사달이 났잖아요. 대체 언제까지 이럴 거예요! 그만해요, 제발!”

갑자기 커다란 소리가 튀어나와 차 안 공기를 휘저었다. 화이는 놀라며 제 안을 들여다보았다. 불안. 그녀의 내부를 채우고 있는 감정은 그것이었다. 시모에게서 교정 이야기가 나온 순간부터, 화이의 마음은 어쩔 줄 몰라하며 번뜩였다.

“뭐 잘했다고 큰소리를 치나! 니 그래봤자 이제 하나도 안 귀엽데이.”

남편이 입을 삐죽거리며 어깨를 움츠리더니, 깜빡이를 켜고 옆 차선으로 끼어들어갔다.

화이는 턱을 쓰다듬으며 남편의 옆모습을 보았다. 파랗게 면도자국이 남은 둥그런 턱선. 저를 기쁘게 할 것을 찾아 희번덕거리는 눈. 비대칭으로 일그러지는 붉은 입술. 무엇보다, 저 혈색 좋은 얼굴. 남편은 티 한 점 없는 복숭앗빛 피부와 앵둣빛 입술을 갖고 있다. 연애할 땐 생명력 넘쳐 보이는 매력적인 특성이었는데, 이제는 보기만 해도 치가 떨리는 특성이 되었다. 얼마나 징그러운 얼굴인가. 누구에게도 지지 않고, 어떤 일에도 끄떡없이 건강을 유지하며, 영원히 그녀를 거느리고 떵떵거리며 살 것 같은 얼굴.

양재로 진입하려는 차들은 기다란 행렬을 유지하고 있었다. 남편은 그 행렬의 맨 앞부분으로 돌진한 뒤 뻔뻔하게 차머리를 들이밀었는데, 그때마다 번번이 원래 있던 차량에 저지당하고 클랙슨 세례를 받았다.

"시발, 좀 비켜도, 쫌!"

하. 화이의 입에서 너털웃음이 새어나왔다.

"욕은 저 사람들이 승현 씨한테 해야 하는 거 아닌가요? 어떻게 지금 그런 욕이 나와요?"

보다 못해 말하자 남편이 고개를 뒤로 꺾으며 껄껄껄 웃었다. 그 웃음 사이사이로 콘트라베이스 소리가 섞여 나오며 시끄럽고 산만한 분위기를 고조시켰다.

"니 그런 말하면 아직도 니가 귀여운 줄 알제?"

그 순간 옆 차선의 차들 사이로 비좁은 거리가 생겨났고, 남편이 잽싸게 그 틈새로 차머리를 들이밀었다.

"에어컨 좀 줄일게요."

무사히 양재 진입차로로 들어서는 것을 확인한 뒤 화이는 얼른 이렇게 말했다. 아까부터 춥다 느꼈는데, 지금은 너무 추워서 딱딱거리며 이 부딪치는 소리를 낼 지경에 이르렀다.

"됐다, 꺼라."

남편이 손을 내밀어 에어컨 전원을 꺼버렸다. 에어컨이 존재하는 공간이면 무조건 에어컨을 최고 강도로 틀어놓아야 하는 인간이 한 의외의 행동에 놀란 화이가 반사적으로 남편을 쳐다보았다. 이 인간이 왜 이러지?

"내 내일부터 집에 없데이."

거북이처럼 기어가는 차량의 행렬에 갇힌 채 피아노와 콘트라베이스와 색소폰이 서로 튕겨내는 듯한 음악을 듣다가, 남편이 불쑥 말했다.

"어디 가는데요?"

화이는 웃음이 새어나오려는 걸 간신히 억눌렀다.

"그건 알 거 없고. 니 말이다."

"네."

화이가 조용히, 체념한 듯 답했다.

"나한테 그렇게 깍듯이 존대 안 해도 된다."

놀라서 벌린 입을 다물 생각도 하지 못한 채 화이는 남편을 쳐다보았다. 왜 이러지? 나를 시험하는 건가?

"저번에 말이다, 그, 니 집 나가기 전까지 말이다. 반말도 하고, 뭐 자연스럽게 그래 하지 않았나. 마, 그 정도로만 해라."

남편은 화이보다 두 살이 어리다. 처음 만났을 때는 승현 씨, 화이 씨, 하며 서로 존대했다. 그러다 사이가 가까워지면서 남편이 자신을 오빠로 불러줄 것을 요구했다. 한때 두 사람은 오빠 동생 하며 살가운 분위기를 냈는데, 결혼하기 직전, 시모가 화이에게 결혼 뒤부터 남편에게 존칭을 쓰라고 충고했다. 그래도 한동안 둘이 있을 때는 오빠라 부르며 반말과 존댓말을 반씩 섞어서 사용했는데, 남편이 기분이 좋지 않을 때나 그녀에게 불만이 있을 때, 혹은 작업 중인 여자와 잘 안 풀려 화풀이 대상이 필요할 때, 갑자기 존댓말을 쓰지 않는다는 이유로 트집을 잡았다. 이번에 손찌검을 할 때도 '존댓말 문제'가 주요 이유를 강화시켜주는 보조 이유로 어김없이 작동했고, 집에 돌아온 이후 화이는 같은 일이 또 발생하지 않도록 신경 써서 존댓말을 하고 있다.

"갑자기 왜…… 요?"

남편과 더 이상 살 생각은 없다. 가능한 한 빠른 시기에 관계를 정리할 것이다. 하지만 지금 당장은 그렇게 할 수가 없다. 경제적으로 가능하지 않고, 아이들 문제도 고려해야 한다. 아이들을 데려다 키우려면 경제력이 있어야 하니, 둘은 근본적으로 같은 범주에 속하는 문제일 것이다. 그러니 준비를 완벽하게 마칠 때까지는 참아야 한다. 숙고 끝에 그녀는 그대로 존댓말을 쓰기로 한다.

"남들이 보기에 내가 그 마, 권위적, 그래, 권위적으로 보이지 않겠나. 내가 어데 그런 인간인가."

파핫. 그녀는 참지 못하고 실소를 터뜨렸다. 아이 같은 사람. 남편을 한마디로 정의하면 그렇게 말할 수 있을 것이다. 이 인간은 솔직하고, 길게 생각할 줄 모른다. 말투와 몸짓을 통해 속내를 그대로 표출한다. 연애 때는 이런 면에 매력을 느꼈다. 위선적이지 않아 보였다 할까. 제 이글거리는 욕망과 감정을 그대로 표현하는 모습이 야생동물 같아 보였다. 이 남자가 내보이는 이기심은 살아 숨 쉬는 생명체의 강력한 자기 과시이고, 온갖 신체적 우성인자를 타고난 이 남자는 살아 있음의 화신이라고 생각했다.

"얼마나 다녀와요?"

묻는 순간 나아가던 앞차가 갑자기 멈춰 서는 바람에 남편이 갑자기 브레이크를 밟으면서 그녀의 몸이 앞으로 확 쏠렸다.

"니 괜안나!"

앞으로 쏠려 운전대에 얼굴을 부딪힌 남편이 고개를 들더니 손으로 화이의 배를 황급히 받쳐주었다. 화이는 흠칫 놀라며 배에 힘을 주어 최대한 뱃가죽이 그의 손길에서 멀어지도록 했다.

"야, 이 씨발, 개새끼, 너 죽고 싶어?"

화이가 숨을 고르는 사이, 남편이 창문 새로 고개를 내밀고 고함을 질렀다. 창문을 닫은 앞차에 들릴 리 없었고, 그저 제 분을 삭이기 위해 한 행위였다.

"저런 새끼들 때문에 황천길로 가는 거 아이가."

15년 전, 결혼을 코앞에 두었던 때, 배 속에 명현이 있고 남편이 화이를 나름 아껴주는 시늉을 했던 때, 그때도 남편은 앞차 때문에 급정거를 하면 이런 제스처를 취했다. 그때는 제가 임신한 상태라 그러는 거라 생각했는데, 지금 꼭 같은 행동을 하는 걸 보니 이게 이 인간의 패턴인가 하는 생각이 든다. 남자가 운전을 하다 옆자리에 앉은 여자가 다칠 위험에 처하면 자동반사적으로 이런 행동이 나오는 건가? 아무런 애정이 없는 상대여도? 아니면 이 인간은 내가 어쨌든 애들 엄마이니 보호할 필요가 있다고 느끼는 걸까?

"행선지는 안 알려줘도 되는데, 얼마나 다녀오는지는 알려주면 좋겠어요."

고속도로를 빠져나와 양재 사거리로 접어들었을 때 화이는 조용히 물었다.

"직원들에게 말해줘야 하기도 하고요."

다시 덧붙이자 남편이 한쪽 입술을 위로 올리면서 이와 볼 사이로 쉬익, 바람 들어오는 소리를 냈다.

"내도 모른다. 하루가 될지, 일주일이 될지. 누가 아나. 한 달 동안 안 올지. 니처럼."

남편이 노래하듯 말하며 휘파람을 불었다. 표정과 몸짓에 어린 설렘이, 기쁨과 흥분이 고스란히 전해져와 화이는 고개를 홱 돌렸다. 9월의 초입. 건조하고 맑은 햇살을 받은 남편의 옆얼굴이 환히 빛나며 부드러운 윤곽선을 만들어내고 있었다. 그리고 그 야수 같은 인간의 실루엣이 화려하게 피어나 반짝이는 것을 보면서 화이는 생각했다. 참으로…… 아름답구나.

얼굴에 빛처럼 피어난 미소, 자연스러운 곡선을 만들어내는 얼굴 근육, 부드럽게 연결된 곡선 새로 흘러나오는 생의 흥. 그것이 보조석에 앉은 이에게 고스란히 전달되어 오고, 화이는 제 배우자가 자신을 보며 설레하던 때와 같은 감흥에 잠겨 혼자 미소 짓는 것을 묘한 감정을 갖고 지켜보았다. 신이 인간을 복잡하고 기묘하게 만들어냈다는 것을, 최승현 같은 인간도 한순간 운명 같은 감정에 물들면 일말의 미학을 뿜어낼 수 있다는 것을, 가슴 저리게 통감하는 순간이었다.

양재 사거리를 빠져나온 뒤부터 도로는 한산해져 사랑에 빠진 남자와 그 배우자를 태운 차는 10분도 지나지 않아 그들의 서식지에 도착했다. 아파트 지하주차장 진입로에 들어서기 직전, 남자 배우자는 이렇게 말함으로써 자신이 특별한 인연에 빠져들었다는 것, 그래서 이전과 분연히 달라진 인간이 되었다는 것을 드러냈다.

"내도 아 낳을 생각 더 없다. 그러니까 그냥 엄마가 어데 병원 같은 데 데려간다 카믄, 그냥 모른 척하고 따라가서, 마, 약 받아다 무우라."

안전벨트를 풀다 말고 화이는 뚫어지게 남편을 쳐다보았다. 지금 이것이 정녕, 이자의 입에서 나온 말이란 말인가.

"어차피 몸에 좋은 약 아이가. 오늘 지은 약재가 마, 이 박사님도 아무한테나 주는 약재 아니라 카더라."

시모는 지금까지도 대를 이을 아들에 대한 집착을 버리지 못하고 있다. 며느리 얼굴만 보면 부끄러운 줄도 모르고 아들 타령을 했는데, 집에 돌아온 지 며칠 되지도 않은 며느리를 데리고 한의원에 데려가지 못해 매일 전화로 안달복달을 하다가 오늘, 기어코 한의원에 끌고 갔다. 제 의지를 내보이기 위해 아들까지 동원했다. 평상시 아들 갖는 문제에 대한 남편의 태도는 뜨뜻미지근했다. 시모만큼 열과 성을 보인 건 아니었지만, 잊을 만하면 '그래도 아들은 하나 있어야지'라는 말을 내뱉었다. 물론 화이가 난관수술을 받았다는 건 모자 둘 다 모르고 있다. 시모가 양의를 불신하고 한의를 신뢰하는 사람인 덕분이었다. 양의를 찾아갔다면 최첨단 기기로 검사해 단박에 며느리의 상태를 알아냈을 테고, 그랬다면 이미 남편과 그녀는 갈라서서 과거의 인연이 되었을 것이다.

어떤 여자인가.

남편이 주차를 마치고 시동을 끄며 오늘 지은 약재에 들어간 게 얼마짜리고, 얼마나 귀하고, 엄마가 너를 생각해서 특별히 무엇을 넣어달라 부탁했고, 등등의 말을 읊조리는 동안 화이는 백을 챙기고 차문을 열었다. 최승현, 너를 이렇게 만든 사람이 누구냐. 대체 어떤 여자기에 너를 이렇게 인간 냄새 풍기는 버전으로 바꾸어놓았느냐. 남편과 나란히 지하주차장을 걸어가면서, 화이는 네가 사랑에 빠진 사람의 얼굴이나 한번 보고 싶다고 말하고 싶은 걸 눌러 참느라 안간힘을 써야 했다.

10/

사람들은 대개 '잘사는' 집의 주부는 행복할 거라 생각한다. 시간이 넘쳐나고, 스트레스 받을 일이 없으며, 만족스러울 거라고. 최초로 그것을 인식한 것은 결혼 뒤 화이의 주변 사람들이 보인 반응을 통해서였다. 가만히 앉아서 로또를 맞은 운 좋은 신데렐라. 화이가 규모가 크진 않지만 '실속 있는 작은 기업'의 자손과 결혼했음을 안 사람들은 이런 생각을 감추지 못했고, 화이는 한동안 사람들을 경계하는 시간을 가져야 했다. 물론 그 사람들이 화이가 '무근심' 상태에 진입했다 착각하게 된 데는 화이가 제 결혼의 정확한 진상을 알려주지 않았던 탓도 있었다. 큰 키와 보기 좋은 체격, 잘 웃고 호방하며 선량한 인상을 가진 결혼 상대가 실은 허세 빼고는 남는 게 없고, 예쁜 여자를 보면 바로 쫓아가서 들러붙는 병질이 있으며, 넘치도록 많은 돈을 갖고 있음에도 제 부인이 쓴 몇천 원은 아까워서 어쩔 줄 몰라 하는 인간이라는 사실을, 그런 인간과 만난 지 3개월도 되지 않아 결혼하게 된 것은 그가 '부잣집 아들'이기 때문이 아니라 갑자기 아이가 들어섰기 때문이라는 사실을, 화이는 차마 말할 수 없었다. 그에 더해 그 임신이 자신이 전혀 원하지 않았던 경로를 통해 이루어졌다는 사실은 정말이지 말할 수 없었다. 화이 자신조차, 그 임신을 조금도 원하지 않았으며, 자신에게 아이가 생겼던 과정을 정확하고 냉정하게 말하자면 단 두 글자의 말, '강간'이라 명할 수 있다는 사실을 안 건 그 후로도 한참의 세월이 지난 다음의 일이었으니까.

그랬다. 화이는 다니는 회사의 사장의 아들과 얼떨결에 만났고, 얼떨결에 임신했으며, 얼떨결에 결혼했다. 그리고 자신에게 떨어져 내린 수많은 변화를 허겁지겁 받아 삼키며 짧은 기간 동안 갑자기 들이닥친 일들이 분명히 '행운'에 해당할 거라고 부단히 되뇌었다. 어쨌든 엄마와 둘이 살 집의 월세를 낼 걱정을 하는 상태에서 벗어났고, 치매를 앓는 엄마를 요양원에 모실 수 있게 되었으며, 먹고살 걱정에서 해방되었으니까. 물론 그 중간중간 자린고비처럼 구는 남편과 시모 때문에 치사한 꼴을 당하기도 했지만 그래도 절대적으로 봤을 때, 화이의 삶은 물질적으로 분명히 풍요로웠다. 비록 지금 체감되지 않는다 해도 분명 이런 삶은 행복한 것임에 틀림없다고 생각하며, 그녀는 닥쳐오는 국면 국면을 맞았다.

그 뒤로 펼쳐진 세월은, 체감되지 않는 행복은 실제로 존재하지 않는 것임을 깨닫는 느리고 긴 과정이었다. 남 탓하기 싫어하고 핑계 대기 싫어하는 화이에게는 그런 깨달음이 그나마 서서히라도 와준 걸 감사해야 할지도 모를 일이었다. 어릴 때부터 화이는 그랬다. 핑계 댈 시간이 있으면 더 노력해서 상황을 극복하면 되는 것이고, 세상에서 제일 못난 인간은 제가 이루어내지 못한 일을 남 탓으로 돌리며 중언부언하는 인간이라고 생각하며 부단히 자신을 채찍질했다.

하지만 그러한 화이의 삶에도 가끔 기쁨을 느끼는 순간이 있다. 지금 같은 순간, 제 집의 정원을 제 뜻대로 가꿀 수 있는 이 순간이, '잘사는' 집 주부로 살면서 드물게 느끼는 기쁨의 순간이다.

"그럼 식물등을 다섯 개 설치하겠습니다."

집을 비웠던 기간 동안, 기르던 식물들이 초토화되었다. 유럽 제라늄과 영국 장미를 50종 정도 키우고 있었는데, 돌아와 보니 반이 죽고 반은 앙상하게 뼈대만 남아 있었다. 남편이 며칠간 집을 비울 거라 통보했을 때, 머릿속에 퍼뜩 떠오른 생각이 바로 이곳, 정원이었다. 회사 일에 대해 이렇게 저렇게 처리하라는 남편의 말에 화이는 계속 정원 리모델링 얘기를 꺼냈고, 결국 남편이 짜증을 내면서 정원은 네가 알아서 하라고 말하게 만들었다. 결혼생활 15년 만에 처음으로, 정원을 마음대로 할 수 있는 권한을 얻은 것이다.

"다섯 개는 너무 적지 않을까요? 좀 더 촘촘하게 열 개 정도 설치하죠."

화이가 말하자 처분할 화분을 골라내던 에이프릴가든 허 사장이 한쪽 눈을 찡그렸다.

"너무 많지 않을까요?"

이 집에 드나든 지 9년째 접어드는 이 50대 후반의 남자, 허 사장은 이 집의 '사장님'이 얼마나 짠돌이인지 알고 있다. 아니, 제 허영심을 채우는 데는 밑 빠진 독에도 하염없이 돈을 쏟아붓는 인간이니, 부인과 큰딸에 대해서만(래현에게는 또 그렇게 후할 수가 없다) 짜게 구는 '선택적 짠돌이'라 해야 할 것이다. 아무튼 허 사장은 화이가 적은 돈을 쓸 때도 얼마나 남편의 눈치를 보며 전전긍긍하는지 잘 알고 있다. 이 집에 들어와 처음 정원 공사를 했던 때, 화이는 제 마음대로 화단에 장미를 심었다가 남편에게 엄청난 타박을 받았고, 허 사장에게 장미를 다시 가져가달라고 부탁해야 했다. 그리고 미안하게도, 반품 비용을 허 사장에게 떠넘겼다. 허 사장은 억울해하면서도 그 비용을 떠맡아주었다. 당시 막 가드닝 사업을 시작했던 허 사장은 이후 화이가 소개하는 '사모'들의 집을 다니며 강남에서 이름을 날리는 가드너가 되었고, 수없이 이 집 정원을 들락거리며 정원 일을 맡아주었다. 그러면서 "내가 진짜 사장님 생각하면 두 번 다시 안 오고 싶은데 순전히 사모님 때문에 오는 겁니다"라는 말을 지금까지 수십 번 했다. 그런데 오늘, 이 화창한 초가을 아침, 빛나는 햇살을 받으며 가엾은 사모 이화이가 당당하게 말하고 있다. 식물등을 보다 촘촘히 설치해주시라고.

"올여름에 보니까 비 오는 날이 엄청 많더라고요. 기억나시죠? 두 달 내내 비 왔잖아요."

이렇게 말하는 순간 통증이 일어 화이는 가슴 밑을 꾹 눌렀다. 서울의 서북쪽 끝에 있던 아파트. 넋 나간 듯 누워 있던 50대 남자. 비가 내리는 것을 보며 하염없이 서 있었던 거실. 한 계절 내내 머물렀던 공간이, 낯설고 어두운 공간이 선명하게 떠올라 넘실거렸다. 금방이라도 떠밀려올 것처럼.

"열 개는 달아야 꽃들이 장마철을 넘기지 않을까요?"

화이는 누렇게 변한 가지가 꽂힌 화분을 들어올려 허 사장이 들고 있는 대형 쓰레기봉투에 집어넣었다. 나중에 서단동에 한번 가봐야겠다. 지성을 만나고 싶어서라기보다, 그냥 한번 가보고 싶다.

"에이, 그래도 사모님. 나중에 사장님이……"

허 사장의 이마에 촘촘히 잔주름이 잡혔다.

"그건 걱정 안 하셔도 돼요. 사장님하곤 이미 얘기 다 끝났습니다."

단호하게 말한 뒤 화이는 몸을 돌려 바깥에 설치된 걸이대에 시선을 주었다. 작년 가을에 설치한 걸이대가 여름 내내 내린 비에 까맣게 녹슬어 있었다.

"여름 다 갔으니까 이제 걸이대 써도 되겠죠? 안쪽 작업 다 마치시면 걸이대도 전부 새것으로 갈아주세요."

돈을 너무 많이 쓰는 거 아닌가 하는 생각이 살짝 들었지만, 그대로 밀어붙이기로 했다. 정원 가꾸기는 화이가 유일하게 자신을 위해 '사치'하는 분야였다.

"아니, 사모님, 식물등 하나가 싸게 책정해도……"

"잠시만요."

때마침 울린 핸드폰 소리에 화이는 베란다 문을 열고 거실로 들어갔다. 거실 협탁에 놓인 핸드폰이 기세 좋게 벨소리를 울려댔다.

"부사장님!"

다급한 목소리로 화이의 새로운 직함을 부르짖은 상대는 영업지원팀 양미래였다.

"미래 씨, 왜요?"

오전 11시 10분. 10시에 회사에서 나왔으니 회사를 비운 지 한 시간이 조금 넘었다. 무슨 일이 있으면 연락하라고 양미래에게 일러놓고 나왔다. 눈치가 빠른 직원이라 웬만한 일엔 전화하지 않을 텐데 굳이 전화한 걸 보면, 중요한 일임에 틀림없다.

"브이엠 이노베이션 말이에요."

"어, 브이엠!"

화이의 목소리 톤이 높아졌다. 브이엠 이노베이션은 권 상무가 추진 중인 생산 시스템 디지털 혁신을 총괄하기로 한 회사다. 화이는 브이엠이 어떤 회사인지 알아보고 브리핑해달라고 양미래에게 부탁해놓은 참이었다.

"잠깐만, 미래 씨."

화이는 베란다로 돌아가 허 사장에게 전화 한 통화만 하고 돌아오겠다 말한 뒤 서재로 들어갔다.

"얘기해요."

닫힌 방문에 등을 기대고 바닥에 앉았다. 에어컨이 켜 있지 않은 방에서 더운 기운이 훅 끼쳐오는 것으로 보아 그동안 기온이 상당히 올라간 듯했다.

"브이엠은 설립 연도가 올해 1월이에요. 대표 이름은 최종원이고요."

"올해 1월? 얼마 안 됐네요?"

머릿속으로 개월 수를 세보았다. 1월이면 설립한 지 아직 1년도 되지 않은 회사다. 이런 신생 회사에 대규모 프로젝트를 맡긴다니, 좀 위험하지 않을까.

"일을 담당하는 사람이 누군가요?"

"네?"

말끝을 흐리며 시간을 끄는 양미래에게 화이가 다그쳐 물었다.

"최종원 씨가 대표라면서요. 대표 말고, 실제로 일하는 사람이 누구예요? 책임자급."

"책임자요?"

화이는 일어서서 손으로 문을 짚었다. 양미래는 기분이 좋을 땐 말하지 않아도 세심한 것까지 해놓지만, 대부분의 경우 시킨 일만 한다. 차장 시절부터 같은 팀 직원이라 종종 일을 부탁했는데, 자주 이런 식으로 대응했다. 그리고 이 점은 화이에게 은근히 압력으로 작용한다. 혹시 내가 일을 주는 것을 못마땅해하나.

"다시 알아보고 전화드리겠습니다."

자신이 던졌던 물음 "책임자요?"라는 말에 화이 쪽에서 아무 답이 없는 걸 의식한 양미래가 재빨리 말했다. 화이는 "부탁해요, 고마워요, 미래 씨"라고 말한 뒤 전화를 끊었다. 3분 뒤, 양미래가 다시 전화를 걸어왔다.

"프로젝트를 총괄하는 담당자는 주 부장님입니다. 주건희 부장님요."

"어머!"

화이에게서 당황한 음성이 튀어나왔다. 주건희라고!

"확실해요?"

주건희는 권 상무의 부인인 주석희와 한 글자만 빼놓고 이름이 같다. 신성포장 생산 시스템 혁신을 대행해줄 회사가, 어마어마한 비용이 들어갈 작업을 총괄할 회사의 실무자가, 권 상무 부인과 이름이 비슷한 인물이라니. 이건 너무 빤한 스토리이지 않은가. 남편은 이 사실을 알고 있을까?

"네. 주건희 부장님이라고 하더라고요. 지금 자리에 안 계신다 해서 제가 핸드폰 번호 따놨고요. 이따 오시면……"

화이는 바람을 넣어 동그랗게 입을 부풀렸다가 후, 하고 내보냈다.

"미래 씨."

"네?"

"브이엠 건 말이에요."

화이는 문에서 손을 떼고 방 안을 왔다 갔다 했다.

"네."

"결재 떨어졌나요?"

"어, 그건 잘…… 알아볼까요, 부사장님?"

"최대한 빨리 알아보고 전화해줘요. 내가 한 시간 내로 회사에 들어갈 건데, 그전에라도 확인되면 곧장 전화주고요. 결재가 됐든 안 됐든 관련 서류 빼놓아줘요."

"네, 부사장님. 바로 알아볼게요."

"미래 씨."

전화를 끊으려던 화이가 다급하게 말했다.

"네, 부사장님."

"이거, 중요해요. 점심시간이지만……"

"당연하죠, 부사장님. 저 오늘 어차피 점심 안 먹을 생각이었어요. 얼른 오세요."

통화를 마친 뒤, 책상에 걸터앉아 핸드폰 화면을 들여다보았다. 통화시간 2분 28초. 길지 않은 통화였는데, 깊은 터널에 들어갔다 나온 기분이다. 심장이 콩닥거리고 이마와 등에 땀이 맺혀 있다.

"일 다 보셨습니까?"

베란다로 돌아가니 말라죽은 식물을 뽑아내던 허사장이 고개를 들었다. 걸치고 온 청재킷을 한쪽에 벗어놓고 반팔 차림이 되었는데도 비 오듯 땀을 흘리고 있었다. 화이는 거실창을 활짝 열어 에어컨 바람이 베란다로 통하게 했다. 아침저녁엔 반팔을 입으면 소스라칠 정도로 쌀쌀한데, 낮에는 한여름처럼 기온이 올라간다.

"사장님, 죽은 식물들 말이에요. 그렇게 일일이 꺼내느라 힘쓰시지 마시고 아예 화분째로 처분해주세요."

"아…… 그럴까요?"

그동안 식물이 죽으면 식물만 파내고 화분은 재활용했다. 일일이 다시 씻는 작업이 꽤 많은 시간을 잡아먹었지만, 한 화분 당 대여섯 번씩 재활용해 썼다. 그렇게 몇 년을 썼더니 화분 색이 바래고 금이 갔다. 외양만 문제가 아니라 여름에 무름으로 죽은 식물들에게서 나온 세균이나 벌레가 남아 있다가 새로 심은 식물에 옮겨 가 멀쩡하던 식물이 저세상으로 가는 일이 종종 있었다. 그러니 화분에 들이는 비용에 전전긍긍하지 않아도 되는 지금, 시원하게 화분을 바꾸어야 할 것이었다. 지금이 아니면 이런 기회가 언제 또 오겠는가.

"처분하신 만큼 화분도 넉넉하게 새로 들여놓아주시고요. 새로 채워주실 식물 품종은 이메일로 보내드릴게요."

"사모님, 그렇게 하시면 비용이 오버될 텐데……"

"하시는 김에 베란다에 라디에이터도 몇 개 놔주시죠."

아직은 여름 기운이 한창이다. 하지만 겨울을 대비해 베란다의 난방 시스템을 완비해놓고 싶다. 생각보다 겨울은 금세 오고, 겨울까지 기다렸다간 남편의 변덕 때문에 영영 따뜻한 베란다를 가질 수 없게 될지도 모른다.

"그건 가을 넘기고 찬바람 좀 불면……"

"아니에요. 지금 하는 게 좋을 것 같아요. 잠시만요."

화이는 주방에 두었던 지갑을 가지고 돌아왔다.

"사장님, 혹시 카드기 갖고 오셨어요? 지금 결제 가능할까요?"

어젯밤 남편은 서재 문을 열고 들어와 카드 하나를 던져주었다. 회사 일, 집안 일, 뭐든지 필요할 때 쓰라고. 뒤로 까무러칠 만한 일이었지만 그녀는 내색 않고 담담하게 받아들였다. 15년 결혼생활을 통틀어 전무후무한 일이었고, 이 특별한 일이 의미하는 바는 명확했다. 남편의 부재 기간 동안 가능한 한 많은 결제를 단행해야 한다는 것. 돈 때문에 하지 못했던 일들을 모조리 생각해내 해치워야 한다는 것.

"아뇨, 아뇨. 사모님. 그런 뜻이 아닙니다. 결제는 거시기, 나중에 통장으로 해주셔도 되는데, 벌써부터 이런 걸 설치하시면 나중에 혹시 또, 사람 일은 모르는 거잖습니까. 거시기, 다시 철거하시게 되거나 뭐 그러실까봐. 어이쿠, 제가 실례되는 말을……"

하기 곤란한 말을 꺼낼 때면 거시기라는 말을 섞어 넣어 실제 나이보다 열 살쯤 더 많단 느낌을 주는 허 사장이 멋쩍은 듯 웃으며 머리를 쓸어 넘겼다. 햇볕을 받아 반짝이던 넓은 이마가 곱슬거리는 앞머리에 뒤덮였고, 동글동글한 코와 웃을 때면 또렷하게 형성되는 알 모양의 볼살이 사람 좋아 보이는 인상을 자아냈다.

"제가 급하게 회사에 들어가봐야 할 것 같아서요. 사장님, 카드기 들고 오셨으면 지금 결제해드리고요. 아니면 제 차로 같이 화원에 들러서 결제하고, 거기서 저는 회사로 바로 갈게요."

멋쩍은 듯 손으로 이마를 긁적이는 허 사장을 다시 한번 재촉한 뒤에야 허 사장과 화이는 '즉시 결제'를 위해 베란다 문을 닫고 현관으로 향할 수 있었다. 마침 현관을 나서려던 찰나에 장을 봐온 도우미가 번호키를 누르고 들어왔고, 화이는 도우미에게 허 사장이 화원에 들렀다가 다시 와서 베란다에서 작업할 것임을 일러주어 자신이 집에 없는 동안 두 사람이 서로의 존재에 놀라지 않고 긴밀하게 협조할 수 있도록 여건을 조성한 뒤 집을 나왔다.

11/

종로는 고풍스러운 곳이다. 한강을 건너고 남산 터널을 지나 종로 대로로 접어들면 지금이 아닌 시대로, 여기가 아닌 장소로 들어가는 느낌이다. 한강 이남에서 성장기를 보냈기 때문일까. 화이에겐 궁궐이 있고, 유적지가 있고, 산이 있는 강북의 동네들이 이국적으로 다가온다. 그중에서도 종로는 가장 이질적이고 옛날 같은 느낌을 준다. 아마 대학을 졸업하고 처음 직장을 잡았던 곳이 이곳이기 때문에 더욱 이 동네가 '과거'처럼 느껴지는지도 모르겠다.

신성포장 본사 건물은 종로의 가장 중심, 국세청 건물이 있는 사거리의 한 모퉁이에 자리 잡고 있다. 70년대에 지어진 5층짜리 건물인데, 세월의 더께를 입어 회색빛이 된 옥색 페인트와 군데군데 금이 가고 떨어져나간 자국들이 이 건물이 종로의 숱한 건물들 중에서도 가장 오래된 축에 속함을 여실히 드러낸다. 차를 댈 곳이 마땅치 않아 근처 유료 주차장에 차를 대고 걸어가다가, 화이는 문득 신성포장 건물을 둘러싼 다른 건물들이 모두 다시 짓거나 도색을 해서 시대에 어울리는 외관으로 거듭났다는 사실을 깨달았다. 원래 이런저런 종류의 회사들이 밀집해 있던 이 골목에서 회사들이 하나둘 이사 나가거나 폐업하고, 이제 이 거리는 완전히 유흥가가 되었다. 신성포장 건물만 해도 회사가 쓰는 두 개 층을 제외하고는 1층이 퓨전 요릿집으로, 2층이 카페로 쓰이고 있다.

돌아가시기 몇 해 전, 선대 회장은 이 건물의 매매를 놓고 고심했다. 그때까지 특유의 고집으로 소유한 땅과 건물은 절대 팔지 않는다는 방침을 고수해왔지만, 암을 선고받은 직후 자신의 유일한 가족인 부인과 아들, 즉 화이의 시모와 남편의 간곡한 요청에 두 손을 들고 종로의 낡은 건물을 팔고 공장이 있는 용인으로 옮겨가는 방안을 심각하게 고려했다. 그때 엄청난 기세로 반대하면서 직을 걸었던 인물이 있었으니, 바로 권형욱, 오늘날 권 상무라 불리게 되는 인물이었다. 그때 권형욱이 왜 그렇게 기를 쓰고 이 건물을 팔지 못하게 했는지, 당시에 화이는 이해하지 못했다. 어차피 제 것도 아닌데 왜 그렇게 회사 자산에 신경을 쓴단 말인가? 경기가 좋지 않고, 부동산이

폭락할 거란 루머가 돌던 때였다. 결국 회장은 공공연히 '양아들'이라고 말하고 다녔던 권형욱의 의견을 좇아, 건물을 팔지 않고 공장과 먼 도심에 본사 사무실을 그대로 유지하는 쪽을 택했다. 그 이후 서울의 땅값과 건물값은 '폭등'이라는 말로는 다 감당하지 못할 정도로 무섭게 치솟았고, 회사는 한 번도 변동을 겪은 적이 없는 튼실한 매출에다가, 앉아서 부동산으로 번 돈까지 더해 엄청난 자산 증가를 경험했다.

화이는 가끔 생각한다. 회장이 갑작스러운 사고로 죽지 않았다면, 암 수술 후 무서운 기세로 건강을 회복해 정력적으로 활동하던 회장이 지금까지 살아서 후계 구도를 제 의지로 정할 수 있었다면, 망나니 같은 외아들 대신 권 상무에게 회사를 물려주었을까? 권 상무가 당시 종로 사옥을 팔지 못하게 한 것은 자신이 회사를 물려받게 되리라 믿었기 때문일까? 선대 회장은 시원시원하고 공동체에 대한 의식이 있는 남자로, 혈육이 아닌 젊은이에게도 회사를 물려줄 수 있을 것처럼 보였다. 제 입으로 "이 회사는 형욱이한테 줄 거니 가족이라 해도 넘보지 말라"는 말을 가족들이 모인 자리에서 했던 적도 있다. 그러나 막상 선택의 순간이 오면 어떻게 했을지는, 신만이 아실 것이다.

화이는 회사 건물 앞에 멈춰서 3층을 올려다보았다. 사무실 창문은 모두 닫혀 있고, 뿌옇게 먼지가 앉은 창문들이 안 그래도 낡은 건물을 더욱 낡아 보이게 하는 효과를 냈다. 이제 와 그런 상상을 해서 무엇 하겠는가. 운명은 갑자기 손을 뻗쳐 암까지 이겨낸 회장을 이 세상 너머로 데려가버렸고, 회사는 시모와 남편의 수중에 떨어졌다.

그리고 운 좋은 모자는 가만히 앉아 엄청난 규모의 자산을 품에 안았다.

변변한 문 하나 달려 있지 않은 조악한 입구로 발을 들여놓는데, 문득 이 회사에 처음 출근하던 날이 떠올랐다. 그때는 입구에 나무로 된 문이 있었고, 오르는 계단이 지금처럼 깨져 있지 않았다. 주위 건물들도 똑같이 낡아 있어 특별히 이 건물이 오래되었단 생각이 들지도 않았다. 20대였던 그때, 대학을 막 졸업하고 직장이란 곳에 첫 출근을 하던 그날, 눈앞에 보이는 가파른 계단을 통과해 올라가 사장실로 들어가면서 얼마나 가슴을 졸였던가.

귀퉁이가 닳고 깨져 거의 곡선에 가깝게 변한 돌계단을 오르는데, 익숙한 냄새가 코끝을 파고들었다. 오래된 건물 특유의, 눅눅한 물때 냄새와 짠 내, 후텁지근한 공기가 훅 치고 들어와 건물이 겪어 온 세월을 실감케 했다. 가파른 계단을 연달아 올라 문을 열고 들어서자 사무실 안쪽 구석 자리에 앉아 있던 양미래가 벌떡 일어서 다가왔다. 점심시간이라 사무실에는 양미래와 다른 업체에서 파견 나온 남자 엔지니어 둘만 인기척을 내고 있었다.

"식사하셨어요? 뭐 사다드릴까요?"

다가와 묻는 양미래에게 밥 생각이 없다고 말한 뒤 화이는 자신의 자리, 새롭게 배정받은 '부사장' 자리에 가 앉았다. 아침에 나갈 때 이것저것 펼쳐놓고 나갔는데 그새 말끔히 정리돼 있고, 브이엠 이노베이션 관련 서류철들이 가지런히 쌓여 있었다. 양미래의 솜씨일 것이었다. 이 아이는 언제는 이렇게 똑부러지고 언제는 시키는 일만 딱딱 하는 걸까. 화이가 그 나이대에 일했던 방식과 너무 달라서 도무지 종잡을 수가 없다.

"알아봤어요?"

화이는 자리에 앉아 백을 책상 아래에 내려놓으며 물었다. 집과 차 안에서 마신 커피가 출렁이며 배 속에서 거북한 움직임을 만들어 냈다.

"네, 구매부에서 오늘 오후에 결제 요청 넣을 예정이라고 하더라고요. 안 그래도 아침에 권 상무님이 왜 정산 안 하고 있냐고 한 말씀 하셨다고……"

"안 돼요!"

화이가 벌떡 일어서는 바람에 바퀴 달린 의자가 굴러가 벽에 부딪혔다.

"권 상무님이 사장님이랑 다 얘기된 건이라고, 오늘 내로 결재되지 않으면 일정에 차질이 생긴다고 하셨대요."

양미래가 바짝 다가와 속삭이듯 말해, 화이는 비로소 사무실에 다른 업체 직원이 있음을 의식했다. 화이는 머리를 귀 뒤로 넘기며 자리에 앉았다. 양미래가 옆으로 와 쭈그리고 앉아 위를 올려다보았다.

"이거 결제 못 하게 해야 하는데 어떡하죠?"

화이는 기대앉아 팔짱을 낀 뒤 한쪽 손으로 턱을 받쳤다. 양미래의 가무잡잡한 얼굴에 박힌 검은 눈이 반짝이며 화이를 응시했다.

"사장님하고 얘기해보셨어요?"

양미래가 늘 묻는 말이 다시 날아왔다. 이렇게 물을 때는 양미래가 무척 가깝게 느껴진다. 자신을 친한 언니나 이모, 그렇게 대해주는 것처럼.

“사장님이 전화를 안 받아요.”

오늘 오전에만 열 번이 넘게 전화했는데 남편은 받지 않았다. 문자와 카톡도 남겼지만 지금까지 연락이 없다.

“미래 씨.”

화이는 한쪽 팔을 책상에 올리고 머리를 기댔다. 이럴 땐 어떻게 해야 하지?

“네, 부사장님.”

머릿속에 자신이 직접 지시를 내려 결제를 막는 방안과, 시모에게 전화를 걸어 자초지종을 얘기하는 방안이 오가며 난상을 만들어냈다.

“사장님이 말이에요.”

“네.”

양미래가 쭈그린 채 오리걸음으로 바짝 다가왔다.

“나한테 전권을 위임한다고 했어요. 뭐든지 결정해서 하라고.”

“아, 네……”

양미래의 머리가 천천히 위아래로 움직였고, 커트머리의 정중앙에 있는 쌍가마가 따라서 움직임을 만들어냈다. 가마가 끝나는 곳 주변에 머리숱이 좀 적어서 한 부분의 하얀 두피가 그대로 드러났는데, 그걸 보자 영업팀 곽 부장이 양미래를 대머리라고 놀렸던 것이 기억나면서, 누구를 향한 건지 확실치 않은 반감이 불쑥 치솟아올랐다.

“미래 씨, 전 직원 대상으로 이메일 보내려면 어떻게 해야 해요?”

팔 한쪽에 머리를 기댄 채 비스듬히 앉아 있던 화이가 고개를 들면서 물었다.

"쉬워요. 메일 보내기 들어가셔서……"

양미래가 일어서면서 설명을 시작했다. 화이는 컴퓨터를 켜고 이메일 화면을 띄웠다. 양미래의 지시에 따라 보낼 사람을 전체로 설정하고, 메일을 작성하기 시작했다.

"미래 씨, 내가 메일 쓴 다음에 부를 테니까 한번 봐줄래요?"

거리를 둔 채 뒤에 서 있던 양미래가 아, 네, 하고 제자리로 되돌아갔다. 화이는 무서운 기세로 키보드를 치기 시작했다. 타다다다, 세찬 키보드 소리가 세 명밖에 없는 넓은 공간에 선명하게 울려 퍼졌다. 70명 남짓한 직원들이 돌아올 시간까지 10분 정도 남아 있었고, 신성포장에 부임한 지 사흘째 된 부사장의 손가락은 빠르게 흘러나오는 문장의 행렬을 따라가느라 바쁘게 움직였다.

12/

사람은 새로운 일을 겪으면서 자신이 웬만한 일은 견딜 수 있고, 때론 남들이 놀랄 만한 일을 아무렇지도 않게 해치울 수 있다는 사실을 알게 된다. 그리고 이 인식을 바탕으로, 다른 일에서도 같은 패턴을 만들어낸다. 예전 같았으면 상상도 못 하거나 그저 상상에 그치고 말았을 일을 시도하고, 밀고 나가고, 종내는 원래부터 그런 일 정도는 눈 깜짝하지 않고 해치웠던 양 행세하게 된다.

화이에게는 가출 사건이 그랬다. 낯선 공간에서 보낸 지난여름의 시간은 화이에게 새로운 자아상을 안겨주었다. 시작은 장난스러운 마음이었다. 어쩌면 자포자기에서 나왔을지도 모를, 지킬 거 다 지키고 살아봐야 별거 없다는 체념에서 나온 시도였다. 생각 없이 막 사는 사람인 척하기. 내일이 없는 사람처럼 행동하기. 이렇게 방향을 정한 뒤 구상에 들어갔다. 어떻게 하면 아무 생각이 없는 것처럼 보일까. 생각하는 순간, 채리가 떠올랐다. 채리처럼 행동하기. 채리처럼 다가가고, 머리를 들이밀고, 졸졸졸 따라다니기. 공기 중 습도가 어마어마했던 여름밤. 서단동의 낯선 집에서, 앞으로 만들어나갈 인간상을 설정하며 화이는 빙그레 웃었다. 인간고양이가 되는 거다! 참으로 마음에 드는 생각이었다.

그 전략이 잘 통할 거라 믿었던 건 아니다. 그 집에서 하룻밤이라도 연명해볼까 싶어 벌였던 역할극이었다. 그런데 그게 먹혔다. 50대의 멀쩡한 성인 남자가, 화이를 아무것도 모르는 어리어리한 여자 취급을 했다. 어떨 땐 화이가 그런 존재라는 데 은근히 안도하는 듯도 했다. 초반 며칠 동안 화이는 고개를 갸우뚱했다. 이 남자가…… 정말 나를 생각이 없는 존재로 여기고 있을까? 시간이 흐르고, 남자가 자신을 그렇게 여기고 있다는 게 또렷해졌을 때, 화이는 그 배경을 짚어보았다. 자신의 외양, 이를테면 오동통한 체격과 백설기 같은 얼굴, 노랗게 물들인 머리가 그런 인상을 주는 데 일조했을 것 같았다. 화이가 노랑머리를 하고 있었던 데에는 사연이 있었다. 영어학원 레벨테스트를 통과한 데 대한 상으로 래현의 머리를 염색

해주기로 했는데, 막상 미용실에 데려가자 그렇게 염색하고 싶다고 노래를 부르던 래현이 겁을 먹고 엄마의 옆구리에 들러붙었다. 그러곤 돌연 엄마를 붙잡고 늘어졌다. 엄마도 저랑 같은 머리색으로 염색하라고 했다. 화이는 결국 아이가 원하는 대로 해주었다. 며칠만 견디다 원래 색깔로 복구하면 될 것이었다. 그런데 머리를 물들인 다음 날, 집을 나가게 되었다. 덕분에 생전 해본 적이 없는 '샛노란' 머리를 한 상태로 낯선 이의 집에 기거하게 되었다.

잘 통할 거라 믿지 않았던 인간고양이로서의 정체성이 상대에게 먹히자, 상대에게 반영된 이미지가 역으로 반영돼, 화이 스스로 그런 인간이 되어갔다. 자신이 설정한 인간상으로 실체가 변해갔던 것이다. 그게 굉장한 일이었다는 것을, 화이는 집으로 돌아오고 며칠이 흐른 지금에야 실감한다. 자신이 마음먹은 대로 행하고, 그 행위가 제가 아닌 누군가에게 영향을 끼치고, 그로 인해 자신이 근본적으로 변하게 되는 경험. 그것은 '사건'이었다. 화이는 자신의 인생을 구성해온 큼직한 요소들이, 그동안 지켜내기 위해 아등바등했던 것들이, 아무것도 아니란 걸 깨달았다. 세상에 바꿀 수 없는 건 아무것도 없으며, 뭐든지 마음먹으면 할 수 있다는 사실을. 그리고 그것을 지금, 권 상무와 회의실에 마주 앉아 있는 이 순간에 다시금 인식하고 전율하고 있다.

오늘 오후, 화이는 예전 같았으면 절대 할 수 없었을 일들을 단번에 해치웠다. 전 직원을 대상으로 부사장인 자신의 취임을 알리는 메일을 보내, 앞으로 사장님이 계시지 않을 때 회사 바깥으로 나가는 모든 물품과 비용에 대한 결재를 자신에게 받아야 한다고 못 박았다.

메일을 보낸 지 한 시간 만에 권 상무가 비서 윤경아를 통해 자기 자리로 와달라는 전갈을 보냈을 때, 거절하고 회의실에서 4시 반에 만나자는 역제안을 보냈다. 회의실에서 마주 앉은 권 상무가 그녀를 사모님이라 불렀을 때, 1분 동안 뚫어지게 응시한 뒤 부사장님이라고 불러달라고 건조하게 말했다.

"이 건은 이미 사장님하고 이야기된 겁니다. 사장님이 계획하셨던 일이기도 하고요."

권 상무는 단단히 화가 나 있었다. 오후 4시가 되도록 브이엠 이노베이션에 돈이 가지 않았다는 데 대해 짜증을 내며 회계팀 염 대리를 찾아갔고, 그 자리에서 다시 한번 '부사장'의 존재를 확인했다. 부사장 이화이의 조치로 송금이 연기되었다는 사실을 염 대리의 입을 통해 듣는 방식으로.

"너무 언짢게 생각하지 마세요. 확인이 좀 필요할 뿐입니다."

화이가 온화한 미소를 지으며 말했다.

"확인이라니, 뭘 확인한단 말입니까?"

테이블에 놓인 권 상무의 한쪽 주먹에 힘이 들어갔다.

"사장님이랑 제가 절차적인 부분에 대한 강화를 계획하고 있거든요. 그 일환일 뿐입니다."

절차, 강화, 일환. 화이는 이런 용어들을 활용해 공식적이고 권위적인 분위기를 만들어내는 데 능하다. 사장비서로 일하면서, 넘쳐나는 욕망을 채 감추지 못하고 고스란히 드러내는 많은 간부급 직원들을 상대하면서 몸에 익힌 노하우였다. 누군가의 비서로 일한다는 것은 반쯤은 그 '누군가'의 영혼에 빙의해 오라를 발산하는 일인 법, 사장은 그런 화이를 신임했고, 알게 모르게 그녀에게 사람을 꿰뚫어 보는 법, 다루는 법을 전수해주었다.

“사장님과 부사장님 사이에 어떤 얘기가 오갔는지 제가 잘 모른다는 것을 염두에 두시고 말씀해주셨으면 좋겠습니다, 부사장님.”

찻잔을 들어올리며 권 상무가 누그러진 표정으로 말했다. 공격적인 말투 대신 조곤조곤 부탁하는 말투를 사용했고, 말끝마다 부사장님이라는 호칭을 깍듯이 갖다 붙였다.

화이와 권 상무는 ‘디지털 혁신’에 대해 긴 이야기를 나누었다. 권 상무는 회사가 너무 ‘사람’에 기대는 방식으로 굴러가고 있는 데 대해 우려를 표했고, 디지털화하는 건 지금도 이미 늦은, 하루라도 빨리 해야 하는 과업이라고 강조했다. 선대 회장님이 계셨으면 이미 진즉에 끝났을 일이며, 동종업계 경쟁사들은 모두 디지털화된 상태로 영업을 하고 있다고. 디지털 혁신을 통해 줄일 수 있는 인력, 공간, 자금을 상세히 열거했고, 그러기 위해 지금 일정 수준의 비용이 들어가는 건 감당해야 한다고 못 박았다. 그는 업계의 사정, 거시적인 경제 상황, 전염병 정국에서의 환율과 금리, 전염병 이후의 이쪽 업계의 변화 양상을 훤히 꿰뚫고 예측하고 있었다. 또한 자신이 하고자 하는 얘기가 무엇인지를 알고 정확하게 핵심을 짚으며 큰 그림을 그려 보여주었다. 설명을 들으며 화이는 그가 자기 일에 대해 얼마나 큰 애정과 자부심, 그리고 확신을 갖고 있는지를 느꼈다. 그의 말 중간중간에 질문을 던지고, 고개를 끄덕이고, 가끔 반론을 제기하기도 하면서, 이런 재능과 열정과 혜안이 제 남편에게 10분의 1이라도 있었다면 얼마나 좋았을까 하는 생각을 하지 않을 수 없었다.

"디지털화의 필요성에 대해서는 저도 전적으로 동의합니다. 당연히 거쳐야 할 과정이지요. 문제는 브이엠 이노베이션입니다."

화이는 이렇게 말한 뒤 조심스레 권 상무를 보았다. 브이엠이란 말이 나오자 권 상무의 한쪽 볼근육이 씰룩거리고 눈썹이 콧등 쪽으로 모였다.

"문제라니요?"

권 상무가 눈을 꼭 감았다 뜨며 드라마틱하게 시야를 연 뒤 말했다. 잘근잘근 씹는 듯한 말투였다.

"말씀하셨다시피 상당한 예산이 들어가는 일이지 않습니까?"

화이는 말을 고르며 권 상무의 기색을 살폈다. 권 상무는 신성포장의 핵이었다. 선대 회장이 있을 때부터 그래왔고, 지금도 그러하며, 앞으로도 그럴 것이었다. 회사의 모든 것을 꿰고 있는 이 총명한 인재가 마음이 틀어져 갑자기 이 회사를 뜨는 사태는 어떻게든 막아야 했다.

"그렇습니다."

권 상무의 냉철한 시선이 화이의 코언저리에 얹혔다 간 뒤 달그락, 찻잔 들어올리는 소리가 났다.

"브이엠 이노베이션이 생긴 지 얼마 안 되는 회사라는 점이 마음에 걸립니다. 그리고……"

화이는 말을 멈추고 커피를 마셨다. 브이엠이라는 말이 나올 때마다 권 상무의 한쪽 뺨이 씰룩거렸다.

"말씀하시죠."

권 상무가 찻잔을 내려놓으며 말했다. 상대를 보지 않은 채 이루어지는 조용한 동작, 침착한 말투. 서로의 숨소리까지 들릴 것처럼 조밀해진 회의실의 공기를 느끼며 화이는 갈등했다. 브이엠 얘기를 더 해야 할까? 말아야 할까? 남편은 어디까지 알고 있을까? 권 상무를 상대로 이런 말을 하는 것을 남편이 알면 좋아할까, 싫어할까?

"사장님과 제가 이 작업에 대해 너무 모르고 있다는 점이 마음에 걸립니다."

화이는 이 남자가 제 처의 동기간으로 추정되는 인물을 앞세운 회사를 통해 사적 이익을 챙기는 것을 감수할 용의가 있었다. 궁금한 건 그가 얼마만큼의 이익을 착복하고, 얼마만큼 회사의 디지털화를 수행할지, 그 비율이었다. 혹시 이 인물이 디지털화라는 명분으로 큰 돈을 빼돌린 뒤 그길로 이 회사와 작별할 작정인 것은 아닐까? 젊음을 바쳐 일군 회사에 허세와 다혈질 빼고는 아무것도 없는 '사주 아들'이 들어와 제가 일구어놓은 모든 것을 가로채가는 것에 질린 나머지 크게 한몫 챙기고 회사를 뜨려는 것은 아닐까? 만일 브이엠이 그런 용도를 위해 있는 것이라면, 그냥 두고 볼 수 없었다.

"그런 거라면,"

권 상무가 리모컨으로 에어컨 온도를 낮춘 뒤 말을 이었다. 위잉, 소리가 나면서 시베리아 벌판을 가로지르는 듯한 바람이 불어와 에어컨과 정면으로 마주한 화이의 머리를 세차게 흩날렸다.

"걱정하지 마십시오. 차근차근 다 설명드리겠습니다."

"그런데 그쪽 회사의 실무를……"

화이가 말을 꺼내자 권 상무가 머리를 받쳤던 팔을 떼고 허리를 죽 폈다. 화이는 의자를 옆으로 옮겨 에어컨 바람에서 벗어난 뒤 자신을 주시하는 남자의 차가운 눈초리를 응시했다.

"그쪽 회사에서 실무를 어떻게 할지 구체적으로 브리핑해주셨으면 합니다. 담당자들과 경영진 간 미팅도 필요할 것 같고요."

결국 '주'씨 성을 가진 브이엠 이노베이션 실무자에 대한 말은 하지 않기로 했다. 그 이름을 거명하면 이 명민한 남자와 척을 지게 되고, 벼룩을 잡으려다 초가삼간을 태운다는 말의 의미를 깨닫게 되는 불상사가 일어날지 몰랐으므로.

"사장님 돌아오시면 바로 미팅 날짜 잡겠습니다. 물론 부사장님도 같이 하시도록 하겠습니다."

굳어 있던 권 상무의 얼굴이 부드럽게 풀리고 입가에 미소가 감도는 것을 보며 화이는 안도의 한숨을 내쉬었다.

"그런데 결제는 오늘 당장은 힘들 것 같습니다."

이 말은 하지 않을 수 없었다. 권형욱이 디지털 혁신을 통해 얼마만큼 빼돌릴 예정인지를 알아야 돈을 보내줄 수 있지 않겠는가.

"그럼 일이……"

"한 회사에 통째로 일을 위임하는 게 좋을지, 두세 파트로 쪼개서 여러 회사에 다변화해 맡기는 게 좋을지, 그 부분을 짚었으면 합니다."

다시 얼굴이 굳어진 권 상무가 노트북 아랫부분을 손톱으로 치기 시작했다.

"사장님도…… 합의하신 방향인가요?"

그럴 리가. 화이는 웃는 것도 우는 것도 아닌 애매한 표정을 지어 보이며 생각에 잠겼다. 사장님은 디지털 혁신이 뭔지도 모르고 있을 가능성이 매우 농후했다. 그리고 어쩌면 사장님은 제 부인이 이렇게 딴지를 걸고 있는 걸 알고 펄쩍펄쩍 뛸지도 몰랐다. 그렇지만 어쩌면, 그 역일 가능성도 있었다. 화이가 권 상무를 수상히 여기고, 디지털 혁신이라는 대규모 사업의 내용을 촘촘히 따져보고 있는 것을 환영할 수도 있다. 확률은 반반, 결국 남편이 권 상무를 더 차악으로 여기느냐, 제 배우자를 더 차악으로 여기느냐에 달린 문제일 터였다. 그러나 차마 그렇게 말할 수 없는 화이는 입술에 힘을 준 뒤 이렇게 말했다.

"제가 드린 말씀 모두 사장님이 결정하신 겁니다. 회사에 중요한 분기점이 될 일이라, 신중하게 진행하고 싶다는 의중이십니다. 이번 부재도 그것과 연관이 되어 있고요. 조금만 시간을 주시면 금명간에 결정하도록 하겠습니다."

확신에 찬 음성으로 말을 마친 뒤 화이는 노트북과 서류를 챙겨 자리에서 일어섰다.

"아…… 그렇습니까."

한 대 얻어맞은 듯한 표정을 짓고 있던 권 상무가 엉거주춤 일어서며 노트북을 챙겼다.

"언제 돌아오십니까."

목례를 하고 문가로 향하던 권 상무가 뒤돌아서며 물었다. 남편이 언제 돌아오느냐고? 화이는 눈을 크게 떴다. 그건 자신도 궁금한 바였다.

"일이 진행되는 상황을 봐야지요. 확정되는 대로 알려드리겠습니다."

웃으며 말하는 화이를 바라보는 권 상무의 얼굴에 어떤 표정이 서렸다 사라졌고, 그는 다시 목례를 해 보인 뒤 회의실 문을 열고 나갔다. 딸깍, 회의실 문이 닫히는 소리를 들으며 화이는 생각했다. 방금 권 상무의 얼굴에 어렸던 표정. 그 표정의 바탕은 비웃음이었을까? 의구심이었을까? 아니면 적대감이었을까? 화이는 천천히 걸어 창가로 갔다. 하늘은 엷은 살구색으로 물들어 있고, 건너편에 늘어선 펍과 고깃집과 식당과 주점 간판들에 등이 들어와 부쩍 늘어난 거리 인파를 환영하는 게 보였다.

13/

누군가를 만나면 기억이 상대와 처음 만났던 때로 되돌아간다. 당시 했던 머리, 옷차림, 생각, 말투가 떠오르면서 함께 나누었던 대화, 몸짓, 주고받았던 눈빛, 같이 지나갔던 계절들이 마구잡이로 뒤섞여 밀려온다. 같이 지나온 시간들이 덩어리져서 파도처럼 밀려드는 이 현상 때문에 사람은 알아온 역사가 오랜 이일수록 특별하고 정겹게 느끼는 것인지도 모르겠다.

화이가 홍대 근처에 위치한 선 실장의 헤어살롱 문을 열고 들어갔을 때도 그런 일이 일어났다. 알고 지낸 지 17년이 된 선 실장의 얼굴을 보는 순간 스물세 살 때의 제 모습이 그의 얼굴 뒤로 오버랩되면서, 그 이후 인생에 펼쳐진 일들이 그의 숍을 방문했던 순간들을 축으로 파노라마처럼 펼쳐졌다.

"오랜만에 오셨습니다."

긴 곱슬머리를 뒤로 넘겨 반으로 잡아 묶은 선 실장이 가는 눈으로 반원을 만들어 보이며 화이를 경대 앞으로 안내했다. 그전보다 더 밝은색으로 머리를 물들인 그는 엷게 화장을 한 상태였다. 어느 모로 보아도 50대 남자라고는 보이지 않는 이 장인의 얼굴엔 그러나, 젊게 꾸민 외양에도 불구하고, 주름과 세월의 흔적이 서려 있었다. 제 나이대로 보이지는 않지만 그래도 분명히, 화이와 만나지 않았던 반년의 시간만큼의 세월을 얹고 있었다.

"탈색하셨나봐요."

화이를 따라다니며 백을 받아주고, 가운을 입혀주고, 지금은 두피에 모공보호제를 발라주고 있는 세컨드 디자이너 '엘리'가 낭랑한 음성으로 말했다.

"원래 하려고 했던 건 아닌데, 그렇게 됐어요."

화이의 머리는 엉망이 되어 있었다. 머리 뿌리에 솟은 검은 머리칼이 두 달여 전에 탈색한 노란색 머리칼과 선명한 지층을 이루었고, 건조하다 못해 푸석거리는 머리카락은 꼭 먼지떨이 총채처럼 보였다.

"화이님, 이 색깔도 잘 어울리시는데."

이 말과 함께 엘리가 제 얼굴을 화이 옆으로 바짝 붙였다. 거울에 화이의 얼굴과 엘리의 얼굴이, 마스크로 가린 덕에 쾌활해 보이는 눈동자가 더욱 빛나 보이는 젊은 여성 디자이너의 얼굴이 나란히 등장했다.

"어차피 잠깐 하려던 머리였어요. 이제 다시 원래 색으로 돌아가야죠. 나이도 있는데."

"그거 아세요? 화이님 안 오셨던 기간에 저, 화이님이랑 닮았단 소리 들은 거."

엘리가 이렇게 말하며 화이의 머리 위로 얇은 튜브를 짰다. 화이는 눈썹을 치켜올리는 것으로 놀람을 표시했다.

"어머, 그래요? 저야 감사하죠."

그러고 보니 거울 속에 나란히 놓인 두 얼굴이 닮은 것도 같았다. 화이도 엘리도 동그란 얼굴형, 하얀 얼굴, 샛노란 머리를 하고 있었다. 엘리가 다시 약 튜브를 집어드는 동안 화이의 시선이 슬쩍 엘리의 전신을 훑고 돌아왔다.

"지금 보니까 엘리 샘이랑 나랑 좀 닮은 것도 같네요. 체형도 비슷한 것 같고. 이렇게 말하면 기분 나쁘시려나?"

화이도 엘리도, 통통하고 키가 작았다. 엘리가 화이보다 조금 더 마르고 키가 더 컸다.

"아니에요. 저야 영광이죠. 화이님 예쁘시잖아요."

엘리가 노래하듯 말한 뒤 다시 두피에 약을 바르기 시작했다.

"예쁘긴요. 저도 제가 어떻게 보이는지는 안답니다."

화이는 한숨을 쉬며 말한 뒤 손가락으로 귀 뒤를 긁었다. 아까부터 귀 뒤가 가려워서 신경이 쓰였다.

"화이 님, 이쁘신 거 진짜 모르는 거 아니죠?"

이렇게 말하며 엘리가 몇 마디를 덧붙였는데, 스피커에서 흘러나오는 음악 소리에 묻혀 잘 들리지 않았다. 실내에는 90년대에 유행했던 댄스가요가 커다랗게 울려 퍼지고 있었다. 경대가 세 개 놓인 작은 미용실에서 이렇게 크고 요란한 음악을 틀어놓는다는 게, 화이가 단골로 오는 이 미용실에 갖고 있는 유일한 불만이었다.

"음악 좀 줄여주시면 안 될까요? 소리가 너무 커서요."

화이가 미안해하는 표정으로 말하자 뒤쪽에 다가와 경대를 주시하던 선 실장이 카운터로 가 오디오 볼륨을 줄이고 돌아왔다.

"감사합니다."

화이는 흡족한 얼굴로 거울 속 선 실장의 실루엣이 이쪽으로 다가오며 점점 커지는 것을 지켜보았다. 17년 전 화이가 회사에 신입사원으로 막 들어갔을 때 회사 근처 대형 미용실에서 근무했던 선 실장은 7년 전에 독립해 나와 이곳에 '무슈 선'이라는 작은 미용실을 열었다. 100퍼센트 예약제로 운영하는 이 미용실은 늘 예약이 차 있어 적어도 일주일 전에 예약을 해야 시술을 받을 수 있다. 화이는 선 실장을 따라 이곳으로 미용실을 옮겼는데, 아이들과 집 앞에서 같이 시술받을 때만 빼면 언제나 이곳으로 와 머리를 맡긴다.

"엘리 샘, 아까 뭐라고 했죠?"

화이는 음악 소리가 작아진 것을 확인하고 다시 물었다.

"여기 자주 오시는 남자분 있거든요. 한 마흔셋? 넷? 그쯤 되셨을 거예요. 그분도 실장님 오랜 단골이신데……"

엘리가 슬쩍 선 실장의 눈치를 본 뒤 말을 이었다. 선 실장은 선 채로 핸드폰을 들여다보다가 엘리의 시선을 의식하고 살짝 웃어 보여주었다.

"그분이 엘리 샘이랑 나랑 닮았대요?"

화이가 새끼손가락으로 이마의 헤어라인을 긁었다.

"그분이,"

장갑 낀 손으로 두피에 약을 펴 바르던 엘리가 갑자기 화이의 귓가에 입을 바짝 댔다.

"화이님한테 관심 있으신가봐요."

화이는 거울로 선 실장 쪽을 보았다. 선 실장은 심각한 얼굴로 핸드폰 화면을 들여다보고 있었다.

"저한테 화이님 몇 살이냐고, 뭐 하는 분이냐고 물어보시더라니까요? 그것도 두 번씩이나!"

"정말요?"

놀란 얼굴을 해 보였지만 사실 화이는 조금도 놀라지 않았다.

"처음엔 저랑 화이님이랑 닮았다는 말씀부터 하시더라고요."

오래 인연을 맺어왔지만, 선 실장은 화이가 어떤 사람인지 모른다. 화이는 결혼 전엔 머리를 하면서 가족들 얘기 같은 사담을 하기도 했는데, 결혼 뒤에는 일절 사생활 얘기를 하지 않았다. 선 실장은 고객이 먼저 이야기하지 않으면 사생활에 대해 묻지 않았고, 그에 따라 세컨드 디자이너인 엘리도 섣불리 사적인 정보를 묻지 않았다.

"왜 그런 말씀을 하시나 했는데, 그분이 몇 번 우리 가게에서 화이님이랑 마주치셨나봐요."

"엘리 샘이랑 나랑, 닮긴 닮은 것 같아, 그렇지 않아요?"

은근슬쩍 화제를 돌렸지만 엘리는 개의치 않고 하던 말을 계속했다. 조금 전에 선 실장이 핸드폰을 들고 바깥으로 나가버린 뒤로 목소리가 더 커지고 내용이 거침없어졌다.

"생각해보니까, 화이님 한창 자주 오셨을 때, 그분도 매일 왔었더라고요. 그분, 처음부터 화이님한테 관심이 있었던 거죠!"

화이는 대답 없이 볼에 붙어 있던 머리카락을 떼어냈다. 2차 성징이 나타나던 시기, 가슴이 나오고 엉덩이가 커지던 무렵, 화이에게 갑자기 시선이 밀려들었다. 어디에서나 있는 듯 없는 듯 존재감이 없었던 화이에게, 10대 소년의, 20대 청년의, 4~50대 중년 남성들의 시선이 날아와 박혔다. 처음엔 도무지 알 수가 없었다. 왜 쳐다보지? 내가 뭘 잘못했나? 남자들은 열이면 아홉, 그런 시선을 보냈다. 그것은 단지 화이가 가슴이 크고 엉덩이 굴곡이 또렷하다는 이유 때문만이 아니었다. 같이 활동했던 독서토론회 남자 선배 중 한 명은 화이의 얼굴에 '색기'가 있다고 표현했다. 눈, 코, 입, 모두 밋밋한데 넌 참 이상하게 끄는 데가 있어. 그 말을 들었을 때의 느낌을 화이는 지금도 선명하게 기억한다. 막연히 직감해왔던 모호한 요소에 언어가 생기면서 비로소 자아의 한 부분이 또렷하게 부각되던 순간. 은밀한 말이 불쑥 내면으로 들어와 죄책감과 불길함, 불안함을 만들어냈고, 그 이후 화이는 그 느낌과 평생 사투를 벌였다.

"화이님 보려고 일부러 왔던 거죠, 그분."

엘리가 거울로 눈을 맞추려 했을 때 화이는 눈을 감아버렸다. 이 디자이너는 모르는 것이다. 제가 하고 있는 말이 상대에게 얼마나 육중하게 얹히는지를. 얼마나 날카롭게 콤플렉스를 직격하는지를.

"화이님 얼굴이 은근히 남자들한테 어필하는 얼굴인데, 그거 모르시죠?"

"아우, 아니에요."

화이가 세차가 고개를 휘젓는 바람에 두피에 약을 뿌리던 엘리가 놀라며 약 튜브를 들어올렸다.

"어, 지금 움직이시면 안 되는데."

남자들은 너무 쉽게 다가왔고, 너무 쉽게 떠났다. 그들이 원하는 것은 그녀, 이화이가 아니라 그녀의 몸, 이화이의 껍데기였다. 언제나. 언제나 이번만은 진심이기를 바랐다. 당장이라도 만나주지 않으면 죽을 것 같은 눈빛으로 다가오는 상대가 자신의 거죽이 아니라 내면에 있는 무엇, 영혼이나 정신 같은, 그런 종류의 덩어리에 끌려서 다가오는 것이기를. 하룻밤을 지내고 나면 떠나갈 그런 얄팍한 호감이 아닌 깊고 진한 감정을 가지고 다가오는 것이기를. 그러나 그들은 모두 똑같은 것을 바라고, 똑같이 화를 냈으며, 똑같이 떠나갔다. 누구에게서도 진심을 받을 수 없으리라는 것. 누구에게서도 평생을 거는 진중한 마음을 받을 수 없으리라는 것. 그것이 2차 성징 이후 화이의 마음에 새겨진 트라우마였다.

선 실장과 나란히 서서 화이의 머리에 염색약을 바르는 동안 침묵을 지켰던 엘리는 작업이 끝난 뒤 혼자 남아 화이의 머리를 랩으로 싸주면서 다시 말을 시작했다.

"화이 님한테 남자분들이 많이 대시하지 않았어요?"

랩에 쌓여 맨들거리는 돌멩이처럼 변해가는 거울 속 자신의 모습과 엘리를 번갈아 쳐다보다가 화이는 내뱉듯 말했다.

"모르는 남자가 시도 때도 없이 접근해서 같이 자자고 하면, 엘리 님은 좋겠어요?"

종이갑에서 랩을 풀어내느라 공중으로 길게 뻗어나가던 엘리의 손이 멈칫했다.

“네?”

“아, 아니에요.”

너무 공격적으로 반응했다 싶어진 화이가 얼른 얼버무렸다.

“쫓아다니는 사람이 너무 많으면 불쾌하실 수도 있겠네요. 제가 너무 생각 없이 말씀드렸나봐요.”

당황한 듯 눈을 깜빡이던 엘리가 길게 풀어낸 랩을 끊어내며 빠르게 말했다.

“엘리 샘은 남자들이 많이 대시 안 해요? 대시받을 것 같은데.”

엘리가 너무 민망해하는 것 같아 화이가 다시 친근하게 말을 붙였다.

“전 한 번도 누가 저 좋다고 쫓아오거나 고백한 적이 없어요.”

“아, 그래요? 의외네요.”

1미터에 가까운 기다란 랩으로 돌돌 말려 완성형 돌멩이가 된 화이의 얼굴에서 긴장이 풀리고 웃음이 감돌았다.

“그래서 화이 님처럼 남자들한테 어필하는 스타일을 보면 솔직히, 좀 부러워요.”

아무도 접근하지 않는다면. 그렇다면 어떨까. 생각해보니, 그동안 모든 여자가 다 자신처럼 상스럽고 구질구질한 대시에 시달린다고 가정했다.

“쫓아온다고 해서 그 사람이 진짜 나를 좋아하는 건 아니에요. 그냥, 뭐랄까, 쉬워 보인다 그래야 하나? 그래서 오는 거죠.”

엘리의 손길이 머리에서 내려가자마자 화이는 머리를 젖혀 크게 한 바퀴 돌렸다. 오랫동안 같은 자세로 있었더니 목이 뻐근했다.

"아유, 아니에요. 화이 님 왜 그렇게 생각하세요. 예쁘시니까 그런 거죠."

"이제 다 된 건가요?"

화이는 손가락으로 제 머리를 가리키며 거울 속 엘리를 쳐다봤다.

"네. 앞으로 한 20분? 색감 테스트해보고 머리 감겨드릴게요. 그때까지 소파에 가 계셔도 돼요."

화이는 머리가 흐트러지지 않도록 천천히 일어서서 소파로 갔다. 유리문으로 보이는 거리는 한산했다. 전염병 확진자 증가세로 며칠 전 정부가 카페를 비롯한 몇몇 업종에 영업제한 명령을 내렸는데, 그 여파인지 거리가 텅 비어 있었다. 토요일 아침 홍대 거리가 이렇게 한산하다니. 마치 유령도시를 보는 듯했다. 하늘에 구름 한 점 없는 가을날에 이렇게 거리가 한산하다니. 계절이 아깝다는 생각이 아스라하게 가슴을 파고들었다. 내년 가을에도 이런 상태가 계속될까.

"엘리 님, 혹시 남자친구 있어요?"

흥얼거리며 염색약 통과 브러시를 정리 중인 엘리에게 화이가 물었다.

"없어요. 저도 이제 서른인데, 아, 영원히 모쏠로 남을까봐 걱정이에요. 화이 님은……"

미용도구 정리가 끝나고 트레이를 미용실 구석으로 끌고 가던 엘리가 무심코 말하다 말끝을 흐렸다. 고객의 사생활을 캐묻지 말아야겠다는 생각이 들었던 듯했다.

"전 결혼했어요. 아이도 둘 있답니다."

"와, 사기다! 그렇게 안 보이시는데!"

트레이를 구석에 두고 온 엘리가 미용실 바깥으로 나가서 밀걸레를 들고 돌아왔다. 선 실장은 카운터에 앉아 노트북을 들여다보고 있었다.

"남편분이 어떤 분이세요? 화이 님 되게 좋아하시죠? 엄청 잘해주실 것 같아요."

돈을 매개로 한 관계에서 오가는 의례적인 말이었다. 너의 배우자가 멋있을 것 같다! 너한테 무척 잘해줄 것 같다! 그런데 그 말이 쑥 들어와 마음을 흔들었다. 남편이 나를 좋아하는가? 엄청 잘해주는가?

화이는 소파에 앉아 창가에 놓인 양란에 햇빛이 쏟아져내리는 것을 보았다. 처음 만났을 때, 남편은 젊음으로 이글거리는 투박한 남자였다. 연애에 능하지 못했고, 화이에게 어떻게 해야 할지 몰라 안절부절못했다. 불쑥 회사로 찾아와 이상한 부탁을 하거나 트집을 잡으며 화를 냈다. 화이가 자기를 기분 나쁜 표정으로 쳐다봤다거나 말투가 시비조여서 불쾌했다는, 말도 안 되는 핑계를 대면서 싸움을 걸었다. 그 유치하고 어린애 같은 모습에, 마음이 끌렸다. 남편은 서툴고 거칠게, 하지만 그렇기에 진심임이 드러나 보이는 방식으로 접근해왔다. 그리고 밤을 같이 보낸 후에도 계속, 마음을 주었다. 그가 유복한 집 아들이라는 사실에 끌리지 않았다면 거짓말일 것이다. 하지만 그 사실이 그에게 끌렸던 유일한 이유는 아니었다. 그는 화이를 정식으로 사랑해준, 관계를 갖고도 이전과 다름없이 그녀에게 마음을 준 첫 번째 남자였고, 그것은 커다란 의미로 다가왔다. 그와 결혼해 아이 둘을 낳고 키우면서 화이는 가끔 생각했다. 당시에 내가 임신하지 않았다면, 그랬다면 그는 언제까지 내게 마음을 주었을까? 1년? 2년? 그는 나의 무엇이 좋았을까? 결혼과 가문과 생활에 밀려 그와의 사이에 잠깐 깃들었던 영험한 순간은 사라져버렸지만, 화이는 가끔 그때를 추억한다. 어쩌면 사랑이란, 각자가 가진 콤플렉스의 역사가 만들어내는 교묘한 작용이 아닐까? 당시 화이가 최승현이라는 남자를 향해 품었던 감정이 순수한 호감이었는지, 오랜 콤플렉스에서 나온 교란 작용이었는지는 지금도 알 수 없다. 아마도 그 모두였으리라.

"아우, 더워."

바닥 걸레질을 마친 엘리가 에어컨 앞에 서더니 틀어 올렸던 머리를 풀었다. 그리고 두 팔을 벌린 뒤 고개를 젖히고 천천히 머리를 흔들었다. 순간 화이의 시선이 엘리의 뒷모습에 고정되었다. 위로 쳐든 고개와 등을 덮은 노랑머리, 그리고 터져나오는 탄성. 아, 시원해! 화이는 숨을 고르며 눈앞에 펼쳐지는 광경을, 20대 여성이 등으로 제 머리를 느끼며 행복해하는 광경을 쳐다보았다. 아우, 좋아. 아우, 좋아. 시계추 같은 움직임을 만들어내는 노랑머리의 주인에게서 행복에 겨운 탄사가 터져나오고, 화이의 입이 벌어졌다.

너였구나!

한쪽 손으로 랩에 싸인 정수리를 짚으며 화이는 천천히 고개를 끄덕였다. 그녀는 아이들을 어느 정도 키운 뒤 일을 하고 싶다는 생각에 미용사 자격증을 따러 다닌 적이 있다. 잡다한 집안일들을 처리하느라 결석을 밥 먹듯이 해 결국 자격증 코스를 마치는 데 실패했지만, 마음속에 미용사가 되고 싶다는 생각이 늘 있었다. 지성과 있었던 때 자신의 직업이 미용사라고 둘러댔던 것은 그런 소망의 반영이었다고 생각했다. 그런데 오늘, 이 노랑머리 여성의 모습을 보고 있으니 알겠다. 자신이 만들어낸 '인간고양이'에 채리가 아닌 또 다른 롤 모델이 있었다. '인간' 부분에 해당하는 젊은 롤 모델이.

14/

토요일 낮, 홍대 앞 거리는 고요했다. 상가건물들의 반이 닫혀 있고, 그중 일부는 안이 텅 비어 있었다. 적군의 공습 소식에 주민들이 피난을 가버린 듯한 텅 빈 도시를 걷다가, 화이는 마스크를 내렸다. 주위에 개미 새끼 한 마리 없는데 마스크를 쓰는 게 우습게 느껴졌다. 마스크를 턱에 걸친 채 스산한 거리 풍경을 구경하며 걷다가, 조금 뒤 나타난 남녀의 모습을 보고 다시 마스크를 올렸다.

남녀는 화이가 선 곳에서 몇 미터 떨어진 곳에 있었다. 건물 하단의 일부가 지하로 들어간 2층짜리 건물 앞에 진주색 차가 주차돼 있고, 그 차의 앞쪽에 두 사람이 서 있었다. 화이는 눈을 가늘게 뜨고 두 사람을 관찰했다. 싸우는 건가? 걸음을 빨리해 조금 더 가까이 갔을 때에야, 남자가 앞으로 나아가려 하고, 여자가 뒤에서 잡고 있는 상황임을 알아챘다.

처음에 눈에 들어온 것은 남자의 머리였다. 중키에 마른 편인 남자는 어깨까지 내려오는 긴 머리를 하고 있었는데, 차 뒤쪽으로 1미터쯤 떨어진 위치에서 봐도 가발이라는 것을 알 수 있을 정도로 티가 났다. 숱 많은 갈색 생머리 가발이 얼굴을 양쪽에서 감싸고 있는 모양이 부자연스럽고 기이해 보였다.

좀 제대로 된 가발을 사지.

생각하면서 남녀가 있는 쪽으로 걸어가다가, 화이는 흡, 소리를 내며 차 뒤로 몸을 감추었다.

"놔."

"일단 어디 들어가자."

"놓으라니까!"

여자의 팔을 뿌리치는 남자의 음성은 단호했다. 반면에 내쳐졌다가 다시 남자의 팔에 매달리는 여자의 목소리엔 울음기가 섞여 있었다. 그 목소리, 메마른 저음의 목소리를 들었을 때, 화이는 차의 저쪽 편에 서 있는 여자가 자신이 생각하는 그 인물임을 확신했다.

"제발, 우리 제발 이러지 말자."

차량 뒤쪽으로 바짝 다가섰을 때, 뒤쪽 창의 한가운데로 남자가 단호하게 여자를 밀어내는 모습이 잡혀왔다. 같은 동작이 몇 번 반복된 뒤 남자 쪽의 밀어내는 힘이 승리를 거두었고, 필사적으로 매달리던 여자의 몸이 고무줄 끊어진 옷처럼 바닥에 스르르 주저앉았다. 순간 화이의 몸이 불쑥 차체 옆으로 튀어나갔다.

"석희 씨!"

뭘 어떻게 해야겠다는 생각을 할 겨를도 없이 화이의 입이 반사적으로 움직였다.

화이는 길바닥에 앉아 제 몸을 끌어안고 흐느끼는 여자 앞으로 가 쭈그려 앉았다. 남자가 빠른 걸음으로 가버리고, 여자가 팔에 파묻었던 얼굴을 들며 흐읍, 울음 삼키는 소리를 냈다. 마스카라가 번져 눈 주위가 멍든 것처럼 변했고, 파우더가 지저분하게 뭉친 얼굴 밑으로 립스틱과 파우더의 누런색이 덕지덕지 묻은 남색 민소매 블라우스와 흰색 정장바지 자락이 보였다. 얼굴, 상의, 하의 모두 화장이 묻고 눈물 콧물로 범벅되어 있었다.

"일으켜줄게요."

화이가 일어서서 두 팔로 주석희를 일으켜 세웠다. 힘없이 딸려 올라오던 주석희의 몸이 화이의 손에서 힘이 빠져나간 순간 스르르 무너져내렸고, 화이는 악, 소리를 내며 얼른 여자의 겨드랑이에 팔을 끼워 넣었다.

"석희 씨! 정신 차려요!"

상체를 세차게 잡아 흔들자 멍했던 여자의 동공이 또렷해지면서 몸에 힘이 들어갔다.

"……사모님?"

여자가 눈을 가늘게 뜨며 뜨악한 표정을 지었다. 순간 여자의 얼굴에 머물던 무기력함, 슬픔, 울분이 순식간에 사라지고, 그 자리를 경계심이 채웠다. 화이는 그제야 눈앞의 여자가 자신이 아는 인물, 권 상무의 부인 주석희인 것 같았다.

"우리 어디 들어가요."

주위를 둘러보던 화이가 대각선 건너편으로 보이는 일본 가정식 음식점을 가리켰다. 주석희는 대답 없이 선 채 제 발치를 물끄러미 쳐다보았다.

“얼른 가요. 저기서 우리 같이 밥 먹어요, 응?”

주석희의 한쪽 어깨에 손을 얹으며 말한 뒤 화이가 앞장서 걸었다. 네 걸음쯤 걸었을까. 뒤쪽에서 또각또각 구두 소리가 나기 시작했다. 화이는 걸음을 멈춘 뒤 점심을 함께 하게 된 상대와 거리가 좁혀지길 기다렸다.

15/

한옥을 개조해 만든 음식점의 내부는 아담했다. 테이블들이 다닥다닥 붙어 있고, 키가 큰 주석희를 데리고 들어가기 불안할 정도로 천장이 낮았다. 화이와 주석희는 음식점의 가장 안쪽 구석, 창가에 놓인 2인용 테이블에 앉았다. 열 개 남짓한 테이블 중 세 테이블이 차 있었는데, 모두 젊은 남녀로 구성된 연인들이었다. 텅 빈 거리에 어쩌다 한 번 등장하는 인물들과 꼭 같은 구성으로 이루어진 이들을 보며 화이는 생각했다. 전염병에도 아랑곳 않고 나와서 만나게 만드는 힘. 그것이 사랑이겠구나. 화이가 나란히 앉아 서로 음식을 먹여주는 앳된 커플들을 흘끔거리는 동안 주석희는 메뉴판에 고개를 처박고 있었다.

주문한 음식을 기다리는 동안 창가에 기대 비스듬한 곡선을 연출하던 주석희의 상체는 음식이 나오자 갑자기 꼿꼿한 수직선으로 변했다. 주석희는 김치나베와 오코노미야키, 규동, 아사히를 주문했는데, 접시들을 제 앞에 바짝 가져다놓고 걸신들린 듯 먹어치웠다. 김치나베를 숟가락으로 허겁지겁 퍼먹다가 아사히를 벌컥벌컥 들이켜고, 규동 볼에 머리를 박고 흡입하다가 남은 아사히를 주욱 기울여 원샷하는 식이었다. 폭풍 같은 음식 흡입의 장을 지켜보면서 화이는 제 몫의 에비동을 천천히 비웠다. 테이블에 놓인 음식과 맥주를 모두 먹어치운 주석희가 두 병째 아사히를 주문했을 때 화이도 한잔하겠다고 말했는데, 그것이 조그만 네모 박스 같은 한옥집에 들어온 뒤 화이와 주석희 사이에 오간 첫 대화였다.

"화장 고치실래요? 화장실까지 가기 힘드시면 제 파우치를 빌려 줄게요."

세 번째 나온 맥주잔을 비우고 다시 창가에 기댄 주석희를 지켜보던 화이가 말했다. 주석희의 입술엔 오렌지색 립스틱이 발려 있었는데, 입가에 번진 오렌지색이 볼까지 내려온 마스카라와 어우러져 범죄영화 속 살해당한 여자 같은 인상을 연출했다.

"나한테 클렌징 티슈도 있어요. 이걸로 닦아내고 다시 파우더를……"

화이는 말을 잇지 못했다. 창가에 비스듬히 기대앉은 주석희의 턱에서 눈물방울이 뚝뚝 떨어져내렸기 때문이다. 위쪽에서 볼을 타고 내려온 눈물이 쉴 새 없이 이어져 새로운 물방울로 맺히며 마스카라와 파운데이션으로 얼룩진 얼굴에 투명한 물길을 만들었다.

화이는 가만히 주석희를 지켜보았다. 무엇이 이 여자를 이렇게 만들었을까. 조금 전 길에서 마주쳤던 가발 남자의 얼굴이 크게 떠올랐다 사라졌다. 누굴까. 눈에 띄는 가발 때문에 남자의 얼굴을 눈여겨보지 못했다. 나이대도, 인상도, 파악하지 못했다. 중키에 마른 편이고 기괴하게 보였다는 것이 남은 인상의 전부였다.

"그 남자, 내 애인이야."

주석희가 기댔던 몸을 창에서 떼어내며 말했다. 건조하고 묵직한 음성. 제 인생의 모든 불행을 다 응축해 터뜨리기 직전의 사람이 낼 듯한 음성. 화이는 숨을 죽이고 상대를 주시했다.

주석희가 손바닥으로 얼굴을 훔쳐냈다. 한 번의 손길에 주석희의 얼굴에 매달려 있던 눈물, 콧물, 색색의 화장 자국이 함께 쓸려나왔고, 유분기로 번들거리는 끈적한 점액들이 손바닥에 대롱대롱 매달려 흔들렸다.

"닦으세요."

화이가 백에서 손수건을 꺼내 건넸다.

"그게 궁금했지? 그 사람이 누군지."

주석희가 손으로 머리를 쓸어 넘기자 손에 매달렸던 점액이 머리에 들러붙었다.

"말 놔도 되겠지? 내가 손위니까."

주석희가 손수건을 받아들며 턱을 치켜들었다.

"그럼요. 저도 그럼……"

화이는 말끝을 흐렸다. 언니라 부르겠다고 하려 했는데, 말이 나오지 않았다. 이런 관계에서 언니라고 부르는 건 어쩐지 어울리지 않을 것 같았다. 그렇다고 계속해서 석희 씨라고 부를 수도 없었다. 주석희는 화이가 말을 하다 말았다는 것을 인식하지 못하고 제 말을 이어갔다.

"그 애인이, 좀 전에 날 찼어. 이제 나랑 안 만나겠대. 이게 다야."

주석희가 손수건을 펼쳐 얼굴을 닦아낸 뒤 손으로 턱을 괬다.

"왜 안 만나겠대요……?"

주석희가 대답 대신 한 손으로 반대편 쪽 머리를 홱 들어올리면서 목을 내밀었다. 시커멓고 구불구불한 자국이 뱀처럼 목 뒤로 이어져 있었다. 화이의 눈이 커다랗게 벌어지다가 재빨리 원상태로 되돌아왔다. 기억이 되살아나면서 몸에 힘이 들어갔다. 갑자기 날아왔던 주먹, 눈앞에 일던 불꽃. 이대로 죽을지도 모른다는 공포감. 전신을 휘감아오던 무력감.

"이래서 내가 긴 머리를 고수하는 거야. 맨날 이 모양이거든. 얻어터져서."

주석희가 양옆으로 흔들어 긴 머리를 뒤로 내보내며 직원에게 손짓했다.

"아사히 한 병 더 줘요. 너도 더 마실 거야?"

"저는…… 소주로 할게요."

기왕 마실 거라면 화이는 소주로, 제대로 마시고 싶었다. 직원이 소주와 맥주를 내오자 주석희가 제 맥주에 소주를 섞어 넣고 화이 앞에 놓인 맥주잔에 소주를 따라주었다.

주석희가 손수건을 펼쳐 흥, 소리를 내며 코를 푼 뒤 깍지 낀 양손에 얼굴을 올려놓았다.

화이도 한손을 동그랗게 만든 뒤 그 위에 얼굴을 걸쳤다.

"저 한참 집 비웠던 거 아시죠?"

소주를 입에 털어 넣은 뒤 말을 이었다. 맑은 액체가 목구멍을 타고 넘어가며 뜨끈한 반향을 만들어냈다. 주석희는 의자에 몸을 기대고 한쪽 손으로 머리를 받친 채 이쪽을 비스듬히 내려다보았다.

"남편한테 맞았어요."

순간 주석희의 눈에 불꽃이 일었다.

뚫어지게 화이를 쳐다보다가 고개를 끄덕였다.

둘은 눈을 맞춘 채 서로를 탐색했고, 몇 초 뒤 동시에 웃음을 터뜨렸다. 목을 꺾으며 토해내는 커다란 웃음을.

허리를 뒤로 젖히며 웃어대던 주석희가 한쪽 팔을 테이블에 걸치며 맥주잔을 들어올렸고, 그 잔은 화이 쪽에서 나간 맥주잔과 선명한 소리를 내며 부딪쳤다. 가게를 채웠던 손님들은 그동안 모두 나가고, 작은 한옥 모형세트처럼 생긴 아담한 가게에는 이제 두 사람만 남았다.

"보기하고 다르구나, 최승현."

이렇게 말한 뒤 주석희는 제 얘기로 넘어갔다. 조금 전에 함께 있었던 가발 남자는 정형외과 의사였다. 작년 여름에 남편 때문에 팔이 부러진 적이 있었는데, 그때 만났다. 그런데 이 남자, 노총각 의사가 세상에 둘도 없는 순정파였다. 주석희가 당장 남편과 이혼하기를 바랐다. 둘은 그 문제를 두고 끈질기게 다툼을 벌였다. 그리고 오늘, 주석희의 목에 생겨난 뱀 문양을 보고 남자가 길길이 날뛰는 바람에 싸움이 났다. 이혼하기 전에는 절대로 만나지 않겠다는 것이, 그 남자의 결심이었다.

"그 남자를 많이 좋아하나봐요."

화이가 읊조리듯 말했다. 주석희가 왜 이혼하지 못하는지, 화이는 누구보다도 잘 알았다. 두 여자가 떠나지 못하는 것은 모두 같은 뿌리를 가지고 있었다. 아이라는. 근본적으로 둘을 옭아매는 굴레는 같은 맥락에 놓여 있었다.

"단순한 사람이라, 이제 만나기 힘들 거야."

두 사람은 소주와 맥주를 연거푸 주문했다. 화이는 주석희의 남자 얘기를 듣고 싶었지만, 주석희는 계속 화제를 돌렸다. 권 상무가 얼마나 폭력적인 인간인지, 자신이 어떻게 그것을 견뎠는지, 앞으로 어떻게 복수할 것인지를 끝없이 늘어놓았다.

"죽여버렸으면 좋겠어."

주석희가 이렇게 말했을 때에야, 화이는 정신이 번쩍 들면서 현실감각이 생겨났다. 화이는 다급하게 백을 뒤져 핸드폰을 꺼냈다. 오후 5시 10분. 열 통의 부재중 전화가 떠 있었다. 일곱 통은 아이들과 도우미에게서, 나머지 세 통은 양미래에게서 온 것이었다.

"주건희 부장님 말이에요."

남편이 먹는 음료에 독극물을 주입해 살해한 뒤 아무에게도 들키지 않고 보험금을 수령하는 데 성공한 일본 여자 이야기를 늘어놓던 주석희에게 화이가 불쑥 이렇게 말했던 건, 순전히 시간이 없었기 때문이다. 실은 이 가게에 들어온 직후부터 계속, 주건희에 대해 말하려 했다. 브이엠 이노베이션, 디지털 혁신, 주건희, 그리고 대규모의 예산에 대해.

"아."

주석희의 얼굴에 당혹감이 서리더니 이내 비웃는 표정으로 대치

되었다.

"그분이 석희 님의…… 언니예요, 오빠예요?"

'석희 님'이라는 호칭이 바보같이 들려 곧바로 후회했지만, 공격적으로 들리지는 않았겠다 싶었다.

"무슨 말이 하고 싶어? 그냥 바로 얘기해."

주석희가 팔짱을 끼며 싸늘한 표정을 지었다.

"그러니까, 이름이…… 여자인지 남자인지…… 건희라는 이름이 어떻게 들으면 남자 같기도 하고, 어떻게 들으면……"

"너, 남편하고 계속 살 거니?"

주석희가 화이의 말을 잘라먹으며 백에서 화장품 파우치를 꺼냈다.

"네?"

"너도 남편하고 갈라설 거 아니야. 어차피 그렇게 될 거, 너랑 나랑 같이하자."

화이는 수수께끼 같은 말을 하는 상대를 멍하니 쳐다보았다. 같이하자고? 뭘?

"나도 시간 많지 않으니까 간단히 말할게. 잘 들어."

주석희는 파우치에서 화장품을 꺼내 테이블에 늘어놓으며 말을 시작했다. 악의와 울분, 격정으로 가득 찼던 지금까지와는 다른, 냉철하고 계산적인 말들이 죽 흘러나왔고, 화이는 귀를 쫑긋 세운 채 맞은편 여성이 하는 말들에 귀를 기울였다. 눈앞의 여성은 번개처럼 화장을 지워내고, 파운데이션을 펴 바르고, 아이라이너와 마스카라를 발랐고, 그러는 틈틈이 정교하고 잘 다듬어진 계획을, 아마도 오랫동안 구상해왔을 치밀한 시나리오를, 화이의 귓전에 쏟아부었다.

두 여성이 자리에서 일어선 것은 저녁 6시를 넘긴 시간, 하늘에 연보라색과 갈색이 난잡하게 뒤섞여 갈지자를 만들어내던 무렵이었다. 옷에 묻은 파운데이션과 립스틱 자국을 빼면 완벽하게 세팅된 스타일을 회복한 주석희가 호출한 택시가 먼저 왔고, 둘은 택시 문을 사이에 두고 눈인사를 주고받는 것으로 우연하고 긴 만남을 마무리했다. 그리고 화이가 대리기사가 모는 제 차의 뒷좌석에 앉아 양미래가 보낸 메일을 읽고 있을 때, 주석희가 이런 문자를 보내왔다.

갈색 머리가 더 어울림

화이는 빙그레 웃은 뒤 다시 이메일 화면으로 돌아갔다. 조금 뒤 다시 핸드폰 화면에 주석희가 보낸 문자를 띄웠고, 어울림, 이라는 글자를 들여다보다가, 다시 이메일 화면으로 돌아갔다.

16/

주건희는 남자였다. 삭발한 지 얼마 안 된 듯한 밤톨 머리를 한 남자. 평평하게 옆으로 퍼져 얼굴과 따로 노는 커다란 귀를 갖고 있었는데, 그 귀는 겁먹은 듯한 눈빛과 어우러져 어떤 동물을 연상시켰다. 딱히 종을 집어 말할 수는 없지만 귀엽고 청각이 발달한 여린 동물을. 축 처진 눈매와 어눌한 말투, 뻣뻣한 몸짓으로 거짓말 같은 건 절대 못할 것 같은 기운을 풍기는 그 남자는 브이엠 이노베이션이라는 신생 회사의 부장을 맡기엔 여러모로 적합하지 않아 보였다.

"직원 수를 3분의 2로 감축할 수 있습니다."

스크린에 띄운 피티 화면의 막대그래프를 포인터로 조명하며 주건희가 말했다. 스스로 30대 중반이라고 밝혔음에도 불구하고 그가 '청년' 같은 인상을 주는 건 순전히 저 어벙한 표정 때문일 거라 생각하며 화이는 주건희의 얼굴과 그가 포인터로 가리킨 그래프를 번갈아 쳐다보았다.

"조금 시간이 걸리긴 하지만 결과적으로 3분의 2, 아니 그 이상까지 감축이 가능할 것으로 보고 있습니다."

건너편에 앉았던 권형욱이 이렇게 덧붙인 뒤 헛기침을 했다. 권형욱은 주건희의 말이 끝날 때마다 끼어들어 보충설명을 했고, 그럴 때마다 주건희의 목소리가 작아지고 눈 깜빡임이 심해졌다. 화이는 팔짱을 끼고 앉아 프레젠테이션에 귀를 기울였다. 발표 내용은 훌륭했다. 디지털 혁신 사업의 규모, 예상 비용, 소요 기일을 전체적인 스케치로 한 번, 세부적인 구간별로 한 번 훑은 뒤, 그에 따른 효과를 다각도에서 조명했다. 모든 계획에는 통계와 확률이 구체적인 실례와 수치로 뒷받침되었으며, 최선의 경우와 최악의 경우에 대한 예상 시나리오도 제시했다. 다만 프레젠테이션을 진행하는 주건희 '부장'의 말이나 표정이 어눌하고 힘이 없어서, 피티 준비를 직접 하지 않았으리라 짐작케 했다.

"저희는 맥시멈 절반까지 보고 있습니다."

못 미더워 미칠 것 같은 표정을 짓고 있던 권형욱이 다시 한번 끼어들어 보충설명을 곁들였다.

"잠깐 쉴까요."

화이는 손을 들어 휴식을 제안한 뒤 회의실을 빠져나왔다. 20인용 회의실은 화이와 권 상무, 주건희 세 사람을 위한 공간으로는 너무 넓었다. 회의실 바깥에는 파티션으로 나뉜 여러 개의 사무 공간이 있었고, 통창으로 된 한쪽 벽면 바깥으로는 가로수길 전경이 보였다. 최신식 건물 꼭대기층을 차지한 강남의 이 널찍한 사무실은 그러나, 브이엠 이노베이션의 소유가 아니었다. 브이엠 이노베이션은 공유 오피스 체인의 사무실 한 칸을, 그것도 가장 작은 2인 규모의 사무실을 세내어 쓰고 있었다. 오늘 화이가 굳이 사무실을 방문하겠다고 하자 부랴부랴 20인용 회의실을 임대한 것이다. 공유 오피스라. 그걸 쓴다고 해서 브이엠을 꼭 신뢰할 수 없는 회사라 단정할 필요가 있을까? 애써 호의적으로 생각해보려 노력했지만, 브이엠이 그 많고 많은 사무실 중에 2인실을 빌렸다는 사실이, 2인용 사무실 안에 책상과 의자와 빈 서류철 몇 개 외엔 아무것도 없다는 사실이 마음에 걸렸다. 화이는 창가로 가서 남편에게 전화를 걸었다. 어제도 그랬고, 그제도 그랬고, 3일 전에도 그랬듯이, 연락불통이었다.

지금은 고객이 통화할 수 없다는 안내멘트를 듣고 종료 버튼을 누르자마자, 전화가 걸려왔다.

"여보세요?"

반사적으로 수신 버튼을 눌렀다가 화이는 곧바로 후회했다. 발신자는 아침 내내 전화를 걸어왔던 건축사무소 임 실장이었다.

"사모님 왜 이렇게 통화가 안 됩니까? 알려주실 게 얼마나 많은데요!"

임 실장의 가래 끓는 듯한 목소리에 날이 잔뜩 서 있었다. 리모델링 중인 강릉 별장에 시공하기로 했던 바닥 마감재가 물량이 달려서 다른 마감재로 해야겠다는 내용에, 벽지 색깔, 식재할 나무 종류 등, 그동안 대여섯 번 들었던 내용이 빠른 속도로 흘러나왔다.

"사장님이 연락이 안 됩니다. 일단 홀딩하셔야 할 것 같아요."

이렇게 말한 뒤 손을 죽 펴서 핸드폰을 멀리 떨어뜨렸다. 임 실장이 버럭버럭 고함을 질렀기 때문이다.

"홀딩이라뇨! 저번에도 그렇게 말씀하셨잖습니까! 가만히 앉아 숨만 쉬어도 인부들 인건비가 계속 나가는데 지금 사모님은……"

"죄송합니다, 임 실장님."

화이는 핸드폰을 향해 굽실거리며 기어들어가는 소리로 말했다. 이렇게 놀리면 진짜 작업 들어갈 때 인부들이 계속 놀려고 들 수 있다, 인부들도 문제지만 자재비 인상 날짜를 넘기면 그때부터는 예산이 기하급수적으로 늘어난다 등등, 임 실장으로서는 당연히 할 만한 말을 늘어놓았다.

"아, 잠깐만요. 실장님, 제가 다시 걸게요."

마침 다른 전화가 걸려온다.

"여보세요?"

이번에 걸려온 전화는 요트를 관리하는 회사에서 온 것이었다. 남편이 3년 약정으로 요트를 임대했는데, 그 임대 기한이 한 달 뒤에 종료된다고 했다. 요지는 지금 통화로 연장 의사를 밝히면 따로 등록 하지 않고 자동으로 재임대가 되며, 30퍼센트까지 장기 이용고객 할인을 받을 수 있다는 것이었다.

"제 전화번호는 어떻게 아셨어요?"

이렇게 말한 뒤 곧바로, 멍청한 질문을 했다는 사실을 깨달았다. 남편은 이런 종류의 일들, 별장 리모델링이라든가 아이들 교육 주관, 리조트 임대나 리스한 차들의 유지관리에 관련된 모든 연락처를 화이의 것으로 해놓았다. 가족들이 그렇게 이용하는 수많은 외부 서비스들 중에 화이가 선택했거나 화이에게 유용하게 쓰이는 것은 하나도 없다. 하지만 화이는 늘 이런 전화에 시달려야 하고, 때로는 만나서 돈 문제를 놓고 고용인들과 미묘한 기 싸움을 벌여야 한다. 일이 잘 진행되고 있는지, 지불한 금액에 맞는 양질의 자재와 인력과 서비스를 제공받고 있는지를 좀좀히 체크해야 한다.

크로스체크.

남편은 늘 이렇게 말했다. 아무리 여러 번 체크해도 모자라지 않아. 이화이, 항상 명심해! 크로스체크!

"실례지만 최승현 사장님 사모님 되시는 분 아니신가요?"

날아갈 듯한 음성으로 수화기 너머의 여성이 말했을 때, 공유 오피스 전체 출입문이 열리고 장신의 여성이 들어오는 게 보였다.

"네, 말씀하세요."

화이는 기계적으로 말하며 출입문을 주시했다. 하늘색 바지 정장 차림, 목에 반짝이는 흰색 스카프를 두르고, 손에 커피전문점 로고가 찍힌 커피박스를 든 채 또각또각 구두 소리를 내며 들어온 그 여성은, 권형욱의 부인, 주석희였다.

"죄송합니다만 고객님, 약정하실 때 최 승자 현자 사장님께서 연락처로 이 번호를 기재하셔서 연락드렸습니다."

전화기 너머에서 금방이라도 하늘로 날아오를 듯한 하이톤의 목소리가 날아왔다.

"네, 알겠습니다. 최근에 남편이 요트를 언제 탔죠?"

화이는 다급하게 물으며 회의실 쪽으로 걸어갔다.

"네, 고객님. 그 부분까지는 지금 확인해드릴 수가 없고요. 원하시면 저희가 알아본 뒤에……"

"그럼 알아보시고 연락 부탁드립니다. 제가 회의 들어가야 하니까 죄송하지만 전화 말고 문자로 부탁드릴게요."

주석희와 권형욱이 회의실에 앉아 머리를 맞대고 얘기하다가 화이가 들어서는 걸 보고 벌떡 일어섰다. 한쪽 구석에 앉아 핸드폰을 들여다보던 주건희도 두 사람의 눈치를 보며 눈을 깜빡이다가 엉거주춤 자리에서 일어섰다.

"프레젠테이션 다시 시작할까요, 부장님?"

권형욱이 의자를 돌려 정자세로 앉으며 주건희에게 눈짓했다.

"아닙니다."

화이가 권형욱의 건너편에 자리 잡으며 말했다. 주석희가 선 채로 잠깐 동안 화이를 본 뒤 테이블에 둔 커피전문점 박스에서 커피를 꺼냈다. 테이크아웃 컵에서 나는 얼음 소리가 썰렁한 분위기를 누그러뜨리는 효과를 냈다.

"커피도 안 드렸군요, 부사장님. 한 잔 드시면서 천천히 하시죠."

주석희가 깍듯이 말하며 커피를 건넸고, 화이와 눈을 마주쳤다.

저 눈에 서린 게 웃음인가, 적대감인가. 화이는 주석희를 만난 게 반가웠고 친근하게 느껴졌기에, 주석희의 눈에 오간 것이 웃음이었다 생각하기로 했다.

"시작…… 할까요?"

제 몫의 커피를 받아든 뒤 스크린 근처를 왔다 갔다 하던 주건희가 조심스레 물었다.

"네, 그러죠."

누나와 매형, 거래처 부사장의 눈치를 살피며 두리번거리는 주건희에게 화이는 웃으며 오케이 사인을 해주었다. 이 청년이 진짜 주석희의 동생일까? 처진 눈매와 커다랗고 뭉툭한 콧대, 두툼한 입술, 어느 구석을 봐도 주석희와 닮은 구석이 없다. 그녀는 의자에 기대앉으며 머리를 쓸어 넘겼다. 닮았든 안 닮았든 그건 알 바가 아니었다. 확실한 건, 어수룩해 보이는 이 남자가 이 프로젝트를 총괄한다고 볼 수 없다는 점이었다. 어떻게 봐도 이 프로젝트는 권형욱의, 혹은 권형욱과 주석희의 공동작품이었다.

그때 테이블에 올려놓은 화이의 핸드폰이 드르륵 드드륵, 소리를 내며 사선으로 이동해갔다. 화이는 신경질적으로 핸드폰을 집어들었다.

"안녕하십니까, 고객님. 저는 문라이트 세일링 메인티넌스 엔지니어링의 김은형입니다. 조금 전 고객님 사용현황 체크 연락 부탁받고 전화드렸습니다."

끝을 길게 빼는 하이톤의 목소리가 노래처럼 흘러나왔다.

"제가 오늘은 회의 중이라 문자로 연락주시라고 말씀드렸는데요."

화이의 입에서 높은 톤의 음성이 빠져나가 회의실 공기를 날카롭게 갈랐다.

“이렇게 전화하실까봐 제가 일부러 말씀드렸거든요. 오. 늘. 회. 의. 라. 전. 화. 못. 받. 는. 다. 고.”

아침부터 줄기차게 걸려왔던 전화들, 문의와 재촉과 분노의 말들이 차곡차곡 쌓였다가, 요트 임대 회사의 전화를 발화점으로 일순간에 폭발해버렸다.

화이는 눈을 감고 손으로 테이블을 탁탁 치면서 문라이트 세일링 메인티넌스 엔지니어링의 말단 직원이 늘어놓는 사과의 말을 들었다. 이렇게 긴 사과의 말을 듣게 될 줄 알았다면 그토록 열을 내며 말하지 않았을 것이다! 가슴을 꾹 누르며 끝까지 들은 뒤, 너무 화내서 미안하다고, 사과하고 전화를 끊었다.

전화를 끊은 화이를 기다리는 것은 권형욱의 비웃음 섞인 눈초리와 주석희의 무표정한 얼굴, 이 모든 상황과 아무 상관 없다는 듯 무구하게 앉아 그녀를 보는 주건희의 영혼 없는 눈빛이었다.

“피티 내용 잘 들었습니다. 전체적인 계획, 구체적인 방안, 일단 듣기엔 괜찮게 들립니다. 그런데 왜 처음부터 전체 예산의 3분의 2에 해당하는 금액을 선지불해야 하는지는 납득이 가지 않는군요. 비용 지불 부분은 전혀 언급하지 않으셨는데, 그 부분 보강하신 뒤에 한 번 더 만나 프레젠테이션 듣도록 하죠.”

화이는 세 사람을 주욱 훑어보며 빠르게 말했다.

“프레젠테이션을 다시 하라는 말씀인가요?”

주석희가 잘 세팅된 와인색 머리를 뒤로 잡아 넘기며 말했다. 그

목에 감긴 스카프의 반들반들한 광택을 보며, 화이는 그동안 주석희가 하고 다녔던 스카프들을 떠올렸다. 센스 있는 매칭이라고 감탄하며 보았던 색색의 스카프들을.

"네, 그렇습니다."

화이는 아직 지난 주말에 주석희가 내놓은 제안에 대해 마음을 정하지 못했다. 결국 주석희는 둘이 함께 일을 도모한 뒤 각자의 몫을 챙기자는 것이었다. 주석희는 권 상무를, 화이는 최 사장을 가장 잘 아는 인물들이니 둘이 합심하면 충분히 한몫 챙길 수 있으리라는 것. 화이는 그 제안에 그리 끌리지 않았다. 결국 회사 돈을 빼돌리자는 것 아닌가? 주석희가 제 동기간을 앞세워 세운 유령회사에 돈이 흘러들어가게 한 뒤, 그 일부를 넘겨주겠다는 것 아닌가?

물론 남편과는 갈라설 생각이다. 그런 사람과 오래 해로할 생각은 없다. 하지만 그렇다고 해서 회사를, 자신이 몸담았고 여러 방식으로 조력해온 회사를, 그렇기에 '우리' 회사라는 자부심이 있는 회사를 그런 식으로 뒤에서 후려치고 싶지는 않다.

"말씀드렸다시피,"

화이는 탁 소리가 나게 노트북을 닫았다.

"이번에는 숫자 중심으로, 그러니까 예산과 소요처, 예산 집행 날짜와 날짜 선정 이유를 중심으로 명확하게 짜 오셨으면 합니다. 다음 프레젠테이션 때는 외부 회계사도 한 분 모실 생각입니다."

화이가 노트북 가방과 백을 챙겨 일어서자 권 상무도 자리에서 일어섰다. 팔짱을 낀 채 표정 없이 앉아 있던 주석희도 일어섰고, 세 사람을 번갈아 쳐다보던 주건희도 문가에 가 섰다.

"오늘 수고 많으셨습니다. 주 부장님도 수고 많으셨어요."

한 명 한 명 눈을 맞추며 인사한 뒤 화이는 회의실을 빠져나왔다. 출입구로 걸어가는데, 회의실 불투명창 아래의 투명창으로, 여섯 개의 발이 다시 의자 다리와 나란히 놓이는 광경이 보였다.

17/

정부가 거리두기를 하향 조정한 날부터 다시 확진자 수가 급증했다. 신성포장도 지난주부터 직원의 반을 재택근무로 돌렸다. 화이가 부사장 전권으로 단행한 일이었다. 남편과 연락이 되지 않은 지 일주일을 넘어가던 때, 웬만한 일은 마음대로 해도 큰 탈이 나지 않는다는 걸 확인하면서 화이는 조금씩 과감해졌다.

그러다 어젯밤, 전화를 받았다. 발신인에 뜬 남편의 이름을 보는 순간, 손발이 얼어붙었다. 불길함과 두려움이 살갗을 파고들었다. 남편은 화이의 안부인사엔 대답하지 않은 채 곧바로 용건을 말했다. 앞으로도 2주 정도 더 있어야 할 것 같다고. 통화가 길게 가지 않으리라는 것을 직감한 화이는 남편이 그토록 허겁지겁 말하는 이유를 묻기보다, 제 편에서 다급한 일들을 재빨리 읊는 편을 택했다. 강릉 별장 리모델링, 요트 임대, 브이엠 이노베이션 결제…… 주로 지불할 돈의 액수와 날짜를 시급히 정해야 하는 사안들이었다. 네가 알아서 해라. 얼마를 쓸지, 언제 쓸지, 좀스럽게 내가 그런 것까지 알려줘야 하나! 짜증 섞인 남편의 목소리를 들으며 화이는 쾌재를 불렀다. 지출에 대한 결정권을 준다는 것 아닌가! 나중에 책임 추궁당할 만한 일들에 면죄부가 마련된 것이다. 다만 한 가지, 남편은 한남동 어머니에게 소리 들을 만한 일은 하지 말라고 했다. 명심하겠노라 답하며 화이는 웃음을 참았다. 원래 시모는 올 초에 대대적으로 '얼굴 공사'에 들어갈 예정이었는데, 시기를 놓쳐 여름을 맞았다가, 9월이 되어 찬바람이 돌기 시작하자 기다렸다는 듯 수술에 들어갔다. 5년 전에도 그랬듯, 이번에도 병원에서 마련해준 숙소에서 부기가 가라앉을 때까지 있다 나올 예정이었다. 길면 3주, 못해도 2주는 그곳에 머물 것이었다. 당분간 시모를 보지 않아도 된다 생각하니 화이는 몸이 붕 떠오르는 것 같다. 그런데 남편까지! 세상에 이보다 완벽한 경우가 또 있을까.

화이는 마우스로 인터넷 화면을 스크롤하며 커피를 벌컥벌컥 들이켰다. 사무실에 조금씩 들어오던 햇살이 11시를 넘기면서 구석 자리까지 영역을 넓혀 아낌없이 빛을 나누어주고 있다. 화이는 빙그레 웃으며 다시 커피를 들이켰다.

"부사장님은 커피를 꼭 맥주처럼 드세요."

양미래가 커피포트를 통째로 들고 다가와 빈 잔을 채워주었다. 화장을 잘 안 하는 편인데 오늘은 웬일인지 피부화장을 하고 눈에도 꼼꼼하게 아이라인을 그렸다. 저녁에 데이트가 있는 걸까.

"기분 좋은 날만 그래요. 기분 나쁠 땐 커피고 뭐고 다 싫잖아요."

화이는 활짝 웃으며 양미래가 옆구리에 끼고 있는 서류철을 가리켰다.

"그거 뭐죠?"

"저번에 말씀하신 브이엠 건, 말씀하신 대로 정리해왔습니다. 일정별로, 비용별로, 그리고 타 회사 대비 우리 회사 금액 산정 비율은 도표로요."

양미래가 서류철을 펼치고 제가 만든 그래프와 도표를 손으로 짚으며 조목조목 설명했다. 화이는 고개를 끄덕이며 듣다가, 질문을 했다가, 다시 고개를 끄덕인 뒤 오케이 사인을 해 보였다. 지시받은 일에 적극적으로 나오는 걸로 보아, 양미래는 오늘 기분이 매우 좋은 듯했다.

"돈은 건너갔죠?"

오늘 아침, 브이엠 쪽으로 첫 번째 송금을 단행했다. 두 번의 프레젠테이션 이후 브이엠은 결재를 네 번으로 쪼개는 방안을 제시했고, 화이와 양미래와 구매팀 강 차장이 머리를 맞대고 회의한 뒤 여섯 번으로 쪼개어 지불하는 방안을 만들어 다시 제시했을 때, 못 이기는 척하며 이쪽 제안을 받아들였다. 초기에는 장비나 물품에 실질적으로 공급해야 하는 금액만 지급하고, 중후반기에 인건비를 커버하다가, 막판에 서비스 금액을 몰아서 지급하도록 2박 3일 끙끙 대며 고안해낸 도출물이었다. 무엇보다 가장 큰 덩어리의 지출을 남편이 돌아올 때로(그때까지 돌아오지 않을 수도 있겠지만) 미루는 게 주요 목표였다.

"네, 부사장님. 조금 전에 송금된 거 확인하고 브이엠에도 통보했습니다."

"고생했어요. 이제 미래 씨도 조금 쉬어요. 며칠 무리하게 일했는데…… 어머!"

인터넷 화면을 들여다보며 말하던 화이의 입에서 작은 비명이 새나갔다.

"왜요, 부사장님?"

양미래가 모니터 쪽으로 상체를 숙였다.

"한시연 코로나 걸렸대요!"

화면에는 배우 한시연의 전신사진과 최근에 출연 중인 드라마를 촬영하는 모습이 나란히 떠 있었다.

"그럼 〈어른의 연애〉 못 찍겠네요? 우리 엄마 그 드라마 좋아하시는데."

한시연은 시청률 1위를 기록 중인 드라마의 주인공으로 한창 주가를 올리던 중이었다. 기사에 따르면 한시연은 녹화일정을 펑크 내고 남해에서 파티를 벌이다가 코로나에 감염되었다. 2000년대 중반에 연기자로서 정점을 찍었던 한시연은 동료 연기자와 결혼하면서 연예계를 떠났다가, 남편과 사별한 뒤 다시 연기자로 돌아왔다. 연기력은 이전보다 더 좋아졌다는 평을 듣지만, 촬영일정을 펑크 내거나 음주운전을 하고 잦은 스캔들에 휩싸이는 등 사생활 측면에서 이전과 너무나 다른 모습을 보이고 있다. 그리고 이번 일은, 그동안 있었던 크고 작은 추문을 뛰어넘는 대형 사건이 될 조짐이었다. 안방 화면에 매일 모습을 드러내는 중견 배우가 촬영일정을 펑크 내고 사람들과 어울려 놀다가 전염병에 감염되었다는 것은 이전 사건들과 급이 다른, 치명적인 일일 테니까.

"다시 찍을 수 있을까요? 제가 보기엔…… 대리님! 조금 이따 제가 대리님 자리로 갈게요."

양미래가 제 자리로 찾아온 영업부 직원을 향해 크게 손짓을 해 보이며 외친 뒤 다시 화이 쪽으로 몸을 돌렸다.

"그런데 부사장님, 한시연 말이에요."

"응, 말해요."

그때 양미래의 핸드폰이 진동하기 시작했다.

"같이 남해에 간 사람들이랑…… 여보세요?"

"미래 씨! 택배회사에서 왔는데? 이거 어디로 보내는 거야?"

핸드폰 속에서 다급하게 남자 목소리가 터져나왔고, 사무실 대각선 끝 쪽 자리에서 구매팀 고 대리가 양미래에게 손짓하는 게 보였다.

"미래 씨, 가봐, 얼른. 찾는 사람 많네."

구매팀 쪽으로 걸어가던 양미래가 몸을 틀어 다시 돌아왔다.

"부사장님!"

"어, 왜, 미래 씨?"

한시연의 얼굴을 크게 확대해 들여다보던 화이가 쳐다보지 않고 말했다.

"기분 나쁘신 거 아니죠?"

"뭐가?"

화이가 책상 옆으로 고개를 뺐다.

"한시연 얘기한 거요."

"한시연 얘기한 게 왜?"

양미래가 책상 옆에 서서 물끄러미 화이를 내려다보다가, 시선을 허공으로 돌리며 눈을 깜빡였다.

“아니요. 업무시간에 그런 얘기한 걸 좀 그래 하실 수도 있을 것 같아서……”

양미래가 검지를 입에 넣고 잘근잘근 씹으며 눈동자를 양옆으로 굴리더니, 고개를 꾸벅 숙여 보이고 제 자리로 가버렸다.

쟤가 왜 저러지?

화이는 다시 화면을 쳐다보았다.

백옥 같은 피부와 커다란 눈, 웃으면 쏙 들어가는 양쪽 볼의 보조개. 동갑인데다가 즐겨 봤던 드라마에 늘 출연했기에 화이는 사적으로 아는 사이라도 되는 듯 이 배우에게 혼자 친근감을 느껴왔다. 한시연이 맡으면 피도 눈물도 없는 냉정한 여성 정치인에게도 연민을 품게 되고, 노련한 40대 여형사 캐릭터에도 쏙 빨려 들어간다. 여리고 청순해 보이는 스타일인데, 맡은 역할에 따라 날카로움이나 박력 같은 반대되는 이미지도 풍겨나온다. 연기력 때문일까, 아니면 하이톤이면서도 절제된 느낌을 주는 특유의 음성 때문일까.

이 여자, 잘됐으면 좋겠다, 생각하면서 화이는 인터넷 화면을 넘겼다. 의자에 기대 두 팔을 주욱 뻗어 올렸다가, 소리 나지 않게 하품을 한 뒤 다시 화면에 집중했다. 내일부터는 책 출판 때문에 바빠질 테니, 한가하게 아침시간을 보내는 것도 오늘이 마지막일 것이다. 전염병 확진자 수, 지구촌 곳곳에서 진행되는 백신 개발 소식, 전염병 여파로 일자리를 잃은 사람들 이야기, 그리고 정치권에서 일어난 해프닝들. 이 뉴스에서 저 뉴스로 건너뛰며 사건들의 파도를 타고 넘실거리다가, 시선이 하나의 뉴스에 고정되었다.

시사평론가 김지성, 녹음파일 공개 뒤 네티즌들과 설전

기사를 클릭해 내용을 죽 따라 내려가던 화이의 눈이 크게 벌어지더니, 고개가 위아래로 움직였다. 그렇지. 그렇겠지. 화이는 일어서서 머그잔을 들고 휴게실 겸 회의실로 사용되는 공간으로 갔다. 마지막 남은 커피를 따라서 들고 나오던 영업팀 엄 대리가 눈인사를 보냈다. 화이는 웃으며 화답한 뒤 커피머신의 여과지를 갈고 원두가루를 채워 넣었다. 휴게실을 나가는 엄 대리의 곧은 뒤태를 보는데, 지성이 떠올랐다. 지성은 웬만한 자리엔 늘 남방에 청바지 차림으로 갔는데, 그게 그렇게 잘 어울릴 수가 없었다. 살짝 구김이 간 남방을 입으면 자연스러운 맛이 났고, 잘 다림질된 남방을 입으면 깔끔하고 세련된 맛이 났다. 화이는 전기포트에 생수를 넣고 버튼을 눌렀다. 테이블에 앉아 물이 끓기를 기다리는데 의식이 순식간에 서울의 서북쪽에 위치한 아파트로, 빗소리에 뒤덮였던 음침한 공간으로 날아갔다.

화이는 거실에 누워 있다. 비음을 잔뜩 섞은 음성으로 지성에게 머리를 쓰다듬어달라고 조른다. 머리에 지성의 손길이 얹히면 팔다리를 오그리며 가르릉거린다…… 물 끓는 소리가 정점을 향해 달려가더니 한순간 탁, 소리를 내며 버튼이 위로 올라왔다. 여과지 안으로 포트를 기울여 천천히 물을 채워 넣으며 화이는 지성의 승리에 대해 생각했다. 처음부터 알고 있었다. 지성이 여자에게 폭력을 휘두를 인물이 아니라는 것을. 화이는 지성이 이민주를 성폭행했을 거라고 생각해본 적이 한 번도 없었다. 싫다는 사람의 몸에 절대로 손을 대지 않는다는 게 무슨 인생의 목표라도 되는 것처럼, 지성은 과하게 자신을 단속했다. 강박증으로 보일 만큼.

화이는 커피메이커가 놓인 탁자 앞에 쭈그리고 앉아 여과지를 통과한 커피가 유리주전자로 방울방울 떨어져내리는 것을 지켜보았다. 지성은 이민주를 좋아했다. 함께 사는 사람의 직감으로, 화이는 그것을 알 수 있었다. 다만 서로 알아온 역사와 얽히고설킨 관계들 때문에 연인 사이로 진전되지 못하는 것 같았다. 화이는 이민주의 미투 사건을 김지성과 이민주라는 남녀 사이의 복잡한 역학관계에서 나온 것이라고 생각했다. 그런데 그게 아니었다. 그것은 처음부터 끝까지, 이민주가 기획한 한 편의 연극이었다.

유리주전자가 커피로 가득 찬 걸 확인한 화이는 주전자를 빼내 머그컵에 커피를 따랐다. 마음속에 서서히, 질투심이 번져갔다. 이민주. 가는 순간까지 참으로 쿨했구나. 화이는 이민주를 동경했다. 화려한 외모, 빼어난 지성, 옳다고 생각하는 일에 주저 없이 덤벼드는 행동력까지, 모든 걸 타고 태어난 여자라 생각했다. 끝까지, 세상을 떠나는 마지막 순간까지, 그런 일을 기획했단 말이지. 온 세상 사람들을 상대로 참 통도 크구나. 머그컵에 커피를 가득 채우고 주전자를 커피메이커 몸체에 끼운 뒤 그녀는 컵을 들고 원형 테이블에 앉았다. 잠깐 인연을 맺었다 스쳐가버린 사람을 생각하며, 그 사람과 가까웠던 사람을, 그것도 이미 죽어 세상에 없는 사람을 질투하고 있는 자신이 우습게 느껴졌다.

화이는 컵을 들고 자리로 돌아왔다. 앉자마자 검색창에 지성의 이름을 쳐 넣었다. 빙글빙글 돌아가는 동그라미 표시가 나오더니, 한순간 지성의 얼굴이 주르륵 떴다. 젊은 시절의 지성, 티브이 토론에서 핏대를 올리는 지성, 마스크를 쓰고 고개를 숙인 채 카메라의 포화에 휩싸인 지성. 많은 버전의 지성이 화면에 진열되었다. 어떻게 지낼까. 가슴에 아련한 통증이 일면서, 지난날의 기억이 뭉게뭉게 피어올랐다. 그리고 끝내 따라붙는 궁금증. 왜 그랬을까. 왜 나를 내쫓았을까. 그동안 수없이 되풀이했던 질문이 다시 한번 울컥 솟아올랐다.

책상 위에 놓였던 핸드폰이 요란하게 진동음을 냈다.

사모님, 오늘 통화 안 되면 저 현장 접습니다

건축사무소 임 실장이었다.

화이는 곧바로 임 실장에게 전화를 걸었다. 금액에 대한 합의를 본 뒤, 이메일로 내역과 통장번호를 보내주면 오늘 내로 송금해주겠다고 말하고 전화를 끊었다. 합의를 봤다기보다 그가 원하는 금액 전부를 그녀가 수용하는 것이었지만, 그냥 돈을 보내기가 겁이 나서 이메일로 내역을 다시 한번 보내라고 했다. 그렇게 요청한 데는 은근히, 그가 내역을 작성하면서 너무 많이 이득을 취한다는 걸 의식하고 조금 경감하는 미덕을 발휘하지 않을까, 기대하는 마음이 있었다.

통화를 마치자마자 다시 핸드폰이 지잉 소리를 냈다.

화이는 전화를 받으면서 인터넷 화면을 모두 접었다.

"통화 괜찮아?"

화이는 핸드폰을 손으로 감쌌다.

"어, 석희…… 님."

"화이."

주석희 특유의, 강단 있는 목소리가 화이를 호명했다. 어제 미팅 때만 해도 깍듯이 부사장님이라 칭하던 주석희가 이렇게 말한다는 건 사적인 용건으로 전화했다는 뜻이다.

"바빠?"

"점심약속 때문에 막 나가려던 참이에요."

"기사 못 봤어?"

화이는 서랍에서 손거울을 꺼내 얼굴 상태를 확인한 뒤 차 키를 집어들었다.

"무슨 기사요?"

책이 나온단 소식이 벌써 기사로 뜬 걸까? 그럴 리가. 기자단 인터뷰는 내일이고, 책은 아직 시중에 풀리지도 않았다. 주석희에게 작가로 데뷔한 사실을 알린 적도 없다.

"한시연."

마지막 '연'에 힘이 들어가면서 높낮이가 뚜렷해졌다. 상대에게 말을 빨리 알아듣도록 재촉할 때 나오는 주석희 특유의 버릇이었다.

"한시연? 코로나 걸린 거요?"

화이는 컴퓨터 화면을 정리하고 책상에 널린 서류들을 한곳에 쌓아올렸다.

"최 사장이 연락 안 했어?"

"우리 남편이요?"

화이는 수화기를 귀에서 살짝 떨어뜨린 뒤 잠깐 동안 생각했다. 남편이 어제저녁에 연락한 걸 어떻게 알지? 남편이 나한테 전화한 걸 권형욱이 알고 있나? 화이는 자리에서 일어섰다. 남편은 자기가 없을 때 권형욱에게 연락하는 게 싫어서 제 아내를 부사장 자리에 앉혀놓은 인물이다. 아마 화이를 다시 내쫓지 않고 집에 있게 한 것도, 일부는 권형욱과의 사이에 차단막으로 이용하고 싶은 마음 때문이었을 것이다. 화이는 차 키를 백에 넣은 뒤 백을 챙겨 사무실을 나왔다. 사무실로 들어오던 직원 세 명에게 인사를 받고 꾸벅 고개를 숙여 보인 뒤 빠르게 계단을 내려갔다. 먼지 때문에 우중충한 색이 된 콘크리트 벽과 군데군데 껌이 붙은 진회색 계단 위로 또각또각, 구둣발 소리가 울렸다.

"전화 안 왔어?"

"아…… 네. 어제 저녁에 전화 왔어요. 2주쯤 더 있다 온다고……"

계단을 내려가던 화이의 구두 소리가 일순간 멈추고, 1층으로 내려가는 직원들의 말소리가 커다랗게 들려왔다. 그렇구나! '2주'라는 기간이 의미하는 바가 그제야 한 가지 가능성으로 다가왔다. 그리고 그 가능성은 이내 또렷한 청사진이 되어 뇌리 속 여기저기 산재해 있던 퍼즐조각들을 딱 맞게 꿰어주었다.

18/

현관에 들어서는데 도우미의 날 선 목소리가 날아왔다.

"왜 이렇게 늦어!"

화이가 부사장으로 부임하면서부터, 10시를 넘겨 집에 돌아오는 날이 많아졌다. 며칠 전에 늦었을 때 한 소리 했던 도우미가, 오늘은 노골적으로 싫은 낯을 해 보인다.

화이는 구두를 신은 상태로, 백을 메고 나갈 준비를 하는 도우미를 쳐다보았다.

"당분간 늦을 거라고 말씀드리지 않았나요?"

미안하다는 말이 목에서 튀어나가려는 걸 눌러 삼키며 신발을 벗었다. 저녁 때 생선을 구웠는지 온 집 안에 생선 냄새가 진동했다.

"아유, 내 말은 그런 게 아니라, 너무 늦으면 내가, 저기 뭐야, 그, 버스 번호도 잘 안 보이고, 요즘 내가 저기, 눈이 침침해져가지고……"

화이는 복도에 걸린 커다란 액자와 나무로 짠 케이스를 씌운 조명등을 지나 식탁으로 갔다. 나폴레옹이 제 부인에게 왕관을 수여하는 장면을 그린 커다란 그림과 화이보다 키가 더 큰 조명등은 몇 년 전 남편이 거액의 돈을 주고 사들인 것으로, 집 안으로 들어가려면 반드시 지나가야 했다. 이 커다란 사물들을 지나갈 때마다 남편이 그 안에 들어 있는 것처럼 느껴진다.

부엌 입구에 놓인 공기 청정기를 틀었더니 붉은 등이 들어오며 수치가 최고치로 올라갔다.

"한남동 기사님께 연락 넣어드릴까요."

화이는 가스레인지 위에 달린 배기 필터의 스위치를 누르며 조용히 말했다. 퇴근 복장으로 갈아입고 백을 멘 채 그녀의 등을 쳐다보고 있는 도우미는 매일 점심 무렵에 와서 화이가 퇴근해 돌아올 때까지 집에 있어준다. 60평이 넘는 이 집에는 가사를 도와주는 도우미와 아이들 학원 숙제를 봐주고 등하원을 도와주는 도우미가 빈번하게 드나든다. 아마도 화이의 빈자리를 메꾸기 위해 남편과 시모가 임시방편으로 마련한 시스템인 것 같은데, 남편은 이 체제를 바꾸지 않고 계속 유지하길 원했다. 예전엔 일주일에 한 번 도우미를 부르는 것도 못마땅해하던 인간이, 이제는 화이가 마다하는데도 기어코 집 안에 가족이 아닌 누군가가 늘 머물러 있는 시스템을 고집한다.

"아니야 아니야! 연락하지 마! 내가 택시 불러서 가면 되지 뭘 한남동에까지 연락하고 그래."

도우미가 외치다시피 말하며 손사래를 쳤다.

화이가 물컵을 가지고 와 식탁에 앉자 도우미가 재빨리 건너편에 자리 잡았다. 저녁 7시를 넘겨 근무할 경우, 도우미는 책정된 금액의 두 배에 해당하는 시급을 받고 별도로 택시비도 지급받기로 했다. 일하던 초기, 자신은 원래 야행성이라 밤에 다니는 걸 더 좋아하고, 명현이네 일은 너무 쉽고 애들이 착해서 돈 안 받아도 와서 해주고 싶다며 야근을 반기는 시늉을 했는데, 시간이 갈수록 다른 태도를 보인다. 그녀는 화이가 시모와 같이 살던 시절에 한남동 시모 집에서 일을 봐주는 상주 도우미였다. 중간에 일을 그만두고 간간이 한남동 집이나 이 집 일을 도우러 몇 번씩 드나들었는데, 화이가 가출했던 기간에 다시 이 집에 정기적으로 오게 되었다.

"저 앞으로는 더 늦거나, 아예 못 들어올 수도 있어요. 그렇게 되면……"

화이는 물을 죽 들이켠 뒤 말을 이었다.

"너무 힘들어서 안 되시겠죠, 아무래도?"

물컵을 내려놓다가 손에서 놓치는 바람에, 사기 컵과 마찰한 대리석 식탁이 깨질 것처럼 요란한 소리를 냈다. 갑작스러운 소리에 놀란 도우미가 입을 딱 벌렸고, 순간 이상한 냄새가 건너왔다. 화이가 상체를 숙이고 숨을 들이마시자 도우미가 반사적으로 몸을 뒤로 젖히며 입을 오므렸다. 크게 벌어진 눈. 동그랗게 만 입모양. 그 모습을 보며 화이는 확신했다. 술이구나! 그러고 보니 밤에 귀가하면 종종 부엌에서 술 냄새가 났다.

"사모님."

갑자기 다른 사람이 된 것처럼 도우미의 말투가 공손해졌다. 화이는 고개를 옆으로 기울이고 눈을 꾹 감았다 떴다. 화를 내면 안 된다는 경고가 요란하게 사이렌을 울려댔다.

"사모님, 내 말 오해하면 안 돼. 내 말은 저기 뭐야, 그냥 너무 깜깜하니까 좀 무서운 생각이 든다, 뭐 그런 거지."

도우미가 입을 손으로 가리며 조심스럽게 말했다. 화이는 어깨에 멨던 백을 옆좌석에 놓고 벽에 몸을 기댔다. 이렇게 공손하게 나오면 마음이 불편해서 말하기가 힘들어진다.

"아시는지 모르겠지만, 제가 지금 남편 대신 회사를 맡아 경영하고 있는 상황이에요."

한쪽 손으로 머리를 괴며 화이는 찬찬히 말을 시작했다. 도우미가 손에 든 백 손잡이를 만지작거리며 고개를 끄덕였다. 아까보다 더 진한 술 냄새 때문에 화이는 자꾸만 인상이 써졌다. 대체 무슨 술을 마셨을까?

"일이 많아서 빨리 들어올 수가 없습니다. 일부러 그런 건 아니시겠지만 제 얼굴 볼 때마다 이렇게 말씀하시면 저로서는 다른 방안을 생각하지 않을 수가 없네요."

최대한 정중하게, 하지만 결연한 말투로 말했다.

"아, 회사 일을 맡으셨구나. 진즉 그렇게 말했으면 저기 뭐야, 내가 알아서 더 잘했을 텐데. 아이고, 사모님. 죄송하게 됐어요. 아시다시피 뭐야, 그, 살림이라는 게 그 뭐야, 그렇잖아요. 해도 해도 끝이 없고, 아이고 또 손 가는 일은 어찌나 많은지……"

은근한 반말과 존칭 사이를 오가느라 헷갈려 하며, 도우미가 길게 말을 늘어놓았다. 화이는 적당히 대꾸해주며 일어서서 냉장고 문을 열었다. 며칠 전 개봉해서 마시고 코르크 마개로 막아 문간에 넣어두었던 와인이 보이지 않았다.

"그리고 사모님이 워낙에 잘해주잖아. 또 뭐야, 그, 요즘 여자들 같지 않고 착하니까, 저기 뭐야, 명현 엄마랑 나랑 어제오늘 만난 사이도 아니잖아? 그러니까 나도 모르게 자꾸……"

"죄송한데, 여기 있던 와인 어디 갔죠?"

냉장고 문을 연 채 말하자 냉장고 쪽으로 비스듬히 몸을 기울이고 있던 도우미가 완전히 몸을 돌렸다. 화이의 손끝이 향하는 곳을 보더니, 한숨을 푹푹 쉬며 자리에서 일어섰다.

"어쩌다 한 잔씩 드시는 거라 생각해서 말씀 안 드렸는데, 요즘 너무 심하세요."

"죄송해요."

도우미가 두 손을 맞잡고 고개를 수그리며 풀 죽은 음성으로 말했다.

"어쩌다 한두 잔 드시는 건 상관없지만 애들이 있는 집이니까……
아!"

화이가 손으로 머리를 내리치며 다급하게 물었다.

"애들은요?"

집에 들어온 지 20분 가까이 흐르도록 아이들 생각을 하지 않았다. 이 집에 애들이 있다는 사실 자체를 망각하고 있었다. 화이는 냉장고 문에 기대서서 양손으로 머리를 감싸 쥐었다. 오늘만 있는 일이 아니라, 회사 일을 맡은 이래 늘 이런 상태였다. 가끔 자신이 지금 어디에 있는지 인식이 되지 않아 한참 동안 멍한 채로 있을 때도 있다.

"명현이는 학원 갔고, 래현이는 자요."

가슴에 머리를 붙일 듯 풀 죽은 모습을 연출하던 도우미가 새로운 화제에 반색을 했다.

"학원 픽업이 몇 시죠?"

"픽업은 오늘 박 기사님이 하시기로…… 항상 그랬잖아요."

입시를 코앞에 둔 명현은 매일 새벽 2시까지 학원에 있다. 화이가 회사 일 때문에 픽업이 힘들어진 이후, 등하원을 도와주는 도우미와 한남동 박 기사가 나누어 픽업을 가기로 세팅이 되어 있다. 그런데 화이는 이 모든 일들이 하나도 기억이 나지 않는다. 기억이 나지 않기 때문에, 늘 새롭게 생각해내고 화들짝 놀란다. 데리러 갔어야 하는데! 앉은 자리에서 소스라치며 벌떡 일어날 때도 있다. 다급하게 차 키를 들고 차 앞에까지 갔다가 그제야 학원 픽업 역할이 다른 이들에게 넘어갔음을 기억해내고 다시 자리로 돌아오곤 한다.

"알겠어요. 늦었는데 얼른 들어가보세요."

힘없이 말한 뒤 식탁에 엎드리려다가, 화이는 몸을 일으켜 도우미를 마중 나갔다.

생명체가 지나가는 것을 감각한 복도의 센서등이 일제히 작동하며 불을 밝혔고, 구부정한 어깨의 도우미가 두 손을 합장한 조세핀을 지나 왕관을 높이 쳐든 나폴레옹 앞에 이르렀다.

"아, 명현 엄마."

도우미가 돌아서며 말했다.

또 뭔가! 도우미가 빨리 나가기만을 기다리던, 그리하여 소파 위에 널브러져 쉴 수 있기만을 열망하던 화이가 낙심하며 쳐다보았다.

"정윤 씨 말이야."

뒤에서 센서등 빛을 받아 얼굴의 음영이 뚜렷해진 도우미가 다가서며 조그맣게 말했다.

"정윤…… 씨요?"

그게 누구지? 화이는 얼굴을 최대한 뒤쪽으로 후퇴시키며 생각했다. 술 냄새 때문에 그대로 얼굴을 맞대고 있을 수가 없었다.

"있잖아, 그 아가씨. 그 애들 태워다주는……"

"아, 그분요!"

화이는 일부러 크게 뒤를 돌아 시계를 보았다.

"그 아가씨가, 이런 말 하긴 좀 그렇지만, 있잖아, 그…… 살림을 말이지…… 그래! 빼돌려! 빼돌리는 것 같아. 저번에 내가 큼지막한 양배추 두 개를 사다놨는데, 그 아가씨가 들어왔다 간 다음에 하나가 없어진 거 있지. 내가 똑똑히 기억해. 그날 양배추 세일하는 날이어서 내가……"

"죄송한데 저 지금 너무 피곤해서요."

화이가 쓰러질 듯 벽에 기대며 말했다. 그러자 도우미가 손사래를 치면서 정색을 했다. 그 움직임에 현관 센서등이 켜져서 여자의 뒤편에 있는 나폴레옹의 근엄한 얼굴이 환히 드러났다.

"아니야, 내가 이건 꼭 말해야겠어. 그 아가씨가, 그 뭐야, 손버릇도 손버릇인데, 애들한테 이상한 거도 보여주고 막 그러는 거 같더라고. 명현 엄만 애들 이상한 영상 보여주고 이런 거 싫어하잖아, 안 그래? 아까 래현이가 나한테 핸드폰을 달라 그러더라고. 그래서 어떡해? 줬지. 그랬더니 이것저것 막 누르는데 그 폼이 보통이 아닌 거……"

그 순간 현관 센서등이 꺼졌고, 화이는 느릿느릿 현관으로 내려가 센서등이 들어오게 만들었다.

"핸드폰요? 뭘 봤는데요?"

화이의 이맛살이 찌푸려지고 음성이 높아졌다.

"한시연인가? 그 여자 있잖아. 왜 테레비에도 나오고, 막 다 벗고 다니는 걔, 글쎄 래현이가 걔, 걔 사진을 보면서 나한테 물어보더라고. 한시연 그럼 이제 죽는 거냐고."

순간 화이의 몸에서 힘이 빠져나가면서 무릎이 꺾였다.

"괜찮아, 명현 엄마?"

도우미가 양손으로 화이의 어깨를 받쳐 들며 들고 있던 손가방을 다급하게 바닥으로 떨어뜨렸다.

"내가 연락해서 그 뭐야, 박 기사 오라고 할까? 병원에 데려가달라고?"

“아녜요, 아녜요, 제가 오늘 일이 너무 많아서, 좀 피곤해서 그래요. 이제 그만 들어가세요.”

한시연이 코로나에 걸렸단 소식이 그새, 이 집 안 구석구석에 도달해, 래현의 귀에까지 들어갔다. 아아, 이를 어쩌면 좋단 말인가.

“그래, 그럼 나 갈게, 응? 아무튼 명현 엄마, 몸조리 잘하고, 그 정윤 씬가, 그 아가씨는 어떻게 잘 생각 좀 해봐. 실은 내가 아는 아가씨가 하나 있는데, 그 아가씨가 운전도 잘하고, 거기다가 그 뭐야, 독서 자격증? 그런 거 있지? 왜 애들 책 읽어주고 그러는 거, 그런 자격증도 있는데, 사람이 굉장히 야무지고 착실해……”

화이는 현관 신발장에 손을 짚고 서서, 정윤 씨를 내보내고 대신 자기가 아는 사람을 쓰라는 말을 늘어놓는 여자를 끝까지 인내했다. 이틀 전 정윤 씨는 출근하려던 화이를 붙잡고 이 여자, 눈앞에서 쉴 새 없이 말을 늘어놓고 있는 이 여자가 청소를 제대로 안 한다고, 목욕탕 하수구 청소를 몇 개월 동안 안 했는지 물이 넘친다며 하수구를 직접 열어젖혀 보여주었다.

화이는 손바닥으로 이마에 밴 땀을 훔쳐냈다. 머릿속에 내일부터 오지 않으셔도 된다고 이 여자에게 말한 뒤 정윤 씨에게도 같은 말을 하는 장면이 선명하게 떠올랐다 사라졌다.

“명현 엄마 쉬어야 되는데, 아이구, 내가 뭐야, 너무 걱정이 돼서, 너무 오래 말했어. 얼른 들어가 쉬어. 나 갈게.”

영겁의 시간이 흐른 뒤 여자가 현관문을 열고 나갔고, 화이는 그대로 현관 앞에 주저앉았다. 머릿속엔 한시연과, 내일 처리해야 할 일들, 내일 아침이면 맞이해야 할 정윤 씨, 그리고 하루가 멀다 하고 전화를 걸어오는 건축사무소 임 실장이 뒤엉켜 마구 소용돌이쳤다. 벗어나고 싶다! 제발 이 사람들에게서 벗어났으면! 화이는 무릎을 그러안고 무릎 위에 머리를 기댔다.

쭈그리고 앉아 한동안 상념에 빠져 있다가, 화이는 벽을 짚고 일어섰다. 화장 지우기와 샤워라는 행위를 천금처럼 무겁게 인식하며 안방으로 가는데, 명현의 방에서 엷은 울음소리가 들려왔다. 무슨 소리지? 선 채로 잠깐 귀를 기울이다가, 부리나케 명현의 방으로 갔다. 방문을 열자마자 채리가 총알처럼 달려들었고, 화이는 채리를 안아 올려 세차게 이마를 비볐다. 혼자 갇혀 있었구나! 얼마나 오래 있었을까. 두 시간? 세 시간? 안쓰러움과 미안함, 저 혼자 문을 열고 나갈 수 없는 생명체에 대한 애잔함이 파도처럼 밀려왔다.

품에 안긴 채리가 초록 눈으로 응시하며 먀 소리를 냈고, 화이는 명현의 방문을 닫은 뒤 안방으로 돌아왔다. 샤워를 마치고 나와, 고개를 빼고 조각처럼 앉아 기다리던 채리와 침대에 든 뒤에는, 조금 전까지 휘감고 돌던 모든 우울한 상념들이 사라져버렸다. 세상에 누구든, 죽으란 법은 없구나. 채리가 있으니 얼마나 다행인가.

19/

기자들은 돌아가면서 질문을 던졌다. 어느 정도 음식 섭취를 마친 기자가 질문을 던져 화이의 대답을 들을 동안 다른 기자가 일정량의 음식을 섭취한 다음, 순서를 바꾸어 질문을 던지는 식이었다. 덕분에 열 명이나 되는 기자들은 배를 채우면서도 해야 할 일을 모두 해치우는 만족스러운 시간을 보냈지만, 오직 한 개의 입만을 달고 있는 한 명의 인간인 화이는 그럴 수가 없었다. 답변을 마친 뒤 해파리냉채를 먹으려 하면 신화일보 기자의 질문이 날아오고, 우물거리며 답변을 마친 뒤 수육을 먹으려 하면 고려일보 기자의 질문이 날아오는 식이었으니까.

"집필하시는 데 얼마나 걸렸습니까?"

커다란 갈비 살점을 입에 넣자마자 서울포스트 조 기자가 묻는 바람에 화이는 한 손으로 입을 가리켜 보이며 "잠시만요, 이것 좀 먹고요"라고 말하기에 이르렀다.

"작가님, 좀 드시고 하세요. 기자님들도 일단 식사를 하시죠."

구석에 앉아 느긋하게 식사를 즐기던 출판사 대표가 이렇게 말한 뒤 잡채 접시를 제 쪽으로 끌어당겼다.

"두 달 정도요?"

화이는 부드러운 고깃살을 씹어 삼킨 뒤 이렇게 말했다. 먹을 것을 위장으로 집어넣는 원초적인 욕구 충족을 하지 못하고 있는 유일한 성원이긴 하지만, 그래도 이 자리가 좋았다. 눈앞의 산해진미가 모두 그림의 떡이라 해도 상관없었다. 누가 뭐래도 자신은 이 자리의 주인공, 내일이면 출간될 장편소설의 작가이지 않은가!

"집필 기간만 말씀하시는 겁니까?"

열심히 생선을 발라먹던 신화일보 엄 기자가 갑자기 고개를 들며 발언하는 것을 보고 화이는 아차 했다.

"구상한 기간까지 하면, 음, 서너 달은 걸렸다 봐야겠죠?"

화이는 눈앞에 놓인 뭇국에 뜬 파를 뚫어지게 쳐다보았다. 엄밀히 말하면 집필 기간은 40일이 채 되지 않았다. 지성의 집에 머무르는 동안 구상과 집필을 모두 마쳤다. 처음에는 쓰고 있는 글이 소설이라는 인식이 없었다. 자신이 급조해낸 인간고양이 캐릭터가 지성에게 먹히고, 지성을 통과한 그 모습이 자신에게 들어와 스스로 만들어낸 그 인물로 변화해가는 현상을 경험하면서, 이 흥미로운 일을 글로 써서 남겨야겠다고 생각했을 뿐이다. 그리고 쓰기 시작했다. 지성이 외출했을 때 짬짬이 쓰다가, 그가 미투 사건으로 집에 머물게 되면서부터는 근처에 고시원을 얻었다. 쓰다보니 인간고양이에 대한 아이디어가 더 풍부해졌다. 고양이로 살았기 때문에 글을 쓰게 되었지만 글을 썼기 때문에 더 고양이처럼 변해가는 상호작용이 일어났던 것이다.

"초반 구상까지 생각하면,"

화이는 뭇국을 입에 넣고 삼킨 뒤 말을 마무리했다.

"1년 정도? 그 정도 걸렸다고 봐야 할 겁니다."

소설가들은 보통 얼마 만에 장편을 완성하는가? 1년? 2년? 알 길이 없다. 아무튼 1년 걸렸다 하면 적당할 것이다. 적당히 성의를 기울여 쓴 것처럼 보일 테니까.

"그동안 왜 얼굴을 드러내지 않으셨죠? 카야라는 필명을 사용하신 이유는 뭡니까?"

아까부터 계속 카야에 대한 질문을 던졌던 서울포스트의 조규완 기자가 다시 비슷한 질문을 던진 뒤 물컵을 들었다. 음식을 먹을 만큼 먹었는지 양 볼을 물로 채우고 세차게 헹구었다.

"일부러 드러내지 않은 건 아니었고요. 따로 하는 일이 있어서 밝히기가 곤란했습니다."

'카야'라는 필명으로 영화평론을 쓴 것은 대학교 4학년 때부터였다. 당시 사귀었던 남자가 영화판에서 일했다. 영화잡지에 '카야'라는 필명으로 몇 번 평론을 써서 보냈는데, 반응이 그럭저럭 괜찮았다. 그 후로 꾸준히 청탁이 들어오고, 고정필자가 되어달란 부탁을 받았을 때, 그는 더 이상 글을 쓰고 싶어 하지 않았다. 어느 날, 화이가 그 원고를 내가 써보면 어떻겠느냐고 제안했다. 당시에 영화를 꽤 봤고, 그 정도 글은 자기도 쓸 수 있겠다 싶었다. 그렇게 남자친구를 대신해 '카야'라는 필명으로 원고를 써서 보냈다. 원고에 대한 반응은 미적지근했다. 크게 호평을 받지도, 크게 거부반응을 일으키지도 않았다. 그런데 세 번째로 써서 보냈던 원고, 당시 논란이 되었던 '선정적인' 영화에 대해 써 보낸 평론이 커다란 반향을 일으켰고, 그 후로 카야라는 평론가의 이름은 영화계에서 상당한 영향력을 갖게 되었다.

"왜 곤란하죠? 나쁜 일 하는 것도 아닌데요."

조 기자가 직원이 건네주는 후식, 붉은색 체리가 올려진 화채 접시를 받아들며 말했다. 조 기자의 앞자리에는 그릇이 너무 많이 놓여 있어 더 이상 뭔가를 놓을 자리가 없었다.

"나쁜 일은 아니죠."

화이는 조 기자와 눈을 맞추며 웃음 지은 뒤 상의 대각선 오른쪽으로 팔을 쭉 뻗었다. 갈비찜이 수북이 담긴 접시가 아무도 손대지 않은 상태로 손짓하고 있었다.

"하지만 같이 일하는 분들을 생각해야 해서……"

갈비찜 쪽으로 두어 번 손을 뻗다가 화이는 손을 내려놓았다. 뻗친 손과 갈비찜 접시 사이에는 한 뼘 정도 되는 거리가 있었고, 그 거리를 극복하기 위해서는 자리에서 일어서야 했다. 유명 영화평론가이자 내일 출간될 흥미진진한 장편소설의 작가인 나채리 작가께서 차마 그런 경박스러운 짓을 할 수는 없었다.

"혹시나 그분들께 누가 될지 생각해야 했습니다."

화이는 들었던 젓가락을 내려놓고 한 손으로 정수리를 꾹 눌렀다. 너무 크게 몸을 움직였다가 가발이 벗겨질 수도 있다. 그녀는 오늘 '무슈 선 헤어살롱'에서 특별히 준비해준 노랑머리 가발을 착용하고 왔다.

"후식 준비해드리겠습니다."

드르륵 소리와 함께 문이 열리면서 남색 치마 차림의 여성 셋이 동시에 접시를 들고 들어왔다. 접시에 담긴 건 소복이 쌓인 눈처럼 탐스러운 빙수였다.

"빙수를 배달 주문했습니다. 기자님들 맛있게 드시고 좋은 기사 많이 써주세요."

구 대리가 이렇게 말한 뒤 생글거리며 제 빙수 접시에 티스푼을 찔러 넣었다.

"카야는 단독인물입니까?"

짧은 시간에 빙수의 반을 먹어치운 조 기자가 티슈로 입을 닦으며 다시 물었다.

"네?"

오늘 이 자리, 출간될 책에 대한 인터뷰 자리에서 나온 질문의 반 이상이 카야에 대한 것이라는 데 화이는 적잖이 놀랐다. 카야라는 필명으로 쓴 글들이 한때 화제가 되었다는 건 알고 있다. 일정 시점부터는 평론 분야를 넓혀 미술평론, 문학평론 쪽에도 손을 댔는데, 그때도 꽤 반향이 있었다. 하지만 최근 몇 년 동안 활동이 뜸했고, 특히 올해 들어서는 두 번밖에 글을 발표한 적이 없다. 화이에게 카야로서 평론을 쓰는 것은 일종의 소통이었다. 그녀는 속엣말을 할 누군가가 필요했다. 어릴 적 친구들과는 화이가 '잘사는 집' 아들과 결혼한 뒤부터 애매한 사이가 되었고, 결혼 뒤 만난 사람들은 대부분 속을 터놓으면 안 되는 사람들이었다. 그런 가운데 카야라는 필명으로 이 말 저 말, 주로 제 욕망을 드러내는 시뻘건 말들을 쏟아내는 일은 '임금님 귀는 당나귀 귀'라고 외치는 듯한 해소감을 주었다.

"아시지 않습니까. 카야가 남녀로 이루어진 한 쌍이다, 대학생들로 이루어진 집단지성이다, 소수자 커뮤니티의 작품이다, 말들이 많았잖아요."

조 기자가 짜증난다는 듯 이마를 찌푸리며 머리를 쓸어 넘긴 뒤 제 핸드폰으로 고개를 떨구었다. 화이의 말이 고스란히 녹음되고 있을 최신형 핸드폰 위로.

"카야는……"

순간 화이는 망설였다. 내 최초의 남친, 지금은 얼굴도 목소리도 제대로 기억나지 않게 된 태곳적 인물 이야기를 해야 할까?

"여러 명입니다."

결국 이렇게 말했다. 처음 한 번 관계를 맺은 뒤엔 여자친구의 몸에 손끝 하나 대지 않았던, 나중에 유명 영화감독이 된, 그리고 동성애자로서의 정체성을 세상에 드러낸 뒤 당당하게 파트너와 결혼해서 잘 살고 있는 그의 이름을 이제와 언론에 들먹여서 뭐 하겠는가? 그가 원하는지 어떤지 알 수도 없고, 무엇보다, 그는 화이에게 커다란 상처로 남았다. 그녀는 자신이 거절당하고 외면받았던 이유를 수많은 낮과 밤이 지난 뒤에, 그가 제 정체성을 만천하에 선언하듯 드러낸 다음에야 알았다.

"시작 단계에서 카야는 혼자가 아니었습니다. 하지만 어느 시점부터, 제가 단독으로 활동했습니다."

"그럼 다른 분들은 어떤 분들이었습니까? 지금도 활동 중인가요?"

조 기자가 따지듯 물었고, 팥빙수 그릇을 비운 기자들이 잇따라 카야에 대한 질문을 쏟아냈다. 화이는 말없이 상 위에 깔린 하얀 식탁보를 응시했다.

"그건 제가 말씀드릴 수 없습니다. 같이 활동하시던 분들과 약속했거든요. 당사자가 입을 열기 전까지 다른 사람이 밝히지 않는 것으로."

"그런 약속을 한 특별한 이유가 있습니까?"

그렇게 둘러댄 것이 실수였다. 더 드라마틱하게 들려 기자들을 흥분시킨 것이다. 후우. 화이는 한숨을 쉰 뒤 음식점 천장을 올려다보았다. 왜 이런 질문이 나올 걸 예상하지 못했을까.

"우리 작가님께서 책 내실 때 카야 얘기는 가급적 하지 않아주었으면 좋겠다고 부탁하셨어요. 기자님들 이제 충분히 하신 것 같으니까 그만 다른 얘기로 넘어가죠.”

구 대리가 서둘러 분위기를 봉합했고, 기자들은 다른 질문을 하기 시작했다. 화이는 일정 패턴으로 반복되는 질문들에 그럴싸한 답을 늘어놓으며 대단한 인물이 된 듯한 착각에 빠졌다가, 어느 순간 머릿속으로는 다른 생각을 하면서 입으로는 책 얘기를 하는 단계에 접어들었다. 그리고 화이의 머릿속을 차지한 '다른 생각'은, 어제부터 계속 뇌리를 점령하고 있는 인물, 질문에 답을 생각하는 동안 잠깐 자취를 감췄다가 틈이 생기는 순간 재빨리 돌아와 모습을 드러낸, 한시연이었다. 한시연, 이것이 너의 생활이겠구나. 기자들에 둘러싸이고, 겉으로 드러나는 이미지를 잘 연출하기 위해 노심초사하고, 속마음을 어디까지 드러내야 할지 저울질하고, 한순간 저울질에 실패해 하지 말아야 할 말을 해버리고, 남들 다 맛있게 먹는 자리에서 혼자만 먹지 못하고, 하지만 늘 웃는 얼굴로 '훌륭한 인격'을 전시하고. 그것이 유명인인 너의 삶이었겠구나.

20/

회사는 한산했다. 영업팀 직원들은 외근을 나가고 구매팀 직원들은 재택근무 중이라 영업지원팀과 기술팀 인원 중 몇 명만 사내에 있는 날이었는데, 다들 식사 중인지 사내엔 영업지원팀 오 부장과 신입사원인 양미래만 있었다.

제 입에서 나오는 말 한마디에 촉각을 기울이는 사람들에게 둘러싸여 있다가 오래된 건물 3층에 있는 회사로 돌아오니, 화이는 타임캡슐을 타고 몇십 년 전 과거로 올라간 듯한 느낌이었다. 그녀는 사무실 입구에 서서 햇빛을 받아 빛나는 책상들을 바라보았다. 빼곡히 들어찬 책상들은 각각 다른 색상과 모양을 하고 있었다. 몇 년 전에 대량 주문해 들인 베이지색 책상들이 반 이상을 차지했고, 그보다 더 전에 들였던 검은색 책상이 나머지 반을, 그리고 그 나머지를 낡은 나무책상이 차지하고 있었다. 화이는 17년 전 자신이 신입사원으로 입사했을 때 있었던 낡은 책상이 아직도 그대로 있다는 사실에 놀랐고, 자신이 그 사실을 이제야 인식했다는 데 다시 한번 놀랐다.

"오셨습니까?"

사무실의 왼편 구석에 있는 영업지원팀 쪽으로 다가가자 컴퓨터 화면에 고개를 박고 있던 오 부장이 엉거주춤 일어나며 인사했다. 맞은편 줄 가운데 앉아 있던 양미래가 양치컵을 들고 화장실로 향하다가 이쪽을 보고 눈인사를 건넸다.

"점심 드셨어요?"

화이는 오 부장에게 다가가며 말을 걸었다. 오 부장을 보자 현옥 언니, 민화 언니, 영진 언니가 떠올랐다. 신영진을 제외하곤 지금은 모두 퇴사하여 소식을 알 수 없게 된 일군의 '언니'들이. 붉고 가무잡잡한 피부에 새까만 뿔테안경을 낀 이 인물, 오 부장은 화이가 입사했을 때 총무과의 대리였다. 사내에 필요한 물품을 조달하고 직원들의 월급과 복리후생을 챙기는 일을 했는데, 화이가 언니라 불렀던 세 명의 여직원을 부하직원으로 부렸다. 화이보다 대여섯 살씩 나이가 많았던 언니들은 모두 고졸사원이었는데, 당시 오 대리(지금의 오 부장)는 화이가 이 언니들보다 가방끈이 길다고 유세를 부리지 않을까 전전긍긍했다. 그러나 가방끈이 긴 화이에게 똑같은 여직원이니 다른 여직원이 하는 일을 조금도 다름없이 같이 해야 한다고 실제로 훈수를 둔 것은 오 부장이 아닌 세 언니들, 특히 영진 언니(지금의 신 실장)였다. 영진 언니는 입사 첫날 바지 정장을 입고 간 화이에게 신입사원이 예의 없이 바지를 입고 왔다고 눈물이 쏙 빠질 정도로 호통을 친 것을 필두로, 출근시간인 9시보다 한 시간 빨리 와서 직원들 책상을 닦지 않는다고 괘씸해하고, 걸레를 제대로 빨지 않아 냄새가 난다고 화장실로 불러내 매섭게 야단을 쳤다. 화이는 다음 날부터 깍듯한 치마 정장을 입었고, 하루도 빼놓지 않고 8시에 출근해 수십 개의 책상을 닦았으며, 걸레를 제대로 빨기 위해 집에서 쓰던 표백제까지 들고 오는 성의를 보였으나, 언니들은 언제나 작은 꼬투리를 잡아서 화이를 혼냈다. 언니들이 그렇게 하도록 종용한 것이 오 부장이었다는 사실을 화이는 언니들 중 두 명이 퇴사하고 몇 년이 흐른 뒤에 신영진과 이야기를 하다 알게 되었는데, 오 부장은 화이가 입사하던 날부터 '언니'들에게 항상 '대졸자라고 봐주면 안 된다', '처음부터 기를 잡아야 한다'고 마주칠 때마다 일렀다고 한다.

당시 함께 일했던 여직원들, 화이가 언니라 불렀던 세 명 중 두 명은 이제 여기에 없다. 당시 함께 일했던 남직원들도 대부분 회사를 떠나서, 이제 신 실장과 오 부장, 영업팀의 곽 부장, 그리고 권 상무만 옛 시절의 기억을 공유하고 있다. 결혼과 동시에 회사를 그만두었기에 공식적으로는 가장 먼저 퇴사했지만, 후에 이런저런 명목으로 회사 일에 관여했기 때문에 화이는 내내 이 회사에 적을 두었던 듯한 느낌을 받는다.

"네. 먹었습니다."

오 부장이 입꼬리를 억지로 말아 올려 웃는 것도, 우는 것도 아닌 애매한 표정을 지어 보였다.

"왜 이렇게 빨리 돌아오셨어요."

눈을 찌를 듯 길고 덥수룩한 머리를 한 이 남자는 화이를 보면 언제나 슬금슬금 피한다.

"천천히 쉬다 오시지 않고요."

12시 50분. 아직 직원들이 돌아오려면 10분이 남았다. 기자 인터뷰가 아침 11시부터 시작해 점심시간이 끝나기 전에 각자 회사에 돌아갈 수 있도록 계획된 덕이었다. 그런데 이 남자는 왜 이렇게 일찍 들어왔을까.

"아, 네. 뭐 처리할 것도 있고 해서……"

오 부장은 화이가 구매부에서 차장 직함을 달고 일했을 때도, 부사장이란 직함을 단 지금도, 절대 화이의 직함을 입에 담는 법이 없다. 시선을 피하면서 애매하게 말끝을 흐리는 게 화이를 대하는 유일한 전법이다.

"무엇을 처리하셔야 되나요?"

"별거 아닙니다. 뭐 꼭 지금 처리해야 하는 것도 아니고……"

화이가 모니터 쪽으로 고개를 빼자 오 부장이 자리에 앉아 질겁을 하며 모니터를 돌렸다.

"오관수 부장님."

화이가 팔짱을 끼고 선 채 빤히 쳐다보자 오 부장이 머리를 긁적이며 올려다보았다. 그러나 시선은 화이의 어깨 너머 허공을 향했다. 화이는 오 부장을 응시하며 가만히 웃음 지었다.

"말씀하십시오."

오 부장은 한 손으로 죄 없는 책상을 두드리고 한 손으로 제 허벅지를 문질렀다. 그가 앉은 의자는 지금 막 사 왔다고 해도 놀랍지 않을, 윤기가 자르르한 유명 브랜드 제품이고, 책상은 권 상무의 자리에 놓인 것과 똑같은 짙은 색 오크 제품이다. 화이의 시선이 그의 품격 있는 책상에 내리꽂혔다. 사내 책상 중 권 상무의 책상만 고가의 제품인 줄 알았는데, 그런 제품이 여기에 하나 더 있었다.

"그 책상, 마음에 드세요?"

오 부장의 시선은 계속 허공을 향해 있었다. 어쩌면 이렇게 시선을 외면할 수 있을까. 계속해서 제 눈을 쳐다보는 사람의 눈길을 이토록 일관되게 회피하는 것도 아무나 할 수 있는 일은 아닐 것이다.

"이게, 권 상무님 책상 들어올 때 샘플로 받았다가, 그게, 그, 그냥 그쪽에서 계속 쓰라고 해서……"

오 부장이 말을 더듬으며 변명을 늘어놓을 동안 화이는 그의 얼굴을 주시했다. 이 사람도 나이 들었구나. 처음 봤을 땐 기골이 장대하고 피부가 탱탱해서 쇠라도 씹어 먹을 것처럼 보였는데, 오늘 보니 눈가에 주름이 지고 피부가 늘어졌다. 떡 벌어졌던 어깨가 구부러지고 허리에 두툼하게 살집이 잡혀, 영락없는 중년 아저씨다.

"부장님."

말을 끊고 나지막하게 직함을 부르자 그가 눈을 깜빡이다가 네,

하고 대답했다. 시선은 이제 화이의 발치를 향하고 있다.

"올해 몇 되셨죠?"

미스 리, 올해 몇이지?

오 부장은 화이를 볼 때마다 이렇게 말했다.

여자 나이는 크리스마스야. 더 나이 먹기 전에 얼른 시집가야지, 안 그러면 볼 장 다 보는 거라고.

세월이 흐른 뒤 화이가 차장이라는 직함을 달고 회사에 출몰하게 되었을 때도, 이 남자를 보면 항상 그 장면이 떠올랐다. 미스 리이이. '리'를 길게 늘여 올리던 음성. 가래가 끓던 탁한 저음.

"무슨……"

오 부장의 시선이 그녀의 어깨까지 올라왔다가 다시 아래로 낙하했다.

"나이 말이에요. 미스터 오가 올해 몇이죠?"

그렇게 말했을 때에야 오 부장의 시선이 화이를 향했다. 마주한 신성포장 최장기 근속 남직원의 까만 동공에, 분노와 짜증, 경계심이 노골적으로 스쳐가는 것을 화이는 가만히 바라보았다.

"쉰하납니다."

오 부장이 내뱉듯 말했다. 화이는 옆자리의 의자를 끌어다 그의 앞에 자리 잡고 앉았다. 벌레 씹은 표정으로 책상을 툭툭 차던 그가 의자를 돌려 화이가 앉은 쪽을 향했다.

"책상을 바꿀까봐요."

"제 책상을요?"

오 부장이 검지로 제 책상과 화이를 번갈아 가리켰다. 그 손가락의 움직임을 따라가다가, 화이는 그가 제 책상과 화이의 책상을 바꾸잔 의미로 받아들였단 사실을 알아차렸다.

"파핫."

화이는 참지 못하고 웃음을 터뜨렸다. 어쩌면 사람이 이렇게 단순할까. 갑자기, 눈앞의 남자가 귀여워지고 가엾어졌다.

"그게 아니고, 책상을 전체적으로 교체할까봐요."

"전 직원 책상을 다요?"

오 부장이 굳어 있던 얼굴을 풀면서 한쪽 팔을 책상에 올려 손으로 이마를 괴었다.

"네. 전 직원 다요."

"갑자기 왜……"

오 부장이 얼굴을 받쳤던 손으로 머리를 쓸어 넘겼고, 그와 동시에 머리에서 비듬이, 오후 햇살에 선명하게 드러나는 먼지 같은 비듬이 우수수 떨어져내렸다.

"잠깐 일어서 보실래요, 부장님?"

화이가 일어서며 말하자 졸린 눈으로 나른하게 앉아 있던 오 부장이 의자를 뒤로 밀며 굼뜨게 일어섰다.

"보시기에 어떠세요?"

화이가 한쪽 손으로 전체 사무실을 크게 아우르는 시늉을 했다.

"뭐 전체적으로, 아직 쓸 만한데요?"

오 부장이 시큰둥하게 말하며 바지를 잡아 내렸다.

"외부 인사가 우리 회사에 들어온다고 생각해보세요. 우리 회사 딱 들어섰을 때."

이렇게 운을 띄운 뒤 화이는 오 부장의 책상이 놓인 라인을 죽 따라 걸어갔다. 눈살을 찌푸린 채 서 있던 오 부장이 떨떠름한 표정을 지으며 뒤따라왔다. 화이는 라인의 마지막 책상 앞에 섰다.

"보세요. 얼마나 지저분해 보이는지."

그때 양치를 하러 갔던 양미래가 돌아왔고, 제 자리로 걸어가며 화이와 오 부장을 흘끔거렸다.

"미래 씨. 우리 책상 바꿀까요?"

큰 소리로 외치자 양미래가 와, 정말요? 하면서 이쪽으로 다가왔다.

"저 책상 어때요?"

오 부장의 책상을 가리키자 양미래가 엄지손가락을 치켜올려 보였다. 좋죠! 화이는 크게 고개를 주억거렸다.

"좋습니다. 오 부장님, 부장님 책상하고 같은 급으로 모델 몇 개 보내달라고 가구업체에 연락하시고, 의자는……"

"의자도 저거 좋아요, 부사장님!"

양미래가 끼어들어 오 부장의 의자를 가리켰다.

"좋죠? 등받이도 최신형이고 목 받침도 있고. 오케이. 의자도 저것과 같은 급으로 카탈로그 보내달라고 업체에 연락해서 오늘 내로 저한테 보고해주세요."

화이는 빠르게 말한 뒤 그럼 수고, 라고 덧붙이고 제 자리를 향해 걸어갔다.

"솔직히 회사 책상이랑 의자는 진짜 좋은 걸로 해야 돼요. 하루에 회사에 앉아 있는 시간이 얼만데……"

양미래가 오 부장에게 말하는 소리를 들으며 화이는 양치컵을 들고 화장실로 향했다. 세면 대 앞에 달린 거울을 보며 칫솔질을 시작하는데, 문득 인터뷰 때 들은 말이 떠올랐다.

"남자 주인공, 혹시 모델로 삼으신 분이 있습니까?"

신화일보 엄 기자였다. 그는 화이의 소설 속 남자 주인공이 자기가 아는 누군가하고 너무 똑같다고 말했다.

거울 속에서 규칙적으로 움직이던 손이 멈추었다. 화이는 혀로 아래쪽 어금니를 핥으며 생각에 잠겼다. 혹시 엄 기자가 지성과 아는 사이일까? 엄 기자의 질문에는 그저 여러 인물을 참조해서 만들어낸 허구의 캐릭터라는 무난한 답을 내놓고 넘어갔지만, 그때부터 가슴속에 불안감이 스멀스멀 피어올랐다. 그리고 그것으로, 카메라 플래시와 질문 세례를 받으며 꽃처럼 행복해하던 상태는 끝났다.

치약이 목구멍으로 넘어가는 것을 느끼고 화이는 다시 칫솔질을 시작했다. 그 기자가 떠올린 사람이 지성일지도 모른다는 생각이, 그가 지성에게 연락해 화이의 소설 이야기를 할지도 모른다는 생각이, 지성이 그것을 알고 분노해서 자신에게 소송을 걸지도 모른다는 생각이 연이어 떠올랐다. 퉤, 하고 입에 든 치약 물을 뱉어냈을 때, 하얀 거품 속에 묻은 피가 보였다. 모델로 삼으신 분이 있으십니까? 고개를 저어 떨쳐내려 했지만 기자의 말은 좀처럼 떨어져나가지 않았고, 그녀는 비로소 자신이 커다란 문제에 봉착했음을 알아차렸다. 소설을 쓰는 동안 한 번도 소설이 발표된 뒤 어떤 일이 일어날지 생각해보지 않았다는 것을. 소설이 발표된다거나 세간에 읽힐 거라 생각한 적이 없었다. 소설 속 인물이 현실에서 살고 있는 누군가의 인격을 상당 부분 임차해왔다는 데 문제의식을 느끼지 못했다. 그리고 그것을 지금에야 인식한 것이다. 문제가 있다는 것을. 경우에 따라서는 그것이 매우 큰 문제가 될 수도 있다는 것을.

21/

속삭이듯 피아노 소리가 흘러나온다. 성인 키의 세 배쯤 되어 보이는 천장과 창으로 된 벽, 등받이 없는 베이지색 목제 의자와 투명한 유리 협탁. 출판사 로비로 삼기엔 과하게 여유롭고 세련된 공간이다. 인테리어 잡지에 나와도 손색이 없을 모던한 공간의 한가운데에, 화이가 앉아 있다. 인포메이션 데스크가 있으나 공석이어서, 이 공간은 화이와 그 앞에 앉은 구미은 대리가 독차지하고 있다. 참으로 경제적이지 못한 공간이라는 생각을 하며 화이는 핸드폰에 고개를 처박고 있는 구 대리를 흘끔거린다.

"잠시만요. 이것만 처리하면 될 것 같아요, 작가님."

화이는 주위를 둘러본다. 어딘가 거울이 있지 않을까. 눈물을 흘리기 시작한 제 얼굴이 어떤 꼴일지 확인했으면 좋겠다. 출판사에 가는 날이라 아침에 공들여 화장을 하고 나왔다. 평소 잘 하지 않는 마스카라에 아이섀도까지 하고 왔는데, 구미은과 말을 나눈 지 5분도 되지 않아 울음을 터뜨렸다. 피부화장은 물론이고, 마스카라가 번져 눈 주위가 엉망이 되었을 것이다.

"대리님 바쁘시면…… 제가 직접 전화할까요?"

조심스럽게 물어보지만 구미은은 "잠시만요, 작가님"이라는, 이미 열 번도 더 반복한 말을 내놓는다. 화이는 벌떡 일어서서 소리 지르고 싶은 유혹을 물리치며 한숨을 쉬다가, 파우치를 꺼내 화장을 확인한다. 얼굴은 생각보다 양호하다. 마스카라가 번지긴 했지만 번짐이 모두 눈의 아랫부분에만 쏠려 있다. 섀도를 칠한 눈두덩은 눈물의 침투를 받지 않아 멀쩡한 상태를 유지하고 있다. 잠깐 동안 망설이다가, 화이는 파우더를 꺼내 눈 밑을 두드린다. 눈물이 위로 올라가지 않고 낙하하기만 하는 건 얼마나 다행스러운 일인가! 이 장소에 구미은과 화이, 둘밖에 없으니, 화장을 조금 고친다 해서 큰 흉이 되지는 않으리라.

"전화번호 알려주시면 제가 홍 기자님께 직접 전화드릴게요."

하늘을 붉게 물들이며 태양이 낙하하는 이 시간에 화이가 여기, 출판사의 파주 본사까지 날아온 것은 오늘 자로 나간 기사들 때문이다. 이틀 전 했던 인터뷰가 금요일인 오늘과 토요일인 내일 사이에 기사로 뜰 예정이고, 오늘 자로 벌써 네 개의 기사가 떴다.

"직접 하신다고요?"

새우처럼 등을 구부린 채 핸드폰으로 이메일을 작성하던 구미은이 갑자기 고개를 든다.

"네. 대리님 바쁘신 거 같으니까……"

구미은이 화이를 보고 픽 웃은 뒤 다시 핸드폰 위로 고개를 수그린다. 아무것도 모르는 어린애를 보는 듯한 동작과 표정이다. 그 표정에 불쾌감을 느끼다가, 화이는 핸드폰 화면을 켜고 이미 수십 번

읽어 거의 외울 지경이 된 기사들을 들여다본다.

소설가 데뷔 카야, 실존인물 모델로 썼다 밝혀 논란 예고

몇 번을 봐도 제목이 주는 위협감이 누그러지지 않는다. 아니, 볼 때마다 제목에 내포된 칼날이 더욱 첨예해지는 것 같다. 실존인물을 모델로 썼다니. 말도 안 된다. 당시 기자는 소설을 쓰면서 염두에 둔 인물이 있느냐 물었고, 화이는 이렇게 답했다.

"염두에 둔 인물이 있긴 했다. 하지만 그 사람을 그대로 쓴 건 아니고, 여러 명을 원형으로 삼아 만든 인물에 내 상상을 불어넣었다. 절대 특정인물을 그대로 따와서 쓴 게 아니다."

그런데 기자는 다른 말들은 쏙 빼고 처음에 한 말만 가져다 제목으로 삼았다.

다른 기사의 제목은 더 가관이었다.

주위 여성 착취하는 위선적인 남성 지식인들 단죄 주장한 카야

기사의 제목을 보며 화이는 주먹을 꽉 쥔다. 내가 단죄를 주장했다고? 언제? 당시 기자는 미투 가해자에 대한 경종을 울리고 싶었냐고 물었고, 화이는 상세하게 답변했다.

"타인의 몸을 함부로 대한 이는 마땅히 단죄를 받아야 한다고 생각한다. 그러나 이 소설은 그것보다 조금 더 복합적인 얘기를 하고 있다. 가해자로 지목된 이들이 100퍼센트 실제 가해자인 것이 아니

고, 억울하게 가해자로 몰린 경우도 있으니, 가해자로 몰렸다고 해서 곧바로 성범죄자로 낙인찍지 말고 좀 더 세세하고 복합적으로 사고하자고 말하고 싶었다. 엄히 단죄하되, 대상 선별에 더 공을 들이자는 말이다."

이 기자 역시 화이가 했던 말 중 자기 의도에 맞는 한마디를 쏙 빼내 제목으로 뽑았다.

최악의 기사 제목은 다음과 같았다.

페미니즘에도 브레이크 필요해. 안티페미니즘 입장 선명히 밝힌 카야

이 어이없는 제목을 어찌하면 좋을까. 오늘 올라온 네 편의 기사 중 가장 형편없고 악의적인 제목이었고, 화이가 이곳 파주까지 날아오는 데 가장 큰 동력을 제공한 기사였다. 이 기사를 쓴 기자는 당시 "미투운동을 어떻게 생각하는가"라는 원론적인 질문을 던졌고, 화이는 이렇게 답했다.

"미투운동을 지지한다. 살아오면서 나도 다양한 종류의 성폭력을 겪었다. 그러나 당시엔 내가 당한 것이 '폭력'에 해당한다는 것을 인지하지 못했고, 폭력의 희생자라고 인정받지도 못했다. 미투는 여성의 몸에 멋대로 손대는 것을 여성을 '좋아해서' 하는 사소한 일로 치부했던 과거의 관행에 경종을 울리고 변화의 단초를 제공한 중요한 사회운동이다. 하지만 미투는 어디까지나 사적인 단죄 방법이다. 현존하는 법체계와 관행이 모두 여성의 입장을 반영하고 있지 않기에 체제 바깥에서 변화의 바람을 불러일으키기 위해 들불처럼 일어난

운동인 것이다. 법과 관행에 여성의 입장이 제대로 반영되면 사적인 단죄인 미투는 없어질 것이고, 그런 날이 빨리 올수록 여성의 삶도 더 나아질 것이다. 그 과정에서, 미투라는 사적이고 강력한 제재 방법이 좀 더 세련되고 좀 더 정교해질 수 있도록 심혈을 기울여야 한다고 본다. 미투의 가해자로 지목된 사람도 소멸시켜야 할 '악'이 아니라 한 명의 인간으로 다루어야 한다는 의미다."

두 번째 기사는 이른바 '진보신문'이라 불리는 신문사 기자가, 세 번째 기사는 '보수신문'이라 불리는 신문사 기자가 썼다. 속한 진영의 입장에 따라, 멋대로 화이가 한 말을 왜곡해 제목으로 뽑은 것이다. 실제로 기사 내용을 찬찬히 읽어보면, 화이가 했던 말이 많이 반영돼 있었다. 기사를 꼼꼼히 읽는 독자라면 두 기사가 완전히 반대되는 이야기를 하고 있단 사실을 알아차리겠지만, 과연 그런 독자들이 있을까? 사람들은 대부분 기사의 내용을 읽지 않는다. 제목을 보고, 기사에 포함된 사진을 쓰윽 본 다음, 댓글로 직행한다. 몇 분도 되지 않는 시간 동안 그렇게 기사에 대한 인상을 받은 뒤 그걸로 기사가 조명한 인물에 대한 선입견을 형성한다. 그러니 이 기사들은 화이에게 '강성페미니스트' 혹은 '안티페미니스트'라는 딱지를 붙여, 여기저기서 반대되는 논조로 비판받게 만들 것이다. 화이는 등을 구부리고 핸드폰 자판을 열심히 누르고 있는 구미은을 흘끔거리며 손톱 주변을 씹었다. 생각만 해도 화가 치민다. 왜 이렇게 마음대로 제목을 뽑는가? 작가가 그런 의도로 말하지 않았다는 걸 뻔히 알면서 왜 멋대로 자기네가 하고 싶은 말을 갖다 붙이느냐 말이다!

"계속 말씀드렸지만 작가님, 기자분들한테 저희가 기사 제목을 바꿔달라고 해도, 그렇게 바꿔준다는 보장이 없어요."

급하게 보내야 한다는 이메일 전송을 마친 구미은이 드디어 고개를 들고 화이를 설득하기 시작한다. 작가님 마음은 이해한다, 우리도 제목을 보고 놀랐다, 하지만 기자분들 입장에서 생각하면 이해가 가지 않는 것도 아니다, 원래 제목을 자극적으로 뽑아야 조회수가 올라가는 거 아니냐, 책을 출판한 우리 쪽 입장에서 보면 이렇게 해서 화제가 되는 게 판매에는 오히려 도움이 된다, 무관심보다는 안티댓글이 훨씬 낫다, 그것 때문에 일부러 자극적인 제목을 뽑아달라고 출판사 쪽에서 기자들에게 부탁하는 사례도 있을 정도다…… 처음 마주 앉은 순간부터 늘어놓았던 레퍼토리를 순서를 바꾸어가며 다시 죽 늘어놓는 구미은을 바라보는 화이의 눈에 다시 눈물이 차오른다. 어쩌면 이렇게 똑같은 얘기와 똑같은 수순이 반복되는가.

"구 대리님, 이럴 줄 알았으면 저한테 미리 말씀을 해주셨어야죠. 계약할 때 제가 말씀드렸었잖아요. 사적인 부분 밝혀지면 곤란하고요, 구설수에 오르면 안 된다고요. 기자회견 때도 혹시나 사람들 입에 오를 만한 부분이 있으면 말씀해달라고, 가능한 선에선 미리 다 막아주시라고 부탁드렸잖아요. 대리님도 그렇게 해주시겠다고 약속하셨고요."

화이는 울먹이면서 말을 이어나가고, 구 대리는 한숨을 곁들이며 설명을 늘어놓는다. 출판사 쪽에서 작가님께 해드릴 만한 말씀은 다 해드렸고, 인터뷰 때도 기자들이 너무 나가지 않게 자기들이 많이 막아줬다고. 기자들이 기사로 쓴 부분은 이 소설의 성격상 하지 않을 수 없는 말이었다고. 이 정도 기사를 감당하지 못할 거면 이 책은 출판하지 말았어야 한다고.

"그럼 저 이 책 회수할래요."

불쑥, 이 말이 나가버렸다.

"작가님!"

구 대리의 고개가 옆으로 기울면서 얼굴이 파르르 떨린다. 가파른 곡선을 만들어내는 얼굴근육과 비대칭으로 일그러진 입, 황당한 듯한 눈빛. 화이의 팔에 소름이 돋는다. 어제까지만 해도 둘도 없는 아군이라 생각했던 편집자가, 이제는 세상 누구보다 무서운 적군이 되었다.

"그렇잖아요. 이 소설의 모델이 되신 분도 있는데, 물론 완전히 그분을 똑같이 베껴 쓴 건 아니지만, 어쨌든 그분이 이 기사를 보면 어떻게 생각하시겠어요?"

입에서 이런 말이 나오는 순간, 화이에게 다시 한번 두려움이 엄습한다. 지성이 이 기사를 본다면!

"한 명만 모델로 하신 게 아니라고 하셨잖아요. 어차피 그대로 따다 쓴 거 아니면 기사가 그렇게 나가더라도, 사실 작가님 입장에선 별로 걱정할 필요가 없지 않나요?"

구미은이 매서운 눈초리로 화이를 보며 무테안경을 치켜올린다. 안경 렌즈에 감도는 무지갯빛과 하얀 손자국이, 이제껏 구미은과 만나는 동안 한 번도 인식하지 못했던 차가운 인상이, 갑자기 커다랗게 부각되면서 소름을 자아낸다.

"구 대리님! 어떻게 그렇게 말씀하실 수가 있죠? 사람 마음이 그렇잖아요. 그런 기사가 안 떴으면 '어, 나랑 좀 비슷하네? 아닌가?'

하고 말았을 걸, 기사를 보게 되면 '어, 나를 그대로 베꼈네? 너무한 거 아니야? 이 여자가 왜 이래!' 이렇게 생각하게 되지 않겠어요?"

따지듯 외친 뒤 화이는 하아, 소리를 내며 이마를 짚는다. 엄청난 기세로 에어컨이 나오고 있음에도, 이마에서, 등에서, 땀줄기가 흘러내린다. 지성이 이 기사를 읽는 모습을 떠올릴 때마다 가슴이 턱턱 막혀온다.

화이가 출판사의 널찍하고 세련된 로비에 앉아 제 첫 책의 편집자와 나눈 대담은, 한쪽은 걸핏하면 울고, 다른 한쪽은 냉소와 코웃음과 살살 달래기 기법을 여유롭게 구사했던 그런 대담은, 하늘빛이 살구색에서 핏빛으로 변했다가 짙은 보라색으로 깊어지고, 급기야는 암청색으로 진하게 물들어 되돌릴 수 없는 색이 되어버리는 순간까지 이어졌다.

집으로 돌아간 화이가 아이 둘과 고양이를 보살피고 안아준 뒤 제 몸을 침대에 누일 때 들었던 생각은, 그날의 대담에서 얻은 생산적인 결과물이 하나도 없다는 것이었다. 당일 뜬 기사 제목의 한 글자도 바꾸지 못했고(단 한 명의 기자 연락처도 받지 못했고), 다음 날인 토요일에 나올 나머지 기사들의 제목이 빤히 예상됨에도 불구하고 그것을 막거나 변화시킬 만한 아무런 조치도 취하지 못했다. 화이는 뒤척이다 일어나서 집 안을 왔다 갔다 하고, 고양이와 머리를 맞대고, 와인을 연속으로 몇 잔 따라 마시고, 샤워를 두 번씩 해보았으나, 잠드는 데 번번이 실패했고, 결국 뜬눈으로 밤을 새웠다. 그리고 사위가 깊은 흑색에서 푸른빛으로 조금씩 바뀌어갈 때쯤, 모든 의식과 생각은 한 가지, 죄책감이라 불릴 종류의 감정으로 귀결되었다. 그럴 생각은 없었는데 한 사람의 인생을 세상에 전시한 꼴이 되어버렸다는. 그 '한 사람'에게 피해를 주게 되었다는.

22/

화이는 웃고 있었다. 남편이 한시연과 결혼만 할 수 있으면 뭐든 하겠다며 이혼 조건을 제시했다. 집, 아이들 양육권, 모두 주겠다. 다달이 양육비도 듬뿍 보내주겠다. 제발 이혼만 해달라. 세상 어디에서도 쓰이지 않는 이상하고 경박한 방언으로 그는 애원했다. 이혼해도! 제발 해도! 이걸 덥석 받아야 하나? 춤이라도 추고 싶은 마음을 감추며 남편을 쳐다보는데, 그가 껄껄껄 웃음을 터뜨렸다. 집이 떠나가라 웃는 방자한 웃음. 목젖과 잇몸을 적나라하게 드러내는 천박한 웃음. 화이는 벌떡 일어섰다. 갑자기 돌변한 남편에게서 일단 도망쳐야 했다. 그와 함께 있는 공간은 엄청나게 넓은 화장실이었는데, 너무 지저분해서 어느 칸에도 들어갈 수 없는, 그래서 변의를 해결할 수 없는 곳이었다. 변의를 해결하기 위해서, 그리고 미친 듯이 웃어젖히는 남편에게서 벗어나기 위해서, 화이는 빠르게 걸음을 떼어놓았다. 그러나 화장실 출입구를 나가기 직전, 남편이 화이의 발목을 잡았다. 화장실 창 쪽에 있던 그의 손이 길게 늘어났고, 그녀의 양 발목을 확 붙잡았다. 니 진짜 이혼할 생각이었나? 이 가시나가 미쳤나. 내 니랑 죽어도 이혼 몬해준다! 양손보다 더 길게 늘어난 남편의 목이 화이의 얼굴 앞까지 뻗어와 이렇게 말했고, 그녀는 소리를 질렀다.

아아아아아악!

벌떡 일어나 앉아 안방 화장실 문 앞에 앉아 있던 채리와 눈이 마주쳤을 때에야, 꿈을 꾼 것임을 알았다. 어둠 속에서 채리의 눈이 조용히 빛났고, 화이는 가쁘게 숨을 내쉬었다. 손을 뻗어 협탁 위의 등을 켜고 시간을 확인했다. 새벽 5시. 등불이 침대에 커다란 원을 형성하자 채리가 잽싸게 침대 위로 올라왔다. 채리의 귀 뒤를 쓸어주며 한동안 앉아 있다가, 핸드폰으로 메시지를 확인했다. 어젯밤, 잠들기 전에 남편에게 문자를 보냈다. 화이가 물은 것은 두 가지였다. 1) 혹시 전염병에 걸린 것이냐, 2) 언제 돌아올 거냐. 한시연 얘기는 꺼내지 않았다. 대답 대신, 남편이 꿈에 나타났다.

채리를 놓아주고 다시 누웠다가, 천천히 일어나 앉았다. 눈앞에 밝게 빛나는 울타리 같은 게 생겨나 계속 옆으로 흘러가고 있었다. 이런 걸 뭐라고 하지? 빛 번짐? 시야 깨짐? 눈 안에 네온사인이 켜진 듯, 시야가 시시삭각 깨져나가며 번쩍거렸다. 이런 증상 이후에 날카로운 두통이 온다는 걸 알고 있기에, 화이는 겁에 질렸다. 어젯밤에 마신 와인 때문일까. 아침마다 눈앞에 번쩍이는 네온사인과 두통에 시달리면서도, 밤마다 신들린 것처럼 냉장고 문을 열고 와인병을 꺼낸다.

화이는 세수를 하고 주방으로 갔다. 아침을 먹고 출근 준비를 하면서 틈틈이 핸드폰을 들여다봤다. 여행을 떠난 지 3주째. 남편이 없는 건 좋지만, 마음이 불안하다. 남편이 언제 들이닥칠지 모른다는 게 가장 큰 불안이고, 전염병에 감염되었을지 모른다는 게 다음 불안이다. 돌아와서 회사 일, 아이들 일, 혹은 별장이나 부동산 관련 일 처리로 트집 잡을지 모른다는 것도 만만찮은 불안 요소다.

얼굴에 비비크림을 펴 바르는데 문자 메시지 착신음이 울렸다. 남편이다. 화이의 얼굴이 굳어졌다. 남편은 유명 유튜버가 추천했다는 즉석 떡볶이와 전주의 유명 제과점에서 판다는 초코파이, 프랑스 디저트 메뉴라는 에끌레어 같은 주전부리를 사서 보내라는 문자를 보냈다. 돌아올 날짜나 전염병에 대해선 한마디도 하지 않았다. 물품을 받는 주소는 해남으로 되어 있고, 받는 사람은 들어본 적 없는 남자 이름이었다. 생활보호소에 들어간 건가. 떡볶이, 초코파이, 에클레어같이, 평소 남편이 먹지 않는 주전부리 품목들을 들여다보고 있는데, 다시 문자가 들어왔다.

찬장 정리는 끝냈나. 명심해라, 위스키가 앞쪽이다

주방에 있는 커다란 유리 장식장 안에는 비싸고 독한 술들과 비싸고 아름답지 않은 찻잔들, 그리고 정체를 알 수 없는 식기류가 전시돼 있다. 작은 크기와 중간 크기, 커다란 크기가 뒤섞인 이 잡다한 수집품들을 남편은 심심할 때마다 다르게 배치하고 싶어 하는데, 그 배치의 실행자로 늘 화이를 지목한다. 최승현의 아내로 살면서 도대체 왜 해야 하는지 이유를 알 수 없는 수백 가지 일을 하지만, 그중 1순위를 차지하는 건 이 일, 장식장 정리이다. 그녀는 핸드폰에 대고 코웃음을 쳤다. 찬장 정리 타령하는 걸 보니 이 인간, 전염병에 걸리진 않은 모양이다.

나갈 채비를 마치고 방을 나서는데 명현이 제 방문을 열고 나오며 기지개를 펴다 화이와 눈이 마주쳤다.

"명현아!"

새벽 6시 반. 아이가 절로 깨기엔 너무 이른 시간이다.

"왜 이렇게 일찍 일어났어? 더 자지."

어젯밤 잠결에 명현이 집에 들어오는 소리를 들었던 기억이 있다. 그 시간에 잠든 아이가 지금 일어나다니, 수면시간이 너무 모자라는 것 아닌가?

"엄마."

명현이 쉰 목소리로 엄마를 불렀다. 현관으로 향하던 화이가 주춤하며 명현의 땀에 눌어붙은 이마를 쳐다보았다. 명현은 화이를 닮아 땀을 많이 흘린다. 9월 하순에 접어들었고, 아침저녁으로 선선한데도 자고 일어나면 꼭 이마에 땀이 배어 있다.

"응, 말해, 명현아."

원래도 차분하고 말이 없는 편이었던 명현은 중학생이 된 이후로 더욱 과묵해졌다. 화이가 집에 복귀한 뒤 명현과 나눈 말이 합쳐서 열 마디는 될까. 물론 화이의 부재 기간 동안 그녀의 자리를 채우게 된 고용인들의 존재와, 화이가 회사 일을 맡게 된 사정이 겹치면서 더욱 그렇게 되었을 것이다. 그러나 같은 조건에서도 래현이 어떻게든 엄마와 말할 기회를 포착해 이 말 저 말 늘어놓았던 것을 보면 이 아이의 마음에 뭔가가, 아마도 엄마 아빠의 상황에 대한 어떤 인식이 생겨나 더욱 입 밖으로 말을 내어놓을 수 없는 상태가 되었다고 보아야 하리라.

"아빠 어디 가셨어?"

화이는 명현의 눈을 들여다보았다. 맑고 차가운 눈. 속을 알 수 없는 눈. 그래서 무서운 눈이다.

"엄마도 몰라."

화이는 백을 내려놓고 명현 앞에 쭈그리고 앉았다. 이런 눈을 가진 아이에겐 둘러대는 것보다 그냥 있는 그대로 말하는 게 좋을 것이다.

"아빠가 한시연이랑 사귄다는 소문이 사실이야?"

제 얼굴에 당혹감이 스쳐가지 않았길 바라면서 화이는 두 손으로 명현의 손을 잡았다. 자다가 막 깬 아이, 도무지 얼굴을 볼 수 없는 엄마와 이야기할 시간을 갖기 위해 별렀을 아이, 눈곱도 떼지 못한 채 달려나와 제 아빠와 유명 연예인 사이에 난 스캔들을 묻는 아이의 손을.

"왜. 누가 뭐라고 해?"

이 아이의 입에서 한시연의 이름이 나옴으로써, 화이의 내부에 도사리고 있던 불안감과 두려움이 일제히 튀어나와 이름을 부여받았다. 화이는 명현의 배에 얼굴을 기대고 숨을 몰아쉬었다. 이제 더 이상 이 가정을 지키지 못할 것이다. 밑바닥에 들끓는 수많은 문제를 봉합한 채 겉으로 맑은 샘물이 흐르는 모습을 연출하는 일을, 더는 지속시키지 못할 것이다.

"진짜야?"

명현이 몸을 뒤로 빼며 엄마와 눈을 맞추려 했다.

"그런 것 같아. 아직 확실하진 않지만."

화이의 입에서 얇은 음성이 빠져나와 공기를 가르고, 명현의 얼굴에서 잠기운이 빠져나갔다. 화이는 방금 내뱉은 말을 후회하면서도, 어쩔 수 없다고 생각했다.

"그럼 아빠도 코로나 걸린 거야?"

명현에게서 떨리는 음성이, 금방이라도 울음으로 이어질 것 같은 낮은 소리가 튀어나왔다. 화이는 큰딸의 손을 꼭 잡았다. 어떻게 말해야 할까. 어떻게 말해줘야 상처를 덜 받을까.

"모르겠어."

그런 방법은 없을 것이다. 이런 상황이 아이에게 상처가 되지 않게 할 방법 같은 것은. 화이는 모든 문제에 있어 가장 좋은 해결법인, '있는 그대로 말하기'를 택하기로 했다.

"엄마도 계속 아빠한테 연락하고 있는데, 아빠가……"

명현이 탁 소리가 나게 손을 뿌리치고 제 방으로 들어가버렸다. 명현의 방문이 거칠게 닫히는 소리를 들으며 화이는 이 광활한 집이 무너져내리는 장면을 상상했다. 방금 명현과 그녀가 연출한 광경이, 그 장면의 예고편이 될 것이었다.

23/

화이는 새벽 출근을 포기하고 아이들과 아침을 먹었다. 아침을 차려준 도우미가 거실을 청소하러 간 다음, 밥상엔 침묵이 흘렀다. 가끔 래현이 학교에 매일 가고 싶다고(지금은 전염병 때문에 일주일에 한 번만 간다) 투덜대는 소리가 들려왔고, 그럴 때마다 화이는 기계적인 미소로 응수했다. 생쌀처럼 느껴지는 밥을 꼭꼭 씹어 삼키며, 명현의 수그린 정수리와 재잘거림을 이어가는 래현의 빨간 입술을 바라보았다. 앞으로 일어나는 일들은 이 아이들의 인생에 커다란 변곡점이 되리라. 아이들이 상처 받는 걸 피할 수는 없을 것이다. 그런 가운데에서도 내가 할 수 있는 일, 그러니까 지금처럼 함께 아침을 먹는다든가, 틈날 때마다 손을 맞잡거나 부둥켜안는 일은 열심히 할 것이다.

아침을 먹은 아이들이 제 방으로 가서 인터넷 학습터에 접속하는 것을 본 다음, 화이는 집을 나섰다. 9시를 훌쩍 넘겨 회사에 들어서는데, 문가에 서서 웅성거리던 기술팀 직원들이 화이를 보고 인사를 건넸다. 무심코 지나치려다, 멈춰 서서 정중히 맞인사를 했다.

출입구에서 오른쪽 맨 끝줄에 덩그러니 놓인 '부사장' 자리로 걸어가는데, 중간 열에 모여 커피를 마시던 여직원들 중 한 명이 큰 소리로 인사를 했다.

"감사합니다, 부사장님!"

화이는 멈춰 섰다. 오늘따라 직원들이 친근하게 대하는 것 같다.

"뭘요?"

머리를 쓸어 넘기며 말했다. 큰 소리로 인사를 건넨 여직원은 업무상으로만 몇 번 말을 주고받았지 사적으로는 말을 섞어본 적이 없었던, 회계팀 염 대리였다.

"책상 너무 좋아요. 진즉 부사장님이 오셨어야 했는데."

멋들어지게 올림머리를 한 염 대리의 웃는 얼굴을 마주하고서야 화이는 알았다. 오늘 아침 회사가 부산한 이유를. 새로 들어온 책상이 일렬로 놓여 있고, 직원들은 자리 배치와 책상 정리를 하느라 분주히 움직이고 있었다.

"어유, 또 고새 가서 부사장님한테 붙었어? 염 대리가 실세를 알아본다니까."

옆에 있던 다른 여직원이 어깨를 치며 말하자 모여 있던 여직원들이 일제히 웃음을 터뜨렸다.

"사장님은 언제 오세요?"

싹싹하게 말을 붙였던 염 대리가 책상 위에 놓였던 종이컵들 중 한 개를 들어 건네며 물었다. 화이는 손에 든 백을 만지작거리며 궁금한 걸 거침없이 묻는 젊은 여직원과 눈을 맞췄다.

"시간이 좀 걸릴 것 같아요."

"지난주에 발표된 패키지 바우처요."

염 대리가 몸을 흔들며 말하자 입고 있는 모시 재질의 흰색 바지가 펄럭거렸다. 손에 염 대리가 건네준 '다방 스타일' 커피를 들고 서서, 화이는 누군가 자신에게 설탕과 프림이 들어간 커피를 불쑥 건넨 것이 오랜만이라는 생각을 했다.

"네, 염 대리님."

화이가 눈에 웃음기를 담고 염 대리를 쳐다보았다.

"그것도 부사장님이 하신 거죠?"

지난주, 화이는 영업지원팀 오 부장을 통해 사내 복지에 해당할 몇 가지 제도를 발표하고 그중 두 가지를 바로 시행에 옮겼다. 연봉을 올리는 건 후환이 두려워서 차마 못하겠고, 어학학원비 보조라든가 도서지원비처럼 간단한 단발성 제도 몇 개를 정해서 공표하는 편을 택했다. 나중에 남편이 돌아와 껄끄러운 소리를 하면 내년부턴 중단시키라 하면 될 테니 그리 두려울 것도 없었다.

"네. 따로 해줄 수 있는 것도 없고, 다른 회사에서 보통 하는 정도로 만들어봤어요."

화이는 멋쩍은 듯 웃어 보인 뒤 커피를 마셨다. 설탕과 프림의 부드러운 맛이 달콤하게 입안을 채웠다.

"친구들한테 자랑했잖아요. 우리 회사 이런 것도 해준다고."

"그렇게 생각해줘서 고마워요."

여기저기서 책상 끄는 소리, 박스 나르는 소리, 전화 거는 소리, 창문을 열고 바깥에서 박스를 푸는 인부들에게 몇 박스씩 들어와야 할지 알려주는 소리로 부산한 가운데, 화이의 입에서 수줍은 듯한 말이 나갔다. 그대로 서서 커피를 홀짝이는데, 염 대리와 일행이 사적인 이야기를 주고받으며 화이가 옆에 있는 걸 거북해하는 기색을 보였다. 화이는 커피를 든 채 목례를 하고 그 자리를 빠져나왔다.

남편이 영영 안 돌아왔으면 좋겠다.

자리에 앉아 컴퓨터를 켜는데 늘 해왔던 생각이 다시 한번, 강렬하게 용솟음쳤다. 남편의 일을 대신한다는 점에서, 회사 일은 집 안의 고용인들 혹은 남편이 소유한 여분의 공간과 관련된 고용인들을 상대하는 일과 다를 바가 없다. 그러나 회사 일에는 뭐라 설명할 수 없는 보람이 있다.

이 일을 계속하고 싶다.

물론 권 상무와 주석희, 브이엠 등 생각만 해도 속에 뭐가 얹힌 것처럼 묵직해지는 일도 있다. 그렇지만 화이는 회사 일이 좋다. 이제 남편만 없어진다면 자신이 회사를 경영할 수 있을 것이다. 큰 욕심이 있는 건 아니다. 그저 자신이 말단 직원이었을 때 아쉬웠던 부분을 생각해내 보완해주고, 회사가 올린 막대한 이익의 일부를 직원들에게 나눠주고 싶다. 그리고 지금처럼 이렇게, 공감받고 싶다. 직원들이 환히 웃는 모습을 보고 싶다. 물론 그런 소박한 생각만으로 회사를 경영할 수는 없을 것이다. 하지만 나머지 겁나는 부분들, 권 상무와 브이엠 같은 문제들은 차츰 대응 방안을 갖춰나가면 되지 않겠는가?

컴퓨터 운영체계가 작동되면서 시작을 알리는 신호음을 보냈고, 화이는 그제야 다른 모든 책상들에 아직 랜선과 컴퓨터가 제대로 설치되지 않았는데 그녀의 새 책상에만 모든 기기가 완벽하게 갖춰져 있다는 사실, 새 책꽂이와 서랍장이 완벽하게 세팅되어 예전과 조금도 다를 바 없이 정리되어 있다는 사실을 깨달았다.

24/

"타시죠."

기사인 박 대리가 부스럭거리는 쇼핑백들을 차곡차곡 넣은 뒤 트렁크 문을 내렸다. 화이는 쾅, 소리와 함께 차체가 내려갔다 올라오는 걸 보고 있다가, 박 대리가 열어준 문 안으로 몸을 집어넣었다.

차 안에선 담배 냄새가 진동했다.

"박 대리님, 담배 못 끊으셨나봐요."

"죄송합니다."

박 대리가 시동을 걸며 말했다. 박 대리의 진한 눈썹이 백미러로 올라왔다가 내려가는 걸 보며 화이는 아차 싶었다. 차에서 담배를 피운다는 걸 시모가 알면 기함을 할 것이다. 시모의 위생에 대한 강박증으로 볼 때 박 대리를 내보내고도 남을 일이었다.

"대리님 건강 생각해서 말씀드린 거예요. 걱정 마세요."

앞좌석 쪽으로 몸을 내밀고 박 대리에게 들리도록 크게 말해주었다. 그러자 백미러로 박 대리의 눈꼬리가 휘어지는 게 보였다.

"네, 사모님. 알죠."

시모는 깐깐하고, 예민하며, 고용한 이들에 대해 비범할 정도로 촉이 발달해 있다. 그래서 자신을 조력해주는 비서인 이 과장과 도우미인 원 실장과 기사인 박 대리를 누구도 생각지 못할 방법으로 괴롭힌다. '방금 내가 말하는 동안 마음속으로 무슨 생각을 했느냐'와 같은, 마음의 흐름까지 정복하려는 의도가 그대로 드러나는 질문을 던지며 상대를 몰아붙인다. 그런데 일에 대한 급여는 또 고용인들이 쉽게 그만둘 수 없을 정도로 후하게 쳐주어서, 시모는 고용인들이 걸핏하면 그만두는 데서 오는 불편을 겪지 않은 채 평탄히 살아오고 있다. 대리, 과장, 실장으로 나이에 따라 직급을 붙여준 게 시모 나름으로는 고용인들을 배려한 건데, 당사자들은 그 호칭이 우습다고 생각하면서도 서로 깍듯이 그 호칭으로 불러주고 있다. 이 과장과 원 실장은 한남동 집에서 일한 기간이 거의 10년이 돼가고 있으니 이번 시모의 '장기간 부재'가 그리 놀라운 일도 아니었겠으나, 이제 일한 지 3년째에 접어든 이 남자, 박 대리의 입장에서는 상상도 못 했던, 자다가 입으로 떨어지는 곶감을 받아먹은 듯한 일이었으리라.

"오늘 차례 지내신다고 하던가요?"

박 대리의 말이 날아온 것은 차가 한남대교를 질러가던 순간, 차창 밖으로 햇살을 받아 반짝이는 한강의 풍경이 유려하게 펼쳐지던 때였다. 전염병 시국인데다 명절 당일이기도 해서 도로는 한산했다. 대교 위엔 서너 대의 차가 매끄럽게 질주하며 흠 잡을 데 없는 가을날 풍경을 완성하고 있었다.

"판교 숙부님 댁 말씀하시는 건가요?"

지금 두 사람이 향하는 곳은 서울 남부 신도시 판교, 화이의 시외숙부가 살고 있는 곳이다. 화이의 시외숙부, 즉 화이의 시모의 오빠는 병원에 누워 있으니, 정확히 말하면 현재는 시외숙부의 부인과 막내딸이 살고 있는 집이라 해야 하리라. 얼굴 공사를 하느라 분주한 시모는 자신이 없는 상태에서 치러야 할 제 집 차례상에 대해 전화로 이것저것 당부하면서 차례를 마치면 박 대리를 대동하고 판교에도 들르라고 지시했다. 처음 그 말을 들었을 때 화이는 황당한 나머지 제 귀를 의심했다. 집주인인 시모도 없고, 그 아들도 없는(아들이 어딘가로 가 있다는 건 알고 있는 듯, 아들의 부재를 당연시 여기며 화이가 해야 할 일을 일러주었다) 100평짜리 집에 혼자 가서 고용인들과 함께 차례를 지내라고? 차례를 지낸 뒤 시모의 동기간의 집까지 들르라고? 그러나 화이는 이내 그 명령을 시원스럽게 받아들였는데,

시모와 남편이 없는 현장이면, 그것이 제사든 차례든 시모 쪽 친지든 시부 쪽 친지든 아무 상관이 없을 것이기 때문이었다. 그리고 조금 전 막 끝낸 차례는, 고용인 세 명과 화이가 합심하여 차린 차례상과 그 후의 절차는, 결혼 후 맞았던 그 모든 제사와 차례와 여타 모임 중 가장 기껍고 즐겁게 치른 경우였다. 매년 명절이면 몰려들던 여러 친척들도 시모의 부재와 전염병이라는 난제 앞에서 무릎을 꿇고 "올해는 참석하지 않는 편이 낫겠다"는 통보를 해왔고, 이 과장과 원 실장과 박 대리와 화이는 차례상을 차려 시모에게 보낼 사진을 찍은 뒤, 자리에 앉아 산해진미를 즐겼다. 운전을 해야 하는 박 대리를 빼고 나머지 세 여자들은 술도 마셨다. 이 과장은 맥주를, 원 실장은 막걸리를, 화이는 와인을 마셨다. 식사를 마친 뒤엔 차린 음식을 바리바리 싸서 3등분했다. 원 실장이 화이 것까지 4등분을 하겠다 고집을 부리는 것을, 화이가 안 주셔도 된다고 여러 번 손사래를 쳐서 고용인 셋이서만 나눠 가졌다.

"네, 장관님 댁요, 사모님."

휘파람을 불던 박 대리가 경쾌하게 대답했다. 20대 중반, 많아야 30대 초반쯤으로 보이는 이 젊은이는 어두운 톤의 피부에 짙게 쌍꺼풀 진 눈을 갖고 있다. 그래서 이 과장과 원 실장에게 '동남아 스타일'이라 불리기도 하는데, 시모의 전적인 신뢰를 받고 있어서 나머지 두 '선배 고용인'들에게 약간의 시기 어린 눈빛을 받는 처지다.

"아마…… 안 지내실 거예요."

시외숙부가 몸져누운 지 달 수로 8개월째에 접어들고 있다. 시외숙부는 병원과 집을 왔다 갔다 하다가, 최근에 상태가 안 좋아져서 다시 병원으로 옮겨졌다. 평소 같으면 병원으로 문안을 갔겠지만, 전염병 여파로 병원에 외부인 출입이 통제되었고, 어차피 환자가 의식불명이라 누가 왔는지 안 왔는지도 모를 터라, 직계가족들조차 병원에 가지 않고 있다 한다.

"그런데 오늘 같은 날 왜 가시라고……?"

"제가 묻고 싶은 말이에요."

화이는 백미러를 향해 어깨를 으쓱해 보인 뒤 창밖으로 시선을 돌렸다. 차는 양재를 지나 이제 막 경부선에 진입하려 하고 있었다.

화이의 시외숙부는 교수였다가 국회의원이 되고, 나중에는 문체부장관까지 지낸 유명인사다. 이 나라 지성사에 굵은 획을 그었다고 평가받는 인물로, 화이도 '카야'라는 필명으로 글을 쓸 때 그의 책을 한 번 인용했던 적이 있다. 명절 때마다 방문해 인사를 드렸지만 두 마디 이상 나눠본 적은 없는 그 유명인사는, 시모가 자신과 관련된 인물들 중 가장 아끼고 사랑하는 인물이다. 그 인물도 시모를 그만큼 아끼고 사랑하는지는 모르겠으나, 시모는 그 인물이 자신의 오빠임을, 제 오라비가 매우 높은 자리까지 오른 유명인사임을 만나는 모든 이들에게 알리지 못해 안달하며 평생을 살아왔다.

"장관님은 좀 어떠세요?"

경부선을 탄 박 대리가 속도를 높이며 큰 소리로 물었다. 전방으로 앞차가 점처럼 멀리 보이는 고속도로에서, 속도를 내는 차의 소음을 뚫고 말을 하려면 음성을 한껏 높여야만 했다.

"이번엔 좀 힘드실 것 같아요."

시모는 제 친오빠를 '장관님'이라 칭했다. 결혼 초반, 화이는 그게 너무 이상했다. 혹시 나를 웃기려고 저러시는 건가, 생각했을 정도로, 시모는 오빠 얘기를 하며 깍듯이 '장관님'이란 호칭을 사용했다. 그러니 시모를 둘러싼 주변인들, 즉 세 명의 고용인과 화이도 그분을 장관님이라 칭하지 않을 수 없었다.

"많이 안 좋으시다던가요?"

"그러신가봐요."

병원에서는 '이제 준비해야 할 때'라고 했다는데, 글쎄, 모르겠다. 저번에도 병원에서 얼마 안 남았다는 통보를 받고 상복을 준비해 대기하고 있었는데, 시외숙부가 다시 의식을 찾고 한 달간 건강하게 집에서 생활한 적이 있었다. 그러나 그런 얘길 박 대리에게 할 수는 없다. 시모가 끔찍이도 아끼는 오라버니에 대한 이야기 아닌가. 잘못 입을 놀렸다가 나중에 괜히 불똥 맞을 짓은 하고 싶지 않다.

"나중에 싸움 나겠어요. 재산도 많다던데……"

창밖을 향해 있던 화이의 고개가 휙, 박 대리의 뒤통수를 향했다. 대각선 뒤쪽으로 앉아 있는 화이 쪽에서는 뒤통수와 옆모습, 마스크 끝이 둘러진 귀만 보였지만, 그런 각도에서라도 쳐다보지 않을 수가 없었다.

"모르죠."

뚫어지게 쳐다보며 할 말을 고르다가, 화이는 이렇게 응수하고 말았다. '장관님'은 부모에게 물려받은 재산에다 본인이 일군 재산까지 알뜰하게 일구어 자산가 반열에 올랐다. 슬하에 딸이 셋 있는데, 시모의 표현에 따르면 딸 둘은 "어디서 나타난 그지 발싸개 같은 것들"과 결혼했고, 막내딸은 "빌빌거리면서 부모 돈 말아먹는 게 일"인

인물이다. 최근 몇 개월 동안 장관님의 병치레가 길어지면서, 그 집 자매들 사이에 유산에 대한 신경전이 거세지고 있다는 소문이었다. 만일 이번에 장관님이 세상을 뜬다면, 자매들 간의 전투가 시작될 것이다. 장관님의 여동생의 운전기사까지 언급할 정도인 것을 보면 주위 사람들이 그 전투에 얼마나 지대한 관심을 기울이고 있는지 알 수 있으리라.

"우리 회장님 쪽으론 돌아오는 게 전혀 없나요?"

고용인들 사이에서 시모는 회장님으로 불린다. 시모가 요구했는지, 자기들끼리 알아서 그렇게 부르는 것인지는 알 수 없지만, 진짜 회장님이 돌아가신 후부터 고용인들은 시모에 대한 호칭을 '사모님'에서 '회장님'으로 바꾸었다.

"글쎄요."

이 과장과 원 실장도 고용주에 대한 호기심이 많지만 이 젊은이처럼 화이에게 대놓고 묻지는 않는다.

"저기요……"

박 대리가 이렇게 물으며 백미러로 이마와 한쪽 눈을 드러낸 것은 차가 막 판교 인터체인지를 빠져나왔을 때였다.

'저기요'라니. 화이의 이맛살이 찌푸려졌다. 저렇게 부르는 걸 시모가 알면 대노할 텐데, 왜 저렇게 조심성이 없지? 점점 박 대리가 선을 넘어오는 것 같아 못마땅한 심사가 되었지만 화이는 마음을 억누르고 짧게 응수했다.

"네, 말씀하세요."

"장관님 둘째 따님 말이에요."

백미러에서 김 대리의 반짝이는 눈과 마주친 순간, 화이의 귀가 번쩍 뜨이고 상체가 죽 펴졌다.

"아, 저쪽으로 갔어야 하는데!"

장관님 집이 있는 허브 힐 빌리지로 가는 차선을 놓친 박 대리가 아쉬움을 토하며 깜빡이를 켜고 옆 차선으로 진입했다.

"말씀하세요."

옆 차선으로 진입한 뒤에도 박 대리가 말을 이어가지 않자 다급해진 화이가 재촉했다.

"뭘요?"

하던 이야기를 잊은 듯 박 대리가 시큰둥하게 대꾸했다.

"둘째 딸 말이에요. 장관님 댁 둘째 딸."

화이는 너무 궁금해하는 티를 내지 않도록 건성인 듯, 하지만 상대가 알아들을 수 있게끔 또박또박 말했다.

"아, 그 집 둘째 따님! 그분 이혼한단 소문 있던데 진짜예요?"

"이혼한대요?"

소리치다시피 말한 뒤 화이는 손으로 입을 막았다. 진정해라, 이화이! 티내면 안 된다!

"사모님 모르세요? 그 댁 둘째 따님이 바람나서……"

갑자기 검은색 SUV가 끼어들어오는 바람에 박 대리의 세단과 부딪칠 뻔했고, 화이의 입에서 날카로운 비명이 터져나왔다.

"괜찮으세요?"

급하게 옆 차선으로 옮겨간 박 대리가 차 속도를 내리며 황급히 물었다. 그 순간 끼어들었던 검은색 SUV가 나란히 차체를 맞추며 창문을 내렸고, 두 운전자는 순식간에 요란한 클랙슨 소리와 창문 내림, 몇 차례의 욕설 교환에 휘말렸다. 차 천장에 달린 손잡이에 매달려 숨죽이고 있던 화이는 두 운전자가 씩씩거리며 각자 갈 길을 간 뒤에야 가슴을 쓸어내렸다.

"대리님 괜찮으시죠?"

"아이, 저 새끼 진짜……"

박 대리는 분을 못 이긴 채 씩씩거리며 작은 소리로 욕설을 내뱉었다.

화이는 몇 번 숨을 내쉰 뒤 창문을 내려 차내 공기를 환기시켰다. 박 대리도 창을 내리고 창밖으로 침을 뱉었다. 한참 뒤 박 대리가 혀를 한 번 크게 차고 내렸던 창문을 올렸을 때, 화이가 조심스럽게 입을 열었다.

"바람나서요?"

"네?"

마스크를 올리고 손으로 오디오 버튼을 찾던 박 대리의 눈이 백미러로 올라왔다.

"장관님 둘째 따님이요."

화이가 말한 뒤 입을 동그랗게 말았다.

"아, 둘째 따님! 그분 바람난 남자랑 살림 차렸다던데요?"

화이는 입을 딱 벌린 채 백미러를 쳐다보았다. 바람! 살림! 입을 벌린 채 눈을 깜빡이다가, 흐음, 소리를 내 목청을 가다듬은 뒤 창밖으로 고개를 돌렸다. 박 대리는 화이에게 시선을 한 번 준 뒤 오디오를 켜고 선명하게 잡히는 라디오 채널을 발견해 볼륨을 높였다. 이내 요란한 비트가 공간을 채웠고, 화이의 머릿속엔 장관님 댁 둘째 따님의 얼굴이, 명절 때 몇 번 부딪친 적이 있는 소녀 같은 얼굴이 커다랗게 떠올랐다. 그리고 그 뒤를 그녀가 알고 있는 한 얼굴이, 한때 너무나 가깝게 지냈던 얼굴이 뒤따랐다.

25/

떠다 준 물을 들이켠 뒤 남편은 대자로 드러누웠다. 맨살로 맞는 공기가 소스라치게 다가오는 새벽. 커튼이 쳐 있지 않은 안방 창으로 청색 기운이 감돌기 시작한 하늘이 보였고, 화이는 남편이 건넨 물컵을 든 채 침대 맡에 앉아 있었다. 머릿속엔 조금 전 귓가를 강타했던 말, 남편의 굵직한 목소리를 타고 날아왔던 한 음절의 말이 계속 메아리쳤다.

"물!"

그것은 화이에게 내재된 이성과 용기, 앞날에 대한 희망을 모조리 앗아가는 말이었다. 이 말이 계속 울려 퍼지리라는 예감, 남편의 시중을 들다 인생이 다 가버리리라는 예감에 사로잡힌 채, 화이는 규칙적인 숨소리를 내기 시작한 남편의 배가 오르내리는 것을 지켜보았다. 날마다 두 시간씩 운동하며 가꾼 두툼한 복근이 부풀어올랐다 수그러드는 순간들을.

부엌에 물잔을 갖다놓고 돌아왔을 때 남편은 완전히 잠들어 있었다. 화이는 조용히 잠옷을 입은 뒤 침대 밑에 앉았다. 창밖으로 보이는 진청색 하늘이 저승으로 가는 길처럼 보였다. 암울하고 무거운 색감, 세상을 하직할 때 보는 색감인 듯. 화이는 입을 다문 채 조심스레 코로 호흡했다. 모든 것이 원점으로 돌아왔다. 조금 전 일어났던 일로, 집을 나가기 전의 일상이 완벽하게 되돌아왔다. 그리고 그녀는 영원히, 영원히 이 일상을 벗어나지 못할 것이다.

다른 여자들은 어떻게 견딜까. 모두 이렇게 고개를 돌리고, 이를 악문 채 남편의 몸을 견디며 살까.

화이는 무릎 사이에 얼굴을 묻고 제 숨소리를 들었다.

지난밤 잠결에 현관문 소리를 들었다. '명현이 왔나보다' 생각했는데, 문소리를 낸 것은 명현이 아니었다. 새벽녘, 안방 문을 열고 들어와 불쑥 몸을 더듬는 손길을 통해 알았다. 불시에, 최악의 시나리오를 통해, 남편이 돌아온 것이다.

"물 갖고 오라니까!"

잠든 줄 알았던 남편이 갑자기 말하는 바람에 화이는 벌떡 일어섰다.

"한 잔 더 드릴까요?"

남편은 대답하지 않았다. 조용한 방 안엔 벽시계의 초침 소리와 남편의 콧김 섞인 숨소리만 규칙적으로 울려 퍼졌다.

목이 마른 듯 계속 침 삼키는 소리를 내던 남편이 안정적으로 잠에 빠져든 걸 확인한 뒤, 화이는 창가로 가서 커튼을 쳤다.

왜 돌아왔을까.

빛이 차단된 캄캄한 안방을 빠져나오면서 생각했다. 한시연과 헤어졌을까. 이제 막 시작하는 단계였는데. 소리 나지 않게 조심히 안방 문을 닫는데 부엌에서 툭탁거리는 소리가 났다. 그렇다면 전염병은? 전염병엔 걸렸던 건가, 아니면 걸리지 않고 자가격리만 하다 온 건가? 한시연은 어떻게 되었을까. 한시연의 코로나 감염 기사가 대대적으로 보도된 이틀 뒤, 그것이 오보였으며, 실은 한시연과 같이 파티를 벌였던 여성 중 한 명이 확진된 것이었다는 소식이 단신으로 떴다. 그렇다면 한시연은, 지금 그 여자는 어디에 있는가?

툭탁거리는 소리를 낸 주인공은 채리였다. 주방 앞에서 기다리던 채리가 쫓아와 소파에 앉은 화이의 발치에 웅크렸다.

"채리야, 방에서 쫓겨났어?"

채리를 안아 올리자 빳빳하게 서 있던 꼬리에서 스르르 힘이 빠져나갔다.

"저 남자가 너보고 나가래?"

집으로 복귀한 이래 죽, 남편은 화이의 몸에 손대지 않았다. 화이는 기뻐하면서도, 한편으론 언제 손길이 날아올지 몰라 불안했다. 남편이 갑자기 여행을 간다 했을 때 뛸 듯이 기뻤던 것도 절반은 불시에 그의 몸이 와 얹힐지 모른다는 불안에서 해방되리란 사실 때문이었다. 남편이 사랑에 빠진 상대가 유명 연예인이라는 사실을 알았을 때, 돌아와도 자기 몸에 얹히는 일이 없겠다 싶어 얼마나 안도했는지 모른다. 그런데 조금 전 그 일이 일어나고 말았다. 다시는 일어나지 않을 거라 믿었던 일이 너무나 순식간에, 너무나 간단하게, 일어나고 말았다.

돌덩이처럼 단단한 살, 억센 손, 민트 향 섞인 로션 냄새, 콧김 섞인 숨소리, 그리고 특유의 구취. 강제로 잠에서 깨어나던 순간, 뒤에서 밀착해오는 몸이 남편의 것임을 인식했던 순간이 자꾸 되새김질되었다. 어떻게 15년이나 버텼을까. 이 역겨움을, 이 치욕을, 그동안 어떻게 감내했을까.

바닥에 놓아주자 채리가 옆으로 드러누워 네 발을 길게 늘어뜨렸다. 가만히 앉아 그 모습을 지켜보다가, 화이는 바닥으로 내려갔다. 길고 포동포동한 몸을 쓰다듬다가 엉덩이를 쳐주자 채리가 먀오, 먀오, 하면서 네 발을 오므렸다.

"쉿!"

지금 소리를 내는 것은 곤란하다. 남편은 채리가 내는 소리를 질색한다. 오랜 여행에서 돌아와 단잠에 빠져든 지금, 그가 채리 소리를 듣고 깨어난다면 단단히 사달이 날 것이다. 저 불길한 요물을 당장 내다 버리라고 소리소리 지를 것이다.

"날 위로하고 잠자리를 제공하는 게 네가 해야 할 일이지."

거세게 움직이면서, 남편은 이렇게 말했다. 그에게는 행위 도중 끊임없이 말을 쏟아내는 버릇이 있다.

"니는 왜 이리 뻣뻣하노. 하, 가시나가 매력 없게."

일을 끝내고 몸에서 떨어져나갈 때는 번번이 이런 후렴구를 내놓았다. 연애 때도, 신혼 때도, 제가 내킬 때는 언제나, 화이가 어떻든, 어떤 상태이든 아랑곳 않고 파고들어와 욕정을 푼 뒤 이렇게 말했다. 누운 채 죽은 듯 인내하는 그녀를 탓하는 것으로 둘 사이에 벌어진 짐승 같은 일에 대한 찜찜함을 해소했다.

화이는 아이들 방 옆에 달린 화장실로 들어가 몸을 씻었다. 평소엔 새벽시간에 명현의 방 바로 앞에 있는 화장실에서 샤워하는 것을 자제했지만, 오늘은 도저히 안방 화장실로 들어갈 엄두가 나지 않았다. 채리는 문 앞에서 식빵 자세를 해 보이며 기다리겠다는 의사를 표했고, 그녀는 샤워부스에 들어가 오래도록 몸을 씻어내렸다. 몸 구석구석을 씻는 동안 그녀의 의식은 남편이 아닌 다른 인물을 향했다. 그리고 그의 존재가 떠오르는 순간, 그 인물이 자신에게 갖는 의미를 갑자기 이해하게 되었다.

그는 화이의 몸 위에 이런 식으로 얹히지 않았다. 김지성. 세상에 버림받고 하루하루 무너져내리던 쉰셋의 그 깡마른 남자는 어떠한 경우에도 화이에게 먼저 손을 뻗지 않았다. 그녀의 손이 그의 몸에 얹히고, 그의 손을 잡아 제 몸 위에 얹고, 제가 하고 싶은 걸 속삭였을 때에야, 그 남자의 몸은 움직이기 시작했다. 그녀가 내키지 않아 하는 것 같으면 즉시 움직임을 멈췄다. 화이는 샤워기를 잠그고 플라스틱 부스에 기대섰다. 아련한 느낌이, 가슴 깊은 곳에서 올라오는 덩어리진 감정이, 계시처럼 전신에 퍼져나갔다. 입에서 탄식이 새어나가고, 양팔이 가슴을 부둥켜안았다. 이제 와서. 이제 와서 그런 생각을 하면 어쩌겠다는 것인가. 하지만 감정은 그녀의 의지대로 흐르는 것이 아니라서, 한번 시작된 감정은 방향을 바꾸거나 농도를 흐리지 않고 일관되게 자신을 증폭시켜나갔다.

좋았다.

샤워기를 틀고 세찬 물줄기에 얼굴을 들이밀면서 화이는 중얼거렸다.

너의 몸이 좋았다, 지성.

그랬다. 화이는 그의 몸이 좋았다. 부드럽고 힘없는 몸. 그녀가 부르면 그제야 깨어나는 몸. 그녀의 의사에 부응하기 위해 느릿느릿, 꿈틀거리며 이야기를 만들어내던 몸. 화이가 그 낯선 이의 집에 한 달이 넘는 기간 동안 머물 수 있었던 것은 그 때문이었다. 자신의 의사를 존중해주는 타인의 몸. 다른 생각을 할 필요도, 가능성도 없었던 나날. 타인의 몸과 교합하며 쾌감을 느낀다는 게 무엇인지, 그녀는 그를 통해 비로소 알았다. 화이는 물줄기를 맞는 얼굴을 양손으로 세차게 문질렀다. 어푸어푸 소리를 내면서 파도처럼 밀려오는 기억의 도래를 감내했다. 그 순간들. 그 감각들. 이전에는 없었던 것처럼 갑자기 존재를 드러내던 몸. 그 몸을 인식하던 찰나의 경이로움.

화이는 몸을 헹구고 타월로 꼼꼼히 닦아낸 뒤 욕실을 빠져나왔다. 낯선 사람과 살았던 나날에 대한 기억이, 그 기간에 일어났던 일에 대한 재해석이 이상한 힘을 주어서, 그녀가 샤워를 마치고 나와 도우미를 맞고, 하품을 하며 나오는 래현을 안아주고, 조금 전 그녀의 몸을 내리눌렀던 육중한 몸이 등장해 식탁에 앉고, 마침내 오랜만에 4인 가족이 모여 앉아 함께 아침을 먹는 목가적인 풍경이 완성되었을 때, 생글생글 웃으며 단란한 가족의 안주인 역할을 가뿐히 해치우게 만들었다. 자신이 맞이했던 생의 기쁨. 그 기쁨이 오롯이 기억에 남아 있고, 늦게나마 그 의미를 깨닫게 되었다는 충족감. 그 작은 감정 조각 하나가 가슴에서 계속 일렁여준 덕에 그녀는 아침 시간을 견디고 출근 준비를 마친 뒤, 여느 때처럼 회사로 향할 수 있었다.

26/

오후 4시를 넘기자 인파가 몰리기 시작했다. 조의금을 내려는 사람이 줄지어 섰다. 전염병 여파 때문에 조문객이 많지 않으리라 예상했는데, 오판이었다. 정부에서 제시한 조문객 숫자를 넘기지 않도록 유족 중 몇 명이 장례식장 입구로 올라가 출입을 통제해야 할 정도였다.

"어떻게 하니!"

유족과 맞절을 마친 조문객 중 풍채가 좋고 머리가 희끗한 여성이 이렇게 말하며 시외숙모에게 다가갔다. 손을 뻗어 시외숙모를 끌어안자 시외숙모가 여성에게 안겨 울음을 터뜨렸다. 누굴까. 궁금해하며 두 여성이 부둥켜안는 광경을 바라보다가, 일행인 젊은 남자가 쳐다보는 것 같아 화이는 얼른 고개를 숙였다. 화이는 하얀 소복을 입었지만 조문객들과 맞절을 하는 유족 대열에는 끼지 않았다. 영정이 모셔진 방 한구석에 서서 조문객이 들어오면 허리를 숙이고, 조문객이 없을 때는 두 손을 모은 채 가만히 서 있는 게 맡은 역할의 전부였다.

"네가 대표로 가라. 이 시국에 어떻게 우리가 다 가겠니."

시모의 오라버니인 홍진석 전 장관의 사망 소식이 전해진 것은 시모가 얼굴 공사를 마치고 집에 돌아와 막 하룻밤을 지낸 다음이었다. 상이 난 당일부터 장례식장에 가서 밤새 있으라는 것을, 남편이 '화이는 애들 봐줘야 된다'고 말려준 덕에 다음 날인 오늘, 이 장례 행사에 참석하게 되었다. 시모는 큰 수술을 마친 사람 특유의 예민함에, 신장수술을 받았던 전력에 대한 염려로 전염병을 무척 두려워했다. 그토록 자랑스러워하고 사랑한 오라버니가 돌아가셨는데 장례식장에 가볼 엄두를 내지 못할 정도로. 그렇다고 차마 고용인들 손에 조의금을 들려 보낼 순 없어서 고심 끝에 생각해낸 것이 화이였다. 며느리인 화이를 대신 보내는 것. 사람이 많이 모이는 곳에 보내기엔 아들도, 손녀들도 너무 귀했지만, 며느리는 아무리 막강한 역병이 돌아도 무쇠처럼 이겨낼 거라 생각한 모양이었다.

혹시 도와줄 일이 없나 싶어 화이는 조의금을 받는 테이블부터 시작해 식장을 주욱 돌며 남편의 외가 쪽 혈연들과 눈을 맞추었다. 진정으로 슬퍼하는 얼굴은 보기 힘들고 망자의 처와 첫째 딸, 그렇게 두 명의 얼굴에만 순도 높은 슬픔의 그림자가 어려 있었다. 시외숙부는 오랫동안 중병을 앓았다. 돌아가시리라는 건 충분히 예견되어 있었다. 의식이 없는 기간이 두 달 가까이 됐으니, 모두들 시외숙부의 죽음을 예상하고 있었다 해도 과언이 아닐 것이다. 그렇게 생각하면 슬퍼하는 망자의 처와 첫째 딸이 오히려 특별해 보인다.

조의금을 받는 곳과 영정사진이 놓인 곳, 차를 마시는 공간, 유족들이 휴식을 취하는 공간, 장례식장 입구까지 올라갔다 왔지만 그 사람, 화이가 신경 쓰고 있는 그 사람은 보이지 않았다.

"신영 형님은…… 어디 가셨어요?"

영안실 입구에서 조문객들을 바래다주고 돌아오던 '휘영 형님', 즉 망자의 셋째 딸을 만났을 때 화이는 얼른 이렇게 물었다. 장례식장에 머무른 지 세 시간째. 그동안 이 집안의 다른 구성원들을 모두 보았지만 단 한 커플, 둘째 딸과 사위를 보지 못했다. 내내 자리를 지켰는데도 그랬다. 그 둘은 왜 나타나지 않을까. 일이 있어 잠깐 부재

한 것일까. 아니면 처음부터 오지 않았던 것일까.

"네?"

화이의 시외가 쪽 시누이인 '휘영 형님'이 마치 벽이나 가구가 말을 걸어오기라도 한 듯, 황당한 표정으로 대꾸했다.

"저예요. 최승현 씨 안사람."

빠른 소리로 이쪽의 정체를 알려주자 상대의 얼굴이 의아함과 짜증으로 뒤덮였다.

"아…… 승현이요."

화이는 홍진석 전 장관의 세 딸 중 첫째딸인 홍지영과 그나마 친분이 있다. 홍지영은 만나는 모든 이들에게 성심성의껏 대하는 스타일로, 명절이나 행사 때 나타나 멀뚱히 있는 화이에게 친근하게 말을 걸어주는 유일한 인물이다. 둘째 딸인 홍신영은, 화이에게 시베리아 벌판에 부는 바람처럼 굴었다. 사촌인 승현이 너무 처지는 결혼을 했다고 생각해서인지, 화이와 마주칠 때마다 못 볼 걸 본 듯 고개를 돌렸고, 그럴 때면 화이는 인사를 해야 할지 말아야 할지 몰라 우물쭈물했다. 최승현과 결혼하는 과정에서 화이에게 냉대를 퍼부은 친인척은 수없이 많았지만, 그 분량과 강도에서 홍신영을 따라갈 사람은 없었다. 친구를 바래다주고 오다 영안실 복도에서 마주친 화이에게 불시에 질문을 받게 된 이 여자, 홍휘영은 화이에게 아예 무관심해서, 인사를 할 때마다 놀란 얼굴을 했다. 그러다 누군가 일러주어 화이가 '승현이 안사람'이라는 걸 알게 되면 특유의 새침한 표정을 지어 상대를 하시하고 있음을 드러냈다. 화이는 인사를 받든 말든 공손하게 인사하고, 조용히 자리를 지키며 예를 다했다. 그런데 오늘,

화이 쪽에서 불쑥 말을 건 것이다.

"고모는 잘 계시죠?"

당황함을 감추고 재빨리 화제를 돌리는 홍휘영의 표정을 통해 화이는 알았다. 홍신영이 처음부터 장례식장에 모습을 드러내지 않았다는 것을. 앞으로도 나타나지 않으리라는 것을.

"네, 잘 계세요."

홍휘영은 제 고모가 대대적인 얼굴 공사를 마치고 어젯밤에 집에 돌아왔다는 것을 알고 있을까? 왜 고모가 오지 않고 올케만 왔는지 이미 알고 있기에 왜 오지 않으시냐고 묻는 대신 이렇게 말하는 것일까? 아니면 아무런 관심 없이 그저 형식적으로 안부를 묻는 걸까?

"신영 형님은요?"

그동안 화이가 만들어온 이미지를 생각한다면 꾹 참고 묻지 말았어야 할 물음이었지만, 그러기엔 궁금증이 이미 한계선을 넘어가 있었다. 화이는 너무나 궁금했다. 홍신영이 어디에 있는지. 왜 안 오는지. 그리고 홍신영의 남편, 그러니까 김지성이라 불리는 인물이 앞으로 올 건지 안 올 건지. 그걸 알 수 없었기에 장례식장에 누군가가 들어올 때마다 긴장하며 어깨를 수그렸다. 검은 양복에 검은 넥타이를 매고 하얀 마스크를 쓴 남자들이 모두, 지성으로 보였다. 화이는 이곳에 오려고 집을 나서는 순간부터 마음의 각오를 단단히 하고 있었다. 마주치면 어떻게 할지도 구상해두었다. 태연히 고개를 숙여 보이리라. 아무 표정도 짓지 않고, 그의 먼 사돈 친척으로만 존재하다 오리라. 그런데 그가 나타나지 않았다. 두 시간이 지나도, 세 시간이 지나도 오지 않았고, 앞으로도 올 기미가 보이지 않았다. 그리고 직계

가족들 누구도, 홍신영과 김지성이 오지 않는 데 대해 말을 하지 않았다.

"언니는 못 올 것 같아요."

차가운 표정으로 화환 곁에 서 있던 홍휘영이 짜내듯 말했다.

"왜요?"

화이가 묻자 홍휘영의 커다란 눈이 화이를 향했다. 얘가 오늘 왜 이래? 오늘 같은 날 왜 이렇게 시건방지게 구는 거야? 눈빛을 통해 선명한 메시지가 날아와 꽂혔지만 화이는 굴하지 않았다.

"신영 형님이 왜 못 오시나요?"

제 아버지 장례식이 아닌가. 더구나 시외숙부는 딸들 중 둘째 딸을 제일 아꼈다고 들었다. 어릴 때부터 총명함으로 두각을 나타냈고, 비록 아버지의 기대만큼 잘되진 않았지만, 심리상담가로 명성을 얻으며 세 딸 중 유일하게 사회에 명함을 내민 자식이 되었다. 그런데 아버지를 보내드리는 자리에 오지 않다니.

"사정이 있어서요."

홍휘영은 만지작거리던 국화꽃에서 손을 내리며 눈가를 찡그렸다.

"어떤 사정이요?"

화이는 손톱 거스러미를 잡아 뜯으며 애원하듯 홍휘영을 쳐다보았다. 홍휘영은 어처구니없다는 눈빛으로 화이를 보더니, 으음, 하고 목청을 가다듬었다.

"저희 어머니께 말씀드려야 해서……"

시모에게 보고드려야 한다는 얼토당토않은 핑계를 대려 하는데, 홍휘영이 화이의 말을 잘랐다.

"아빠는 처음부터 형부를 사위로 인정하지 않았어요."

화이는 눈을 크게 떴다.

"처음 인사 왔을 때를 빼고 형부는 우리 집에 한 번도 발을 들인 적이 없어요. 우리 가족들 누구도 그 사람을 저희 가족으로 받아들이지 않았죠."

그것은 사촌 올케에게 하는 말이라기보다 세상을 향한 말이었다. 전 국민에게 성폭행범으로 알려진 남자가 자기 가족과 애초부터 인연이 아니었다고 장벽을 치는 말. 초반엔 말하길 꺼려하던 홍휘영은 말을 시작하자 묻지 않았던 부분까지 밝혔고, 말하는 도중 제 울분에 취해 더욱 많은 내용을 누설했다. 지성이 처음부터 제 언니에게 처지는 상대였다거나, 아버지가 상승욕구에 가득 찬 지성을 못마땅해했다는 얘기, 그렇지만 '착한' 엄마가 지성을 차마 내치지 못해 지금까지 지성이 외부에서 장관의 사위랍시고 행세를 했다는 얘기, 모두 놀라운 것이었지만, 가장 놀라운 것은 마지막 말이었다.

"재단 일은 언니하고 마음이 맞는 사람이 맡아야죠."

마음이 맞는 사람? 홍신영에게 다른 파트너가 있다는 말인가? 순간 박 대리의 말이 불쑥 떠올랐다. 바람난 남자랑 살림 차렸다던데요?

"아직 김지성 씨하고 법적으로 부부 사이이지 않나요?"

화이는 아차 했다. 지성의 이름을 들먹인 것이나, 법적 부부 운운한 것 모두, 너무 노골적이었다. 홍휘영의 눈가가 파르르 떨리면서 콧등이 찌그러졌다. 제가 너무 긴 말을 늘어놓았다는 걸 그제야 깨달은 눈치였다.

"지금 뭐 하는 거죠?"

홍휘영이 팔짱을 끼며 화이를 쏘아보는 순간 안쪽에서 홍지영이 얼굴을 내밀었다.

"휘영아, 너희 학교에서 오셨다."

"응, 금방 갈게."

손짓으로 언니에게 들어가란 표시를 해 보인 홍휘영이 화이를 쏘아보다가, 어우, 진짜, 하며 혀를 찼다.

"그만하고 이제 가요."

이렇게 말하고는 소복 치마를 휘날리며 들어가버렸다.

화이는 홍휘영이 만지작거리던 대형 화환 앞으로 가 섰다. 홍휘영의 손이 닿았던 국화를 빼내 코에 갖다 댔다. 숨을 크게 들이마시자 국화향이 물씬 스며들어왔다. 가엾은 꽃. 순식간에 뭉개져버렸구나. 화이는 뭉개진 꽃잎을 하나하나 펴준 뒤 국화를 다시 화환에 꽂아 넣었다.

27/

"올케, 다 먹으면 이제 그만 가."

"자리를 지켜야죠. 집안 어른이 돌아가셨는데."

우물우물 씹던 걸 멈추고 화이가 말했다. 짐짓 비장하게 내보낸 이 말의 원래 출처는 시모였다.

"그 댁에서 아무리 괜찮다 해도 너는 다음 날 아침까지 있다가 와라. 자리를 지켜야지. 집안 어른이 돌아가셨는데."

이것이 원 대사였는데, '그 댁에서 아무리 괜찮다 해도'란 말이 들어간 걸 보면 시모도 제 며느리가 장례식장에 가서 소복을 입고 있는 것이 지나친 일이라는 걸 의식했나보다.

"빵도 있는데 갖다줄까."

화이는 장례식장 한구석에 마련된 작은 방에 앉아 늦은 저녁을 먹었다. 상 건너편에 앉아, 허겁지겁 도시락을 먹어치우는 화이를 쳐다보던 홍지영이 물었다.

"네, 형님. 주세요."

화이는 넉살 좋게 말한 뒤 활짝 웃어 보였다.

한때 이 여자를 부러워한 적이 있었다. 날 때부터 잘사는 집 자식이었던 이 여자를. 남편 최승현의 친가 쪽이 경제력 외엔 볼 것이 없었던 데 비해, 이 여자의 집안은 부와 명예, 양쪽을 다 거머쥐고 있었다. 재력으로만 따지면 남편의 친가 쪽보다 못했지만, 이 여자의 집안사람들에겐 학자 집안이라는 자긍심이 있었다. 화이의 시모가 제 친정 오라비와의 인연을 그토록 강조하고, 오늘 같은 날 굳이 며느리를 이 자리에 보낸 것도 다 그런 명예, 장관을 배출한 학자 집안이라는 오라 때문일 것이다. 화이는 젓가락으로 불고기를 집어올리며 홍진영의 잘 손질된 손톱을 쳐다보았다. 이렇게 날 때부터 부와 명예를 거머쥐고 태어난 여자는 어떠한 경우에도 신데렐라라거나 꽃뱀이라고 손가락질받지 않으리라.

"그래. 갖다줄게. 잠깐 있어봐."

홍지영이 소복자락을 여미며 방문을 열고 나간 뒤 화이는 대각선 건너편에 앉아 제 몫의 도시락을 묵묵히 비우고 있는 홍지영의 남편을 바라보았다. 화이가 장례식장에 들어서던 순간부터 지금까지 한 번도 입을 연 적이 없는 과묵하고 조신한 남자를.

"이것 좀 드셔보세요."

화이가 개별 포장된 해파리냉채를 밀어주자 그가 뭔가에 찔린 듯한 표정을 지었다.

"맛있어요. 너무 맵지도 않고."

화이는 입가에 힘을 주어 웃는 표정을 했다. 지금 이렇게 앉아 시외가 쪽 손윗사람이 먹을 걸 가져다주길 기다리며 그 배우자에게 말을 거는 일은 두어 달 전만 해도 상상할 수 없었다. 가출했다 돌아온 뒤로, 가끔 이런 행동을 한다. 처음 한 번이 무서운 법이란 말은 얼마나 정확한가.

"아, 예."

화이와 직접 말을 섞는 건 처음인 이 남자는 홍지영의 두 번째 남편이다. 홍지영은 첫 결혼에 실패함으로써 주위 사람들에게 잘사는 집 여식으로 태어나는 게 꼭 행운으로만 작동하는 게 아님을 보여주었다. 홍지영의 첫 번째 남편이 아이비리그 출신 금융맨이 아니라 사기꾼이라는 사실을 화이는 어느 날 저녁, 뉴스를 보다가 알았다. 5년 동안 함께 살았던 남편을 감옥에 보내고 이혼한 뒤, 홍지영은 성실한 회사원인 이 남자, 다섯 살 연하인 이 남자와 결혼했다. 남자는 성실하고 선량한 사람 같은데, 홍지영의 집안에 주눅이 들어서인지, 아니면 원래 숫기가 없는지, 친지들과 있을 때 좀처럼 입을 열지 않는다.

"맛있네요."

남자가 해파리 한 가닥을 젓가락으로 집어들며 억지웃음을 지었다. 어색한 입꼬리 모양과 떨리는 볼살을 보면서, 화이는 문득 동료의식 같은 걸 느꼈다. 이 남자, 처갓집 배경 보고 결혼했다, 장가 잘 들어 팔자 폈다, 그런 수군거림을 들으며 살지 않을까?

"여기."

동병상련을 느끼고 남자에게 본격적으로 말을 걸어보려 하는데, 홍지영이 빵이 잔뜩 들어 있는 비닐봉지를 들고 돌아왔다.

"배고팠구나, 올케."

여전히 젓가락질을 하고 있는 화이를 보고 홍지영이 짠한 듯 말했다.

"제가 원래 끼니를 못 걸러서요. 아침도 꼭 먹어야 되고, 점심은 더더욱 먹어야 되고, 저녁은 반드시 먹어야 되거든요."

이렇게 말한 뒤 화이는 고개를 젖히고 으흐흐흐핫핫핫핫핫, 웃음을 터뜨렸다. 그러고 나서 곧바로 입을 다물었다. 몸속에 뭔가가 들어가 있는 것 같았다. 안에 다른 사람이 들어가 있어 어느 순간 버튼이 눌리면 자동으로 튀어나오는 듯한 느낌. 근래 들어 화이는 출몰 횟수를 점차 늘려가는 이 괴상한 인격체를 제어하지 못하고 있다.

"올케…… 아팠다고 들었는데 이제 괜찮아?"

"신영 형님이 다른 남자랑 사시나요?"

화이의 입에서 엉뚱한 말이 튀어나왔다. 그만! 왜 그러는 거야! 화이의 원래 인격이 비명을 지르며 말렸지만 때는 늦어, 이미 신종 인격이 말을 내뱉은 다음이었다. 화이의 신종 인격은 조금 전 홍휘영이 충분히 제공해주지 않았던 정보를 홍지영에게 얻어내라고 부지런히 속삭이고 있었다.

"그래. 맞아. 그전 사람이랑은 이혼 절차 밟고 있어."

놀란 듯 눈을 크게 뜨고 화이를 보던 홍지영이 체념한 듯 바닥을 내려다보며 말했다.

분주히 움직이던 화이의 손길이 멈추고 손에 들렸던 젓가락이 상 위에 놓였다. 지성이 이혼을 하는구나! 화이는 입에 든 걸 천천히 씹었다. 같이 지낼 때 지성은 이미 이혼 절차를 밟고 있었던 것 같다. 홍신영은 늘 집에 없었고, 지성 혼자서 부동산에 집을 내놓았으며, 새로 갈 집을 알아보았다. 신변의 변화를 예고하는 일들이 차근차근 일어났던 셈이다. 그땐 몰랐는데 지금, '이혼'이라는 키워드를 넣고 보니 모든 게 딱딱 맞아떨어진다.

"전 몰랐어요!"

화이가 불쑥 말한 뒤 주먹을 쥐었다. 맹세컨대 그녀는 몰랐다. 지성의 부인이 제 시외숙부의 딸이라는 사실을 알았다면, 그랬다면 그녀는 그의 집에 머물지 않았을 것이다. 절대로. 집에 돌아온 다음, 지성에 대한 기사를 검색하던 도중에 우연히 알았다. 심리학과 교수이고 명사라는 지성의 부인이, 홍신영이라는 사실을.

"몰랐겠지."

홍지영이 천천히 고개를 끄덕이며 화이의 얼굴을 유심히 쳐다보았다. 제 '올케'가 이상하다는 걸 인식한 듯했다.

"정말로 몰랐어요!"

화이가 다시 한번 큰 소리로 말하자 홍지영이 슬그머니 제 남편의 기색을 살폈다. 홍지영의 남편은 평화로운 얼굴로 물컵을 들어올리고 있었고, 화이가 건넸던 해파리냉채 포장용기는 깔끔하게 비워져 있었다.

"많이 먹어. 그리고 이제 그만 가."

홍지영이 반찬 그릇을 전부 화이 앞으로 밀어주었다.

"자고 갈게요."

화이가 손을 죽 뻗어, 홍지영의 연하 남편, 머리숱이 적고 눈썹이 흐린 성실한 회사원의 바로 앞에 놓인 국 용기를 제 앞으로 끌어왔다. 작은 플라스틱 그릇은 랩으로 포장된 상태 그대로 지금까지 온기를 유지하고 있었다.

"그렇게까지……"

홍지영이 소복치마 안에서 양반다리를 했다.

"자리를 지켜야죠. 집안 어른이 돌아가셨는데."

화이는 여기서 하룻밤을 자고 내일 아침까지 있다 갈 것이다. 시모의 엄명이 있었으므로. 홍지영이 뭐라 하든 해내야 할 오늘의 미션, 즉 이곳에서 자고 내일 아침을 먹은 다음 이 공간을 빠져나가는 미션이 이제 그리 힘들게 느껴지지 않았는데, 그것은 화이가 이곳에 오며 가장 두려워했던 일이 일어나지 않을 것임을 알게 되었기 때문이다. 이혼을 목전에 둔 둘째 사위가 이 자리에 나타나 화이를 알아보는 일이 일어날 가능성은 조금도 없었다.

"이것도 먹어."

피곤한 얼굴로 허공을 보던 홍지영이 비스듬히 잘린 사각 떡이 담긴 종이팩을 밀어주었다. 같은 미션을 수없이 행해본 입장으로서,

화이가 왜 내일 아침까지 있겠다고 고집 부리는지 이해하고 체념한 것 같았다.

"이혼은 언제 되나요?"

이것이 얼마나 무례한 질문이었는지는, 어떠한 일에도 자신을 추스르며 예의 바르고 친절한 목소리를 잃지 않던 홍지영이 커다란 목소리로 "올케 진짜 왜 그래!"라고 부르짖음으로써, 그 바람에 아무에게도 말 걸지 않고 아무도 쳐다보지 않기로 단단히 마음먹은 듯 보였던 홍지영의 남편이 놀란 눈으로 화이를 응시함으로써, 확실하게 증명되었다.

"죄송해요."

화이는 손가락으로 입술을 두드리며 어깨를 움츠렸다. 이제 그만. 그만하자, 채리야. 홍지영은 눈을 부릅뜨고 화이를 노려보다가, 조금 뒤 목소리를 누그러뜨리고 사과했다. 내가 너무 과했어, 미안해, 올케. 어떠한 상황에서도 금세 이성을 되찾고 사과하는 홍지영의 품새를 보며 '저런 게 금수저를 물고 태어난 이의 품격일까' 생각하다가, 화이는 조용히 젓가락을 내려놓았다. 포만감이 몰려오고, 어디 누워서 쉬고 싶다는 바람이 치솟았다.

먹었던 밥상을 홍지영과 함께 정리한 다음, 화이는 잠깐만 쉬다 나가겠다 말한 뒤 혼자 차지하게 된 방 안에 몸을 누였다. 따뜻한 방바닥에 등이 닿자 극심한 피로와 함께 감정이, 그리움이라 불릴 수 있는 종류의 감정이, 기다렸다는 듯 찾아들었다. 자신이 자신이 아니었던 때, 생명체로서의 배고픔과 감각에만 충실하게 살았던 때 곁에 있었던 남자에 대한 그리움에.

2부

1/

시모의 집에서는 한강이 보인다. 100미터 달리기를 하고도 남을 것 같은 널따란 거실의 창으로 강 풍경이, 어느 한 지점도 가려지지 않은 채 유려하게 펼쳐지고, 그 뒤로 강 건너 아파트가 보인다. 전경의 왼쪽에는 두 개의 한강 다리와 강남의 랜드마크로 불리는 초고층 빌딩이 우뚝 서 있고, 빼곡히 모여 날렵한 수직선을 이루는 건물들 뒤로 산이 만들어내는 완만한 곡선이 둘러 있다. 강, 다리, 건물, 산, 자동차, 유람선, 강가에 놓인 선상카페. 언덕배기에 있는 이 널따란 빌라의 거실 조망을 이루는 모든 요소들이 일몰 빛을 받아 뚜렷한 윤곽선을 형성하고 있다. 그리고 하늘. 살구색에서 엷은 보라색에 이르기까지 부드러운 그러데이션을 선보이는 하늘이 일몰 빛을 반사하는 강물과 어우러져 눈을 뗄 수 없는 풍경을 만들어낸다. 시모의 집에 올 때마다 느끼는 거지만, 이 집의 뷰는 세상의 그 어떤 뷰와 비교해도 뒤지지 않을 것이다. 그리고 매번 시모의 부름을 받고 올 때마다 화이는 어김없이 생각한다. 이 집의 뷰는 시모 혼자만 누리기엔 너무 아깝다고. 세상 모든 것을 신의 손아귀에 들게 하는 이 일몰의 순간을, 신이 하루에 딱 한 번 내려주는 이 현란한 빛의 메시지를, 시모는 알아듣고 있을까?

"사인해라, 화이야."

시모의 다정한 음성으로, 화이의 시선이 한강과 그 너머의 풍경에서 거실 탁자 위로 돌아온다. 거실에 놓인 기다란 진초록 고가구풍 탁자에는 똑같은 책 100권과 커다란 꽃바구니, 그리고 조금 전 개봉되었다 다시 여미어진 진주목걸이 케이스가 놓여 있다.

"네, 어머니."

시모가 이렇게 다정한 음성을 낼 수 있는 사람이라는 걸 알고 화이는 한순간 숙연해진다. 사람의 마음은 열 길이라는 속담은 얼마나 통찰력 있는가.

"너한테 이런 재능이 있는지 몰랐다, 얘."

시모가 준비한 꽃바구니에는 세상에 존재하는 모든 빛깔의 장미가 다 모여 있었다. 뿐만 아니라 리시안셔스, 수국, 백합 등 예쁘다고 알려진 모든 종류의 꽃들이 터질 듯 바구니를 채우고 있었다. 원 실장이 두 손으로 들고 오면서 "아이고, 무거워" 소리를 몇 번씩 할 정도로 무게와 크기가 엄청난 물건을 받아들고 화이는 당황했다. 작가로 데뷔한 것을 시모가 알고 있을 줄 몰랐고, 알았다 해도 이토록 기뻐하면서 축하해줄 줄은 몰랐다. 화이는 커다란 바구니 무게 때문에 한쪽으로 어깨가 처진 상태로 멀뚱멀뚱 서 있다가, 앉으라는 시모의 따뜻한 목소리를 듣고 거실 탁자에 자리 잡았다.

"재능은요."

시모와 눈을 맞추며 웃다가 화이는 슬며시 시선을 내리깔았다. 얼굴 공사를 마친 지 한 달 반. 부기와 멍이 사라지고 제법 사람 같은 얼굴이 되었지만 차마 보고 있기가 힘들었다. 앞트임과 이마볼륨, 팔자주름 등의 시술을 같이 했지만 이번 공사의 핵심은 코였다. 시모는 예전부터 콧대를 높이고 싶어 했는데, 겁이 나는지 마지막 순간에 번번이 결정을 번복했다. 5년 전 시술 때도 쌍꺼풀과 턱만 하고 코는 손대지 않았다. 그런데 이번에 큰맘 먹고 코 수술을 단행함으로써, 그동안 마음에 걸려 했던 신체 부분의 개선을 완벽히 마치게 되었다. 그런데 코가, 아마도 성공적으로 나온 것으로 보이는 그 코가, 보기 민망했다. 콧대를 높이고 코끝을 살짝 들어올리자 얼굴에서 '아이' 같은 인상이 풍겨나왔는데, 그 아이는 이 세상 어디에도 없을 아이, 지구상의 아이의 형상을 따랐지만 어딘가 지구상의 아이처럼 보이지 않는, 그런 아이였다. 덕분에 시모의 얼굴을 본 순간, 화이는 평생 동안 품어온 코 수술에의 열망을 접을 수 있었다.

"얘, 너는 글을 쓰면 쓴다고 말을 해주지 그랬니. 내가 알았으면 작업실도 마련해주고, 응? 뒷바라지를 좀 잘해줬겠어."

외계의 아이 같은 얼굴로 시모가 말했고, 순간 화이는 아연해졌다. 그동안 한 번도 감돈 적이 없는 공기가 이 공간에, 두 사람 사이에, 농담처럼 감돌고 있었다. 호의를 보이고, 자신이 도울 수 있도록 기회를 주지 않았음을 다정하게 책망하고, 상대의 친필 사인을 소중히 취하려 하고.

"어머니."

화이는 조심스럽게 시모와 눈을 맞추었다. 이 세상 것 같지 않은 그 얼굴을 쳐다보는 게 민망했지만, 너무 시선을 피하면 실례가 될 것 같았다. 수술 뒤 처음 마주쳤을 때, 시모는 제 얼굴이 어떻냐고 물으면서, '오 원장'이 굉장히 잘된 케이스라고 말했다는 사실을 여러 번 강조했다. 그 얼굴에 나타난 표정이 진정한 만족감인지, 혹은 '잘된 수술'이라 믿고 싶은 소망의 발로인지는 알 수 없었지만.

"응, 화이야, 말해봐. 뭐든지."

당신의 오빠에 대해 얘기할 때나 볼 수 있었던 기쁨에 찬 눈빛이, 현대의학의 손길을 피해 마지막까지 살아남은 시모의 유일한 인간적인 특색이, 화이에게 다정하게 날아왔다.

"혹시 읽어보셨어요?"

"뭘?"

"제…… 소설 말이에요."

화이가 쌓여 있는 책 더미를 가리키자 시모가 꿈에서 깨난 듯한 표정을 지었다.

"아, 이거? 아아니. 이런 걸 내가 어떻게 보니. 나 이제 돋보기 없으면 한 글자도 못 보잖아."

100권이나 되는 책을 시모가 어디에 뿌릴지는 안 봐도 훤하다. 교회에, 친지들에게, 자신이 아는 모든 사람에게 투척할 것이다. 해외여행 다녀올 때 사 온 기념품을 뿌리는 것처럼. 문제는 그 지점이다. 책이 상아로 만든 열쇠고리나 말린 망고가 아니라는 점.

"내용이 마음에 안 드실지도 몰라요."

서른 살이 넘은 여자가 우연히 만난 남자 집에서 같이 살면서 날이면 날마다 관계를 맺는다는 내용이다. 남자는 미투 가해자로 지목되어 하루하루 몰락하고, 아무 생각 없는 여자는 그런 남자의 수발을 들며 지극정성으로 잘해준다는 내용. 주인공은 50대 남성이지만, 상대역으로 나오는 여성에 화이의 개별적 특성이 많이 들어가 있다. 화이의 실제 성격과 많이 다르게 그려지지만, 화이를 아는 사람들은 외모를 비롯한 여타의 특징을 통해, 소설 속 여자의 모델이 그녀라는 사실을 눈치챌 수 있을 것이다. 그런데 그런 책을 뿌린다고? 목사님, 권사님, 집사님께?

"야하니?"

시모가 이렇게 물은 뒤 혼자 쿡쿡 웃었다. 그 순간 석고상처럼 얹혀 있던 코 주변의 근육들이 어찌할 바를 모르다가 힘겹게 갈라졌다. 대단한 비밀을 묻는 듯 조용히, 눈을 커다랗게 뜨고 묻는 시모. 웃지 말아야 한다는 강박관념 때문에 대화 중간중간 자기도 모르게 더더욱 웃게 되는, 그래서 고정된 상태를 유지해야 할 코 주변 근육을 움직인 뒤 곧바로 후회하는 표정이 되는 시모의 모습을 보고 있으려니 안쓰러움이 가슴을 가득 메웠다.

"야해요, 어머니."

사인하기 위해 열었던 펜 뚜껑을 닫으면서 화이는 단호하게 말했다. 이 책들, 반품하는 게 낫지 않을까? 시모의 명예가 위기에 처하리라는 것도 문제지만, 첫 책을 낸 작가인 화이의 입장에서도, 시모가 동네방네 책을 사서 알리고 다니는 게 반갑지 않다. 출간된 지 한 달째, 불행히도 책은 좋은 반응을 얻지 못했다. 재미있게 읽어주는 독자가 일부 있긴 했지만 읽은 이들은 대부분 책이 가독성이 떨어진다

평했다. 대체 작가가 무슨 말을 하고 싶은 건지 모르겠다거나, 선정적인 소재에 기대서 급하게 쓴 느낌이라거나, 특정 인물을 떠올리게 해서 읽기 불편했다는 평도 있었다. 특히 '평론가'들은 혹평을 쏟아냈다. 작가가 '카야'라는 이름에 기대어 손쉽게 책 한 권을 펴냈다고, 인물 구성은 물론 플롯의 전개 과정도 엉망인 '기본이 안 된' 소설이라고, 작심한 듯 신랄한 평을 쏟아냈다. 그런 상태에서 가까운 측근이 책을 뭉텅이로 사들인다는 소문이 퍼진다? 안 될 일이었다. 시모는 일단 100권을 주문했고, 다 돌린 다음에 다시 100권을 더 사들일 거라고 했다. 사인하느라 팔이 아플 너를 배려하는 차원이라는 첨언을 곁들이면서. 화이는 손가락 사이에 볼펜을 끼고 빙빙 돌리며 시모를 응시했다. 이런 건 작가가 친지를 동원해 '사재기'를 하는 것으로 비칠 수 있는데, 이를 어쩌면 좋을까.

"에이, 야하면 어때. 소설인데."

화이가 책을 내면서 나채리라는 필명을 쓰고 노랑머리 가발을 뒤집어썼던 것은 다음 인생을 위한 것이었다. 조만간 이 집안에서 벗어날 예정이고, 소설가라는 타이틀은 그때를 위한 대비책이었다. 탈출한 뒤엔 이전과 완전히 다른 삶을 살고 싶었다. 글 쓰는 일을 해서 떼돈을 벌기는 힘들겠지만, 우선 글을 쓰면서 소소하게 벌고, 수입이 모자라면 다른 일들을 더 해서 생활을 꾸려가면 되지 않겠는가. 그런데 그 계획이 수포로 돌아갔다. 첫 책은 처참하게 실패했고, 시모는 이미 화이가 작가로 데뷔했음을 알고 있다.

"승현이도 그러더라. 요즘 소설은 좀 야하고 그래야 잘 팔린다고."

"명현 아빠도 알고 있어요?"

화이는 입술을 맞대면서 조용히 숨을 골랐다. 남편까지 알고 있다니, 아아, 절망이다.

"알지, 그럼. 마누라가 작가가 됐는데 그걸 몰라? 너 근데, 그거 승현이한테도 말 안 했니?"

여행에서 돌아온 지 2주가 되도록, 남편은 고뇌하는 인간으로 살고 있다. 15년의 결혼생활 동안 한 번도 본 적이 없는 어두운 얼굴에 힘이 하나도 들어가지 않은 무기력한 말투를 쓰며, 5분 뒤에 저승에 끌려갈 인간처럼 살고 있다. 남편이 그렇게 심각해질 수 있는 인간이라는 걸, 그렇게 고뇌할 수 있는 인간이라는 걸, 화이는 처음 알았다. 순서를 정해놓고 끼니마다 복용하던 영양제도 먹지 않고, 하늘이 두 쪽 나도 빼먹지 않을 것 같던 피트니스 센터도 내리 결석하고 있다. 혹시 한시연이랑 헤어졌어요? 하루에도 몇 번씩 묻고 싶은 걸 화이는 애써 참고 있다. 그저 먹고 싶다는 걸 먹게 해주고, 사다달라는 재즈 음반을 사다주고, 서재에 틀어박혀 우는 걸(흐느끼는 소리를 들었다!) 못 본 척해주고, 술을 마신 다음 날에 해장국이 상에 오를 수 있도록 신경 써주면서.

"명현 아빠가 워낙…… 바빠서요."

시모는 아들과 한시연의 관계를 알고 있다. 한시연이 전남편과의 사이에 둔 아이가 남자아이인지 여자아이인지, 똑똑한 아이인지 아닌지 묻고 다닌다는 소식이 화이의 귀에까지 들어올 정도로 아들의 내연녀와 그 혈육에게 촉각을 곤두세우고 있다. 아마도 손자를 보겠다는 생각 때문이리라. 화이는 손가락 사이에 끼운 펜으로 식탁을 쳐서 탁탁 소리를 내며 테이블 건너편에 앉은 시모의 갈색으로 물들인 머리칼을 힐끔거렸다. 시모가 연예인을 며느리 삼는 걸 좋아할까? 그동안 아닐 거라고 생각했는데, 오늘 자신을 '작가' 대접하며 흐뭇해하는 걸 보니, 어쩌면 톱스타 며느리를 두는 것도 자랑스러워할지 모르겠다 싶어진다.

"몇 번 말해줬었는데, 너무 바쁠 때였는지 듣고 흘렸던 것 같아요."

자연스러운 거짓말로 시모의 자존심을 달래주었다. 며느리가 아들에게 말도 해주지 않고 홀연히 작가로 데뷔했다는 것보다, 아들이 너무 바빠서 제 아내가 뭘 하는지도 모르고 지나갔다는 게 훨씬 듣기 좋을 테니.

얼른 하라는 재촉을 받고 사인을 시작하는데, 시모가 거실을 가로질러 안방 앞에 놓인 오디오 앞에 가 섰다. 그리고 조금 뒤 흘러나오는 음악 〈Nova Bossa〉. 여행에서 돌아온 남편이 허구한 날 틀어놓아 그녀까지 덩달아 흥얼거리게 된 음악이었다. 아마도 한시연의 최애곡일 그 곡을 들으며 사인을 하는 화이의 마음에 묘한 흥분이 일었다. 어쩌면 시모도 순순히 나를 놓아주지 않을까? 한시연이 알짜기업인 신성포장의 며느리로 들어올 의사가 있다면, 하루빨리 나를 내보내고 한시연을 며느리로 들이고 싶지 않을까? 새 며느리를 설득해 '대를 이으려' 하지 않을까?

"어머니."

스무 권째 사인을 마친 뒤 불쑥 시모를 부른 건 화이 자신도 예측하지 못했던 충동, 요즘 들어 자주 나타나는 충동 때문이었다.

"응, 화이야."

오디오 앞에서 돋보기를 쓰고 핸드폰을 들여다보던 시모가 바람처럼 날아와 테이블 앞에 섰다. 햇빛을 등지고 선 70대 여성, 진청색 플레어스커트와 흰색 니트 차림의 단아한 노년 여성의 실루엣을 향해 화이는 뚝심 있게 말을 꺼냈다.

"이런 말씀 드리기 죄송한데…… 저 있잖아요."

말을 꺼내긴 했으나 그리 쉽게 밀고 나가지지 않아 화이는 뜸을 들였다.

"응, 말해. 화이야."

그래도 말해야 한다. 지금처럼 좋은 분위기, 뭐든 해줄 것 같은 눈빛을 다시 마주하기는 힘들 것이다.

"돈이 필요해요."

"응?"

칠순 여성의 등 뒤로, 강 건너 산자락에 걸린 태양이 붉게 이글거리는 게 보였다.

"이런 말씀까지 안 드리려 했는데……"

선대 회장의 생전 약속에 의해 화이가 받게 되어 있는 유산은 상당량의 채권과 예금 그리고 황학동 건물이다. 시모는 그 자산을 모두 '알아서 처리'했다. 일부는 안방 깊숙한 곳에 있는 금고에, 일부는 자신의 통장에 넣어놓았을 것이다. 그리고 건물은 그대로 있을 것이다. 시모의 명의로. 화이는 많은 것을 바라지 않는다. 오직 제 몫의 돈만, 제가 회사에 기여했다 여겨 회장님이 주신 몫만 가져가고 싶다.

"왜 돈이 필요하니, 화이야?"

시모가 화이야, 라고 이름을 붙이며 다정하게 말끝을 올리는 것이 너무 놀랍고 신기해서, 아무리 들어도 익숙해지지 않는다. 화이는 귓전을 파고든 시모의 다정한 음성을 곱씹으며 생각했다. 나는 '왜' 라는 말보다 부드러운 어조의 '화이야?' 부분에 더 방점을 두고 대화를 이어가야 하리라.

"작가가 되니까 인터뷰 갈 자리가 많이 생기더라고요. 여기저기 사진 찍힐 일도 많고요. 옛날하고 달라서 요즘엔 작가도 예뻐야 한다더라고요. 좀 잘 입고, 잘 꾸미고 가야 하는데……"

"그럼. 나도 알아. 요즘엔 작가도 예뻐야지."

시모의 고개가 크게 주억거리고, 상체가 화이 쪽으로 구부러졌다. 화이는 움찔하며 뒤로 등을 젖혔다가 천천히 원래 자세로 되돌아왔다.

"그러고 보니 화이야, 너도 얼굴 좀 손봐야겠다. 얘, 이번에 나 할 때 너도 같이 할 걸 그랬나봐. 그러게 진즉에 작가님 될 거라 얘기해줬으면 좀 좋니, 아가?"

아가! 화이는 코평수가 벌어질 정도로 눈을 크게 뜨고 시모를 쳐다보았다. 가슴에 저릿하게 전류가 흘렀다. 내가 이제야 '아가'가 되는구나! 신혼 때도 들어보지 못했던, 지나가는 말로조차 들어보지 못했던 호칭, 시어머니가 며느리에게 애정을 담뿍 담아 건넬 때 사용한다는 호칭이 드디어 날아왔다. 15년 만에 처음으로!

"에이, 어머니도 참."

화이는 고개를 비스듬하게 꺾으며 코맹맹이 소리를 냈다. 이 여성에게서 나오는 이 다정한 호칭이 싫지 않다. 결혼 전에 사람을 사서 며느리가 될 사람의 뒷조사를 하고, 화이에게 찾아와 아이만 낳아서 넘겨주면 섭섭지 않게 보상하겠다 하고(그때도 아들일 경우와

딸일 경우를 차등적으로 언급했다), 결혼 뒤엔 툭하면 며느리를 불러들여 일을 시키고, 기분이 안 좋을 때는 며느리의 뺨을 때린(딱 두 번이었지만 그 후로 화이가 시모 앞에서 움츠리게 된 원인이 되었다), 요양원에 있는 며느리의 육친에 대해 비아냥거리는 말을 해 며느리의 속을 뒤집어놓은 여인이었지만, '아가'라 불러주며 다정하게 바라봐주니 그동안 가슴에 쌓였던 원망의 감정들이 거짓말처럼 녹아내린다. 평생 동안 이 집의 며느리로 살면서 이 멋진 70대 여성과 알콩달콩 지내고 싶다는 생각까지 든다.

"저 체질적으로 성형 잘 안 받는 거 아시죠, 어머니?"

화이는 성형수술을 받아본 적이 없고, 그러니 성형이 잘 받는지 안 받는지 알 길이 없다. 그러나 시모는 '아시죠?'라고 말하면 모르는 것도 늘 아는 척하는 인물이다.

"그래. 너 성형 잘 안 받는 거 내가 알지. 그것도 아쉬운 일이다, 얘. 최첨단 의료기술의 혜택을 받고 싶어도 못 받는다는 게 화이야, 얼마나 슬픈 일이니."

화이야, 화이야. 그녀는 눈을 감고 귓전을 울린 달콤한 말을 음미한다. 아무리 들어도 질리지 않는다. 이 다정한 말투, 이 부드러운 음성.

"요즘 명현 아빠가 회사에 뜸해서 제가 회사에 자주 나가잖아요. 부사장입네 하려니까 옷차림에도 은근히 신경이 쓰이더라고요."

회사에 입고 갈 옷은 옷장이 터질 만큼 많다. 화이가 원하는 건 현금이다. 혼자 두 딸을 부양할 때 종잣돈이 되어줄 현금. 혼자라면 얼마든지 검소하게 살 수 있다. 결혼 전에 그렇게 살았고, 결혼 뒤에도 크게 사치하지 않았다. 문제는 딸들이다. 갑자기 생활수준이 낮아지면 충격을 받을 것이다. 엄마와 살지 않겠다고 선언해버릴지도 모른다. 앞으로 딸들에게 검소하게 사는 법을 차근차근 알려줄 생각이지만, 먹고살 수 있을 정도의 기반이 갖추어진 상태에서 그 과정을 건너가게 하고 싶다. 그러려면 돈이 필요하다.

"그래, 그래. 사람이 잘 입고 다녀야지. 허름하게 입고 다니면 너, 사람들이 은근히 깔본다."

"그래서 말인데요, 어머니."

제 몫의 유산을 언급할까 잠깐 생각했지만, 이내 마음을 고쳐먹었다. 역효과가 날 위험이 있었다.

"조금만 도와주시면 좋겠어요, 어머니."

"너 한결은행 계좌로 보내면 되지? 내가 이따 원 실장 돌아오면 송금해달라고 할게."

와우! 화이는 멍한 표정으로 앞에 선 여인을 올려다보았다. 탁자를 짚고 서서 역광을 받으며 환하게 웃는 제 시가 쪽 어머니를.

"고맙습니다, 어머니."

화이의 두 손이 입을 감싸고, 금방이라도 울 것처럼 얼굴이 찌그러졌다.

"얘 좀 봐. 그게 뭐라고 그런 얼굴을 하니, 우리 사이에! 아, 원 실장 들어온다. 마침맞게 왔네."

현관문 열리는 소리가 나면서 원 실장이 들어오고, 그 뒤를 일곱 살 난 원 실장의 손주가 따라 들어왔다. 원 실장이 유치원에서 픽업해온 모양이었다. 시모의 표현에 따르면 원 실장의 친손주가 아닌 '외손주', '원 가가 아닌 사돈네 집안 성 씨를 따르는 자손', 그러므로 원 실장이 그렇게까지 신경 써줄 필요가 없는데 왜 자꾸 돌봐주는지 이해가 안 가는 그런 아이이다.

"어서 와라, 준영아."

그러나 말만 그렇게 할 뿐 시모는 준영을 예뻐한다. 준영은 눈이 부리부리하고 눈치가 빠른, 똘망똘망한 아이이다. 고용인들에게 엄격하고 가끔씩 심할 정도로 모욕감을 주는 시모이지만, 준영을 대하는 태도를 보면 시모에게 인간미가 아예 없다고는 할 수 없을 것 같다.

"명현 엄마, 축하해. 작가님 됐다면서!"

마스크를 쓴 원 실장이 역시 마스크를 쓴 준영의 손을 씻기고 제 손도 씻고 나오면서 말을 건넸다. 이 집의 고용인들은 집안에서 마스크를 벗으면 안 된다. 점심을 먹을 때는 시모에게 미리 말하고, 시모가 방 안으로 들어가 문을 단단히 닫아 건 것을 확인한 뒤, 빠른 시간 내에 식사를 마쳐야 한다. 다 먹은 뒤에는 소독제로 부엌을 구석구석 청소하고 30분 이상 환기를 한 뒤 시모에게 보고해야 한다. 전염병 발발 이후 확고하게 정립되어 단 한 번도 어겨진 적이 없는 이 집의 규칙이다.

"네, 뭐 대단한 것도 아닌데……"

"애, 화이야. 너 한 김에 원 실장 거랑, 원 실장 딸 앞으로도 이름 넣어서 사인해줘라. 원 실장, 딸 말고 또 누구 선물하고 싶은 데 있어? 우리 작가 며느님 오셨을 때 받아 가야지."

시모가 자랑스러워 미치겠다는 얼굴로 떠벌이자 원 실장이 잠깐 머뭇거리다가 친구 이름 셋을 댔다. 화이는 원 실장이 읊은 이름을 책 속지에 적어 넣으며 이들이 책 같은 건 절대로 읽지 않는 사람들이기를 열렬히 기원했다.

"이모, 유명해졌어?"

두 할머니가 주고받는 이야기를 한참 듣던 준영이 이렇게 물었고, 시모가 "그럼, 도서관 같은 데 가면 이모 책이 다 있단다" 하고 말해주었다.

"그럼 BTS보다 더 유명해?"

눈이 휘둥그레진 준영이 이렇게 말하자 시모와 원 실장, 화이의 입에서 동시에 폭소가 터져나왔다. 이런 구성원들 사이에서 이런 웃음이 공유된다는 게 놀랍다는 생각을 하면서 웃음을 터뜨리는데, 화이의 마음에 문득 두려움이 찾아왔다. 이 기조가 언제 끝날지 모른다. 지금 사인을 한 이 책들을 받는 이들 중 누군가는 분명 책을 읽을 것 아닌가! 그러면 분명 시모에게 연락해서 말하리라. 혹시 며느님한테 진짜 있었던 일 아니에요? 최근에 집도 비웠다던데, 혹시 며느님 바람피운 거 아니에요?

"이 명단 순서대로 이름 적고 사인하면 되죠?"

웃음의 축제가 끝난 뒤 화이가 등을 곧추세우며 말하자 시모가 세차게 고개를 끄덕였다. 화이는 펜 뚜껑을 열며 기원했다. 부디 시모가 조금 전에 나와 나눈 대화를 잊지 않길. 원 실장이 하던 일을 중단하고 곧바로 시모의 핸드폰을 열어 송금하는 과업을 이행해주길. 창밖으로 보이는 하늘에선 그새 일몰 빛이 사라지고 진보라색과 암청색이 세력 다툼을 벌이고 있었다. 화이는 강가에 심긴 버드나무의 일렁임을 보며 바람의 세기를 가늠해보다가, 허리를 숙이고 다시 사인을 시작했다.

2/

구 대리와 미팅을 마치고 나오던 화이는 반대편에서 걸어오던 채정명과 마주쳤다.

"안녕하세요, 작가님!"

화이가 커다랗게 말하며 함박웃음을 지었다. 채정명은 미간을 좁히며 쳐다보다가, 웃는 것도 찡그리는 것도 아닌 애매한 표정을 지어 보인 뒤 지나가버렸다. 화이는 고개를 돌리고 방금 자신을 지나쳐간 여성의 뒷모습, 짧은 청팬츠 밑으로 드러난 긴 다리와 발목까지 오는 군화형 부츠, 부분부분 하늘색으로 물들인 긴 머리칼을 휘날리며 걸어가는 유명 작가의 뒷모습을 지켜보았다. 채정명은 문단의 떠오르는 스타로, 문학 출판사들의 러브콜을 한몸에 받고 있었다. 화이는 세련되고 차가운 문장으로 거침없이 이야기를 전개해나가는 채정명의 소설을 좋아한다. 여성의 심리를 그처럼 날카롭게 쓰면서도 이야기성을 유지할 수 있는 작가는 국내에서, 아니 세계적으로도 몇 안 될 거라 생각하면서 은근히 전범으로 삼아왔다.

괜히 인사했나.

몸을 돌려 출입구로 향하는데, 무턱대고 인사를 건넸던 장면이 떠오르면서 후회의 감정이 찾아왔다. 채정명을 보고 반색하며 인사하던 마음 밑바탕에는 자신이 이제 '작가'가 되었다는 생각, 즉 채정명과 같은 범주의 사람이 되었다는 인식에서 오는 친근감이 깔려 있었다. 그러나 채정명은 자신을 알아보지 못했고, 뜬금없다는 표정을 지은 뒤 지나가버렸다. 화이는 그것이 어쩐지 제가 '작가' 반열에 오르지 못했다는 표식인 것 같아 속이 상했다.

"작가님, 안녕하세요."

문학팀 막내인 수홍 씨가 다가오며 인사를 건네주어, 화이는 우울한 기분에서 빠져나올 수 있었다.

"미팅 다 마치셨어요?"

한쪽 손에 칫솔이 꽂힌 양치컵을 든 수홍 씨가 다른 쪽 손에 묻은 물기를 면바지에 눌러 닦으며 눈웃음을 지어 보였다.

"네, 수홍 씨는 서울 사무실로 출근하시나봐요?"

대학가 앞에 있는 이곳, 출판사 사무실은 건물 한 개 층을 세내어 쓰고 있어 파주 본사보다 비좁게 느껴진다.

"네. 문학팀은 전부 여기에 있고요. 파주엔 특별한 일이 있을 때만 가요."

선 채로 꽁지머리를 한 수홍 씨와 잠깐 잡담을 나누다가, 화이는 고개를 숙여 보인 뒤 출입구로 향했다. 수홍 씨가 자신을 '작가님'이라 불러주고 질문에 친절하게 답을 해주어서, 조금 전 채정명에게 느꼈던 얼토당토않은 열패감이 상쇄되는 것 같았다. 출판사 건물을 빠져나오자 새파란 하늘과 또렷한 테두리를 입은 산천이 모습을 드러냈다. 화이는 걸쳤던 재킷을 벗으면서 깊이 숨을 들이마셨다. 청결한 바람이 폐부 깊숙이 들어왔다. 10월의 중반을 넘기자 일교차가 극심해졌다. 그녀는 재킷을 팔에 걸치고 훈훈한 바람을 맞으며 걸었다. 사회적 거리두기 단계가 하향 조정된 첫날, 대학가 주변은 인파로 북적거렸다.

좋다.

화이는 멈춰 서서 되뇌었다. 민소매 블라우스 아래로 드러난 맨 어깨에 햇살이 그대로 날아와 꽂혔다. 햇볕에 인격이 있어서 손을 내밀어 자신을 어루만져주는 것 같았다.

"다음 책은 더 잘 쓰실 거예요, 작가님."

조금 전에 구 대리가 했던 말이 머릿속에서 울려 퍼졌다. 오늘 출판사와 두 번째 책을 계약했다. 얼마 전 전화통화에서 책이 너무 혹평을 받아 잠이 안 온다고 하소연했을 때, 구 대리는 다음 책으로 복수하시면 된다고 간단하게 응수했다. 두 번 다시 소설을 쓰지 않겠다 생각했으면서도, 화이는 구 대리가 해준 말에 솔깃했다. 작가님은 스토리텔링 재능이 있으세요. 첫 소설이라 만족스럽지 않은 부분이 있겠지만 다음 소설을 더 잘 쓰실 거예요. 달래주기 위한 의례적인 말이라는 걸 뻔히 알면서도, 그 말이 좋았다. 얼마나 좋은지, 무슨 약이라도 먹은 기분이었다. 무엇보다, 화이에겐 쓰고 싶은 이야기가 있었다. 언어로 빚어 세상에 내보내고 싶은 이야기가, 차고 넘치게 내면을 채우고 있었다. 아침이나 밤이나, 앉으나 서나, 머릿속에 살아나 활개치고 돌아다니는 이야기가.

"몰라. 어떻게든 되겠지."

화이는 혼잣말을 했다. 뒤는 생각하지 말고 일단 쓰는 거다. 그렇게 생각하기로 했다. 속단하고 걱정하고 한숨 쉬기에는 날씨가 너무 좋았다. 일부러 노력한다 해도 도저히 우울해질 수 없을 정도로 눈부신 가을날이었다.

화이는 오늘 주황색 시폰 블라우스와 파란색 스커트를 입고 나왔다. 시모가 송금해준 돈의 일부를 헐어서 산 옷이다. 사는 김에 아예 재킷까지 쓰리피스로 갖추어 한 세트를 장만했다. 그래도 옷을 장만하겠단 명목으로 받은 돈이니 한 번은 쇼핑을 해주어야겠다 싶었다. 시모는 예상했던 것보다 많은 액수의 돈을 보냈다. 통장에 찍힌 돈의 액수를 보고 또 보며, 화이는 그동안 시모가 했던 악행들을 용서했다. 깔끔히 잊어주리라. 이렇게 독립에 필요한 자금의 일부가 마련됐고, 오늘은 두 번째 책을 계약했다. 이보다 더 좋은 날이 있을 수 있을까.

골목 끝까지 걸어가자 폭이 좁고 기다란 공원이 나왔다. 중간에 물길이 있고 양쪽에 풀밭이 조성된 이곳은 원래 기찻길이었는데, 지금은 젊은이들이 데이트하며 걷는 공원으로 자리 잡았다. 풀밭에 돗자리를 깔고 앉아 둘씩, 혹은 넷씩 어우러져 있는 모습이 싱그럽고 풋풋했다. 가끔 머리를 하러 이 동네에 오지만, 이 공원을 와본 것은 오늘이 처음이다.

화이는 풀밭 사이 길을 걷다 벤치에 앉았다. 이제 두 블럭만 더 가면 지하철역이라는 사실이 안타까웠다. 양손으로 벤치를 짚고 앉아 아이처럼 두 발을 흔들었다. 새파란 에나멜 구두가 반짝이는 걸 보자 이대로 시간이 멈추었으면 좋겠다는 생각이 들었다. 곱게 차려입은 신인작가로 이 말끔한 거리의 벤치에 영원히 앉아 있고 싶다.

"앉아도 되겠습니까?"

걸걸한 남자 목소리가 들려오면서 벤치의 끝 쪽에 인기척이 느껴졌다.

화이는 고개를 돌려 소리를 낸 불청객을 보았다. 나른한 기운에 휩싸여 있던 화이의 흥을 깬 것은 커다란 백팩을 멘 기골이 장대한 남자였다. 허리까지 내려오는 새까만 파마머리에 커다랗고 붉은 코를 가진 남자. 시선이 마주친 순간 화이는 벌떡 일어서서 백을 고쳐 멨다.

"저 때문에 가시는 거면."

화이가 몸을 돌려 걸음을 옮기자 남자가 일어서서 따라왔다. 뒷목에 남자의 숨결을 느꼈을 때 그녀는 돌아서서 외쳤다.

"아니에요! 원래 가려고 했어요!"

다시 몸을 돌리고 도망치듯 걷자 남자도 걸음을 빨리했다. 화이의 짧은 보폭은 이내 키가 큰 남자의 보폭에 뒤처졌고, 어느 틈에 손목이 남자의 손아귀에 들어갔다.

"혹시 우리 어디서 보지 않았나요?"

화이는 못 박힌 듯 서서, 날아온 말이 심장을 강타하는 걸 느꼈다. 우리 어디서 본 적 있지 않나요. 평생에 걸쳐 들은 말이었다. 낯선 이들에게 수십 번, 수백 번씩 들은 말이었다.

"아니요. 그런 적 없거든요."

손목을 잡힌 채 말하는 화이의 음성이 가늘게 떨렸다. 아아, 지긋지긋하다. 진저리가 난다. 무엇이 내가 속하지 않은 성별의 사람들을 이토록 끄는 것일까. 내 무엇이 남자들이 망설임 없이 접근한 뒤 금세 떠나게 만드는 것일까. 지속되지 않는 애정은, 신중함이 섞이지 않은 호의는 저주다. '이번만은!'이라 기대하게 만들고, 이내 세상이 무너져내리게 만든다. 화이가 휩쓸려가듯 했던 결혼도, 따지고 보면 남자들의 이런 값싼 호의에서 비롯된 것이 아니던가. 최승현과 연애하던 시절, 화이는 자신이 그에 대해 어떻게 생각하는지에 대해서는 생각조차 하지 않았다. 그저 누군가가 오래 지속되는 호감을 품어주기만 한다면 그것으로 감지덕지라 여겼다. 상대의 내면을 파악할 시간을 조금만 더 가졌다면, 여유를 갖고 자신이 어떤 상태인지를 침착하게 살펴보았다면, 잘 알지 못하는 사람과 결혼하는 우를 범하지 않았을지도 모른다.

"제가 뭘 어떻게 했습니까? 사람 그렇게 취급하는 거 아닙니다."

남자가 시비조로 말하며 눈을 부릅떴다.

"아니요, 제가 선생님을 그렇게 취급한 게 아니고요. 전 그냥 시간이 급해서……"

화이는 울먹거렸다. 잡힌 손목을 뿌리칠 생각도 못하고 얼굴을 일그러뜨리며 울었다. 결국 이렇게 살다 제 생이 다 가버릴 거라는 생각, 평생 이런 남자들에게 시달리면서, 최승현 같은 인간의 뒤치다꺼리나 하며 살리라는 예감이 전신을 휘감고 돌았다. 이 남자는 내 이번 생이 망했다는 표징이다. 영원히 반복 재생되며 뚜렷해질 상징.

"저랑 얘기 좀 하시죠."

남자가 손을 잡아끌었고, 화이는 끌려가지 않으려고 몸에 힘을 주었다.

"아니요. 저 가야 되는데요. 이러지 마세요."

대낮에 이런 일을 당했다고 하면 사람들은 좀처럼 믿지 않았다. 네가 뭘 했겠지. 네가 그 남자한테 말미를 주지 않았으면 남자가 미쳤다고 그런 짓을 하겠니?

"왜 이러세요! 이거 놔요!"

몸을 위아래로 흔들어 남자의 손아귀에서 벗어나려 하는데, 등 뒤에서 인기척이 났다. 반가운 마음에 고개를 돌리려는 순간, 인기척을 낸 사람의 손이 남자의 손에서 화이의 손을 낚아챘다.

"채리야."

낯선 손의 악력으로 화이의 몸이 돌아가고, 눈앞에 한 남자의 얼굴이 펼쳐졌다. 대낮의 햇살을 받고 선 그 얼굴을 보며 화이는 생각했다. 누구지? 그리움과 기쁨이 먼저 왔고, 상대에 대한 인식은 조금 뒤에 왔다. 눈앞의 얼굴이 기억 속의 누군가와 일치한다는 것을 알아챈 순간, 추억이, 온몸이 그를 향해 전율했다.

"지성!"

화이의 몸이 큰 소리로 부르짖으며 그에게 덤벼들었다. 큰 키에 비쩍 마른, 쑥색 배낭을 멘 남자의 몸에 긴장감이 서렸다 풀어지고, 이어서 남자의 손이 그녀를 감싸 안는 게 느껴졌다. 화이는 그 남자의 가슴에 코를 대고 얼굴을 비볐다. 달짝지근한 살냄새와 아이보리 비누 냄새, 매캐한 애프터셰이브 냄새가 가차 없이 폐부로 밀고 들어왔다. 그녀는 그를 바짝 끌어당겼다.

3/

"저 남자 저렇게 보내도 돼?"

마침내 화이가 떨어져나간 뒤 지성은 이렇게 말했다. 화이가 지성과 대학가 공원 한복판에서 영화의 한 장면처럼 끌어안고 있을 동안, 도둑처럼 다가와 세상의 모든 불길함을 끌어모아 끼얹었던 남자는 뱀처럼 빠져나갔다. 화이와 지성의 시선이 뒤쫓았을 때, 그는 긴 머리를 흔들며 경보하듯 움직여 건너편 골목 안쪽으로 커브를 틀고 있었다.

"아는 남자야?"

남자가 사라진 골목과 화이를 번갈아 쳐다보며 지성이 말했다. 그러면서 한 발짝 물러섰고, 그러자 두 사람을 둘러싸고 있던 보호막 같은 게 벗겨지면서, 화이는 갑자기 추운 들판에 내동댕이쳐진 느낌이 들었다.

"아니."

화이가 지성의 허리께로 시선을 내리며 조그맣게 말하자, 지성도 발로 풀밭을 짓이기며 입술 안쪽 살을 씹기 시작했다. 보호막이 벗겨져나갔음을 그도 느낀 것이다.

"맛있어?"

화이가 웃으며 지성을 올려다보았다.

"응?"

무심한 듯 이쪽을 보던 지성의 얼굴에 엷은 웃음이 퍼져나갔다. 수줍은 듯한, 체념한 듯한 웃음. 웃을 때마다 엷은 슬픔의 막이 배어나오는 듯한, 그래서 곁에 있는 이들도 함께 슬퍼지는 그런 웃음. 그의 집에서 지낸 후반부에, 그는 늘 이렇게 웃었다.

"딱히 맛있지는 않아."

지성이 응수한 뒤 화이와 웃음을 나누었다. 연민을 나누어 가지는 듯한 웃음을. 그러나 지금 그들이 나누는 웃음에는 그 여름날, 그의 집에서 나누었던 웃음엔 없었던 인자 하나가 섞여 있었다. 어색함이라는.

"그 버릇 못 고쳤네?"

지성은 생각에 잠길 때면 이로 입의 안쪽 살을 물어뜯는 버릇이 있다. 앞니에 한쪽 볼의 안쪽을 갖다 붙여 씹느라, 입술을 동그랗게 오므리고 볼을 반대쪽으로 찌그러뜨리게 된다. 옆에서 보면 정말 우스꽝스럽다. 강연이나 라디오 공개방송 같은 자리에서 그 버릇이 나올까봐 화이는 몇 번씩 그러지 말라고 주의를 주었다. 그러면 그는 항상 똑같은 반응을 내놓았다. 응, 알았어.

"너는?"

지성이 눈으로 화이의 손가락을 훑으며 턱을 들어 보였다.

"나? 나 뭐?"

지성이 손을 내밀어 그녀의 손을 잡으려다가 어색하게 거두어들였다.

"너 손. 손톱 주변이 시뻘겋잖아."

"아."

화이는 옆머리를 귀 뒤로 넘기며 멋쩍은 듯 웃었다. 화이에겐 손톱 주변을 잡아 뜯는 버릇이 있다. 어떨 땐 옷이나 책에 피가 묻어날 때까지 의식하지 못하다가 누가 일러준 다음에야 알아차린다. 지성은 그 버릇을 고쳐주고 싶어 했다.

"어디…… 가는 길이었어?"

화이가 양손을 허리 뒤로 감추며 물었다.

"응."

행선지를 묻는 순간, 두 사람을 감싸고돌던 아스라한 과거의 기운이 순식간에 사라져버렸다. 이제 그들 앞에는 각자 가던 길을 계속 가야 할 현재가 선명하게 버티고 있었다.

"어디?"

살아가는 동안 이 사람을 다시 만나리라고 생각하지 않았다. 더구나 이런 타이밍에, 드라마틱하게 나타나 낯선 인간으로부터 손을 잡아채리라고는. 물론 화이는 이런 일이 제 생에도 찾아와주었다는 데에 깊이 감사한다. 덕분에 주변을 감싸고돌던 암울했던 기운이 말끔히 사라졌다. 상징이니, 영원이니 하며 인생을 자조했던 것이 어처구니없게 느껴진다. 태양은 한여름처럼 빛나고, 하늘엔 조각구름 하나 없으며, 계절을 입기 시작한 나무들은 총천연색으로 젊음의 공원을 채색하고 있었다. 그녀는 인간의 의지를 신뢰하고, 살아 있음에 감사했다.

"응…… 출판사."

출판사, 라는 말이 나오는 순간 지성을 쳐다보던 화이의 눈길이 급격하게 갈 곳을 잃었다. 출판사라는 말이 자신이 책 속에서 만들어낸 인물에게로, 이 남자의 일부를 가져다 멋대로 조합한 인물에게로 연결되었다. 이 사람, 내 책을 읽었을까?

"너는?"

"나?"

올려다보지만 그의 얼굴이 보이지 않는다. 모든 형상과 소리가 소멸하고 진공상태에서 혼자 부유하는 것처럼, 갑자기 그녀는 모든 것으로부터 이탈된다.

"너는 어디, 가는 길이야?"

나도 출판사에 다녀오는 길이라는 말을, 화이는 하지 못한다. 말을 꺼내는 순간 지성이 버럭 화를 내고 돌아서 가버릴 것 같다.

"어? 어."

말해야 한다. 얼른 말하고 용서를 구해야 한다. 입을 열어, 이화이! 어서!

"지금 바로 가야 되니?"

지성이 바지 뒷주머니에서 핸드폰을 꺼내 시간을 확인한다.

"어?"

그녀는 아무 말도 하지 못하고 계속 한 음절만 내보낸다.

"혹시 괜찮으면."

지성의 말에 서린 조심스러운 기운, 어떤 바람 섞인 조바심이 건너와 화이를 이탈상태에서 데리고 나온다. 그녀는 다시 멀쩡한 인간으로 되돌아와 눈을 빛낸다.

"아아앙."

콧소리 섞인 애교음도 내보낸다. '응'을 뜻하는 애교음을.

"같이 걸을래?"

"어?"

이 남자는 내 소설을 읽지 않았다! 화이는 활짝 웃어 보이며 생각한다. 내가 누군지 모르고 있다! 그저 나를 채리로, 귀여운 고양이로 생각하고 있다. 내가 누군지 안다면 이런 눈빛으로 같이 걷자고 말할 리가 없다. 아아, 그렇다면. 그러하다면 굳이 내 정체를 알려줄 필요가 있을까? 미안하지만 네 인격을 빌려다 소설을 썼다고 굳이 말해줄 필요가 있을까?

“아아아아아앙, 좋아.”

순식간에 고양이로 변한 화이가 화려하게 재기를 알리고, 지성의 얼굴이 부드럽게 곡선을 만들어낸다. 지금까지 그의 얼굴에 떠오른 표정들 중 가장 밝고, 가장 흠 없는 표정이다.

“우리 출판사가 이 공원 끝에 있거든. 30분 정도 여유 있게 왔어. 난 잠깐 걸어도 괜찮은데.”

30분. 고작 30분이란 말인가.

“좋아, 좋아.”

화이가 얼굴을 좌우로 흔들고 어깨를 들썩이며 좋다는 표식을 내보인다. 그렇지만 자신의 고양이성을 인위적인 것으로 또렷하게 의식하고 있는 그녀는 차마 지성의 팔짱을 끼거나 몸에 들러붙지 못한다. 과장된 콧소리를 내며, 온몸을 흔들며, 그의 옆에서 걸어갈 뿐. 그도 걸으면서 그녀의 맨 어깨나 손과 부딪치지 않으려 신경 쓰는 눈치다.

옛 철도길을 따라 걷는 동안 두 사람은 말이 없다. 어떻게 지냈느냐? 미투 사건은 잘 마무리되었느냐? 건강은? 강연이나 라디오 진행은 다시 맡았느냐? 글은? 운동은? 내가 나간 뒤 내 생각을 했느냐? 걷다 말고 그녀는 걸음을 멈춘다. 후, 소리를 내며 가슴을 친다. 속에서 너무나 많은 말이, 너무나 많은 물음이 끓어올라 가슴의 통증으로 물화하고 있다.

“원래……”

화이가 멈춰 선 걸 인식한 그가 돌아서서 입을 연다. 돌아서는 지성의 모습. 날렵한 어깨와 긴 목이 부드러운 흐름을 만들어내며 조막만 한 얼굴로 이어지는 그 동선이 너무나 아름다워 화이는 넋을 잃는다. 이 사람, 그동안 흰머리가 늘고 얼굴이 더 까칠해졌다. 하지만 지금, 눈앞의 사람은 분명 그때와 다르다. 살짝 더 나이 들어 보이는데, 그게 너무나 우아해 보인다. 이 고고한 남자, 완벽한 가을날의 한가운데 선 이 학 같은 중년 남자가, 말로 표현할 수 없는 감정을 자아낸다. 이상하고 강렬한 감정이 차오르고, 통증으로 그녀는 질식할 것 같다.

"원래 뭐? 아, 아퍼……"

화이가 손바닥으로 가슴을 누르며 허리를 굽히자 그가 놀란 표정을 짓는다.

"어디가 안 좋니?"

"아냐, 숨이 차서 그래."

화이의 이마에서 땀이 흘러내리고 머리가 지끈거린다. 이 남자에게 말해야 한다. 미안하다고. 일부러 그런 게 아니라고. 진짜 출간되리라곤 상상도 못 했다고. 지성의 이름이 오르내리며 가십거리가 될 줄 정말 몰랐다고.

"말해, 원래 뭐?"

가슴 아랫부분을 누른 채 화이가 앞으로 나아가자 지성이 천천히 그녀와 보조를 맞춘다. 머리를 쓸어 넘기며, 함께 걷는 이의 상태가 어떤지 내려다보는 그의 옆모습. 얼굴살이 쪽 빠져서 광대뼈가 두드러져 보이고, 턱선은 날렵하다 못해 칼날처럼 변했다. 그리고 그 칼날 같은 턱선 밑으로 보이는 목젖. 위태롭게 튀어나온 그 목젖.

"아름답구나."

"뭐?"

화이는 참지 못하고 이렇게 말해버린다. 오늘 날씨가 참 좋네, 라고 말하듯.

"옆모습 말이야."

지성이 멈춰 서며 머리를 흔들어 앞머리로 뒤덮였던 눈을 해방시켜준다. 그 모습, 얼굴을 흔들어 머리칼을 흩어내는 동작이 너무나 낯익다.

"지성은 옆모습이 아름다워."

화이는 멈춰서 지성을 올려다보며, 우아한 조류 같은 남자의 얼굴을 눈과 뇌에 담으려 노력하며, 또렷하게 말한다. 아직 사과가 이루어지지 않았지만, 먼저 이런 말을 해도 좋으리라. 아름답다는 말 정도는.

"원래……"

둘은 공원의 한중간, 물길의 면적이 넓어지고 단풍이 근사하게 물들어 있는 지점에 서 있다. 마주 보고, 서로의 눈길을 피하지 않으며, 꿋꿋이 서 있다. 지성의 등 뒤로 날렵한 부츠를 신은 여성 셋이 나란히 지나가며 화사한 웃음소리를 휘날린다.

"응."

화이는 지성의 얼굴을 올려다보다가, 손을 올려 머리를 옆으로 넘겨준다. 그새 머리가 많이 자라서, 앞머리가 눈을 찌르고 귀밑머리가 어깨까지 내려와 있다. 화이의 손이 닿자 그가 움찔하며 인상을 쓴다.

"원래 이름이 뭐야?"

그가 말하자 그녀의 손이 멈추어 선다.

그녀의 눈썹이 위로 치솟아오르고, 두 손이 형편없이 찌그러지는 얼굴의 반을 뒤덮는다. 알고 있었다. 이 사람, 다 알고 있었다!

4/

"원래 이름이 뭐니?"

지성이 화이의 어깨 너머를 보며 말한다. 그의 등 뒤로 연두와 노랑을 그러데이션으로 담은 낙엽이 갈지자를 만들며 떨어져내린다. 시간을 들여 우아하게 낙하하는 낙엽을 보며 화이는 눈을 감는다. 조금 뒤 눈을 뜨고, 입을 연다.

"화이."

"화이?"

그녀의 진짜 이름을 머금어보는 그의 얼굴에 서린 빛이 웃음인지 씁쓸함인지 체념인지, 그녀는 알 수 없다.

"이화이."

"이…… 화이."

찬찬히 그녀의 이름을 곱씹는 지성의 입꼬리가 천천히 올라가면서 완만한 곡선을 만들어낸다. 부드럽고 너그러운 곡선을. 그 곡선을 보며 화이는 안다. 지금이 그 순간임을.

"미안해, 지성."

외치듯 말한 뒤 화이는 고개를 떨어뜨린다. 발밑에 아기 손바닥을 닮은 진갈색 단풍이, 노랗게 물든 플라타너스 잎이, 완전히 말라붙은 떡갈나무 잎이 띄엄띄엄 널려 있고, 그녀는 팔을 올려 이마를 훔친다. 자꾸, 자꾸 땀이 나온다.

"뭐가?"

지성이 고개를 옆으로 기울이며 낙엽을 밟는다. 바스락, 낙엽이 밟히며 선명한 소리를 낸다.

"내가 소설에 지성 캐릭터를 훔쳐다 썼어. 미안해."

고개를 숙인 그녀가 상체를 앞으로 까딱거리며 움직임을 만들어낸다. 말했다. 어쨌든 말했다. 이제 공은 지성에게 넘어갔다. 화를 내든, 용서하든, 무관심하게 나오든, 모두 달게 받을 것이다.

"나채리."

지성의 손이 그녀의 머리에 얹히고, 천천히 미끄러져내린다. 그녀의 가슴이 순식간에 보랏빛으로 물든다. 이 손길. 부드럽게 쓸어내리는 이 손길.

"미안하다고 하면 내가 괜찮아, 그 정도는, 그럴 줄 알았니?"

"어?"

화이의 고개가 위로 올라가고, 차가운 눈빛과 마주친다. 머리에 얹혔던 손길은 어느새 떨어져나가고 없다.

"나 문학평론가야. 지금은 한물갔지만, 그래도 한 번 평론가는 영원한 평론가지."

지성의 허리께 너머로 햇빛을 받아 빛나는 연못이, 연못가 풀밭에 앉아 마스크를 쓴 채 입을 맞댄 어린 연인이 보인다. 그녀는 말없이 지성을 응시한다.

"그냥 베꼈으면 말을 안 해. 이건 베낀 게 아니라 완전히 괴물을 만들어놨어요. 성폭력범에, 정신병자에, 무능력자로."

지성의 한 손이 허리께에 놓이고 다른 쪽 손이 허공을 찌른다.

"어느 정도여야지 말을 하지, 이건 완전히 황당한 거거든."

어깨를 움츠리며 두 손을 앞으로 쭉 뻗는 몸짓. 함께 살던 전반부에 그가 자주 보였던, 역주행해 보았던 토론 프로그램 화면에서 그가 자주 해 보였던 몸동작을 보며 화이는 안다. 죽은 사람과 다름없었던 후반부에, 그는 이런 몸짓을 하지 않았다. 축 늘어져 있었고, 말을 하지 않았으며, 그러니 따라오는 몸짓도 없었다. 이런 몸짓을 한다는 건 그가 '산 사람'이 되었다는 증표다.

"미안해. 난 몰랐어."

화이가 양옆으로 눈을 굴리며 말한다. 함께 살던 때 그가 '눈치 보는 양태'라 이름 붙였던 동작이었고, 그는 바로 이것을 알아차린다.

"뭘 눈치 보는 척해. 말해봐, 나채리. 뭐가 미안한데?"

"나 채리 아닌데."

화이는 머리를 쓸어 넘기며 생긋 웃는다. 그가 기가 막히다는 듯 하, 소리를 내며 옆으로 돌아섰다가 다시 정면을 본다.

"이름도 가짜, 직업도 가짜, 거기다 남의 사생활까지 훔쳐다 소설로 써. 세상에 너 같은 파렴치범이 어딨냐? 너, 나이도 속였더라? 마흔 살이라며? 황당한 거지. 처음부터 끝까지 다 거짓말. 처음부터 끝까지 다 저 하고 싶은 대로. 이건 제대로 황당한 거거든."

"출판될지 몰랐어."

지성의 말이 끝나기 무섭게 얼른 말하고 동그랗게 입을 만다. 그가 입으로 후, 바람을 내보내 앞머리를 흩어놓는다.

"모른다. 몰랐다. 허, 참……"

팔짱을 끼고 왔다 갔다 하던 그가 갑자기 인상을 쓰며 소리를 지른다.

"야, 손!"

지성이 옛날과 너무나 똑같은 표정과 어조로 말하는 바람에, 그녀는 화들짝 놀라 손톱살을 뜯던 손놀림을 멈춘다. 이미 뜯어 피딱지가 앉았던 곳을 다시 잡아 뜯어서 무시할 수 없는 분량의 피와 통증이 솟아나고 있다.

"어떻게 할까?"

화이는 피가 나는 손가락을 쪽쪽 빠느라 발음을 뭉개며 말한다.

"뭘?"

"지성이 원하는 대로 할게. 혹시 원한다면 책을 다 회수할 수도……"

"하, 누구 좋으라고!"

지성이 팔짱을 끼며 냉소한다. 그녀는 그 말을 곧바로 알아듣는다. 노이즈 마케팅. 그는 그 생각을 하고 있다.

"그럼 어떻게 하지? 뭐든 지성이 하라는 대로 할게."

"앉아서 기다려. 나, 너 고소한다, 이화이. 이화이 맞지?"

손가락을 빨던 화이의 눈이 크게 벌어진다.

"진짜?"

화이의 입에서 손가락이 빠져나간다.

"그럼 진짜지. 내가 너 같은 사기꾼 붙들고 뭐 하러 거짓말하겠냐?"

화이는 다시 손가락을 빨며 그의 표정을 살핀다. 웃음기도 없고, 그렇다고 인상을 쓰고 있지도 않다. 냉정하게, 쏘아붙이듯 말하지만 은근한 농이 저변에 깔린 것 같기도 하다.

지성이 다시 걷기 시작하고, 화이는 묵묵히 따라간다. 그의 진의를 파악하기 위해 머릿속으로 그가 했던 말들을 끊임없이 곱씹는다.

"다 왔다."

지성이 돌아서며 말한다. 어느새 길이 끝나고 나지막한 상가 건물들이 펼쳐져 있다. 화이는 손톱을 물어뜯으며 그를 올려다본다. 울컥하는 감정이 가슴에 걸려 일렁거리고 있다. 뭐라고 해야 하지? 끝내지 못한 이야기가, 나누지 못한 감정들이, 진득한 미련으로 들러붙는다.

"이화이."

지성이 한 발짝 다가와 어깨를 툭 치고, 순간 그녀의 얼굴에서 눈물방울이 떨어져 풀밭으로 낙하한다. 지성이 손가락으로 그녀의 얼굴을 가리키며 하, 소리를 낸다.

"어이고, 또 이렇게 울면 내가 다 잘못한 거 되지."

그가 돌아서서 양손을 허리에 대고 하늘을 올려다보더니 다시 돌아선다.

"고소 안 한다, 안 해. 미쳤냐, 내가 그 골치 아픈 싸움을 벌이게? 그게 결국 그 소설 주인공이 정말 나라고 인정하는 건데, 그리고, 그런 짓 하면 네 책 판매부수만 죽죽 올라갈 텐데. 누구 좋으라고? 넌 내가 죽은 사람이었던 걸 감사해야 돼. 이미 폭탄을 맞은 상태라, 네

소설 같은 건 하, 진짜 간의 기별도 안 갔다, 이런 표현이 맞는지는 모르겠지만…… 그리고 너,"

빠르게 말을 쏟아내던 지성이 일순간 말을 멈추고 그녀를 응시한다. 그녀는 더 이상 눈물이 나오지 않도록 입술을 깨물며 시선을 맞받는다.

"재능 있더라."

두 사람의 눈동자가 한동안 못 박힌 듯 고정되고, 그녀의 얼굴에 웃음이 피어오른다. 재능 있더라. 재능 있더라. 듣는 순간 곧바로 몸에 새겨지는 강력한 말이 뇌리를 채우면서, 이 순간을 잊지 못하리라는, 자꾸만 떠올리는 장면이 되리라는 생각이 전신을 훑고 지나간다. 지성이 얼마나 호평에 인색한 평론가인지는 온 세상이 아는 바다. 그런데 그런 평론가의 입에서 그 말이 나온 것이다. 재능 있다는.

"현실의 인물을 무단으로 베낀 거만 빼면, 괜찮은 소설이야. 다만……"

"다만…… 뭐?"

손등으로 콧물을 닦으며 실실 새어나오는 웃음을 감추려는데, 백에서 핸드폰이 진동한다.

"어, 나 전화 왔다."

화이가 백을 뒤져 핸드폰을 꺼내는 동안 지성은 핸드폰으로 시간을 확인한다.

"여보세요?"

건너편에서 여자 목소리가 들려오고, 웃고 있던 화이의 얼굴이 딱딱하게 굳어진다. 명현을 데려다주기로 되어 있는 도우미가 차가

고장이 나서 갈 수 없게 되었다. 화이는 숨을 삼키며 시간을 확인한다. 오후 3시.

"미안한데, 나 가야 할 거 같아."

당장 지하철을 타고 집으로 가야 한다. 집에서 자양동까지 차가 막히지 않으면 빠듯하게 피아노 레슨시간에 맞출 수 있을 것이다. 아아, 도우미의 차는 왜 하필 이런 때 고장을 일으킨단 말인가!

"다음 소설 쓸 때부터는 조심해라. 나는 좀 특수한 상황이었으니까 넘어간 거고, 다른 사람들은 진짜, 그렇게 갖다 쓰면 칼 들고 쫓아온다. 명심해. 요즘엔 작가들이 실존인물 모델로 삼는 거, 문제된다. 많이."

"어……"

"그리고 하나 더."

화이는 손을 질겅질겅 씹으며 다음 말을 기다린다. 어쩌면 지성은 이 말을 하기 위해 재능 운운했을지도 모른다. 같이 살았던 여자에게 차마 처음부터 끼얹지 못했던 말을 이제야 하는 것인지도.

"응."

긴장해서 땀이 나기 시작하고, 그녀는 손가락을 꽉 깨문다.

"그 소설, 너 초고상태로 그대로 내보냈지?"

"응?"

편집자가 체크해준 부분을 손보긴 했지만, 전체적으로 다 훑어보진 못했다. 빨리 책으로 내고 싶은 마음에 그 과정을 빼먹었다.

"너, 초고는 버리기 위해 쓴다는 말 알아?"

"응?"

“다음엔 초고를 다 버린다는 생각으로 시간을 들여 찬찬히 고쳐. 책은 한 번 나오면 다시 담을 수 없어. 그런 상태로 내보내면 결국 네 손해야. 내가 이런 말 작가들한테 안 해주는데, 너는……”

“나는 뭐?”

마음이 급한 화이가 선 자리에서 몸을 흔들며 손을 비빈다.

“아니다. 너 지금 빨리 가야 되지? 몸으로 말하는 건 여전하네.”

지성이 눈을 가늘게 뜨면서 턱으로 지하철역을 가리킨다. 함께 살던 시절, 그는 늘 말했다. 너는 말보다 몸으로 말하는 애라고. 어디 가서 절대 속마음을 감추지 못할 거라고.

“얼른 가라.”

화이는 미안하다거나, 고맙다는 말도 하지 못한 채, 이 거짓말 같은 남자를, 눈앞에 있다는 게 믿기지 않는 존재를, 멍하니 올려다본다. 아직 못다 한 말이 남아 있는데. 새털처럼 많은 말이 남아 있는데.

“그렇게 몸 흔들어대지 말고, 가라 빨리. 나도 가야겠다.”

“어.”

멍하니 눈을 깜빡이는 그녀를 내려다보던 지성이 콧소리를 내며 웃은 뒤 몸을 돌린다. 그의 다리가 움직여 앞으로 나아가는 것을 보며 그녀는 아쉬움에 빠져든다. 이렇게 가버리면. 언제 만나는 것인가? 이제 다시는, 다시는 만나지 못하는 건가?

“채리야.”

세 발짝쯤 걸어간 지성이 돌아보며 그녀를 부른다.

“응?”

다시 돌아와 그녀 앞에 선 지성.

"미안하다."

"뭐가?"

화이는 고개를 옆으로 기울이며 눈을 치켜뜬다. 미안하다고?

"잘해주지 못해서. 같이 있을 때."

그때 왜 갑자기 눈물이 나왔는지, 왜 몸속 깊은 곳에 있던 덩어리가 울컥 올라와 터졌는지 모르겠다. 화이는 입을 막았고, 온 얼굴을 찌그러뜨리며 울었다. 방울방울 떨어지는 눈물이 아니라 엉엉 우는, 마구 터뜨리는 그런 울음을.

"아니야, 아니야."

그녀는 세차게 고개를 저으며 양손으로 코와 입을 덮었다. 왜 갑자기 그런 말을. 그런 이상한 말을. 지성이 그녀에게 가까이 와 섰다. 숨결이 이마에 와 닿을 정도로 가까이.

"원래 그렇게 나쁜 인간은 아닌데. 너랑 있을 때 내가 너무 안 좋았어. 인생에서 제일……"

지성이 손으로 이마를 짚었다 뗐다.

"제일 골치 아픈 때였어."

"아니야, 내가 좀 더 잘해줬어야 했어. 맨날 나 하고 싶은 대로만 하고. 미안해, 미안해, 지성."

그때 시간이 더 있었다면, 그랬다면 좀 더 이성적인 대화를 할 수 있었을까? 예상치 못한 순간에 맞닥뜨린 상대와의 시간이 그렇게 흘러가버렸다는 사실을, 다음 만남을 기약하거나 연락처를 주고받지 못한 채 그저 감정적으로, 미안하다는 말을 쏟아내다가 도망치듯 자리를 떠버렸다는 사실을 깨달은 것은 화이가 지하철을 타고 집으로 돌아와 허겁지겁 차를 운전해 명현을 자양동에 데려다주고 돌아오는 길이었다. 그리고 그때는 이미 사위가 어둑해지고 찬 기운이 대지를 뒤덮으면서 하루가 저물어가고 있음을, 그 하루를 되돌릴 수 있는 자는 지상 어디에도 없음을, 온 세상을 뒤덮은 어둠이 명징하게 알려주고 있었다.

5/

명현을 레슨해주는 교수를 만나고 오느라 화이는 조금 늦게 출근했다. 컴퓨터를 켜자마자 남편이 출근했음을 알려주는 양미래의 메시지가 들어왔다. 화이는 벌떡 일어서 4층으로 올라갔다. 여행에서 돌아온 지 보름이 되도록 방 안에 틀어박혔던 사람이다. 밤마다 흐느끼는 소리를 내보냈던 사람이다. 그런 사람이 회사에 왔다고? 나한테 말도 없이?

4층엔 사장실과 권 상무의 방, 그리고 20인용 탁자가 놓인 드넓은 회의실이 있다. 동일 면적인 3층에 70명 가까운 인원이 들어가는 걸 생각하면 엄청난 공간 낭비였다. 남편이 사장으로 취임했을 때, 첫 일성이 4층에 있던 인원을 모두 3층으로 내려보내고 자신과 권 상무가 4층을 독차지하겠다는 것이었다. 덕분에 3층 사무실이 지금처럼 높은 인구밀도를 자랑하게 되었고, 직원들은 4층에 올라갈 때면 '수영장 갔다 올게'라고 말했다.

진정 수영장을 설치해도 손색이 없겠다 싶은 넓은 회의실을 지나 사장실로 가자, 사장실 앞에 책상을 놓고 앉아 있던 비서 윤경아가 자리에서 일어섰다.

"안에 손님 계십니다, 부사장님."

윤경아가 화이의 눈길을 피하며 말하는 순간, 안에서 웃음소리가 들려왔다. 최승현과 하이톤의 여자 음성이 하모니를 이룬 소리가.

"고마워요."

화이는 목례를 한 뒤 사장실 문을 열고 들어갔다.

갑작스러운 인기척에, 사장실 한가운데 놓인 6인용 소파에 나란히 앉아 머리를 맞대고 있던 남녀가 고개를 들었다. 화이가 들어온 것이 너무나 놀라운 일이라는 듯 이목구비 각각을 활짝 벌린 남자 쪽이 화이의 남편인 최승현, 그 옆에 앉아 있다가 고개를 들어 화이를 보고도 무표정하게 다시 시선을 탁자 위 서류로 돌린 여자 쪽은 한시연으로 추정되었다.

"안녕하세요."

여자가 자리에서 일어서며 양손을 앞으로 모았다. 고개를 살짝 기울여 한동안 정지상태를 유지한 뒤 시선을 들어올리는 동작이 절도 있고 부드러웠다. 여자가 만들어내는 우아한 몸놀림을 보면서 화이는 생각했다. 한시연이구나! 몸에서 기품이 배어나오는 저런 움직임은 한시연의 트레이드마크와도 같은 것이었고, 화이는 수십 년 동안 함께 산 식구를 보는 양 그 동작이 낯설지 않았다.

"한시연입니다."

화이가 다가가자 여자가 한 손을 내밀어 악수를 청했다. 화이는 입술을 비비며 여자를 보다가, 천천히 손을 내밀었다. 잘 다듬어진 매끈한 손이, 연보라색 매니큐어가 칠해진 날씬한 손톱이 화이의 손 안에 들어와 체온을 전하다 나갔다.

"이화이입니다."

화이가 어색하게 입꼬리를 올려 보이자 한시연이 엷게 미소를 지었다. 작고 갸름한 얼굴도, 이목구비가 또렷한 조각 같은 얼굴도 아니었다. 살짝 옆으로 퍼진 동그란 얼굴을 가진 눈앞의 여성은 통통하고 발그레한 볼살 가운데로 선명하게 파인 보조개를 통해 자신이 '타고난 미모'가 아닌 후천적인 매력으로 사람들을 휘어잡는 종류의 스타임을 공표하고 있었다.

"앉아, 앉아."

두 여인이 정중하게 악수를 나누는 모습을 보던 최승현이 일어나 손짓으로 화이에게 소파 건너편 자리를 가리켰다.

"부사장님이시죠? 말씀 많이 들었습니다."

화이가 건너편에 자리 잡자 한시연이 소파에 앉으며 말했다. 최승현도 얼른 한시연의 옆좌석에 앉았다. 조금 전과 달리 거리를 두고 각자 한 좌석씩 차지한 모습을 보니 화이는 웃음이 나올 것 같았다.

"네, 저도 말씀 많이……"

화이는 자세를 고쳐 앉았다. 말씀 많이 들었다는 말을 차마 끝까지 할 수 없었다. 한시연이 주인처럼 화이를 맞고, 자신이 그에 응하고 있다. 뭔가 거꾸로 된 것이 아닌가? 하지만 세 사람이 마주 앉은 구도는 이미 그런 분위기를 정당한 것으로 만들었고, 그런 분위기는 전적으로 한시연이라는 배우에게서 나오고 있었다.

"당신 커피 마셨어? 어떻게, 커피 한잔 들이라고 할까?"

다소곳하게 앉아 손을 비비던 최승현이 일어설 태세를 보였다.

"승현 씨는 마셨어요?"

화이가 두 사람 앞에 놓인 테이크아웃 컵을 흘끔 보며 말했다. 남편이 두 다리를 붙이고 앉아 있는 모습도, 제 배우자를 '당신'이라 호칭하는 것도, 모두 처음 겪어보는 일이었다.

"어, 뭐, 우리는, 아니 이분, 한시연 배우님하고 나는, 그, 오늘 말이지. 그, 일 때문에 먼저 카페에서 만났거든. 그렇지, 이거, 계약서 때문에."

얼굴을 붉게 물들인 남편이 탁자 위에 놓인 서류를 집어들었다. 급하게 집어든 나머지 서류의 마지막 장이 탁자 밑으로 하늘거리며 떨어져내렸다.

"계약서요?"

서류를 줍느라 엉거주춤 상체를 구부린 남편의 뒷모습을 보며 화이가 한 손으로 뒷목을 잡고 천천히 고개를 돌렸다.

"우리 배우님이 바쁘시잖아. 그런데도 저기, 내가 부탁을 드렸지. 감히, 여러 번 부탁드렸는데, 그, 좀처럼 시간이 안 되셨거든. 그렇죠, 배우님?"

양 주먹을 꼭 쥔 남편이 한시연을 쳐다보았다. 한시연은 최승현 쪽으로 고개를 비스듬히 돌려 시선을 살짝 내리깔았다 올리는 것으로 계속 말해도 좋다는 의사를 표했다.

"니도 알다시피, 아니지, 그, 당신도 알다시피, 우리 회사가, 아무래도 대중적인 인지도가 좀…… 그렇지, 좀 처지잖아? 그래서 이번

기회에 혁신이 필요할 것 같아서 내가 특별히, 그, 젊은 층에 어필할 기회로 삼을 겸, 그렇지, 한 배우님께 좀 도와달라고……”

최승현은 연신 손가락 마디를 꺾었다. 내용인즉슨 한시연을 신성포장 광고모델로 기용하기로 했다는 것인데, 평소 야, 너, 라고 부르던 사람을 당신이라 호칭해야 하는데다가, 말하는 내용을 한시연이 못마땅해하지 않을까 눈치를 살피느라 앞뒤가 맞지 않는 말을 늘어놓으며 시간을 끌었다. 한시연은 허리를 꼿꼿이 세우고 앉아 제 손등을 쳐다보다가, 자신이 신성포장의 광고모델이 될 거라는 내용을 말할 때는 눈을 들어 화이의 얼굴을 살폈다. 1초도 안 되는 찰나 잠깐 얹혔다 가는 데 불과했지만 강렬한 시선이었고, 그를 통해 화이는 한시연이 자신의 눈치를 보고 있음을 알아차렸다.

“광고모델을 쓴다고요? 우리 회사에?”

남편의 기나긴 말이 끝나길 기다려 화이가 말했다. 신성포장은 비투비 회사다. 최종 소비자와 직접 엮이는 일이 없다. 당연히 광고를 찍을 일도, 내보낼 일도 없다.

“그렇지. 우리 회사 모델이 되어주시는 거지. 니 한 배우님이 하루 스케줄이 몇 개인지 아나, 광고비도 많이 못 드리는데, 이렇게 해주시는 건 거의, 저기, 음, 그…… 봉사! 그래, 자원봉사 수준……”

“최 사장님.”

정물처럼 앉아 제 손등을 감상하던 한시연이 고개를 들고 최승현의 말을 잘랐다. 화이가 신성포장에 광고가 필요한가라는 질문을 던졌다는 것조차 파악하지 못하고 ‘한 배우님’이 모델을 맡아주셔서 얼마나 영광스러운지를 드러내는 데만 온 힘을 기울이던 최승현이 곧바로 입을 다물고 한시연 쪽으로 몸을 돌렸다.

“이 카페 커피가 맛있는 것 같아요.”

한시연이 눈을 테이크아웃 컵 쪽으로 내리떴고, 최승현이 한시연과 컵을 번갈아 쳐다보며 빠르게 눈을 깜빡였다.

“부사장님, 아직 커피 못 드셨죠?”

한시연이 정중하게 말하며 화이를 쳐다보았다.

“아, 네, 저는……”

직접 타 가지고 와서 마시겠다고 말하려는데 입이 떨어지지 않았다. 이 여자, 뭘 바라는 거지?

“저도 여기 커피 한 잔 더 마셨으면 좋겠네요.”

이렇게 말한 뒤 한시연이 가슴께까지 내려온 물결 모양의 머리를 등으로 넘기고 소파에 기대앉았다. 그러자 다리를 떨며 손가락 마디를 꺾던 최승현이 벌떡 일어섰다.

“제가 다녀오겠습니다. 한 배우님, 아까 마셨던 거, 그, 저기, 브루! 콜드브루로 사다드릴까요?”

한시연의 눈동자가 최승현을 응시하며 살짝 위아래로 움직이는 것으로 의사를 표했고, 최승현은 책상 뒤에 놓인 행거로 날듯이 옮겨가 외투를 빼 입은 뒤 신속하게 사장실을 빠져나갔다. 한시연이 마실 음료의 종류만 확인했지 제 아내가 마실 것은 묻지 않았다는 생각이 잠깐 동안 마음에 얹혔지만 화이는 얼른 그 생각을 떨쳐버렸다. 그리고 눈앞에 있는 매력적인 생물종, 한시연이라는 인간을 응시했다. 이 여자, 무슨 생각으로 최승현을 내보냈는가. 내게 무슨 말을 할 작정인가.

6/

최승현이 나가자 한시연은 꼬았던 다리를 풀고 자세를 고쳐 앉았다. 광택이 나는 흰색 정장재킷에 크림색 스카프, 회색 스커트를 입은 채 다리를 모으고 앉은 한시연은 결혼 전 마지막으로 출연했던 드라마에서 비서로 나왔을 때를 떠올리게 했다. 이런 식의 차림을 선호하는 듯, 한시연이 찍힌 사진들 속 차림새는 대부분 무채색이나 파스텔톤, 단정하고 여성스러운 스타일이었다. 본인이 가진 청순한 이미지를 극대화하는 차림새를 고수하는 듯한데, 원색의 화려한 옷차림을 즐기는 화이로서는 거의 이국적으로 느껴지는 미학이었다. 하긴, 이렇게 생긴 사람이 자신 같은 차림새, 핫핑크색 블라우스에 진청색 꽃이 수놓인 플레어스커트를 입으면 이상할 것이다. 곧은 대나무에 붉고 푸른 화장을 잔뜩 칠해놓은 느낌이랄까.

"비즈니스예요."

입가에 힘을 주고 화이의 목 부근을 응시하던 한시연이 먼저 입을 열었다.

"비즈니스요?"

반문하는 순간, 노크 소리가 나면서 문이 열렸다. 윤경아였다.

"차 내올까요?"

문가에 서서 두 손을 모은 윤경아가 조심스럽게 말했다. 시선은 부자연스러울 정도로 꼿꼿이 화이를 향해 있었다.

"아니요, 윤 대리님. 괜찮습니다. 사장님이 이 앞 카페에 가셨어요."

"그럼 가벼운 쿠키 같은 거라도……"

"괜찮아요. 저희 신경 쓰지 마시고 일 보셔도……"

화이가 웃으며 말하는데 한시연이 불쑥 끼어들었다.

"혹시 이거 카피 좀 해주실 수 있나요?"

한시연이 탁자 위에 놓였던 계약서를 가지런하게 모으며 윤경아를 쳐다보았다.

"한 부만 해드리면 될까요?"

소파로 다가와 한시연이 건넨 계약서를 받아들며 윤경아가 말했다. 한시연을 향해 몸을 돌렸으되 눈길은 허공의 어느 지점에 둔 묘한 자세. 화이는 윤경아를 비롯한 사내 직원들이 모두 이 관계를 알고 있다는 걸 직감했다.

"두 부 부탁드릴게요."

윤경아가 계약서를 복사하러 나가자 한시연이 다시 말을 이었다.

"최 사장님과 저는 비즈니스 관계입니다."

화이는 입가에 엷게 미소를 띠운 채 상대의 말이 이어지길 기다렸다.

"혹시 부사장님이 오해하실까 싶어……"

말하는 도중 핸드폰 진동 소리가 들렸고, 한시연이 일어서서 최승현의 책상 위에 놓인 은색 백을 집어들었다.

"네. 말씀하세요."

한시연이 누군가와 네, 좋습니다, 그건 생각해보겠습니다, 와 같은 말을 하며 통화를 이어갈 동안 화이는 빠르게 계약서를 훑어보았다. 계약서는 화이가 등장하기 전 아침시간에 최승현이 급조해낸 것인 듯 문구가 조악하고 오타가 많았다. 예상했던 것보다 금액도 작았다.

한시연이 통화를 마치고 돌아왔을 때, 윤경아가 복사한 계약서를 들고 들어왔다. 한시연은 앉은 채로 깍듯하게 윤경아에게 감사함을 표한 뒤, 윤경아가 사장실을 나가자마자 화이에게 계약서에 대해 설명하기 시작했다. 본시 높고 가는 톤인 한시연의 음성은 눌러 말하는 듯한 발성법 때문에 침착하고 절제된 느낌을 주었다. 콧소리를 섞거나 빠르게 말하면 자칫 경박하게 들릴 수 있는 목소리가 후천적으로 형성했을 발성 기법 덕에 우아하고 품격 있게 들렸고, 화이는 왜 영화평론가들이 한시연의 목소리를 '너무 높지도 낮지도 않은 가장 듣기 좋은 목소리'라 평하는지 알 것 같았다.

"이 조항은 만일의 경우를 대비해 넣은 것뿐이지 반드시 그렇게 해야 한다는 의미는……"

화이는 흐트러지지 않은 자세로 앉아 조곤조곤 말을 이어가는 한시연의 모습을 물끄러미 바라보았다. 허접하기 짝이 없는 계약서를 한 문항 한 문항 짚으며 설명하는 한시연의 진지한 모습을 보고 있으니 짠한 마음이 들었다. 코로나 사건 이후로 출연 중이던 드라마에서 하차당하고, 광고계약도 모두 취소되었다고 들었다. 세상에서 제일 쓸데없는 걱정이 연예인 걱정이라지만 화이는 진심으로 눈앞의 여성이 안됐다는 생각이 들었다.

한시연은 당시 가장 잘나가던 배우 백형준과 열렬히 연애한 뒤 결혼했다. 당시 한시연 급의 여자 연예인들은 모두 연애 사실을 필사적으로 감추었는데, 한시연은 드러내놓고 연애한 뒤 석 달 만에 결혼했다. 굳이 비교하자면 남편인 백형준이 한시연보다 더 대형스타였는데, 결혼 뒤 맡은 역할마다 흥행에 실패해 급격히 내리막길을 타다가, 결국 연기생활을 접고 사업가로 전향했다. 굿즈 산업, 쥬얼리 산업, 의류 산업에 차례로 뛰어들어 제가 모아놓은 돈과 한시연이 모아놓은 돈을 모조리 탕진한 뒤, 마지막 승부수로 여행업에 뛰어들었다. 그러나 그가 신에게 부여받은 행운은 잘생긴 얼굴과 젊은 날 한때 쨍하게 누렸던 인기가 전부였던 듯, 커다란 규모의 여행사를 인수하자마자 코로나가 터졌고, 그는 엄청난 금액의 빚더미에 휩싸였다. 남편이 불행에 불행을 거듭 겪는 동안 아들을 키우며 연예계와 차단된 생활을 하던 한시연은, 남편이 갑작스럽게 암 진단을 받고 몇 개월 만에 세상과 작별하게 된 뒤, 결국 버티지 못하고 연예계로 돌아왔다. 한시연의 남편인 백형준이 겪었던 불행은 터질 때마다 타블로이드를 장식하며 전 국민에게 알려졌고, 사람들은 그때마다 혀를 차며 검증되지 않은 소문을 증폭시켰다. 둘이 궁합이 그렇게 안 좋았다거나, 백형준이 바람기가 장난이 아니었다거나. 그러나 한시연은 그 모든 것을 견디고 돌아와 꿋꿋이 연기를 했다. 이전보다 더 물오른 연기력으로 맡은 역할을 시원스럽게 소화해냈다. 인터뷰를 하지 않았고, 어쩌다 인터뷰를 하더라도 연기에 대한 얘기 외에 사적인 이야기는 일절 하지 않았다. 어떤 자리에서도 우는 모습을 보이거나 신세한탄을 하지 않았다.

화이는 그런 한시연의 모습이 좋았다. 자신이 그 반만이라도 닮았으면 좋겠다고 생각했다. 그런데 그렇게 잘 나아가던 한시연에게 시련이 닥쳤다. 남편에게 일어난 일이 그녀에게 닥친 가장 큰 불행이리라 생각했는데, 그에 버금가는 사건이 발생했다. 전염병 정국에 '사치스러운 파티'를 한 사실이 세간에 알려지는 사건이. 그로 인해 한시연이 수입을 창출할 수 있는 경로가 모두 차단되었다. 남편이 남기고 간 빚에, 국제학교에 다니는 아들의 교육비를 감당하려면 부지런히 돈을 벌어야 할 텐데, 돌파구가 될 만한 통로가 모두 차단된 셈이다. 화이는 미간을 찌푸린 채 계약서를 들여다보는 한시연의 고운 이마를 내려다보았다. 얼마나 급했으면 최승현 같은 인간에게 달려와 돈을 부탁했을까.

"신성포장은 계약금으로 이 금액을 송금해주셔야 합니다."

어려운 단어를 겨우겨우 넘어 마지막 문항까지 간 뒤 한시연은 이런 말로 끝을 맺었다. 화이는 볼을 불룩하게 만든 뒤 계약당사자를 가만히 보았다. 한시연, 네 진심은 무엇이냐. 최승현에게 네가 바라는 최종목표물은 무엇이냐.

"갑자기 말씀드려서 죄송합니다만, 오늘 내로 송금해주셨으면 합니다."

"오늘 내로요?"

화이가 황당하다는 듯 눈을 치켜뜨자 한시연이 살피듯 화이를 보더니 고개를 끄덕였다

"네, 오늘 내로 송금해주셨으면 합니다."

그리고 커다란 눈으로 화이를 응시했다. 유명 연예인의 시선을 맞받으면서, 화이는 공간이동을 하는 듯한 느낌이 들었다. 한시연은 깊은 눈빛을 갖고 있었는데, 너무 깊어서 안이 텅 빈 듯한 그 눈빛에는 힘이 있어서, 마주하고 있으면 갑자기 주위 모든 것이 의미가 없

어지고, 속세에서 뽑혀 나와 우주 어딘가로 순식간에 이동해가는 느낌이었다. '모든 것을 초연한 듯한 그녀의 눈빛이 스크린을 채울 때면 숨이 막혀온다'는 모 평론가의 표현이 떠오르면서, 화이는 마음이 아련해졌다. 이런 눈빛을 가진 인물이, 겨우 몇 푼의 돈을 얻어 가겠다고, 나 같은 미물에게 안간힘을 쓰고 있단 말인가. 그 황홀한 눈빛과 그윽한 음성으로 겨우 이런 엉터리 계약서를 읊고 있단 말인가.

"가능할까요?"

화이가 계속 쳐다보기만 하자 한시연이 물었다.

"뭐가요?"

사실 화이는 이렇게 묻고 싶었다. 내 남편을 사랑하는가? 혹시 결혼할 마음이 있는가? 아니면 바라는 것은 오직…… 돈뿐인가?

"계약금요."

한시연이 눈을 꾹 감았다가 천천히 뜨며 말했다. 치욕감을 느끼는 듯, 목소리가 살짝 떨려 나왔다.

"아, 계약금요."

화이는 손톱살을 물어뜯기 시작했다. 이런 스타일의 여자에게는 어떻게 접근해야 할까? 원하는 게 뭐냐고 단도직입적으로 물어볼까?

"확실하게 해주셨으면 합니다."

한시연이 비장하게 말한 뒤 한 손으로 이마를 짚었다. 그때 문이 열리면서 최승현이 들어왔다.

"시연 씨! 왜 그러세요. 어디 아프십니까?"

커피가 담긴 종이 캐리어를 황급히 책상에 부려놓은 뒤 최승현이 소파로 돌진해왔다.

"니 시연 씨한테 뭐 했나? 멀쩡하던 사람이 와 이라노?"

남편의 입에서 정체를 알 수 없는 지역어와 반말이 튀어나오자 한시연이 인상을 쓰며 말했다.

"최 사장님!"

그저 상대를 호명했을 뿐이었다. 눈을 크게 뜨고 고조된 음성으로 힘주어 말했을 뿐이었다. 그런데 최승현이 순한 양처럼 돌변했다.

"시연 씨, 아니 한 배우님, 그런 게 아니라, 그, 혹시 배우님이 낯선 공간에 오셔서 저기, 불편함이라도 느끼셨을까봐, 허허, 그러니까, 시연 씨는 오늘 저희 회사가 처음이잖습니까? 제 입장에서는……"

"부사장님께선 제게 아주 친절하게 대해주셨습니다."

화이는 남편의 길고 어처구니없는 횡설수설이 한시연의 한마디에 곧바로 제압되는 장면을 가만히 지켜보았다. 최승현이라는 인간, 누구에게도 침범당하지 않는 팽팽한 자아를 가진 것처럼 보였던 인간이었다. 예전에 '모셨던' 국회의원을 대할 때도 그는 이렇게까지 하지 않았다. 평소보다 저자세를 보이긴 했지만 제가 하고 싶은 말은 눈치 보지 않고 다 했다고 해야 하리라. 화이는 눈앞에 있는 인간이 제가 알고 있는 그 인간이 맞는지 의심스러웠다.

"계약금도 오늘 보내주시기로 하셨고요."

한시연이 이렇게 덧붙이며 특유의 무심한 듯한 눈빛을 화이에게 보냈고, 화이는 한시연과 남편을 번갈아 쳐다보며 머리를 굴렸다. 계약금을 보내겠다고 말하는 게 좋을까?

"계약금은 무슨. 야, 이화이, 아니, 저기, 부사장님! 오늘 그냥 전액 다 보내드려라. 큰돈도 아니고……"

순간 한시연이 조금 전보다 더 엄해진 목소리로 말을 잘랐다.

"최 사장님!"

한시연은 드라마에서 자신을 버렸던 남자에게 복수극을 펼치는 여주인공 역할을 맡아 뻔뻔하게 구는 옛 애인에게 호통을 칠 때와 똑같은 음성을 냈다. 화이와 남편은 각각 앉고 선 자세에서 석상처럼 굳어졌다.

"저는 제대로 된 절차를 밟아 일하고 싶습니다. 친분으로 특혜를 받았다거나, 그런 말을 듣고 싶지 않아요."

한시연이 눈을 내리깔고 얼음 같은 목소리로 말하자 최승현이 소파에 털썩 앉으며 곧바로 굴복했다.

"그럼요! 당연히 그러셔야죠. 그럼 오늘 계약금만……"

그때 사장실 문이 열리고 윤경아가 들어왔다. 치즈케이크와 티라미수, 레드벨벳 케이크, 마카롱…… 세상에 존재하는 모든 종류의 디저트들이 커다란 쟁반에 담겨 윤경아의 손에 들려 있었다. 화이는 그 장면을 잊을 수 없을 거라 생각하며 뚫어지게 쳐다보았는데, 그것이 또렷하게 물화된 최승현의 아기자기한 마음으로 보였기 때문이다. 근처 베이커리를 허겁지겁 돌며 예쁘게 생긴 후식들을 사 모았을 그 애절함이 손에 잡혀오는 것 같아 화이는 뭉클해졌다. 이 남자, 이 여자를 정말로 사랑하는구나!

색색의 베이커리 제품들이 빼곡히 놓인 쟁반을 내려놓느라 윤경아가 허리를 숙이는 동안, 화이는 백에서 마스크를 꺼내 착용했다.

이 방에서 오직 비서인 윤경아만 마스크를 착용하고 있다는 것이 마음에 걸렸다.

"왜 마스크를 끼죠?"

한시연에게서 갑자기 날카로운 말이 날아와 윤경아에게 접시를 건네받던 화이의 손이 움찔했다. 그 바람에 접시가 쏟아질 뻔한 것을 윤경아가 재빨리 한 손으로 받쳐 들었다.

"네?"

마스크 너머로 한시연의 적대감 어린 눈빛을 맞받으며 화이가 눈을 크게 떴다.

"저 코로나 걸렸다는 거, 오보입니다. 뉴스 보시지 않았나요?"

한시연은 코로나에 걸리지 않았다. 한시연과 같이 파티를 벌였던 멤버 중 한 명이 걸렸던 것인데 언론에 오보가 실렸고, 300여 개의 매체들이 그 오보를 그대로 받아썼다. 소속사가 오보 정정 요청을 하며 보도자료를 뿌렸지만 사람들의 뇌리에 '한시연=확진자'라는 등식이 선명하게 새겨진 다음이었고, 드라마와 광고를 휩쓸던 주연급 배우가 모든 드라마와 광고에서 하차당한 일을 되돌리기엔 역부족이었다.

"시연 씨 때문에 쓴 게 아니에요."

화이는 윤경아가 사장실을 빠져나가길 기다렸다가 설명을 덧붙였다. 사내 직원들에게 마스크를 쓰라는 지침을 내리려면 부사장인 자신부터 솔선해야 한다고, 그래서 비서가 들어왔을 때 바로 쓴 거라고, 자기만 마스크를 쓰고 있는 상황을 비서가 부당하게 여길 수도 있다고, 공을 들여 길게 말을 늘어놓았다.

“그게 그, 정부지침이, 너무 요란하게 내려와서……”

최승현도 끼어들어 정부가 얼마나 과하게 코로나 방역지침을 하달하는지, 언론은 얼마나 과하게 코로나에 대해 부풀려 보도하는지, 특히 한 배우님에 대한 오보를 낸 것은 얼마나 심한 후진국적 작태였는지 침을 튀기며 말했다.

“저는 이만 가보겠습니다.”

한시연은 눈을 내리깐 채 한동안 최승현의 말이 이어지는 걸 내버려두었다가, 중간에 말을 끊고 자리에서 일어섰다. 한시연이 일어서자 허벅지까지 밀려 올라갔던 A라인 스커트가 무릎까지 내려오며 단정한 핏을 완성했고, 여배우는 백을 챙겨 들고 모델처럼 발걸음을 옮겨놓았다. 따라 일어선 화이가 그 모습을 감탄하며 바라보는 동안 한시연은 구두 소리를 내며 사장실 문까지 우아하게 움직여갔고, 그 뒤를 황급히 따르며 연신 손을 양복바지에 비벼대는 최승현의 모습이 깜찍한 활인화를 연출해냈다. 두 사람이 빠져나가고 사장실에 적막이 흐르는 순간 화이는 돌아서서 방금 전까지 ‘미인’이 앉았던 자리를 응시했다. 아직 원래 형태로 돌아가지 못하고 움푹 파인 채 조금 전 제 위에 얹었던 특별한 생명체를 기억하는 중인 소파의 모습을. 그리고 화이의 눈길은 소파 앞 탁자에 놓인 산더미 같은 디저트 쪽으로 옮겨갔다. 15년의 결혼생활 동안 최승현이 한 번도 사 온 적이 없었던 달콤한 먹거리들. 화이는 신들린 듯 소파에 앉아 그 먹거리들을 먹기 시작했다. 마카롱은 산뜻했고, 에클레어는 달콤했으며, 티라미수는 영혼이 녹아들 것처럼 부드러웠다. 걸신들린 듯 달달한 디저트들을 먹어치우는 동안 머릿속은 이내 물음표들로 채워졌다.

조금 전 조우한 여인. 그 영롱한 생명체가 원하는 것은 무엇일까? 그 여인을 어떻게 대해야 할까? 어떻게 해야 내가 원하는 원만한 이혼을 이루고 아이들과 함께 온전히 최승현의 슬하를 빠져나갈 수 있을까?

7/

서단역에서 지성의 아파트로 걸어가는 길, 앞쪽에서 걸어와 지나쳐가는 행인들을 쳐다본다. 날씬한 여성들이, 너무 크지 않은 가슴에 날렵한 콧대를 가진 여성들이 무심하게 곁을 스쳐간다. 언제나 그렇게 생긴 여성들이 눈에 들어온다. 화이가 되기를 열망하는 스타일의 여성들이. 그동안 콧대를 높이는 수술을 할 거란 소망을 품고 살아왔다. 당장은 아니지만 언젠간 콧대를 높일 거고, 그러면 그때부터 인생이 필 거라 생각하며 나날을 견뎠다. 그런데 시모의 공사를 지켜보면서 그 꿈이 무너져내렸다. 가슴을 작게 만드는 수술은 좀 그렇고(너무 큰 수술일 것 같아 엄두가 나지 않는다), 콧대만 조금 높여도 만만해 보이지 않을 거라 생각했는데, 이제 마음의 위안으로 삼고 갈 희망이 없어져버렸다. 시모가 아니었다 해도, 겁 많은 그녀가 실제로 코 수술이라는 대형수술을 감행했을지는 알 수 없다. 그러나 적어도, 언젠가 수술하면 만만해 보이는 코에서 벗어날 거라는 희망은 계속 품고 갔을 것이다.

건너편 쇼핑몰 건물의 3층으로 교보문고의 간판이 보였다. 화이는 아련한 눈으로 대형서점의 간판을 올려다보았다. 내 책이 저기에 있을까. 습관처럼 생각하다가, 코웃음치며 고개를 저었다. 반짝 올라가는가 싶었던 판매부수는 다시 바닥을 쳤다. 그럼에도 그녀는 서점에 들러 제 책이 있는지 확인해야겠다는 생각을 멈출 수가 없었다. 신호등이 바뀌는 순간, 빠르게 횡단보도를 건넜다.

쇼핑몰 입구로 들어서는데, 지난날들이 죽 스쳐갔다. 화이는 오래전부터 글을 써왔다. 어릴 때는 메모지나 공책 여백에 끄적거리고, 친구들에게 편지를 써서 주고, 자라서는 이런저런 인터넷 게시판에 모임 후기나 소소한 글을 써서 올렸다. 대학 때 남자친구가 쓸 글을 대신 써주다가 이런저런 평론을 쓰게 됐고, 종내는 소설을 써서 발표했다. 화이는 평생을 통틀어 일관되게 해온 것이 오직 글쓰기 하나라는 사실을 깨달았다. 학창 시절, 글쓰기 대회에서 상을 받아본 적도, 글을 잘 쓴단 칭찬을 들어본 적도 없었지만, 언제나 쓰고 있었다. 글을 쓰면서 화이는 해방감을 느꼈다. 스스로도 몰랐던 제 생각을 알게 됐고, 그 과정을 통해 강해지고 있다는 느낌을 받았다. 그것은 타고난 신체 조건 때문에 자주 곤경을 당하는 여성에게 해방구처럼 다가온 취미였다. 결혼한 뒤 틈틈이 글을 기고했던 것도 그런 이유 때문이었다. 글을 쓰는 사람이라는, 누구도 알지 못하는 정체성이 있다는 사실이 천군만마처럼 느껴졌다. 비밀리에 보석을 숨겨놓은 듯. 가끔은 슈퍼맨처럼 몰래 인류를 구원하고 있는 듯한 망상에 빠지기도 했다. 완전히 다른 캐릭터를 품고 산다는 건 그만큼 매혹적인, 견디기 힘든 일상에 대한 구원이었다.

넓은 쇼핑몰을 굽이굽이 돌아 교보문고에 도착했지만 화이의 책은 매장에 없었다. 베스트셀러에 오른 책들을 부러운 눈으로 훑어보다가, 고개를 숙이고 서점을 빠져나왔다. 최승현은 내가 소설가로 데뷔한 걸 어떻게 알았을까. 에스컬레이터를 타고 다시 2층으로 내려왔다. 그는 내가 소설가로 활동하는 걸 어떻게 생각할까. 한시연이 회사에 다녀간 뒤로, 최승현은 그녀와 아이들에게 완전히 '없는' 사람이 되었다. 집에도, 회사에도 나타나지 않고 통화도 되지 않는다.

화이는 쇼핑몰을 빠져나와 횡단보도를 건넜다. 오후 5시. 지성의 아파트에서 얼마나 시간을 보내게 될지 알 수 없지만, 서두르는 게 좋을 것 같았다. 요즘 회사 일에, 출판사 일에, 번번이 밤늦게 들어갔더니 아이들 얼굴을 거의 보지 못했다. 아빠도 연애하느라 집에 안 들어오는데 엄마까지 얼굴 보기 힘들어지니 아이들이 스트레스를 받는 눈치다.

화이는 걸음을 빨리해 단숨에 지성의 아파트 단지까지 나아갔다. 신호등 건너편으로 아파트 단지 건물 외관에 칠해진 흰색과 하늘색 페인트를 보니 가슴이 뛰기 시작했다. 그가 집에 있을까. 내가 온 걸 어떻게 생각할까. 푸른 신호를 보고 몸을 움직이려다, 멈춰서 콤팩트를 꺼냈다. 화장이 뜨지 않았는가. 아이라인이 번지지 않았는가. 확인하는데 몸에서 스르르 힘이 빠져나갔다. 괜히 왔다! 강하게 타격해오는 생각. 가서 뭘 어쩔 건데? 가슴 깊이 묻혀 있던 생각이 뭉근히 끓어오르면서 몸이 경직됐다.

쇼핑몰에서 나올 때만 해도 잠잠했던 하늘이 다시 먹구름으로 뒤덮이며 비를 내려보냈다. 가늘고 산발적인 비를. 화이는 화장품을 백에 넣고 신호등 뒤편 건물의 카페 처마에 가 섰다. 홍대 앞에서 지성과 마주친 뒤, 못다 한 말들이 머리를 맴돌았다. 하지 못한 말, 묻지 못한 말이. 아쉬운 것은 두 가지였다. 하나는 아직도 몸을 상하게 하면서 술을 마시는지 묻지 못한 것. 지성은 술을 자주 마시지는 않았다. 다만 마셨다 하면 끝을 모르고 마셨고 고주망태가 되어 이야기를 늘어놓았다. 화이가 그가 처했던 상황들, 그러니까 유명 여성시인에게 성폭행범으로 몰렸고, 그로 인해 모든 사회적 지위를 잃었다는 사실을 알게 된 것은 모두 그의 술주정을 통해서였다. 놀라운 점은 지성이 자신의 그런 술버릇을 모른다는 것이었다. 그는 자신이 술을 좋아하지 않고, 술 마시고 '개'가 되는 인간들을 이해할 수 없으며, 제 인생에서 진짜 취했던 것은 딱 두 번뿐이라고 생각했다. 타인을 파악하는 데는 그토록 냉철하고 정확한 인간이, 자신에 대해서는 놀랄 정도로 둔감하고 흐릿했다. 미투 사건 이후, 지성은 완전히 다른 사람이 되었다. 화이는 나약하고, 무기력하고, 고통에 몸을 가누지 못하는 그가 자신에게 기대 사는 것이 좋았다. 이전의 지성은 그녀를 경멸했고, 가끔은 없는 사람 취급했고, 틈만 나면 내쫓고 싶어 했다. 그런데 그런 태도가 완전히 사라졌다. 그것은 굉장한 변화였다. 어느 날 갑자기 화이는 그에게 중요인물이 되었다. 그의 보호자가 된 듯, 생명선이 된 듯. 그 느낌, 한 세상을 품에 안은 듯한 느낌을 화이는 지금도 잊을 수 없다. 그리고 그 시기에 그는 술을 마시지 않았다. 지금은 어떨까. 다시 술을 마실까?

다른 한 가지는 화이 자신에 대한 것이었다. 떠오를 때마다 억눌러버렸던 생각인데, 이제는 물어야겠다. 그녀는 알아야 했던 것이다.

왜. 왜 자신을 버렸는지. 그렇게 징하게 붙어 살았는데, 그녀가 그의 부모이자 연인이자 반려동물이었는데, 서로 완전히 충족시켜주고 있다 생각했는데, 왜 한순간에 쫓아버렸는지.

카페 처마 밑에서 손톱을 물어뜯다가, 화이는 천천히 신호등을 향해 나아갔다. 가서 물어볼 것이다. 창피하고 두렵지만 물어야겠다. 그녀는 여기까지 오는 데 들인 시간과 에너지, 감정적 소모에 값을 매겼다. 되돌리기엔 너무 많은 투자를 했다. 그러니 가야 한다. 그의 집으로.

8/

복도에 놓인 세발자전거를 봤을 때 눈치챘어야 했다. 세발자전거와 성인용 자전거 세 대, 창틀에 매달린 우유배달 가방도 있었다. 혼자 사는 지성이 그런 용품들을 살 이유가 없다. 당연히 이사를 떠올려야 했다.

"누구세요?"

초인종을 누르자 서너 살쯤 돼 보이는 남자아이가 나왔다. 반팔 내복 차림에 마스크를 쓴 채, 문을 빼꼼히 열고 화이를 올려다보았다. 토요일 아침. 후끈한 집 안에서 기름 냄새와 된장찌개 냄새가 확 풍겨왔다.

"야, 엄마 없을 때 문 열지 말랬잖아!"

집 안에서 조금 더 큰 남자아이가 나오더니 아이 옆에 버티고 섰다. 서둘러 마스크를 쓴 듯 마스크 한쪽이 접혀 있었다.

"죄송합니다."

"아, 저기 이 집에……"

말하는 도중에 문이 확 닫혀버렸다. 초등학생으로 보이는 큰아이가 재빨리 집을 봉쇄했다.

굳게 닫힌 문 앞에 서서 화이는 그 문을 열고 들어갔던 첫날을 회상했다. 집을 나왔을 때, 고교 동창인 여란의 집에 갈 생각이었다. 남편에게 맞은 것이 그날이 처음은 아니었다. 신혼 초에 한 번, 길 가던 남자와 눈빛을 교환했다는 이유로 맞았고, 래현을 낳은 뒤 한 번, 몰래 담배를 피웠다는 이유로 맞았다. 하지만 그 두 번은 그날에 비하면 '손찌검' 수준에 불과했으리라. 그날은 달랐다. 남편은 순식간에 덩치 큰 짐승으로 바뀌었다. 바닥에 엎어진 그녀를 발로 차고 짓이기며 온몸으로 광기를 발산했다. 그녀는 자신이 그대로 죽을 거라 생각했다. 사람한테 맞아서 죽을 수 있다는 걸 그때 알았다. 남편이 분에 못 이겨 씩씩거리며 나가라고 떠밀었을 때, 그녀는 로켓처럼 집에서 튕겨져나갔다. 며칠 뒤 그때 생긴 멍을 본 지성이 '담뱃불로 지진 자국'이라 넘겨짚었을 때, 있었던 일을 그대로 말해주지 못한 것은 그때의 기억을, 폭력 앞에 무방비 상태로 놓였던 그 무기력한 순간을 다시 입에 올리고 싶지 않아서였다.

화이는 초인종 위에 손을 얹었다가 다시 내렸다. 그날 집을 나갔던 것을 후회하지 않는다. 다시 돌아가더라도, 열 번 백 번, 같은 선택을 할 것이다. 집을 뛰쳐나오면서 그녀는 다짐했다. 다시는 집에 발을 들여놓지 않겠다고. 그리고 큰길가로 가 택시를 탔다. 신사동에 가달라 말한 뒤 그대로 잠들어버렸다. 의식을 차렸을 때, 차가 반포대교를 건너고 있었다. 지금 어디 가는 거냐고 물으니 '신사동'이란 대답이 돌아왔다. 기사가 강남의 신사동과 강북의 신사동을 헷갈린 것이다. 다시 강남으로 가달라 말하려 했을 때 한 남자가 택시를 세웠고, 그가 택시 뒷좌석에 술 취한 다른 남자를 밀어 넣었다.

짐짝처럼 택시 뒤 칸에 밀어 넣어진 남자, 인사불성이 되었던 그 남자가 지성이었다. 화이가 지성에게 밝힌 제 신상정보의 대부분이 거짓이었지만, 이 부분은 진실이었다. 그들의 만남은 우발적이었다. 그날 택시 뒷좌석에 술 취해 널브러져 있던 그 남자 집에서 하룻밤을 자게 될 줄은, 그러고도 몇 밤을 더 머물게 될 줄은, 급기야 달을 넘기고 그 집에서 눌러살게 될 줄은 몰랐다. 그녀가 그 집에 그렇게 장기간 체류하게 된 것은 아마도, 그 집의 주인이 맞았던 '몰락' 때문이었으리라. 미투 사건의 여파로 사회에서 튕겨나오지 않았다면 집주인이 진즉에 그녀를 내보냈을 테니까.

화이는 다시 한번 초인종을 눌렀다. 잠잠했다. 아이들은 낯선 이에게 아예 반응하지 않기로 한 것 같았다. 그녀는 회갈색 철문을 가만히 보다가, 돌아서서 엘리베이터로 향했다. 지성, 이사 간 거였어? 가슴 가득 서운함이 들어찼다. 나 때문에 이사 간 것이 아니다. 내가 나오기 전에 지성은 부동산에 집을 내놓았고, 이사 갈 예정이라고 말했다. 애써 생각해보았지만 서운한 마음은 가시지 않았다. 그녀가 돌아올까봐, 다시 같이 살자고 할까봐 두려워서 도망간 것처럼 느껴졌다. 화이는 손으로 우유배달 가방을 내리쳤다. 줄에 매달렸던 천

가방이 뱅글뱅글 돌면서 유리에 부딪혀 탁 소리를 냈다. 천형처럼, 버림받았다는 느낌이 전신을 휘감아왔다.

건물 바깥으로 나오니 어둑해진 세상이 펼쳐졌다. 그새 저녁이 내렸구나. 10월의 끝자락을 향하면서 해가 눈에 띄게 짧아졌다. 살짝 뿌린 비에 젖은 아스팔트 보도가 진한 색으로 어스름을 입고, 낮은 지대에 형성된 물웅덩이가 화단에 들어온 불빛을 고스란히 반영하고 있었다.

화이는 카디건 단추를 여미며 천천히 걸었다. 형식상으론 지성이 그녀를 내쫓았지만, 따져보면 그녀 자신의 의지로 그의 집에서 나왔다고 볼 수도 있었다. 그날, 전자담배를 몰래 피웠다는 이유로 지성이 화를 낸 건 사실이었다. 그런 일이 종종 일어나던 때였다. 당장 이 집에서 나가라며 칼부림을 하거나 자살 소동을 벌인 날도 있었다. 그럴 때마다 화이는 나갔고, 조금 뒤 다시 들어갔다. 그러곤 일상을 이어갔다. 식물처럼 늘어져 있거나, 정반대로 격렬하게 히스테리를 부리는 지성을 다독이고 혹여 제 몸을 다치게 하는 일이 일어나지 않도록 단속하는 나날을. 그러나 그날은 달랐다. 지성이 성난 눈으로 나가라고 소리쳤을 때, 이제 나가야겠다는 생각이 들었다. 나가기에 딱 맞는 타이밍이다 싶었다. 화이는 짐을 챙겨 집을 나왔고, 곧바로 대치동 집으로 돌아갔다. 만일 그날 다시 지성의 집으로 돌아갔다면 어땠을까. 그랬다면 두 사람은 아무렇지도 않게 예전처럼 살았을까. 자신은 지금 지성의 집에서 살고 있을까.

낯익은 화단과 나무들이 하나씩 스쳐갔다. 화이는 잎의 반 이상을 떨군 대추나무 아래 멈춰 섰다. 대추나무는 붉은 선이 딱 한 줄 걸린 잿빛 하늘을 배경으로 앙상한 뼈대를 드러내고 있었다. 여름날, 그녀가 이곳에 살았던 때, 이 나무는 푸른 잎으로 뒤덮여 있었다. 어느 날은 열매가 맺혔다. 오가다 인사하며 안면을 튼 관리 아저씨가 그것이 대추이고, 한 달쯤 지나면 따도 될 정도로 익을 거라고 알려주었다. 그녀는 손뼉을 치며 호들갑을 떨었다. 어머, 이게 대추나무였군요! 대추가 원래 초록색이에요? 이곳에서 삶을 영위했던 때, 화이는 젊고 착한 '새댁'이었다. 그녀는 동네에서 마주치는 이들에게 싹싹하게 다가갔고, 사람들은 그녀를 스스럼없이 대해주었다. 마트에서 자주 마주쳤던 앞동 아주머니, 아파트 앞 화단에 꽃을 심어놓고 들여다보던 할머니, 재활용품 정리하는 걸 도와드리면 반색을 하던 관리 아저씨. 그녀는 대치동 집에서는 해본 적 없었던, 그러나 마음속으로는 한 번쯤 해보고 싶었던 인사말을 하고, 오지랖을 떨고, 사람들에게 다가갔다. 집 밖으로 나와 사람들과 친교를 나누면 세상 다 산 듯한 50대 남자와 살면서 받은 스트레스와 우울함이 순식간에 날아갔다. 대치동 집으로 돌아와 다시 정착한 뒤, 화이는 서단동에서 자신이 했던 언행들 모두가, 결혼 전에 일상적으로 행했던 것들이었음을 깨달았다. 서울 남단 위성도시의 오래된 2층 양옥에서 엄마와 둘이 살았던 때, 화이는 싹싹하고 활달했다. 동네 어른들, 특히 할머니들과 친했다.

화이는 손을 들어 대추나무 가지를 쓰다듬었다. 그날 지성의 집을 떠난 것은 어쩔 수 없는 일이었을 것이다. 놀이터에서, 마트에서, 학교 앞에서 아이들과 마주칠 때마다, 화이는 제 아이들을 떠올렸다. 깨끗이 잊어버리고 살려 했는데, 아빠가 부자니까, 친할머니가 부자니까, 알아서 잘 키워줄 것이다 생각하려 했는데, 자꾸만 아이들 얼굴이 떠올랐다. 집에 돌아온 후 그날을 떠올릴 때, 미리 계획해놓은 듯 짐을 싸고 곧바로 집으로 간 것이, 최승현에게 미리 언질을 주지도 않고 불쑥 집으로 들어간 것이, 생각해보면 놀랍지 않았다. 머릿속에서 그녀는 매순간 집으로 돌아가고 있었으니까. 아이들에게 달려가고 있었으니까.

갑자기 눈앞에 초록색 눈이 나타나는 바람에 화이는 헉, 소리를 내며 물러섰다. 까만 털에 휩싸인 작은 고양이가 이쪽을 보고 있었다. 화이는 쭈그리고 앉아 까맣고 강렬한 피조물을 응시했다. 화이가 다른 곳을 보는 척하는 새 고개를 뒤로 꺾어 혀로 제 털을 핥던 고양이가 그녀의 시선을 의식하자 재빨리 자취를 감추어버렸다. 그녀는 일어서서 옷매무새를 가다듬은 뒤 다시 걸었다. 하늘을 사선으로 갈라놓던 붉은 선이 그새 자취를 감추고 이제 순수 회색 시대가 펼쳐지고 있었다.

알고 있다. 지성의 아파트를 나가버렸던 게 아이들을 향한 제 마음 때문이었다는 것을. 지성에겐 그녀를 정말로 내쫓을 의도가 없었다는 것을. 그런데도 왜 자꾸만 버림받았다는 느낌이 드는가. 왜 내쫓았는가? 왜 바로 쫓아 나오지 않았는가? 그리고 왜. 왜 그녀를 찾아보지 않았는가? 쓰던 핸드폰을 처분하고 종적을 감추었으면서도, 화이는 그가 찾아와주길 기다렸다. 그저 확인받고 싶었다. 너를 버린 게 아니라고. 네가 돌아오길 기다렸다고, 그가 말해주길 바랐다.

걷다보니 어느새 서단역을 알리는 검은 사각기둥이 보였다. 화이는 기둥 가까이에 있는 미용실 간판을 잠깐 쳐다보다가, 지하철역 계단을 내려갔다. 개찰구를 통과하고, 승강장에서 전철을 기다리는데, 핸드폰 벨이 울렸다. 핸드폰을 꺼내 귀에 대자 건너편에서 다급한 목소리가 날아왔다.

"지금 와줘."

울음기라 해야 할까, 조급함에 단 목소리라 해야 할까, 정확히 뭐라 표현할 수 없는, 어딘가 깨진 듯한 목소리가 핸드폰을 뚫고 튀어나왔다. 화이는 상황의 다급함을 직감했다.

"어딘데? 어디야?"

상대는 대답하지 못했다. 신음 혹은 울음소리와 함께, 주변에서 남자 소리가 났던 것 같은데, 정확하게 복기가 안 됐다. 화이는 전광판을 확인했다. 전광판에 그려진 붉은 네온 그림이 지하철이 서단역에서 두 정거장 떨어진 곳에서 이제 막 출발했음을 보여주고 있었다. 화이는 뒤돌아 치마를 올려 잡고 뛰기 시작했다. 계단을 올라 지하철역을 빠져나가자 택시 세 대가 나란히 서 있는 게 보였다. 그녀는 맨 앞에 정차한 택시에 올라타며 외쳤다. 대치동요! 대답을 듣지 못했지만 그녀는 전화한 사람이 어디 있는지 알 수 있었다. 집! 주석희는 제 집에 있을 것이었다.

9/

초인종을 눌러도 답이 없어서 화이는 비밀번호 입력을 시도했다. 키패드에 손가락을 가져다 대는데, 홍대 앞에서 주석희와 함께했던 날이 떠올랐다. 그날 음식점을 나오기 직전, 주석희가 뜬금없이 자기 집 비밀번호를 알려주었다.

"3이 네 개 연속이야."

자기는 3이라는 행운의 숫자에 집착한다고, 자신과 관련된 모든 비밀번호는 이 숫자라고 말했다. 주석희는 이런 날이 올 걸 알았을까. 화이는 떨리는 손으로 키패드 뚜껑을 위로 올렸다. 급하게 키를 누르다가 잘못 눌러 3334가 되어버렸고, 번호가 잘못됐다는 기계음이 또박또박 흘러나왔다. 화이는 주위에 아무도 없는지 확인한 뒤 다시 한번 번호를 입력했다. 떨리는 손을 진정시키려고 왼손으로 오른손을 붙잡고 다섯을 센 뒤, 다시 시도했다. 행운의 숫자 네 개를 누르고 마지막으로 별 모양 버튼을 누르자 도미솔도, 성공을 알리는 멜로디가 울려 퍼졌다.

문이 열린 뒤 신발을 신은 채 집 안으로 들어갔다. 주석희는 거실에 쓰러져 있었다. 얼굴이 피로 범벅되고, 한쪽 귀에서 붉은 액체가 흘러나왔다. 40평대의 집. 저녁시간에 몇 번 방문해본 적이 있었지만, 생전 처음 보는 곳처럼 느껴졌다. 바닥엔 깨진 그릇의 파편이 널려 있고, 싱크대엔 권 상무가 즐겨 마시는 양주병이 굴러다녔다. 곳곳에 할로겐 등이 켜져 있어 집 안이 지나치게 밝았다. 특히 거실은 할로겐을 정사각형 모양으로 둘러서 촘촘히 박아놓아, 피범벅이 된 주석희의 모습이 선명하게 강조되는 효과를 냈다.

"석희 님! 일어나봐요!"

소리치며 주석희를 흔들었다. 주석희의 몸에 묻은 피가 화이의 흰 블라우스에 스며왔다. 술 냄새와 치킨 냄새, 피 냄새, 담배 냄새가 뒤엉켜 밀도 높은 공기를 만들어내고 있었다. 권 상무는 어디 있을까. 불현듯 이 부부의 아이가 한국에 없는 게 얼마나 다행인가 하는 생각이 들었다. 아니, 아이가 있었다면 권 상무가 이런 짓을 저지르지 않았을까? 그러니 아이가 있는 편이 더 나았을까?

"119 불러줘."

축 늘어진 채 이리저리 흔들리던 주석희가 이렇게 말했을 때에야, 화이는 긴장이 풀어지면서 눈물이 나왔다. 살아 있다! 죽지 않았다!

"조금만 기다려요. 병원에 데려다줄게요."

"빨리 전화해. 119."

화이가 블라우스 소매로 주석희의 입가를 닦으며 119를 불렀다. 주석희는 까끌한 천이 얼굴에 닿자 인상을 쓰며 비명을 질렀다. 그 바람에 피가 얼굴의 다른 쪽으로 흘러 깨끗했던 쪽 볼에 붉은 사선을 남겼다. 핸드폰을 소파에 내려놓고 수건을 가지러 화장실로 가는데 주석희가 불러 세웠다.

"화이야."

"잠깐만. 지혈부터 해요."

수건과 가위를 가지고 와서 주석희의 옆에 앉았다. 주석희가 입을 움직일 때마다 피가 흘러나왔다. 입안과 입 바깥 양쪽에서 피가 나는 듯했다. 주석희가 퉤, 하고 침을 뱉어내자 피와 함께 치아 조각이 섞여 나왔다. 화이는 입을 앙다물어 터져나오는 비명을 삼켰다.

"사진부터 찍어."

주석희가 일어나 소파에 기대앉았다. 6인용 크림색 소파에 붉은 손자국이 새겨졌다가 주석희의 등에 가려졌다. 화이는 수건을 가위로 자르며 말했다.

"지혈부터 해야……"

수건이 잘 잘리지 않아 가위를 다시 벌려 힘주길 여러 번 반복해야 했다

"찍기부터 해!"

주석희가 너무 크게 말하는 바람에, 그와 동시에 입에서 울컥 핏덩이가 쏟아져나오는 바람에, 화이에게서 날카로운 비명이 새어나왔다. 손이 떨리고 땀이 비처럼 흘러내렸다. 사진을 찍으라고? 이렇게 피가 나는데? 울음을 삼키며 소파로 기어가 핸드폰을 집어들었다. 어깨가 들썩거리면서 딸꾹질이 나오기 시작했다.

주석희는 위, 아래, 정면, 멀리서, 가까이서, 그리고 부엌의 잔해까지 모두 찍으라고 지시했다. 화이는 벌벌 떨면서 주석희의 요청을 따랐다. 피로 미끌거리는 손으로 심각한 상해를 입은 사람을 찍는 것은 굉장히 어려운 일이었다. 지금 지혈하지 않으면 눈앞에 있는 사람이 어떻게 될지도 모른다는 공포감이 이성을 뒤덮어, 주석희가 만족할 만큼 찍는 데 많은 시간이 들어갔다. 자신이 조금만 더 빠릿빠릿했다면 그보다 반절 정도의 시간만 들이고도 사진을 찍었을 거란 생각 때문에 더욱 손이 떨리고, 떨리는 손을 의식하자 동작이 더욱 굼

떠졌다. 중간에 놓쳐 핸드폰이 피웅덩이를 이룬 곳에 떨어졌을 때 화이는 아이처럼 훌쩍거리며 울었다.

119대원들이 온 것은 화이가 사진 찍기를 완료하고 주석희의 지시대로 클라우드에 사진을 저장하고 있을 때였다. 대원들은 핸드폰을 들여다보는 화이를 흘끔 쳐다본 뒤 민첩하게 움직였다.

이송차 한구석에 앉아 주석희의 손을 잡으면서 화이는 가슴을 쓸어내렸다. 응급실로 이송해줄 전문인력이 왔고, 병원에 가면 치료해줄 의료진이 있을 것이다. 그러나 응급실에 발을 들이자마자, 그런 생각이 오산이었음을 알아차렸다. 응급실은 인산인해를 이루었다. 침상 사이의 거리가 확보되지 않은 상태로, 아픈 이들과 보호자들이 내는 소리가 공간을 터지도록 채우고 있었다. 근처에 불이 나서 화상 환자들이 대거로 실려 왔다 했다. 살이 이글이글 타는 사람을 눕힌 침상이 눈앞으로 스윽 지나갔다. 침상이 맨 안쪽으로 이송된 후에야 화이는 방금 목격한 것이 사람의 살이 타들어가는 광경임을 알아차렸다. 주석희는 지혈 조치를 받은 뒤 한동안 방치됐는데, 화상으로 고통스러워하는 이들을 두 눈으로 보자 차마 제가 보호하고 있는 환자부터 처치해달라고 요청할 수가 없었다.

주석희는 사진이 클라우드에 잘 저장되었느냐고 묻고, 찍은 사진을 보여달라는 요청을 몇 번 한 뒤, 눈을 감았다. 잠든 건지 쉬는 건지 알 수 없었지만, 피를 멈추려면 말을 하지 않는 게 나을 것 같아 그대로 내버려두었다.

조금 뒤 의사 가운을 입은 여자와 간호사 복장의 여성 두 명이 다가와 주석희가 누운 침상에 커튼을 치고 수술을 시작했다.

주석희는 입안과 입술, 입술 근처의 살이 찢어지고, 현재로서는 정확한 개수를 알 수 없지만 일부 치아가 손상됐으며, 왼쪽 귀의 고막이 파열된 상태였다. 두부에도 타박상이 있는데, 내부의 출혈 여부는 향후 정밀조사를 통해 알아보아야겠지만 현재 상태로 봐서는 뇌 안쪽에 상해를 입었을 가능성은 높지 않아 보인다고 했다. 그러므로 지금은 입 안쪽과 바깥의 일부를 꿰매고, 바로 귀 수술을 받을 예정이라고 했다. 동의서에 사인할 때 손에 힘이 들어가지 않아 주석희가 볼펜을 몇 번 놓쳤고, 보다 못한 화이가 주석희의 손을 감싸 쥐고 움직여 사인을 마치게 해주었다.

물티슈로 핸드폰에 묻은 피를 닦아내며 수술이 진행 중인 침상 주위를 서성거리는데, 갑자기 응급실 문이 열리면서 119대원들이 침상을 밀고 들어왔다. 대원들이 큰 소리로 외치며 침상을 전진시키자 접수를 담당하는 간호사가 여기저기 연락을 시도했다. 막 들어온 응급환자의 침상이 이쪽으로 돌진해오는 걸 보고 화이는 얼른 옆으로 비켜섰다. 주석희가 수술을 받고 있는 바로 옆에, 빠듯하게 침상 하나가 들어갈 만한 자리가 있었다. 침상에 누운 사람은 여자였는데, 낯빛이 너무 거무죽죽해서 순간 죽은 게 아닌가 하는 생각이 스쳤다. 목까지 흰 천이 덮여 있었고, 금방이라도 그 흰 천이 얼굴을 뒤덮을 것 같아 화이는 가슴이 조마조마했다. 그리고 잠시 뒤 한쪽 머리가 뻗치고 눈이 충혈된 (의사로 보이는) 젊은 남자가 나타나 여자의 손목을 잡아보고 눈을 펜라이트로 비춰보더니 사망을 선고했다. 이미 사망한 상태에서 온 것으로 보인다고. 그의 말이 끝나자 흰 천이 바로 여자의 얼굴을, 조금 전에 화이의 시선이 얽혔던 그 얼굴을 덮었고, 의사와 간호사는 곧바로 다른 침상으로 옮겨갔다. 화이는 제 앞에 있는 육신을, 조금 전까지 살아 있다 믿었던 사람의 몸을, 하지만 그 순간에도 이미 죽어 있었음이 밝혀진 몸이 흰 천에 덮여 있는 모습을 멍하니 보았다.

그 앞에서 발을 뗄 수 없었다. 바로 앞에 생명이 빠져나간 육신이 누워 있고, 그 바로 옆에 주석희가 수술을 받고 있다. 저 사람 죽은 것 같다고 생각했던 게 혹시 저 사람을 죽게 한 게 아닐까? 땀이 흐르면서 현기증이 일었다. 살 타는 냄새가 진동하는 이곳. 손을 뻗으면 죽은 사람의 몸을 만질 수 있는 이곳. 죽은 이의 몸을 인수해 갈 사람이 없어 곤란해하는 이곳이 바로 지옥이 아닌가.

수술이 끝난 뒤 화이가 커튼 안으로 들어갔을 때, 주석희는 똑바로 누운 채 눈을 감고 있었다. 입 안쪽에 아홉 바늘, 입술 옆에 네 바늘을 꿰맸고, 부러진 치아 조각들을 입안에서 제거한 상태였다. 귀 수술도 현재로서는 잘 끝났고, 나머지 치료는 다음 주에, 치과와 이비인후과에서 다시 정식으로 받아야 한다 했다. 얼굴 여기저기가 멍들고 입술 옆을 실로 꿰맨 자국, 엉겨 붙은 핏자국 때문에 주석희의 얼굴은 꼭 프랑켄슈타인처럼 보였다. 입술 옆에 흉터가 남겠구나. 화이는 주석희의 머리를 넘겨주며 생각했다. 갸름하고 날렵한 턱선, 높고 부드러운 콧날, 얇고 붉은 입술로 이루어진 주석희의 얼굴은 화이가 선망하는 얼굴이었다. 급한 치료가 끝나면 성형을 받도록 권해야겠단 생각을 하다가 그녀는 피식 웃었다. 주석희의 엄마가 된 듯 굴고 있지 않은가?

주석희는 밤새 잠을 이루지 못했다. 화이도 마찬가지였다. 소음과 냄새, 환히 켜진 형광등의 행렬, 부산한 움직임과 말소리 때문에 잠을 자겠다는 생각조차 할 수 없었다. 다음 날 아침 동이 텄을 때, 주석희가 조용한 곳으로 가고 싶다고 했다. 뇌출혈이 있을지 모른다는 말에 신경 쓰고 있던 화이가 펄쩍 뛰며 만류했지만 주석희는 몇 번씩, 간곡하게 부탁했다. 제발 이곳에서 벗어나게 해줘. 여기 더 있으면 미쳐버릴 것 같아. 결국 화이는 주석희를 퇴원시키기로 했다. 주석희 성격에 그런 부탁을 하는 게 쉽지 않았겠다 싶었고, 무엇보다 화이 자신이 그 냄새와 소음을 견딜 수가 없었다. 고심 끝에 주석희를 호텔로 옮겼다. 여란의 집에 신세를 질까 잠깐 생각했지만, 여란의 남편과 아이들이 마음에 걸렸다. 여란은 배려심 강하고 현명한 친구지만, 아이들 교육을 끔찍하게 생각하는 스타일이었다. 구타당해서 고막이 파열된 낯선 여자를 집에 들이는 걸 어떻게 생각할지 확신이 서지 않았다. 서울의 남서쪽 끝에 명현의 친구 엄마들과 연말 파티를 하러 두어 번 묵었던 호텔이 있는데, 그곳에 며칠 묵으면서 통원치료를 하면 될 것 같았다. 주석희는 강남에 위치한 호텔들에는 절대로 가려 하지 않았다. 자기를 그렇게 만든 사람을 만날 가능성이 있는 곳에 간다는 상상을 하는 것만으로 경련을 일으켰다.

수속을 밟고 주석희를 부축해 호텔 룸으로 올라간 뒤, 화이도 그곳에서 하룻밤 머물렀다. 1박 2일 동안 아이들을 도우미 손에 맡겨두어야 한다는 게 마음에 걸렸지만, 만신창이가 된 주석희를 그곳에 혼자 두고 갈 수는 없었다. 주석희는 사진을 보여달라는 말만 되풀이하며 누워 있다가, 저녁때가 되어서야 사건의 전말을 털어놓았다. 이제 더 참을 수 없다는 말과 함께. 화이는 이야기를 들으며 연신 고개를 끄덕였다. 이미 그녀도 같은 생각을 하고 있었다. 주석희 사건을 겪으면서 자신이 무엇을 해야 할지가, 어떤 경로를 밟아나가야 할지가 눈앞에 또렷이 드러났다.

10/

이혼 얘기를 꺼내자 남편은 펄쩍 뛰었다. 내가 왜 그런 걸 해야 하냐고 버럭 소리지르더니, 다시 한번 그런 말을 꺼내면 가만있지 않겠다고 했다. 월요일 아침. 잠든 주석희의 머리맡에 사 온 죽을 놓아주고 막 출근한 참이었다. 컴퓨터를 켜자마자 사장실로 오라는 호출이 들어왔다. 남편이 회사에, 그것도 아침 9시도 안 된 시간에 나와 있다는 데 놀라워하며 서둘러 4층으로 올라갔다. 한시연이 회사에 다녀간 이후 남편은 한 번도 회사에 모습을 드러내지 않았다.

얼굴을 보자마자 남편은 한시연 광고 대금 얘기를 꺼냈다. 화이는 바로 처리할 수 있는지 알아보겠다고 답한 뒤 소파에 자리 잡고 앉았다. 집에도, 회사에도 오지 않으니 이렇게 얼굴을 봤을 때 어떻게든 얘기를 해야 했다. 화이는 처음부터 단도직입적으로 이혼이라는 말을 끄집어냈는데, 남편이 바로 자리를 뜰 태세였기 때문이다.

"난 그런 거 절대 못한다. 내가 뭘 잘못했다고 이혼을 하노."

남편이 양옆에 놓인 3인용 소파가 모두 시야에 들어오는 1인용 소파에 앉으며 선언하듯 말했다. 협탁엔 그가 말할 때 튄 커다란 침방울이 동그란 형태를 유지하고 있었다.

“승현 씨가 뭘 잘못해서가 아니라……”

“시끄럽다. 가시나가 아침부터 뭘 잘못 먹었나. 우야 그런 소릴 하노.”

정색을 하는 남편을 보며 화이는 의아해졌다. 최승현은 사랑에 빠졌고, 사랑에 빠진 상대가 현재 싱글이다. 조건을 맞추는 게 힘들지 이혼 자체에 대해서는 금방 동의를 얻을 거라 생각했기에, 화이는 남편의 그런 반응이 당황스러웠다.

“니 함만 더 그런 소리 해라. 그날로 확 그냥!”

아랫입술을 깨물며 손을 들어 치는 시늉을 해 보이는 남편을 보며 화이는 생각에 잠겼다. 한시연이 이 남자와 결혼할 생각이 없는 건가? 결혼을 해야 크게 한몫을 챙길 수 있을 텐데, 정말 이 남자와 결혼할 생각이 없을까?

“애들은 내가 키울게요. 보고 싶을 땐 언제든 만나게 해주고, 혹시 원하지 않는다면 애들을 전혀 보지 않고 살게 해줄 수도 있어요.”

혹시 한시연이 아이들을 떠맡는 걸 싫어해서 그러는가 싶어 이렇게도 말해보았다. 그러자 이전보다 더한 포효가 날아왔다. 남편은 자긴 애들 없으면 못 살고, 이혼 같은 건 절대로 할 생각이 없으며, 더구나 애들을 내준다는 건 상상도 할 수 없다는 얘기를 장황하게 늘어놓았다. 그 와중에 근본도 없는 너 같은 애한테 아이를 맡길 순 없다는 말을 해 하마터면 화이는 이성을 잃고 그만하자고 소리를 지를 뻔했다.

“그럼 승현 씨는 나하고 계속 살 거예요? 죽을 때까지?”

무릎을 모으고 스커트를 여민 뒤 침착하게 말했다.

“니 와 이라노?”

남편의 송충이 같은 눈썹이 가파른 사선을 이루며 치켜올라갔다. 성난 표정을 지을 때 그는 소름 끼칠 정도로 무식해 보인다.

“지금 이혼 안 해줄 거면, 앞으로 절대로 이혼 안 할 거라고 약속해줘요.”

화이는 아무 생각 없이 이혼 얘기를 꺼낸 게 아니었다. 남편의 성격을 알기에 여러 가정을 세운 뒤 그에 따른 대응전략을 세웠다. 1) 양육권을 넘기겠다고 하는 경우엔 원하는 재산분할 비율과 양육비 금액을, 2) 양육권을 넘기지 않겠다고 하는 경우엔 이혼소송을 걸 것이며 불륜을 증명해줄 자료를 갖고 있음을 얘기해줄 생각이었다. 3) 이혼 자체를 안 하겠다고 나올 경우도, 가능성이 높지 않다 싶었지만, 어쨌든 가능한 계획을 세워놓았는데, 바람을 피우지 않고 영원히 함께 살겠다 약속해달라고 한 뒤 선대 회장이 남긴 화이 몫의 유산을 현금으로 달라는 요구를 들이미는 것이었다.

상황이 세 번째 경우로 판명됨에 따라 준비해 간 유산 이야기를 꺼내자, 남편의 이목구비가 찢어질 것처럼 크게 벌어지더니, 상체가 털썩 소파에 기대어졌다. 윗단추 세 개가 열린 셔츠 틈새로 불퉁한 가슴근육이 그대로 드러났고, 깎이다 만 수염과 우둘투둘한 턱살이 드라마틱하게 오르내렸다. 한시연이 어느 매체와의 인터뷰에서 근육질의 남자를 좋아한다는 말을 했었던 걸 떠올리며 화이는 입꼬리를 올렸다. 그래서 지난봄부터 그렇게 열심히 운동을 하고 단백질 보충제를 먹었던 걸까.

"니 갑자기 와 이리 돈독이 올랐나. 남자라도 생겼나."

소파에 기대앉아 눈을 감은 최승현이 이렇게 말한 뒤 윗입술을 씰룩였다. 분이 풀리지 않을 때면 으레 나오는 버릇이었다.

"회장님이 남기신 유산요."

화이는 최승현의 기색을 주시하며 천천히 말했다.

"지금이라도 내 명의로 돌려주었으면 좋겠어요. 안 그러면……"

"안 그러면?"

양팔을 소파에 걸치고 있던 최승현이 허리를 곧추세우며 화이를 쏘아보았다.

"소송할 거예요."

주말 동안 주석희와 연습했던 대사를 쥐어짜듯 내보내는데 심장이 몸에서 튀어나올 것처럼 요동쳤다. 자신이 눈도 못 맞추고 있음을, 떨림을 감추느라 양팔로 제 몸을 다잡고 있음을 눈치챈 최승현이 비웃을 거란 생각이 들었다. 하지만 어차피, 완벽하게 해낼 거란 기대는 없었다. 중요한 건 의사표현을 했다는 것이다.

"변호사도 만났어요. 지금 명의이전 해주지 않으면 내 입장에선 소송을 할 수밖에 없어요."

말을 마친 뒤 화이는 재빨리 문가로 가 섰다. 그가 벌떡 일어나 주먹을 날리는 장면이, 입술을 씰룩이며 그녀를 넘어뜨리고 발로 짓이기는 장면이 자꾸만 떠올랐다.

"화이야."

그는 머리를 소파에 기댄 뒤 눈을 감고, 한숨처럼 그녀의 이름을 불렀다.

"네."

화이는 입술을 깨물었다. 이 인간에게 완전히 벗어나면, 상해를 당할 위험에서 자유로워지면, 이렇게 꼬박꼬박 존댓말을 하지 않아도 되리라.

"니 그때 어디 있었나."

갑작스러운 질문에 화이는 반사적으로 시선을 들었고, 번뜩이는 눈동자와 마주쳤다.

"여름에 말이다. 가시나가 한 달도 넘게 집에도 안 들어오고, 니 누구랑 어디서 뭐 했노? 어떤 놈팽이랑 구르다가 여기 와서 이 지랄이가? 니 소설인가 뭐시긴가, 거기에 나오는 게 진짜 니 얘기가."

야수의 눈. 뜻대로 일이 풀리지 않으면 거침없이 파괴력을 행사하는 인간의 눈이 번쩍거리며 분노를, 경멸감과 증오를 시전하고 있었다. 덜컥 겁이 났지만 화이는 태연한 척 응수했다.

"아마 승현 씨가 지금 있는 곳하고 비슷한 곳에 있었겠죠?"

이렇게 말한 뒤 손을 뒤로 내밀어 출입구 문을 열었다. 여차하면 뛰어나갈 것이다.

"하아, 이 가시나가 진짜."

최승현이 눈을 위아래로 부라리며 입술을 꽉 깨물었다. 이가 거의 턱을 깨물고 있는 것처럼 보였다. 화이는 그의 시선을 피하지 않았다. 한시연과 다시 만나 달뜬 생활을 영위하고 있을 인간이다. 그런 인간이, 제 배우자가 낸 책에 대해 생각할 여유가 있었단 말인가. 아니면 주위 사람들이 한마디씩 해서 짜증이 나는 것인가. 그러나 그녀는 책에 대해 이야기하고 싶지 않다. 남편의 입에 자신의 책이 오르내리는 것이 싫다.

"말해요. 명의 해줄 건지, 안 해줄 건지."

화이는 시선을 최승현의 무릎께에 두고 침착하게 말했다. 그러자 그가 벌떡 일어서 책상을 내리쳤다. 쾅 소리가 나면서 성난 눈동자가 그녀를 향했다.

화이는 뒤로 물러서 문에 몸을 붙이고 그의 움직임을 주시했다. 병원에서 주석희와 하룻밤을 보낸 뒤, 비로소 미몽에서 깨어났다. 주석희는 화이의 과거형이자 현재형이며, 머지않은 미래형이었다. 더 이상 자신의 안위가 다른 사람의 손아귀에 놓이는 것을, 그 불확실성과 두려움을, 무엇도 계획하거나 꿈꿀 수 없이 사는 삶을 용납해선 안 됐다. 아이들 때문에 참아야겠다고 생각했는데, 아이들 때문에라도 이렇게 살면 안 될 것이었다. 아이들에게 피투성이가 되어 쓰러진 엄마의 모습을 보여주는 것보다 더한 해악이 세상에 어디 있겠는가.

"아, 씨발, 진짜……"

최승현이 한쪽 손으로 뒷목을 탁탁 치더니 성큼성큼 다가왔다. 튀어나올 듯 이글거리는 눈동자, 코에 가 닿을 듯 씰룩거리는 윗입술, 식식거리는 숨소리, 크게 들썩거리는 가슴근육.

화이는 비명을 지르며 사장실을 빠져나왔다. 문 앞에 앉아 있던 윤경아가 벌떡 일어났고, 최승현이 질러대는 소리가 천둥처럼 들려왔다. 미친 듯이 계단을 내려가 제자리로 돌아왔을 때에야, 자신이 거의 무의식적으로 달음박질쳤음을 깨달았다. 책상 한쪽을 짚은 채 깊이 숨을 들이쉰 뒤 의자에 앉으면서 그녀는 조그맣게 중얼거렸다. 잘했어. 잘했어, 이화이.

11/

영업1팀 곽 부장이 일어서서 회의실 문을 열고 나간 것은 기술팀 노 과장의 발언이 이어지던 도중이었다. 권 상무의 찻잔이 빈 걸 보고 곽 부장이 센스를 발휘했던 것. 잠시 뒤 곽 부장이 들어와 앉자 조심스레 문이 열리면서 윤경아와 양미래, 회계팀 염 대리가 쟁반을 들고 들어왔다. 각 부서의 부장과 과·차장급들이 참가한 회의였다. 열 명을 채 넘기지 않은 규모의 회의에 간식거리를 챙겨주자고 너무 많은 인원이 오지 않았나 싶었지만 일이 이루어지는 모양을 보니 왜 세 명이나 들어왔는지 알 수 있었다. 세 명의 여성은 빛의 속도로 빈 찻잔에 커피를 채우고, 빈 스낵 봉지와 일회용 프림 용기를 수거하고, 유리컵마다 따뜻한 물을 채웠다. 화이의 입에서 한숨이 새나왔다. 왜 이런 회의시간에 차 시중을 영업지원팀 양미래와 회계팀 염현주가 하는가.

"이제 KG 패키징으로 넘어가겠습니다."

차 세팅 작업이 끝난 뒤, 권 상무가 회의 주제를 바꾸며 주의를 환기시켰다. 권 상무는 최근 대형 식품기업들이 포장재 산업 쪽으로도 진출하고 있는 데 대해 신경을 곤두세우고 있다. 기업의 창업주에게 3대, 4대째 자손이 생겨나면서 자손들의 인구밀도가 높아짐에 따라, 창업주 혹은 2세들이 불어난 자손들에게 던져줄 새로운 먹거리를 만들어내는 데 심혈을 기울이고 있었다. 하나둘 택배회사를 차려 계열사 일감을 몰아주더니, 이제는 포장업까지 손을 뻗쳤다. 그 과정에서 원래 거래하던 포장업체에 무상으로 기술이전을 해달라거나,

회사에 투입시켜 경영을 배울 수 있게 해달라는 뻔뻔한 요청까지 해오는 실정이라, 권 상무를 비롯한 업계의 경영자들이 골머리를 앓고 있다.

"제휴의 개념으로 간다면 저희 회사로서도 특별히 손해 보는 건 아니라고 생각합니다."

영업1팀의 나영헌 차장이 KG그룹이 보내온 제안서를 브리핑한 뒤 말했다. 5년 동안 KG그룹의 일을 독점으로 줄 테니 그 대가로 기술이전을 해달라는 조건이었다. 그리고 나 차장은, 어차피 5년 뒤면 우리가 기술이전이랍시고 해준 것도 모두 시대에 뒤떨어진 게 돼 있을 테니 5년 동안 매출을 보장받는다는 부분에 방점을 두고 받아들이자는 것이었다.

"기술만 건너간다면 그것도 괜찮겠죠. 하지만 그 과정에서 우리 회사의 노하우가 통째로 넘어가지 않겠습니까."

영업2팀의 문 부장이 심각한 얼굴로 반대의사를 밝혔다. 문 부장은 이전 기간인 5년 동안 우리 회사의 기술, 재정 상황, 경영 노하우가 건너간다는 건 회사를 통째로 넘기는 것과 다름없다는 주장을 펼쳤다.

"꼭 그대로 안을 받아야 할 필요가 있습니까. 제안을 받아들이되 사내 기밀의 범위를 미리 명시하는 쪽으로 갈 수 있습니다."

어떤 사안에도 늘 '반반' 전략을 내놓는 구매팀의 김 부장이 절충안을 내놓으며 슬쩍 권 상무의 얼굴을 쳐다보았다. 권 상무는 팔짱을 낀 채 눈을 감고 부장들이 내놓는 안과 과·차장들이 내놓는 보충설명을 들었다. 가끔 질문을 하거나 중언부언하는 말을 자르기도 했는데, 그 방식이 칼을 휘두르는 것처럼 정확하고 날렵했다.

하나마나한 '반반 전략'을 내놓는 구매팀 김 부장이 몇 번 권 상무의 핀잔을 듣고 입을 다물게 된 뒤, 회의는 영업1팀과 2팀 부장들의 설전으로 변했다. 어차피 기술팀은 의견을 내지 않고 누군가 필요한 걸 물어볼 때마다 대답만 했으므로, 관건은 권 상무가 누구의 손을 들어주느냐에 있었다.

권 상무는 쉬이 결정을 내리지 않았다. 영업1팀과 2팀의 부장에게 똑같은 얘기를 다시 반복하게 하며 이런저런 질문을 던지다가, 조금 뒤 다른 사안으로 넘어갔다. 얼핏 보면 같은 말을 반복하는 것 같았지만, 두 번째로 발언할 때는 부장들 스스로 자신의 말을 심사숙고하면서 처음 발언보다는 좀 더 숙성된 의견을 내놓았고, 그를 통해 각자가 내세운 주장의 타당성이 바깥으로 선명하게 드러났다. 화이는 권 상무가 회의를 진행하는 방식을 보며 감탄을 금치 못했다. 권 상무는 타고난 리더였다. 가장 중요하게 다루어야 할 것을 정하는데 우선 힘을 쏟았고, 사안이 정해진 다음엔 현실적으로 가능한 방안을 두 개 혹은 세 개 정도로 압축하는 데 심혈을 기울였다. 그 과정에서 자꾸만 곁가지를 치려는 시도를 칼처럼 잘라서 절대로 회의가 흐트러지며 무의미한 시간 낭비로 흐르지 않도록 했다. 마치 권 상무라는 사람의 인격이 단단한 방벽으로 형상화되어 사람들의 해이해지는 마음을, 제 자랑을 한다거나 제 의견을 언변으로 포장해 뽐낸다거나, 과거 어느 시점에 자신이 이루었던 콩알만 한 공적을 과장해 떠벌리며 회의 주제와 상관없는 이야기를 늘어놓으려는 시도들을 철통처럼 막아주고 있는 것 같았다.

"부사장님은 어떻게 생각하십니까?"

권 상무는 가끔 화이에게 이런 질문을 던짐으로써, 그녀가 마치 이 회의의 중요한 참석자인 듯한, 자신과 참석자들이 진심으로 그녀를 중요한 사람으로 여기고 있는 듯한 분위기를 조성했다. 그러나 화이는 물론이고 권 상무, 그리고 다른 부장들과 과·차장들 모두는 알고 있었다. 그녀가 그 자리에 있을 필요가 조금도 없는 이방인이고, 아마도 다음 회의, 혹은 다다음 회의부터는 다시 참석할 가능성이 매우 낮은, 껍데기에 불과한 인물임을.

화이는 그런 질문이 날아올 때마다 권 상무가 그 질문을 던지기 직전에 발언했던 인물의 의견에 일리가 있다는 말을 하며 상황을 넘겼다. 남편이 한시연과 본격적으로 살림을 차리는 바람에 화이는 회사에 생각보다 오래 최종 결정권자로서 체류하게 되었다. 처음 부사장으로 부임해서 지금까지, 두 달이 채 못 되는 기간 동안 나름 회사에서 화이의 역할이 생겨났는데, 주로 직원들의 복지나 인사제도 같은 쪽에 관여하는 것이었다. 그 밖의 핵심적인 측면, 즉 영업이나 기술적인 쪽은 권 상무가 알아서 하도록 맡겼다. 회사의 입장에서 보면 원래 권 상무가 하던 일을 계속 권 상무가 하고, 이화이라는 인물이 나타나 복지와 인사라는 '없던 일'을 만들어서 하고 있는 셈이었다. 그만큼 신성포장에는 복지나 인사제도가 미흡했다. 회계팀에서 외부업체에 위탁해 급여를 처리하는 것이 사내 인사제도의 거의 전부였다. 화이가 손대는 일이 책걸상을 바꿔준다든가 문화상품 바우처 제도같이 자잘한 혜택을 신설하는 등, 큰 선에서 보면 그리 중요치 않은 일들이라 판단했는지, 권 상무도 간섭하지 않고 그냥 내버려두고 있었다. 다만 '디지털 혁신'이라는 큰 규모의 지출이 일어나는 일에 대해서는 화이가 계속 관여하고 있었는데, 이 분야도 그동안 제법 진행이 되어 벌써 세 차례에 걸쳐 결제가 실행되었다. 여기에 화이의 주된 괴로움이 있었는데, 점점 지불 단위가 커짐에 따라 이 일을 과연 이렇게 끌고 나가도 될지 의심스러워졌다. 이 건에 대해 몇 번 말했지만 남편은 전혀 관심을 기울이지 않았다. 니 알아서 해라, 라는 것이 그가 보인 반응의 전부였다. 그러나 그녀는 그 말을 믿을 수 없었다. 남편은 언제든 돌변해서 큰돈을 마음대로 결제한 그녀를 잡아먹으려 들 수 있는 인물이었다. 또한 지금은 권 상무에 대한 경계심으로 제 아내를 부사장 자리에 앉혀놓았지만, 언제 어떤 계기로 그녀를 권 상무보다 적대시하게 될지 알 수 없었다.

화이는 영업이나 디지털 혁신에 대해 알기 위해 나름 노력했지만, 두 달도 안 되는 기간 동안 15년을 이 분야에서 뛰어온 권 상무만큼 사정을 파악한다는 것은 역부족이었다. 무슨 말인지도 잘 모르겠을뿐더러, 특정 사안에 대해 알아보려고 보고를 요청하면, 부장들은 그녀가 알아들으리라 기대하지 않은 채 형식적으로 대충 몇 마디를 늘어놓고 나가버리기 일쑤였다. 그녀가 오늘 이 자리에 앉아 있는 것도 그런 전형의 일환이었다. 형식상 회의 테이블의 상석에 앉아 양쪽으로 앉은 회사의 '책임자급'들을 통솔하고 있었지만, 온통 사내들로 이루어진 이 책임자급들은 처음부터 끝까지 권 상무를 쳐다보고, 권 상무에게 이야기하고, 권 상무의 결정을 수긍했다. (권 상무를 제외하고는) 누구도 화이를 보거나, 화이에게 말을 걸거나, 화이의 의견을 구하지 않았다. 그녀를 대하는 태도 측면에서 보면, 지나치게 예의 바르게 하는 축과, 거의 없는 사람처럼 생각하다가 갑자기 존재를 인식하고 놀란 기색을 감추지 못하는 축의, 두 부류로 나뉘었다.

회의의 마지막 안건, 인원 감축 사안에 이르자 권 상무가 참석했던 과·차장급들을 전부 내보냈다. 인사문제인 만큼 부장회의로 진행하겠다고 말하자 동석해 있던 과·차장들이 기다렸다는 듯 노트북을 들고 자리에서 일어섰다.

"어떻게 생각하십니까, 부사장님?"

디지털 혁신이 완료될 내년 3분기에 감원할 인원과 방식에 대해 부서별로 간략한 브리핑을 들은 뒤 권 상무가 화이에게 물었다.

"조금 더 들어보죠."

화이는 침착하게 말하며 권 상무를 응시했다. 이 회사의 주인은 이 남자다, 라는, 회의 내내 품고 있던 생각이, 다시 한번 강렬하게 뇌리를 관통해갔다. 이 사람은 회사에서 일어나는 일들을 분야별로 속속들이 꿰뚫고 있고, 일에 엄청난 애정과 정력을 퍼붓고 있으며, 사람들을 긴장하게 만들어 잠재력을 발휘하도록 자극하는 리더십도 탁월하다. 그렇다면 이 회사는 이 사람에게 넘어가는 것이 맞지 않을까? 이 사람이 갖고 있는 이 모든 자질의 그 어느 하나도 갖고 있지 못한 최승현이 이 회사를 물려받는다는 건 얼마나 어처구니없는 일인가. 권 상무가 최승현을 적대시하고, 어떻게든 신성포장을 제 것으로 만들려고 용트림을 하는 것은 당연한 일인지도 모른다. 제 젊음과 능력과 애정을 쏟아부은 회사가 왜, 혈연관계라는 단 하나의 이유로, 불타는 이기심과 허세 외에는 어떤 자질도 갖추지 못한 최승현에게 돌아가야 한단 말인가?

"인원 감축에는 찬성하십니까?"

권 상무가 다시 물으며 화이를 보았다. 그녀가 형식적인 답변을 하면 고개를 끄덕인 뒤 바로 원래 하던 얘기로 돌아가던 지금까지의 패턴을 깨고 갑자기 질문을 던져오는 바람에 그녀는 살짝 당황했다.

"혁신이 잘 진행된다는 전제하에서요."

화이는 그럴싸하게 들릴 만한 답을 내놓은 뒤 권 상무와 눈을 맞추었다. 느낌인지 모르겠지만 요 며칠 새 권 상무의 낯빛이 어두워지고 얼굴이 푸석푸석해졌다. 늘 단정했던 옷차림도 후줄근해 보인다. 양복 하의의 엉덩이가 번들거리거나 상의 뒷부분에 주름이 잔뜩져 있고, 같은 와이셔츠를 매일 입고 온다. 주석희가 없는 지금, 이 남자는 누구에게서 의식주와 휴식을 보조받을까. 주석희의 부재에 어떻게 대처하고 있을까. 주석희를 찾으려는 노력은 하고 있을까. 아마도, 그럴 것이다. 권 상무가 매섭게 부하직원들을 혼내거나, 책상에 앉은 채 멍한 상태로 한곳을 뚫어지게 응시하는 등, 전에 보이지 않던 틈을 보이는 걸 종종 보았다. 직원들이 사내 휴게실에 모여서 권 상무님 히스테리가 심해진 것 같다고, 무슨 일 있는 거 아니냐고 수군거리는 소리도 들었다.

"좀 더 들어보겠습니다. 계속 진행하시죠."

화이는 침착하게 말한 뒤 권 상무를 향해 생긋 웃어 보였다. 이 남자는 몰랐을 것이다. 주석희가 그대로 나가버릴 줄은. 그대로 행적을 감추어버릴 줄은. 주석희에 따르면 권 상무는 술을 마시고 폭력을 휘두른 뒤에 곧바로 집을 나가는 버릇이 있다. 제가 술 마시고 만들어놓은 추접한 흔적들에서 벗어나고 싶은 듯, 밖에서 혼자 혹은 지인과 몇 차를 더 다녀온 뒤 집으로 돌아온다. 그동안 주석희는 타박상을 입거나 피를 흘린 제 몸을 수습하고, 차렸던 술상을 치우고, 집 안 환기를 마친 뒤 권 상무를 기다린다. 그런 다음 날이면 권 상무는 꽃이나 선물을 사 오고, 서너 달은 그런 일이 일어나지 않는다. 그것이 이 부부 사이의 루틴이었는데, 이번에는 권 상무가 그 경계선을 넘어가 버렸다. 주석희에게 병원 신세를 져야 할 정도로 심하게 상해를 입혔고, 이제 주석희는 두 번 다시 그의 곁으로 돌아가지 않을 것이다. 권 상무에게 주석희는 단순한 아내가 아니었다. 신성포장을 장악하는 데 지력과 실행력과 인력을 제공해주는, 장자방이자 행동대장이었다. 당장 브이엠 건만 해도 회사 설립에서부터 고용, 사무실 마련, 업무 진행을 모조리 주석희가 맡아 하지 않았던가. 모르긴 해도 이 남자, 상당히 당황하고 있을 것이다.

"네, 그럼 진행하겠습니다."

권 상무가 화이에게 고개를 끄덕여 보인 뒤 리모컨으로 조금 전 곽 부장이 발표할 때 띄웠던 파워포인트 화면을 앞으로 넘겼다. 어두컴컴한 실내 한쪽 벽에 뜬 밝은 화면을 보며, 화이는 조금 전에 날아왔던 권 상무의 눈빛을 생각했다. 필요하지 않은데 두 번씩이나 질문을 던졌다. 그리고 날아왔던 눈빛. 탐색하는, 의심하는 눈빛이었다. 이 사람, 눈치챈 것일까. 주석희를 조력하고 있는 사람이 나라는 사실을. 그녀는 피식 웃었다. 설마. 아닐 것이다. 저와 한 팀인 주석희가 적장이나 다름없는 사장의 배우자에게 제 치부를 드러낼 거라 상상이나 하겠는가. 주석희가 배우자에게 두들겨 맞아 몸이 으스러지는 참변을 당했을 때 연락할 상대로 화이를 골랐다는 건 화이 자신도 진위를 의심했을 정도로 의외인 일이었다.

"곽 부장님이 아까 말씀하셨던 대로 지금 공장에서 하고 있는 초반 작업을 외주로 돌릴 경우……"

권 상무가 각 부서의 부장들이 내놓은 브리핑을 바탕으로 제 의견을 말하기 시작했다. 어제 오후, 이 남자가 외부업체와 미팅에 들어갔을 시간 동안, 화이는 이 남자의 대치동 아파트에 들어갔다 나왔다. 주석희가 부탁한 서류와 신분증, 통장을 확보하기 위해 남의 집에 무단으로 들어가는, 화이로서는 상당한 용기가 필요한 일이었다. 아파트는 깔끔히 치워져 있었다. 혹시 권 상무가 거처를 옮겼나 의심될 정도였다. 사람이 사는 흔적이 거의 보이지 않는 집을 살피며 잠깐 시간을 끌다가, 화이는 안방으로 가 주석희가 써준 리스트에 적힌 품목을 챙겼다. 다행히 물건들은 주석희가 일러준 자리에 있었고, 화이는 들어간 지 10분을 넘기지 않고 집 밖으로 나올 수 있었다.

"말씀하셨던 효과를 최대한 낙관적으로 잡을 경우에도 예산의 20퍼센트가 들어가야 한다는 소리입니다. 우리 입장에서는……"

권 상무의 힘 있고 딱딱 끊는 듯한 말투에 부장들이 빨려 들어간 듯 경청하는 가운데, 화이의 시선이 조심스레 권 상무를 향했다. 화면 쪽으로 몸을 반쯤 돌린 채 화면에서 나오는 빛을 받으며 통통한 턱살과 붉은색 양념자국이 남은 하늘색 와이셔츠, 어제도 그제도 매고 왔던 갈색 스트라이프 넥타이를 그녀 쪽으로 아낌없이 보여주고 있는 쉰세 살의 남자를.

주석희는 전에 몇 번 화이에게 했던 제안을 다시 내밀었다. 이번엔 더 구체적이고, 놀랄 만큼 액수를 늘려놓은 상태였다. 화이는 생각할 시간이 필요하다고 말한 뒤 정황을 보고 있다. 화이에게는 남편과의 이혼이 우선이었다. 이혼의 향방이 결정되어야, 이 회사를 통해 그녀가 살아갈 자금을 마련할지 말지를 정할 수 있다. 최선의 시나리오는 남편이 순순히 이혼에 동의하고, 그녀와 아이들이 살아갈 만한 합리적인 금액을 건네는 것이다. 그렇게만 된다면 회사 돈에 손을 대자는 주석희의 제안을 물리칠 수 있다. 하지만 남편이 끝까지 이혼을 거부하고 그녀 몫의 유산에 대한 읍소를 모른 척한다면…… 그때는 어쩔 수 없게 될지도 모른다. 화이는 손으로 어깨근육을 풀어준 뒤 화면을 주시했다. 웬만하면 회사 돈에 손대고 싶지 않다. 옳지 않은 일이고, 무엇보다, 자신이 아끼던 회사를 못 쓰게 만들고 싶지 않다. 그녀가 바라는 건 회사를 권 상무에게 넘기는 것이다. 권 상무가 주석희에게 알맞은 보상을 하고, 화이에게도 기여한 만큼의 지분을 쪼개서 넘겨준다는 전제가 있다면, 얼마든지 회사를 넘길 수 있다. 아니, 넘기고 싶다.

"문 부장님, 이 부분 반영하셔서 다음 회의 때 다시 발표해주시고요. 오늘 회의는 이것으로 마무리하겠습니다."

권 상무의 마무리 발언이 끝나자 곽 부장이 달려가서 조명을 켰다. 어둑했던 회의실이 순식간에 밝아졌다.

"수고하셨습니다."

일어서서 부장들과 인사를 나눈 권 상무가 화이에게 고개를 숙여 보였다. 노트북을 챙겨들고 일어서면서, 그녀도 고개를 숙여 보였다.

"수고하셨습니다."

권 상무, 당신은 언제까지 이 회사에서 수고할 예정인가. 화이는 회의실을 나오면서 생각했다. 권 상무가 주석희에게 알맞은 보상을 하고 화이에게 약간의 지분을 챙겨준 뒤 회사를 넘겨받아 온전하게 경영해나가는 시나리오는 절대 현실화되지 않을 것이다. 화이도 알고 있다. 그녀는 결국 탐탁지 않은 방안으로 선회하게 될 것이다. 어쩔 수 없다. 세상 일이 항상 매끈한 방식으로만 굴러가는 건 아니니까.

"약속 있으신가요?"

계단을 내려가려던 화이가 돌아서서 권 상무에게 말을 걸었다.

"아, 네. 조금 뒤에요."

11시 40분. 이 남자는 누구와 점심을 먹을까. 지금 이 남자의 마음속에선 무엇이 오가고 있을까. 이렇게 가까이 서 있는데, 이 남자의 사정이 어떤지 훤히 아는데, 화이는 그런 자신의 마음이 이 남자에게 보이지 않는다는 게 놀라웠다.

"상무님."

화이는 내려가 계단참에 선 뒤 다시 4층을 올려다봤다. 점심시간이 시작된 듯, 아래층에서 왁자지껄한 직원들의 목소리가 들려왔다. 점심으로 무얼 먹을지 의논하는 활기찬 음성들이.

"네?"

인상을 쓰며 핸드폰을 들여다보던 권 상무가 달갑지 않은 얼굴로 그녀를 내려다보았다.

"점심 맛있게 드세요."

앞으로 일이 어떻게 굴러갈지 모르겠지만, 그 모든 일이 일어난 뒤에, 권 상무여, 부디, 이 회사를 맡아주길. 눈으로 말한 뒤 화이는 몸을 돌려 계단을 내려갔다. 등 뒤에서 권 상무의 기계적인 화답이 들려왔고, 눈앞엔 점심을 먹기 위해 삼삼오오 무리 지어 층계를 내려가는 직원들의 모습이 분주하게 펼쳐졌다.

12/

“워낙 회사에 오래 계셨던 분이라 아무래도……”

화이는 말을 하다 멈췄다. 한시연은 후식을 먹느라 화이가 말을 멈췄다는 것도 인식하지 못했다.

식사할 때도 그랬다. 수프부터 샐러드, 케사디아, 스테이크가 차례로 나왔는데, 음식이 나올 때마다 한시연은 눈을 부릅뜨고 접시를 주시했다. 샐러드를 제외하고는 모든 음식을 3분의 1만 먹고 남겼는데, 그 3분의 1을 먹는 방식이 인상적이었다. 1) 일단 접시에 놓인 음식을 뚫어지게 쳐다본 뒤, 2) 소스나 치즈가루 같은 고염분 고당분 첨가물을 털어내고, 3) 포크로 극소량의 음식을 떠내 입으로 가져가서, 4) 엄청나게 느린 속도로 먹었다. 4번 과정에는 눈을 천천히 굴리며 수십 번 씹는 동작이 들어갔는데, 가끔씩 눈을 지그시 감고 정지했다가 다시 씹는 동작이 끼어들기도 했다.

마지막으로 후식이 나왔을 때 한시연은 아예 먹지 않을 것처럼 접시를 멀찌감치 밀어놓았다가, 화이가 제 몫의 후식을 거의 다 먹었을 때쯤, 두 손으로 조심스럽게 접시를 끌어당겨 진지한 얼굴로 먹기 시작했다. 후식에 임할 때도 지금까지 해왔던 것과 비슷한 단계를 거쳤지만, 포크 위에 얹히는 분량을 너무 작게 잡았기 때문에 화이에게는 식사시간 전체를 합친 것보다 더 오랫동안 먹는 것처럼 느껴졌다.

"아이스크림을 좋아하시나봐요."

두 개의 포크를 사용해 눈곱 분량만큼의 아이스크림을 덜어내 조심스럽게 입에 가져가는 걸 지켜보던 화이가 이렇게 말했지만, 한시연은 그 말을 듣지 못한 듯했다. 입에 눈곱만큼의 아이스크림을 담고 눈을 감은 뒤 미간과 콧등을 찡그리더니, 조금 뒤 눈을 뜨고 다시 첫 동작으로 돌아갔다.

"맛있으신가봐요."

화이는 한시연에게 고개를 들이밀고 말했다. 그제야 한시연이 고개를 들고 화이를 주시했다.

"네?"

여기가 어딘지, 묻는 사람이 누군지 잊었던 듯, 넋 나간 표정으로 응시하는 한시연.

"바닐라 아이스크림, 좋아하시나봐요."

"아……"

한시연이 얼굴을 붉히더니 조심스럽게 포크를 내려놓았다.

"맛있네요."

한시연은 입가에 미소를 머금고 반쯤 남은 바닐라 아이스크림과 그 위를 장식한 색색의 시럽을 쳐다보았다.

"정말 맛있어요."

제대로 다이어트를 해본 적이 없는 화이는 그제야, 자신이 방금 음식을 음미하면서 오래오래 씹어야 조금만 먹을 수 있다는 다이어트 기본의 법칙을 톱스타에게 행동으로 직접 전수받았음을 깨달았다.

"이런 걸 전혀 안 드셨어요?"

물은 뒤 화이가 손을 들어 종업원을 불렀다.

"아니요."

한시연이 입술을 붙여 조그맣게 만들며 엷게 미소 지었다.

"최근에 몇 번 먹었어요. 아이스크림은 아니었지만."

그러고는 다시 포크를 들어 아이스크림을 떠 올렸다. 이번에도 역시 눈곱 세 점을 뭉쳐놓은 듯한 분량이었다.

"보기 좋은 몸을 유지하는 게 쉬운 일이 아니네요."

말해놓고 실례인가 싶어 화이는 살짝 마음을 졸였지만, 포크를 입에 가져가는 한시연의 눈에 웃음이 어리는 게 보였다.

"우리 같은 사람들은 몸이 전부니까요."

입에서 포크를 빼낸 뒤 한시연이 이렇게 말하며 시선을 내리깔았다. 통통한 볼살 한가운데로 선명하게 파이는 보조개가, 수줍은 듯한 웃음이 너무나 눈부셔서, 화이는 햇살을 마주하고 있는 듯한 느낌이 들었다.

"그럼 연예인 분들은 모두 먹을 걸 자유롭게 못 드시나요?"

다가온 종업원에게 메뉴판을 가져다달라고 말한 뒤 화이가 물었다.

"사람에 따라 달라요. 저 같은 경우는 물만 먹어도 살이 붙는 편이라 정말 조심해야 합니다."

이렇게 말하면서도 한시연의 시선은 계속 후식 접시에 놓인 아이스크림을 향했고, 손은 포크를 움직여 눈물만큼의 아이스크림을 입으로 가져갔다. 세상에서 가장 오랫동안 아이스크림 먹기 대회를 하면 일등을 할 것 같은, 일관된 동작과 속도였다.

"맛있네요."

희미하게 음, 음, 소리를 내며 아이스크림을 먹던 한시연이 눈을 꼭 감았다 뜨며 말했다.

"이런 거 먹을 땐 일이 없어진 게 꼭 나쁜 것만은 아니다 싶어요. 한 달 전까지만 해도 이런 거 먹는 건 꿈도 못 꿨거든요."

포크 끝을 입술로 빨며 한시연이 미소 지었다. 코끝을 찡긋하며 눈에 주름을 만들어내는 천진난만한 웃음이었고, 순간 화이는 한시연을 안아주고 싶다는 생각이 들었다. 이 여자는 이제 이전처럼 활동하지 못할까. 이렇게 예쁜데? 이렇게 매력적으로 미소 짓는데?

"우리 차도 여기서 마시죠. 이 집이 차랑 디저트 잘해요."

"전 다 좋아요."

한시연이 아이처럼 명랑하게 말한 뒤 다시 아이스크림 오래 먹기 대회에 열중하는 것을 보고 화이는 메뉴판을 열어 디저트 메뉴 세 개를 무작위로 주문했다. 커피를 마시지 않는다는 한시연 몫으로는 홍차를, 제 몫으로는 에스프레소 더블을 주문했다. 오늘 아침에 커피를 두 잔이나 마셨는데도 진한 커피를 들이켜고 싶었다.

"승현 씨는 잘 있나요?"

화이가 이렇게 말한 것은 영원히 없어지지 않을 것 같던 건너편의 아이스크림 접시가 텅 비고 한시연이 아쉬운 듯 포크를 눕혀 아이스크림 접시를 닥닥 긁고 있을 때였다.

입에 넣었던 포크를 천천히 입 밖으로 빼내던 한시연이 눈을 동그랗게 떴다.

“제 남편 말이에요. 최승현 씨. 잘 지내고 있는지 궁금해요.”

화이가 다시 한번 말하며 제 앞에 놓인 그릇과 포크들을 똑바로 놓았다. 이런 말을 꺼낸 것은 순전히, 한시연이 ‘먹으면 안 된다’는 강박관념을 물리치고 아이스크림 먹는 모습을 보여주었기 때문이었다.

점심시간이 가까워지던 무렵, 한시연이 회사 앞으로 찾아왔을 때, 화이는 외부에서 오전 일정을 마치고 돌아오던 참이었다. 회사 건물 앞에 세워진 높다란 밴의 문이 열리며 한시연이 나왔다. 그리고 두 사람은 이곳, 회사 근처의 퓨전 레스토랑으로 왔다. 점심을 함께 한 한 시간 가까운 시간 동안, 둘 사이에는 이렇다 할 말이 오가지 않았다. 일교차가 커졌다거나, 전염병 때문에 이 좋은 날씨에 어디 놀러 가지도 못하겠다는, 그리고 마지막으로는 회사에서 ‘권 상무’라는 사람이 어떤 일을 하고 있는지에 대한, 둘 다 그다지 관심도 없고 하고 싶지도 않은 얘기를 건성으로 나누었다. 말은 주로 화이가 했고, 한시연은 ‘의례’에 가까운 먹기 행위에 열중하느라 고개를 끄덕이거나 의미 없는 호응으로 일관했다. 뜸을 들일 만큼 들였으니 이제, 본론에 들어가야 할 때였다.

“죄송합니다.”

한시연이 소리 나지 않게 포크를 내려놓더니 두 손을 무릎에 올리고 고개를 숙였다.

"그런 말이 아니에요."

화이는 머리를 귀 뒤로 넘긴 뒤 상체를 벽에 비스듬히 기댔다. 한시연이 너무 정색을 하는 바람에 어떻게 말을 이어야 할지 갈피를 잡을 수가 없었다. 화이는 한시연이 왜 내게 묻느냐고 잡아뗄 것이라 생각했다. 한시연이 그렇게 나오면 다 안다고, 괜찮으니 그냥 말씀하시라고 말할 예정이었다. 그리고 물으려 했다. 최승현과 결혼하고 싶은 거냐고. 그런데 이 여자, 조금 전 영혼으로 아이스크림을 흡입한 이 유명한 여자가, 심각한 얼굴로 죄송하다고 말하고 있다. 왜 이러는 거지?

"주문하신 디저트와 차 세팅해드리겠습니다."

검은 앞치마를 두른 남자 종업원이 다가와 차와 디저트 접시를 놓아주는 동안, 화이와 한시연은 서로 다른 방향을 바라보았다.

"드세요."

종업원이 테이블 세팅을 마치고 돌아간 뒤 화이가 딸기타르트와 초콜릿무스 접시를 한시연 앞으로 밀어주었다. 한시연은 제 앞에 놓인 디저트 접시엔 눈길을 주지 않은 채, 가만히 제 발치를 내려다보았다.

"승현 씨를 어떻게 생각하세요?"

발등에 시선을 고정한 채 바위처럼 굳어 있는 한시연과 마주 앉아 침묵을 지키다가, 화이가 다시 입을 열었다.

"죄송합니다."

한시연의 고개가 조금 더 아래로 낙하하는가 싶더니 얼굴에서 뭔가가 툭 떨어져내렸다. 화이의 뇌리에 그것이 눈물이라는 인식이 든 것은 몇 초 뒤였고, 황망해진 그녀는 눈을 동그랗게 떴다.

"시연 씨 지금…… 우시는 거예요?"

"죄송합니다."

한시연이 테이블에 놓였던 냅킨으로 눈 밑을 찍어내며 울먹이는 소리를 냈다.

화이는 고개를 옆으로 기울여 고개 숙인 한시연과 눈을 맞추려 애썼다. 아니, 왜 운단 말인가? 최승현이 달려와 호통을 쳐대는 광경이 요란하게 머릿속에서 펼쳐지다 사라졌다.

"맹세컨대 처음부터 이런 사이였던 건 아닙니다. 오해하시는 분들도 많았지만 최 사장님과 저는……"

한시연이 손으로 코와 입을 가리고 어깨를 들썩이더니, 조금 뒤 냅킨으로 눈물을 닦고 다시 말을 이었다.

"저는 다 이해합니다. 정말이에요."

화이가 내면에 존재하는 부드러움을 최대치로 긁어 모아 상냥하게 말했다.

"아닙니다. 아니에요."

한시연이 큰 소리로 외치며 고개를 저었다. 미간을 모으며 세차게 고개를 움직이는 모습이 사뭇 비장했다. 화이는 뭐라고 말하려다가, 입을 다물고 다음 말을 기다렸다.

"부사장님이 생각하시는 그런 관계, 절대 아닙니다. 최 사장님은 너무 좋으신 분이에요. 잘 아시겠지만 배려심이 남다르신 분이잖아요. 제게 어려운 일이 생겼을 때 도움을 주셨고, 그 이상은 아니었습니다."

한시연의 붉고 도톰한 입술에서 최승현과의 역사가 자근자근 흘러나왔다. 원래는 도움을 주는 '좋으신 분'이었고, 최 사장님도 자신도, 그 이상으로 갈 생각이 없었다. 그런데 코로나 오보 사건이 터지고 자신이 일체의 활동을 할 수 없게 되면서 상황이 변했다.

"한동안 제가⋯⋯ 병원에 입원했었습니다."

오보 사건 이후 한시연은 우울증이 심해져서 병원에 입원하기에 이르렀고, 한시연과 연락이 되지 않은 남편은 사방팔방 한시연을 찾아 헤맸다. 결국 남편이 극적으로 한시연을 찾아내 병원으로 찾아가면서, 둘의 관계는 급물살을 탔다. 병원에 입원했다는 부분에서 화이는 고개를 끄덕였다. 생전 처음 봤던 최승현의 어두운 얼굴, 방에서 새어나오던 울음소리의 연원이 밝혀지는 순간이었다.

화이는 손으로 턱을 괴고, 말을 쏟아놓는 동안 분주하게 움직이는 한시연의 탐스러운 볼살을 지켜보았다.

"제 잘못입니다. 최대한 빨리 정리하겠습니다."

우울증이 심해서 누군가 기댈 사람이 필요했다는 것이, 그래서 빨리 정리하지 못했다는 것이 한시연의 결론이었다.

"뭔가 오해하신 것 같은데요."

기나긴 고백을 들은 뒤 화이는 이렇게 말문을 열었다. 속에서는 여러 가지 말이 번뜩이며 우선순위를 다투었다.

"저는 시연 씨 입장 이해합니다."

이렇게 정직하게 나올 줄 몰랐다. 이렇게 순수하게 나올 줄 몰랐다. 무엇보다, 한시연이라는 유명인이 최승현에게 진정으로 '좋은 마음'을 품고 있을 줄 몰랐다.

"아니에요. 이런 일에 어떻게 이해를 바라겠어요. 제가 잘못했다는 거 알고 있습니다. 지금 당장 정리한다고 말씀드릴 순 없지만, 시간을 조금만 주시면, 네, 어떻게든 정리하겠습니다."

"일단 차부터 드시죠."

화이가 홍차 잔을 밀어주었다. 찻잔과 차받침이 테이블 위로 밀려가며 달그락거리는 소리를 냈고, 한시연은 손바닥으로 코를 누르며 훌쩍이는 소리를 낸 뒤 찻잔 속에서 티백을 건져내 위아래로 물기를 털어냈다.

"정말 죄송한 말씀인데요."

티백을 차받침에 내려놓으며 한시연이 말했다. 한시연은 말을 할 때 눈썹과 코와 윗볼 부분을, 그러니까 얼굴의 위쪽 반은 움직이지 않고, 시선을 상대에게 고정하거나 아래로 내리깐 채 얼굴의 아래쪽 반만 움직여서 말을 했는데, 얼굴의 윗부분이 굳건히 위엄을 지키는 가운데 붉고 오동통한 입술과 백옥 같은 볼이 조화를 이루며 바쁘게 움직이는 모습이 무척 매력적이었다.

"편하게 말씀하세요, 시연 씨."

화이가 밝은 표정으로, 부드럽게 말했다. 태어나서 이 순간보다 더 누군가에게 친절하게 보이길 갈망한 적이 없었다.

"보내주셨으면 좋겠습니다."

한시연은 치아가 희고 가지런했다. 그래서 화장을 하지 않은 상태인 지금도 붉은 입술과 탐스러운 볼을 배경으로 하얀 이가 드러났다 말았다 하는 폼이 참으로 아름다웠다. 이런 여자의 사랑을 받는다니, 아아, 최승현, 너는 얼마나 운 좋은 사내란 말이냐.

"뭘요?"

'보내주셨으면'이라는 말을 곱씹으며 명현과 래현을 떠올리다가 화이는 세차게 고개를 저었다. 이 여자가 그런 이야기를 할 리가 없지 않은가!

"…… 죄송합니다."

한시연이 말을 하려다 말고 아랫입술을 깨물며 시선을 내리깔았다.

"편히 말씀하시라니까요!"

입에서 갑자기 퉁명스러운 말이 튀어나가는 바람에 화이는 깜짝 놀랐다.

"말씀하세요. 뭘 보내드리면 되죠?"

재촉하듯 말한 뒤 화이는 에스프레소 잔을 들어 벌컥벌컥 커피를 들이켰다. 이렇게까지 너그러운 품새를 해 보였는데 왜 말을 못하는가! 제발 빨리 말하라! 조금 전까지 예쁘고 싱그러워 보이던 한시연의 볼살과 도톰한 입이 갑자기 미련하고 둔하고 촌스럽게 보였다.

"계약금…… 요."

순간 화이는 기분이 급변하는 걸 느꼈다. 이 만남이 시작되던 순간부터 품었던 의문, 도대체 이 유명인이 왜 나를 찾아왔는가? 하는 의문이 깨끗이 풀렸고, 보내달라는 말이 아이들의 양육권과는 아무런 관련이 없다는 사실이 밝혀졌기 때문이다. 그리고 물론, 한시연의 볼살과 도톰한 입은 매력적이고 상큼하기 그지없는 빼어난 피조물임에 틀림없었다.

"오늘 오후 내로, 아니 오후가 뭐야, 제가 회사 들어가면 곧바로 처리하겠습니다."

지난주에 양미래가 퇴사했다. 신성포장의 입장에서 보면 그리 큰 일이 아니었지만 신영진과 양미래를 제외하면 사내에 말 섞을 사람이 아무도 없는 화이에게는 큰일이었다. 양미래는 퇴사를 일주일 앞둔 시점에 건조하게, "저 이직해요, 부사장님"이라고 말함으로써 화이의 가슴에 찬물을 끼얹었다. 양미래는 화이에게 가끔 놀러 오겠다는 말만 남기고 갔다. 그나마 친하다고 할 수 있을 직원이 퇴사한 뒤, 화이가 그 직원에게 맡겼던 일들 중 몇 건이 미해결 상태로 남았다. 그리고 지금, 한시연이 그 미처리 상태의 일들 중 하나를 들고 와 항의하는 중이다. 왜 보내주기로 한 계약금을 보내주지 않았느냐고.

"직원 한 명이 그만뒀는데, 그 자리에 후임을 따로 안 뽑았거든요. 그래서 송금에 관한 건 회계팀 염 대리란 분께 직접 가서 얘기해야 한답니다. 염 대리는 음, 좋은 분인데, 아무래도 그 일을 원래 담당했던 직원한테 했던 것처럼 편하게 말할 수 없는 사이다보니까, 밀리는 일이 몇 건 생기네요."

화이는 손짓 발짓을 섞어가며 변명을 늘어놓았다. 한시연이 양미래에게도 염 대리에게도 관심이 없으리란 걸 알았지만, 돈을 보내주기 싫어서 미룬 게 아니라는 걸 어떻게든 나타내고 싶었다.

"그럼 언제……"

한시연이 비스듬히 화이의 목을 쳐다보며 말꼬리를 흐렸다.

"오늘 오후에, 혹시 늦어져도 내일 오전까지는 꼭 송금하겠습니다. 제가 직접 확인할게요."

"고맙습니다, 부사장님."

한시연이 입술 양 끝에 힘을 준 상태로 고개를 까딱해 보인 뒤 두 손으로 딸기타르트 접시를 들어 제 앞에 놓았다. 그리고 한동안 멈추었던 '천천히 음미하며 포만감을 최대화함으로써 칼로리 총량 줄이기 의례'를 다시 시작했다. 화이는 무지개색 레이어드 케이크를 당겨 세 번의 포크질로 순식간에 접시를 비운 뒤 한시연의 의례를 인내하며 지켜보다가, 입을 열어 몇 마디 말을 했다. 그러자 의례에 열중하던 한시연의 고개가 올라가며 동공이 확대되었고, 한동안 의례는 이어지지 못했다.

13/

사무실에 돌아오니 회의실에 손님이 와 계시다는 메시지가 들어와 있었다. 회의실 문을 열고 들어가자 주건희의 뒷모습이 보였다. 신성포장 역사상 가장 큰 규모의 예산이 들어가는 프로젝트의 책임자인 주건희는 작은 백팩을 멘 채 앉아서 테이블 모서리를 응시하고 있었다. 무릎을 모으고 두 손을 얌전히 테이블에 올린 모습을 보니 보호본능 같은 게 일었다. 생각해보니 지난번에도 이런 모습이었던 것 같다. 구부정한 어깨, 무구한 표정, 소심하고 서투른 동작.

"어, 안녕하세요?"

인기척을 느낀 주건희가 일어서 뒤돌더니 허리를 90도로 꺾어 보였다. 그 바람에 등에 멘 백팩이 머리 너머로 흘러내릴 뻔하다가 다시 꺾여 제자리로 돌아갔다. 흰색 가죽에 군데군데 금장식과 술이 달린 자그마한 여성용 백팩이 눈앞에 달각거리다 사라지는 걸 보며 화이는 가만히 청년을 주시했다. 테이블 위에는 또 다른 백 두 개가 놓여 있었다. 들어설 때는 주건희의 몸에 가려 보이지 않다가 주건희가 일어서자 비로소 모습을 드러낸 것이다. 각각 샤넬과 루이비통 로고를 단 두 개의 핸드백은, 정품 혹은 누구도 분간할 수 없을 정도로 정교하게 흉내 낸 모조품일 듯했다. 화이는 미간을 좁히며 머리를 쓸어 넘겼다. 왜 저런 걸 들고 왔지? 거래처 결재권자에 대한 뇌물이라고 보기엔 너무 노골적이고, 너무 투박했다.

"그게 뭐죠?"

화이는 가볍게 목례한 뒤 곧바로 물었다. 작고 깜찍한 백들의 정체가 궁금해서 견딜 수가 없었다.

"누나가 갖다드리라 해서요."

주건희가 해맑게 웃으며 마스크를 벗고 메고 있던 여성용 백팩을 풀었다. 그러자 테이블 위에 흰색 백팩과 단행본 책 한 권이 들어갈 크기의 검은색 핸드백, 그보다 약간 작은 크기의 오색 핸드백이 나란히 놓여 그녀를 향하는 풍경이 완성되었다.

"이걸 다요?"

걸어서 탁자로 다가가자 주건희가 뒤로 물러서며 세차게 고개를 끄덕였다. 마스크는 청바지 한쪽 주머니에 반쯤 들어가 떨어질 듯 말 듯 위태롭게 고리를 달랑거리고 있었다. 입에 힘을 주고 열심히 고개를 주억거리는 모습이 꼭 엄마 심부름을 마친 초등학생 같아 보였다. 심지어 몸에서는 베이비파우더 비슷한 냄새가 났다.

무심코 오색의 루이비통 백을 열었다가 화이는 헉, 소리를 내며 닫았다. 새 제품 냄새가 물씬 풍기는 그 작은 가방 안쪽에 현금이, 영어와 숫자로 도안된 푸른 지폐가 가득 차 있었다.

"뭐예요, 이게?"

"누나가 갖다드리라 해서요."

고개를 숙인 채 눈을 치켜떠 화이를 보던 주건희가 아까와 똑같은 대사를 읊으며 배시시 웃었다.

"이걸 왜요?"

백팩에도, 검은색 샤넬 백에도, 똑같은 내용물이 들어 있었다. 백장 단위로 묶기 마련인 띠지도 없이, 낱장의 돈들이 정직하게, 일렬로 늘어서 밀폐된 공간을 채웠다.

"갖다드리면 아실 거라고."

멋쩍은 듯 두 손으로 허벅지를 문지르던 주건희가 이렇게 말한 뒤 허리를 꺾어 보였다. 90도를 훌쩍 넘어선, 거의 무릎에 얼굴을 붙이다시피 하는 수준의 인사였다.

"그럼 전 이만 가보겠습니다. 안녕히 계세요."

핸드폰을 청바지 뒷주머니에 꽂으며 다시 한번 과격하게 허리를 숙여 보이는 주건희.

"잠깐만요."

막 회의실 손잡이에 손을 올리던 주건희가 뒤돌아보았다. 나는 세상에 아는 게 아무것도 없어요, 라고 말하는 듯한 해사한 얼굴이 화이를 향했고, 그녀는 불러 세우긴 했지만 막상 뭐라 해야 할지 모르고 있다는 사실에 직면했다.

"다시 가져가요."

일단 이렇게 말하며 가방들을 그러모았다.

"아뇨, 아뇨. 안 됩니다."

보기보다 묵직한 가방을 들어 건네자 주건희가 세차게 고개를 저었다. 마치 화이가 저를 때리겠다고 포고한 양 두 손을 뻗으며 겁먹은 눈빛을 해 보이는 주건희.

"아뇨. 아뇨. 저 그럼 누나한테…… 맞습니다."

팔을 끌어당겨 억지로 백을 쥐여주려 하자 주건희가 두 손을 뒤로 감추며 결연한 표정을 해 보였다. 깡마른 몸에 커다란 귀를 한 젊은이가 그런 자세를 취하는 걸 보고 있으니 화이는 무슨 깡패 짓이라도 한 듯한 기분이었다.

"내가 누나랑 통화할 테니까 일단 가져가요."

"안 됩니다, 안 됩니다."

주건희가 두 팔을 뒤로 모으고 고개를 돌린 채 눈까지 감아버리는 바람에 결국 달러로 가득 찬 백들은 화이의 손을 떠나지 못했다.

"일단 받으시고 다시 누나랑 얘기하시면 안 될까요? 저는 언제든지 그거 가지러 올 수 있습니다."

주건희가 턱으로 가방을 가리키며 애원하듯 말했다. 화이는 뚫어지게 주건희를 쳐다보다가 후, 하고 한숨을 내쉬었다.

"그래요, 그럼."

그녀는 고개를 저으며 백들을 테이블 위에 놓았다. 더 권했다간 이 커다란 귀의 청년이 울음을 터뜨릴 것 같았다.

"헤헤, 감사합니다."

주건희가 머리를 긁적거리며 좋아죽겠다는 표정을 지었고, 그녀는 팔짱을 낀 채 주건희를 비스듬히 쳐다보다가, 눈을 번쩍 뜨고 주건희를 불러 세웠다.

"건희 씨."

"네?"

문밖으로 나가려던 주건희가 돌아섰다.

"다시 한번."

그녀는 다가가 주건희의 얼굴을 들여다보았다.

"네?"

"다시 한번 웃어볼래요?"

이 얼굴에, 감사하다며 온 얼굴을 찌그러뜨리며 웃을 때, 정확히 말하면 그 웃음이 거의 끝나고 몸을 돌리기 직전의 한 순간에, 뭔가가 나타났다. 주건희는 볼살이 많고 피부가 살짝 늘어지는 편이라 웃을 때 눈밑 어느 지점에 보조개와 주름의 중간 정도 되는 '골'처럼 생긴 곡선이 생겨나는데, 조금 전 웃음이 끝나고 그 곡선이 사라지기 직전의 순간에 갑자기 번뜩이는 눈빛이 나오며 그 곡선과 기묘한 조화를 이루었다. 억지로 짓고 있던 표정이 걷히며 순간적으로 원래의 얼굴이 나타난 느낌이랄까. 맹하다거나 해맑다거나 하는 표현과 가장 거리가 멀 그런 눈빛이, 날카롭게 꿰뚫어보는 듯한 눈빛이 그 '골'과 어우러지는 타이밍이 있었다.

"왜…… 그러시는데요?"

주건희가 검지로 짧게 밀린 머리카락 틈으로 드러난 귀 위쪽을 긁기 시작했다.

"아니에요. 오늘 수고 많으셨어요."

화이는 조금 전의 상념을 떨쳐버리듯 고개와 손을 동시에 휘저었다.

"네, 그럼."

천천히 눈을 감았다 뜬 주건희가, 마치 달게 자던 낮잠에서 깬 뒤 이제야 여기가 어딘지 인식했다는 듯한 표정을 지으며 다시 고개를 숙여 보였다. 그리고 마스크를 한 뒤 회의실을 나섰다. 갑작스러운 방문자가 자취를 감춘 지 한참이 지나도록, 화이는 그 자리에 서서 움직이지 않았다. 조금 전 마주친 표정. 그 표정은 무엇이었을까. 혹시 내가 이 백들의 돌연한 등장에 충격을 받아서 모든 걸 너무 극적으로 채색해 보고 있는 걸까? 아니면 요새의 내 심리상태를 주건희의 표정에 투사하고 스스로의 모습에 기함한 것일까? 알 수 없는 일이었고, 생각해봤자 소득이 없을 것이었다. 화이는 천천히 테이블로 다가가 백팩을 메고 두 개의 손가방을 들었다. 3층으로 내려가 책상에서 차 키를 손에 넣은 뒤 주차장으로 직행하는 거다. 그녀는 머릿속에 동선을 두어 번 그려본 뒤 심호흡을 하고 회의실을 빠져나왔다.

14/

호텔로 가는 길에 비가 내렸다. 한남대교를 빠져나가기 직전에 빗방울 서너 개가 차창을 때리더니, 어느 순간 장대비로 바뀌었다. 와이

퍼를 최고 속도로 작동시켜도 시야가 확보되지 않는 상태에서 화이는 운전대에 매달려 벌벌 떨며 호텔에 도착했다. 차를 주차하고 로비에 갔을 때엔 거짓말처럼 비가 그쳐, 호텔 로비 창에 맺힌 빗방울만이 조금 전 거대한 습기가 세상을 뒤덮었음을 증언해주었다.

주석희는 이미 체크아웃하고 나간 상태였다. 화이가 신용카드로 결제한 것을 취소하고 제 카드로 호텔비를 지불하는 깔끔한 뒷마무리까지, 참으로 주석희다운 퇴장이었다. 오늘 병원에 혼자 가겠다 해서 무심코 그렇게 하라 했던 게 실수였을까. 로비 소파에 앉아 지난 며칠을 곱씹다가, 화이는 상황을 받아들이기로 했다. 맺고 끊는 게 분명한 주석희의 성격상 어차피 이렇게 될 일이었다. 그게 언제가 되느냐의 문제였을 뿐.

두 번 연속으로 걸었지만 주석희는 전화를 받지 않았다. 뒤늦게 병원 진료를 받고 있을지 모르겠단 생각이 들어, 이번엔 주건희에게 전화를 걸었다. 주건희는 누나의 병원행에 동행하지 않았다 했다. 누나가 머무는 거처를 대라고 하자 몇 번 망설이더니, 제 집에 올 예정이라 했다. 그러면서도 주소를 가르쳐주지 않았다. 너무 누추한 곳이라는 것이, 그 둔하고 무구한 청년의 일관된 대답이었다. 상대를 빛의 속도로 머리가 돌아가는 교활한 청년이라고 한순간이나마 의심했던 자신이 부끄러워질 정도로 맹한 대답이 후렴구처럼 반복되었다. 화이는 알았다고 말하고 전화를 끊었다. 그리고 조금 뒤 다시 전화를 걸었다. 이번엔 처음부터 강하고 집요하게 나가서 주건희의 집 주소를 얻어냈고, 주차장으로 가 목적지를 설정하고 차를 몰기 시작했다.

운전대를 잡자마자 그쳤던 비가 다시 쏟아지기 시작했다. 화이는 비오는 날 운전에 취약하다. 시야가 번져 차선이 잘 보이지 않고, 시력도 잘 나오지 않는다. 강서구에서 주건희의 집이 있는 오금동으로 가려면 적어도 한 시간은 도로 위에 있어야 할 텐데, 이런 빗길을 뚫고 운전을 하는 게 맞는지 분간이 되지 않았다. 올림픽 대로를 타기 전, 어딘가에 차를 주차하고 택시로 갈아탈까 하는 생각이 들었지만 조수석에 놓인 앙증맞은 백 세 개가 발목을 잡았다. 저 무서운 백들을 돌려주려면 어쩔 수 없이 차를 운전해서 가야 할 것이었다.

주건희의 집은 오래된 2층 양옥들이 다닥다닥 붙은 골목에 있었다. 내비게이션이 목적지에 도착했다고 알려준 자리에 주건희의 집은 없었다. 들이치는 비 때문에 시야가 확보되지 않은 상태에서 똑같이 생긴 골목들을 돌며, 한순간 돌아다니던 길고양이를 칠 뻔해 혼자서 날카롭게 소리를 지르는 해프닝을 겪은 뒤에, 화이는 겨우 주건희의 집을 찾을 수 있었다. 파란 대문이 있는 커다란 집이 가로막고 있어 미처 보지 못했던 3층짜리 다세대주택이 있었는데, 그 집의 지하에, 그의 집이 있었다.

병원 진료를 마치고 화이보다 먼저 도착해 있던 주석희는 화이가 백들을 들고 현관문에 들어서는 걸 보더니 노발대발했다. 믿을 수 없다는 듯 불청객을 쳐다보다가 등짝을 때리며 동생에게 화를 냈고, 한순간 체념한 듯 화이를 거실로 안내했다. 거실이라 해봤자 라면 냄비가 놓인 식탁 바로 뒤에 있는, 옷가지와 서류철이 잔뜩 쌓인 좁은 공간이었다. 세간이 하나도 없고, 거실 면적의 대부분을 옷가지와 쇼핑백, 찬통이 잔뜩 쌓인 커다란 교자상이 차지하고 있었다. 집 안 전체에서 눅눅한 냄새와 지린내가 났는데, 거실 윗부분에 달린 환풍기 옆 작은 창의 창살 틈으로 빗방울이 떨어지는 거리와 지나가는 행인들의 신발이 보였다. 어릴 때 살던 집 지하에 있던 제 방과 크게 다를 바가 없어 화이에게는 익숙한, 과장하자면 살짝 반갑기까지 한 풍경이었으나, 주석희는 화이를 이런 공간에 들인 걸 대단히 못마땅해하는 눈치였다.

화이는 주석희가 안내한 교자상에 앉지 않고 식탁으로 갔다. 식탁에는 모락모락 김이 피어오르는 라면 냄비와 군데군데 이가 빠진 사기 국그릇 두 개가 놓여 있었다.

"이런 걸 달라는 말이 아니었잖아요."

새 가죽 냄새가 물씬 풍기는 백들을 라면 냄비 옆에 내려놓으며 화이가 단호하게 말했다. 가방을 가져갈 생각이 전혀 없음을 보여주겠다는 듯.

"그런 소리든 아니든 그게 뭐가 중요해."

주석희는 식탁 옆에 서서 물컵을 들어올렸다. 실밥을 풀고 온 듯, 때 낀 것처럼 입 옆에 거슬리게 얽혀 있던 실이 사라지고 대신 움푹 팬 자국들이 남아 울룩불룩한 결을 만들어내었다. 주석희는 그 흉터 옆에 자리 잡은 날렵한 입술로 물을 죽 마신 뒤 말을 쏟아냈다.

화이는 두 개밖에 없는 식탁의자 중 하나를 제 쪽으로 당겨 앉은 뒤 주석희를 쳐다보았다. 오래되어 색이 흐려진 옥색 의자가 성인 여자 한 명의 몸무게를 받아 흔들리며 삐걱거리는 소리를 냈다. 주석희는 호텔에 머물렀던 일주일 동안 화이의 얼굴을 보기만 하면 쏟아냈던 이야기를 다시 한번 요약본으로 전개했다. 그러고는 이 돈을 받고 자신을 믿어달라고, 한 팀이 되어 일을 진행하자고, 둘이 힘을 합치면 멋지게 일을 끝낼 수 있다고 힘주어 말했다.

"석희 님을 못 믿는다는 게 아니에요."

손으로 이마를 짚은 채 주석희의 이야기를 듣다가, 화이는 두 손바닥을 펴서 흔들어 보였다. 좁은 집에서 나는 냄새, 퀴퀴하다는 말로는 다 설명할 수 없는 온갖 종류의 비릿한 냄새가 숨을 쉴 때마다 피부를 뚫고 들어왔다. 이 공간에 들어온 뒤에야, 그동안 주석희라는 인물에 대해 채우지 못했던 퍼즐 한 조각을 찾아 제자리에 끼워 넣은 것 같았다.

"저녁 드셨어요? 라면이라도 같이……"

식탁 건너편에 앉아 있던 주건희가 뜬금없이 끼어들자 주석희가 곧바로 "조용히 해!"라고 동생의 입을 막아버렸다.

주석희가 선 채로 다시 말을 잇다가 식탁 뒤의 벽으로 가 쭈그리고 앉았고, 그제야 소리 내지 않으려 노력하며 조심조심 라면을 먹던 주건희가 일어나 누나에게 의자를 양보했다. 주건희는 제가 먹던 그릇과 젓가락을 들고 주석희가 앉았던 바닥에 쭈그리고 앉아 다시 라면을 먹기 시작했다.

식탁에 자리 잡은 주석희가 이미 두 번이나 했던 이야기를 좀 더 노골적인 버전으로 바꾸어 다시 한번 풀어놓았다. 화이 너는 회사에서 브이엠으로 건너가게 되는 결제분을 모두 지급해라. 그중 한 건, 가장 큰 금액이 걸려 있는 마지막 건을 브이엠 해외지부에 보내면 된다. 결재권이 너에게 있으니 충분히 가능한 시나리오다. 네 남편이 밖에 나가 있고, 내 남편이 아직 내 행적을 쫓지 않고 있는 지금이 적기다. 서둘러야 한다. 네 남편이 한시연에게 싫증을 내거나, 내 남편이 갑자기 나를 쫓기 시작하면 모든 게 수포로 돌아간다. 물론 그 돈을 손에 넣은 뒤 내가 배신할지도 모른다는 너의 걱정은 충분히 이해한다……

"아니에요! 그런 걱정 안 해요!"

화이가 말을 끊고 끼어들었다. 주석희가 제 배신에 대한 화이의 걱정을 언급하고, 화이가 끼어들어 그렇지 않다고 극구 부정하는 것도, 이미 주석희와 화이 사이에 몇 번씩 벌어졌던 진부한 레퍼토리였다.

"끝까지 듣고 얘기해."

그리고 언제나 그래왔듯, 주석희가 화이를 똑바로 쳐다보며 고압적으로 말했다. 낮고 중성적인 톤, 군더더기 없는 내용, 상대의 감정을 배려하지 않는 말투, 그리고 제 감정에 대한 표현이 전혀 없는 이야기 방식. 주석희는 늘 그런 식으로 말했다. 주석희의 머릿속은 온통 제가 남편에게 펼쳐갈 복수와, 그렇게 하기 위해 저와 조력자인 화이가 해야 할 일들, 일을 벌인 다음의 마무리 수순으로 가득 차 있었다. 가만히 앉아 있다 우는 모습도 보였고, 분노하며 남편의 악행을 늘어놓는 순간도 있었지만 다른 감정을 드러내거나 그 얘기를 듣고 있는 화이에게 공감을 표하는 말은 일절 하지 않았다. 감정이 거의 없는 사람처럼 보인다 할까. 주석희에겐 세상이 온통 자신과 적, 적을 섬멸해야 한다는 당위로만 이루어진 것 같았다.

"물론 너한테 이 금액이 만족스럽진 않겠지. 그런데 지금은 어쩔 수 없어. 동원할 수 있는 자금이 이게 다야. 일이 마무리되면 무조건 너한테 송금부터 할게. 약속해, 화이야."

주석희가 수십 번씩 밝힌 계획에 따르면, 주건희 남매는 송금이 이루어지는 순간 곧바로 돈을 인출하고, 그 돈의 절반을 화이에게 전달한 뒤, 신성포장과 권 상무의 시야에서 완전히 사라질 것이었다. 그렇다면 이 남매가 약속한 분량만큼 화이에게 넘겨주리라는 걸 어떻게 확신한단 말인가? 화이는 이 부분에 대한 염려를 빙빙 돌려 우회적으로 표했고, 그에 대한 주석희의 답이 오늘 신성포장을 방문한 주건희, 예쁜 백팩을 메고 명품 손가방 두 개를 손에 들고 나타난 주건희였다.

"그걸 걱정하는 게 아니에요."

화이는 걱정하는 부분에 대해 또 한 번 염려를 표했다. 브이엠 해외지부로 돈이 빠져나가고 나면 회사는 어떻게 되는 건가? 내가 오랜 세월 몸담았고, 지금의 모습으로 자리 잡기까지 여러 경로로 공을 들였던 회사다. 그런 회사를 함부로 흔들고 싶지 않다. 남편에게서 벗어나는 것과 신성포장을 흔들어 위태롭게 하는 것은 다른 문제다. 또한 이렇게 끝난다 해도 아이들의 아빠인 최승현이 회사를 잃고 미친 듯이 날뛰다가 무너져내리는 모습을 보고 싶지 않은 마음도 있다. 그러니 좀 더 계획을 세심하게 수정했으면 좋겠다는 요지의 이야기를 했다.

"너 미쳤어? 지금 우리가 소꿉장난하는 줄 알아?"

주석희는 이 부분을 이해하지 못했다. 화이가 남편에게 벗어나기 위한 방법으로 어쩔 수 없이 이 계획에 가담하기는 하지만, 근본적으로 이 일을 하는 걸 꺼림칙해하고, 헤어지더라도 남편이 한 인간으로서 잘 살기를 바란다는 부분을. 이 부분에 이르면 주석희는 화이에게 순진한 공상을 하고 있다고 일침을 놓은 뒤 자신은 지금은 돈만 챙기지만 나중엔 남편을 죽일 거라고 했다. 너도 남편을 죽이라고, 안 그러면 그 남자가 너를 가만히 두겠느냐고, 화이에게 자신처럼 사고할 것을 종용했다. 화이는 이 부분에 이를 때마다 섬뜩했다. 거대한 벽에 직면한 느낌이라 할까. 물론 주석희는 화이와 생각하는 게 다를 수 있다. 주석희는 유학 가 있는 아들에게 그다지 애정이 없고 권 상무와 갈라서면 양육권을 통째로 넘길 생각이다. 그러니 권 상무를 적으로만 생각하는 것도 이해할 수 있다. 이혼의 최우선 조건을 아이들의 양육권을 가져오는 것으로 상정하는 화이와는 생각하는 틀 자체가 다른 것이니. 그러나 화이는 최승현을 완벽하게 적군으로 취급할 수 없다. 아이를 낳은 순간, 이화이와 최승현의 일부분이 떨어져나와 돌이킬 수 없이 섞여버렸으므로. 아이들은 자신과 최승현을 반반 섞어 빚은 또 하나의 자신이었으므로. 이혼을 하든 무엇을 하든 이 천형은 절대로 풀 수 없으므로. 주석희는 이 부분을 이해하지 못했다. 화이 역시 그런 주석희를 이해할 수 없었다.

"저도 알아요. 어느 정도는 주변 사람들에게 상처를 줄 수밖에 없겠죠. 이런 짓을 하면서 어떻게 아무도 상처 입지 않길 바라겠어요. 하지만……"

피투성이가 된 주석희를 보았을 때 화이는 이미 마음을 정했다. 주석희의 계획에 따르기로. 사실 화이가 바라는 수준의 현금은 이미 다 마련되었다. 시모가 준 돈과 식탁에 놓인 명품 백 속 달러를 합치면, 그 돈으로 서울 외곽에 집 한 칸 얻고, 성실히 일해(미용사 자격증에 다시 도전할 예정이다) 생활비를 벌며 검소하게 살 수 있을 것이다.

다만 마음에 걸리는 것은 주석희의 이러한 성향이다. 분노와 책략 외엔 아무것도 없어 보이는 사람. 제 감정에도, 남의 감정에도, 관심을 갖거나 공감하는 능력이 없어 보이는 사람. 이런 사람과 같이 일을 도모해도 될까? 일이 벌어지고 나면 최악의 경우 감옥에 가거나, 사적으로 최승현에게 보복을 당할 수 있다. 최선의 경우라도, 어떤 형태로든 마음에 여파가 남을 것이다. 그런 경우에 함께 일을 도모한 사람과 사후연락을 할 수 없다면, 일어난 일에 대한 후회와 자책과 아쉬움을 곱씹으며 마음을 나눌 수 없다면, 어떻게 자신을 추스를 수 있을까? 화이의 말이 이어지길 기다리던 주석희가 의자 위에 올린 무릎을 그러안은 채 입을 조그맣게 벌려 하품을 했다. 지루해하는 게 역력한 주석희를 보며 화이는 생각했다. 주석희와의 관계에 이렇게 신경 쓰는 건 내가 너무 겁에 질려 있기 때문일까? 원래 공범이었던 인물들은 깔끔하게 갈라서서 다시는 연락하지 않는 것이 최선일까?

"엄마아아아!"

그새 식탁으로 돌아와 빈 라면그릇을 다시 채워 살금살금 있던 자리로 돌아가던 주건희가 발을 잘못 디뎌 손에 든 국그릇을 떨어뜨렸고, 그릇이 바닥에 떨어지며 요란한 소리를 냈다. 말만 한 청년에게서 엄마를 찾는 비명이 나오고, 그릇이 산산조각 나 파편이 거실 멀리까지 튀고, 라면국물과 면발, 흰자와 노른자 조각들이 지저분하게 바닥에 널린 가운데 주석희가 벌떡 일어나 들끓는 소리를 낸 것은 동시의 일이었다.

"야, 넌 눈이 없어?"

주석희가 번개처럼 식탁을 돌아가 뒤통수를 내리치자 주건희가 앞으로 넘어지면서 바닥을 짚었고, 그 순간 손바닥이 사기그릇의 파편에 찍혀 바닥에 핏물이 고였다.

"넌 이 상황에서 라면이 넘어가냐? 이 거지 같은 새끼!"

주석희가 네 발로 엎드린 동생을 뒤에서 마구 걷어찼고, 바닥에 미끄러지며 라면 국물과 면발에 얼굴을 파묻은 주건희가 팔을 허우적거리며 그만하라고 소리 질렀다. 누나 왜 이래! 그만해! 아이씨, 피나잖아!

화이는 주석희를 뒤에서 안아 주건희가 빠져나갈 시간을 준 뒤 씩씩거리는 주석희를 식탁의자에 앉혔다. 주건희는 엉망이 된 얼굴로 기어서 거실에 놓인 진공청소기를 향해 나아갔다. 화이는 주석희를 놓아주고 차 키와 핸드폰을 집어들었다. 주건희의 손에서 떨어지는 피도 그렇고, 저러다 또 사기 조각을 짚겠다 싶어 치워주고 싶은 마음이 굴뚝 같았지만, 지금은 이 집에서 나가는 것이 이 남매를 진정시키는 길일 것 같았다.

"먼저 갈게요."

몸을 돌려 나오려는데 주석희의 손이 화이의 팔목을 붙잡았다.

"이거 가져가."

명품 백 세 개를 그러모아 쥐여주며 주석희가 눈을 부릅떴다.

화이는 경련하듯 고개를 저으며 뒷걸음질쳤다.

"정말 이럴 거야? 빨리 못 받아?"

주석희의 튀어나올 것 같은 눈동자가 가파르게 오르내리고, 깨문 입술 새로 이를 가는 듯한 말투가 새나왔다.

"이화이, 잘 들어. 너 우리 남매가 이 돈 구하려고 어떤 짓을 했는지 알아? 아마 알면 무릎 꿇고 고맙다고 절하고 싶어질걸."

주석희의 눈빛에는 살의가 담겨 있었다. 이 여자가 정말 권 상무를 죽일지도 모르겠구나. 생각하며 그 눈을 쳐다보는데, 갑자기 위잉 하는 청소기 소리가 들려왔다. 그동안 젖은 걸레로 바닥을 수습한 주건희가 진공청소기로 작은 사기 조각들을 빨아들이고 있었다.

"조용히 해, 이 새끼야! 넌 머리가 그렇게 안 돌아가?"

주석희가 버럭 소리 지르자 청소기 소리가 순식간에 사라졌다.

"화이 넌 빨리 이거 챙겨. 아, 돌아버리겠다. 왜들 이러는 거야, 진짜! 미치겠어, 진짜."

주석희가 양손으로 머리를 감싸 쥐고 아아악 소리를 내며 상체를 흔들더니, 불쑥 화이의 얼굴에 백들을 들이밀었다.

"받아, 빨리!"

화이는 백을 받아든 뒤 사기그릇 파편이 튀지 않은 곳으로 넓게 돌아 현관으로 갔다. 센서등이 고장 난 듯 현관 불빛이 파닥거렸고, 현관 근처에서 썩은 생선 냄새가 강하게 코끝을 자극했다. 주석희는 화이가 세 번 연속 재채기하는 것을 팔짱을 끼고 서서 인내하다가, 이런 말을 덧붙이는 것으로 작별인사를 갈음했다.

"송금하면 바로 건희 통해 보내줄게, 현금으로."

화이는 선 채로, 식탁에 몸을 기댄 채 게슴츠레한 눈으로 그녀를 보고 선 주석희와 청소기를 돌리기 위해 그녀가 나가기만을 기다리는 주건희를 한 번씩 쳐다본 뒤 그 집을 빠져나왔다. 지상으로 오르는 가파른 계단에 자신이 만들어내는 구둣발 소리가 선명하게 울려 퍼졌다.

15/

차에 시동을 걸다가 남편의 차가 들어오는 걸 보았다. 11월의 첫 월요일. 미리 회사에 가서 밀린 일을 처리하겠단 계획으로 나서던 출근길이었다.

"어디 가나, 이화이."

보무당당하게 걸어와 차창을 두드리는 남편. 차창을 내리니 막 샤워를 마친 듯 물기가 남은 머리칼과 붉게 상기된 피부, 웃음을 머금은 건강한 30대 남성의 얼굴이 나타났다.

"내 니한테 할 말 있는데."

남편이 머리를 쓸어 올리며 주위를 둘러보았다. 주차장 어딘가에서 차바퀴가 쓸리는 소리가 날 뿐, 두 사람의 시야엔 색색의 차들이 얌전히 웅크린 모습만 펼쳐졌다.

"뭔데요?"

화이는 차창을 끝까지 내린 뒤 오디오를 껐다. 머리를 쓸어 올리고 어깨를 으쓱이는 건 만족스러운 관계를 가진 뒤면 남편이 해 보이는 전형적인 몸짓이다. 아마도 한시연과 막 일을 마치고 나온 참이리라. 남편은 새로운 애인을 만날 때마다 이런 식으로 티를 냈다. 하지만 이렇게 꿈꾸는 듯한 눈빛을 한 적은, 이렇게 구름 위를 떠다니는 듯한 모습을 보인 적은 없었다.

"여기서 이야기할 건가?"

남편이 휘파람을 불며 상체를 들썩였다. 기분이 좋아서 어쩔 줄 모르는 그를 보고 있으니 화이의 가슴에 묘한 감정이 일었다. 부러움이랄까, 소외감이랄까, 그런 종류의.

"상관없어요. 어디서 말하든."

이 인간과 한시연이 만난 지 얼마나 되었을까. 화이가 집에서 나가기 얼마 전부터 이렇게 들썩이기 시작했으니 적어도 넉 달은 되었을 것이다. 남편이 새로운 애인과 관계를 유지하는 기간은 보통 3개월, 최장기간이 6개월이었다. 지금까지 만났던 누구에게도 보이지 않았던 절대복종을 바치며 전념하고 있으니 이번은 조금 특별한 케이스일까? 그 특별함으로 6개월 이상 사랑을 지속할 수 있을까? 아니면 너무 진한 농도의 사랑을 바쳤기에 금방 연소돼버릴까? 화이는 갑자기 초조해졌다. 어쩌면 시간이 얼마 남지 않았을지도 몰랐다.

"내 생각해봤는데, 니랑 내랑, 꼭 이렇게 살아야 하나 싶다. 요즘엔 마, 이혼하는 것도 마, 꼭 흠결인 것도 아니라카데……"

놀랍게도 남편은 이혼 얘기를 꺼냈다. 아이들 생각하면 이혼하고 싶지 않지만 이제는 서로의 행복을 찾아가야 할 때인 것 같다고. 아쉽지만 여기까지가 우리의 인연이라 생각하고 서로 곱게 보내주자고. 엄청나게 못 만든 드라마에서 나올 법한 진부한 대사를 늘어놓았다. 화이는 시동을 끄고 차 밖으로 나왔다.

"우리 잠깐 걸을까요?"

화이의 제안에 남편이 흔쾌히 동의하여 두 사람은 아파트 산책이라는, 결혼 뒤 한 번도 해본 적이 없는 놀라운 이벤트에 돌입했다.

지난 15년의 결혼생활과 그에 대한 소회, 앞으로 서로를 축복해주자는 추상적이고 전형적인 이야기를 늘어놓는 남편을 한동안 참아주다가, 화이는 그가 앉을 곳을 찾아 두리번거리는 틈을 타 얼른 양육권과 유산배분 이야기를 꺼냈다. 그는 모든 걸 네가 원하는 대로 맞춰주겠다고 호기롭게 말했다. 그녀는 잠깐 할 말을 잃었다가, 조심스럽게 구체적인 액수를 끄집어냈다. 그러자 그는 양육권을 넘기고 위자료도 '많이 생각해서' 챙겨줄 생각이지만 아버지가 남긴 유산은 배분해줄 수 없다고 잘라 말했다.

"위자료 같은 건 필요 없어. 아버님이 내 몫으로 주겠다고 하신 것만 주면 돼요."

선대 회장은 제 아들과 화이의 결혼을 반대했다. 아들이 고집을 부려 결혼을 강행한 뒤에도 화이를 탐탁지 않아 했다. 하지만 화이를 제 아들보다 쓸 만하다 여겼고, 회사 일에도 상당 부분 관여하게 해주었다. 회사가 이만큼 성장하는 데 화이도 한 축을 담당했다며 황학동에 있는 작은 건물을 화이 몫으로 찍어주었다. 저건 화이 몫이라고, 혹시 내가 사고로 죽거나 하면 저 건물은 꼭 화이 주라고, 입버릇처럼 말했다. 그래서 집안 식구들은 그 건물은 화이 것으로 여겼다. 시부가 소유했던 자산 중 가장 덩치가 작았기 때문인지, 시부 생전엔 누구도 그에 토를 달지 않았다.

"니 유언장 내용 모르나. 니 앞으로 된 유산은 없었다 아이가."

벤치에 앉았던 남편이 이렇게 덧붙이며 일어나 스트레칭을 했다. 아침놀을 등 뒤로 하고 두 팔을 뻗은 남편의 탄탄한 몸을 보면서 화이는 가만히 숨을 내쉬었다. 주차장에 등장한 남편이 이혼 얘기를 꺼냈을 때 눈을 빛내던 나는 얼마나 어리석었던가.

지난 금요일, 딸기타르트를 먹는 데 열중하는 한시연의 귀에 화이는 이렇게 속삭여주었다.

"저 만나는 사람 있어요."

포크질이 멈추고 한시연의 동공이 커다래지는 걸 보며 화이는 제 말이 한시연에게 제대로 이해되었음을 알았다. 그리고 그날 커다래졌던 한 여성의 동공이 오늘 새벽, 남편이 찾아와 이혼하자고 제의하는 결과물로 화했다. 그러나 거기까지였다. 한시연은 남편이 이혼하고 싶어지도록 만들어주긴 했지만 화이에게 마땅히 주어야 할 것을 주도록 하지는 못했다. 그날 화이가 한시연에게 한 말은 그것이 전부였다. 원한다면 최승현을 데려가도 괜찮다는, 네가 생각하는 '깨지 말아야 할 가정' 같은 건 없다는 암묵적인 메시지. 그 자리에서 화이가 좀 더 나갔다면, 황학동 건물을 자기가 가져갈 수 있도록 도와달라고 요청했다면 한시연이 어떻게 나왔을까. 부질없는 생각을 해보다가 화이는 이내 깨달았다. 이제부터는 혼자 해나가야 한다는 것을. 한시연의 존재 의미는 최승현이 이혼하고 싶어지도록 만드는 데까지가 전부였다. 이제부터는 이화이와 최승현의 싸움인 것이다.

"아버님이 그 건물을 내 몫으로 해주셨다는 건 식구들 모두 아는 얘기죠."

남편의 등 뒤로 늘어진 버드나무가 아침노을 빛을 받으며 흔들리는 모습을 보다가, 화이가 조용히 말했다. 시간이 흐를수록, 화이와 한시연은 최승현이 소유한 부를 두고 다투는 적군으로 변해갈 것이다. 그러니 한시연에게 황학동 건물 얘기를 하지 않은 건 잘한 일이다.

"니, 안 그런 거 같은데, 가만 보면 참 뻔뻔하다."

하, 화이는 실소를 터뜨렸다. 남편은 세상에 다른 사람 생각을 조금도 하지 않고 순수하게 자기 생각만 하며 사는 사람이 있을 수 있음을 만천하에 보여주려고 태어난 사람 같았다.

"에이, 이렇게 된 거 내 그냥 터놓고 말할란다, 니 잘 들어라. 그래. 시연 씨가 그 상가를 갖고 싶어 한다. 그 낡아빠진 게 뭐 좋다고, 그 건물 리모델링해서 거기서 사업하고 싶다 카더라."

"뭐라고?"

화이는 떨어져내리는 나뭇잎들을 피해 뒷걸음질쳤다. 갑자기 휘몰아치는 바람에 나무에서 마른 잎사귀들이 한꺼번에 떨어져내렸다. 새벽시간이라 그런가. 아직 11월밖에 안 됐는데 한겨울 같은 칼바람이 분다. 호숫가에 심긴 버드나무들이 너울너울 춤추고, 잎사귀들이 우박처럼 쏟아져내린다.

"아버지가 유산 주겠다고 말한 사람이 어디 한둘이었나."

차가운 바람 새로 한시연의 얼굴이 떠다녔다. 천진한 얼굴로 아이스크림을 떠먹던 한시연. 미안하다며 눈물을 떨구던 한시연. 그 얼굴로 최승현과 황학동 건물을 논했구나. 화이는 벤치에 앉아 손으로 양팔을 비볐다.

"변덕이 심하신 분이었다 아이가. 그 양반 들쭉날쭉 성정대로 하면 마……"

손바닥만 한 낙엽이 날아와 얼굴을 치는 바람에 남편은 에잇, 뭐야, 하며 말을 멈추었다. 화이는 남편의 등 뒤로 계속 한시연의 얼굴을 보았다.

"그 양반 하신 말씀대로 하면 가족들은 한 푼도 상속받지 말아야제. 다 사회 환원했어야제."

시부는 건달 같은 아들이 사고를 칠 때면 입버릇처럼 말했다. 나는 절대로 자식한테 유산을 물려주지 않을 거라고. 회사는 권 상무에게 주고, 다른 재산은 모두 사회에 환원할 거라고. 그 말을 진심으로 여긴 사람은 아무도 없었다. 구체적인 건물을 명시해 임자를 못 박아두었던 황학동 건물 건과는 완전히 다른 경우인 것이다. 그런데도 남편은 두 사안을 엮어서 뭉뚱그린다. 황학동 건물을 제 배우자에게 넘기지 않으려고. 현재 몰두하고 있는 여성에게 선물하려고.

"네가 그렇게 나올 줄 몰랐던 내가 멍청이지."

화이는 혼잣말처럼 중얼거린 뒤 제 몸을 얼싸안았다. 바람이 차서 견딜 수가 없었다. 카디건 하나만 걸친 차림으로 화이가 몸을 그러안고 벌벌 떨자 남편이 입고 있던 트렌치코트를 벗어 화이의 어깨에 둘러주었다. 화이는 그것을 뿌리치지 않았다. 코트를 걸치자 못 견딜 것 같았던 추위가 한 꺼풀 가라앉았고, 순간 한시연에게 감사하다는 생각이 들었다. 저밖에 모르는 인간에게서 추워하는 아내를 배려하는 마음이 솟아나게 하다니, 사랑의 힘이 참 대단하긴 하구나!

"서로 행복해지려면 이혼할 수도 있지, 마, 요즘 세상에. 안 그런가."

남편이 호기롭게 말한 뒤 상체를 앞뒤로 돌리며 허리운동을 했다. 그러면서 혼자 씨익 웃었다. 화이는 팔로 몸을 그러안은 채 남편을 물끄러미 보았다. 수줍은 듯 웃는 남편의 얼굴에, 반팔만 입고도 추운 줄 모르는 건장한 몸에, 한시연이 들어 있었다. 수많은 여자와 만나고 헤어졌지만 남편은 한 번도 상대 여성과 결혼하고 싶어 하지 않았다. 남편에게 이혼은 곧 인생의 실패를 의미했다. 이혼하지 않아도 이 여자 저 여자 실컷 만날 수 있는데 굳이 이혼할 필요가 뭐 있겠는가? 대단하구나, 한시연. 만남은, 그렇다, 모든 것을 바꾼다. 가치관, 신조, 스타일, 이런 건 모두 헛소리다. 강렬한 만남이 찾아오면 사람은 고수해온 모든 것을 내팽개친다. 화이는 베어진 나무 밑둥에 걸터 앉아 땅바닥에 널린 낙엽들을 발로 그러모았다.

"위자료는 필요 없어. 정당하게 내 몫으로 받은 건물, 그것만 받으면 돼."

한동안의 침묵 끝에 화이가 입을 열었다.

"어쭈, 이제 끝났다 이건가."

화이의 반말을 인식한 남편이 돌아서며 너털웃음을 터뜨렸다.

"가시나 이거, 맹랑한 거 보소. 내 다 알고 있었다, 니가 이렇게 독특하게 맹랑한 거."

남편이 화이를 위아래로 훑어보더니 고개를 젖히고 하! 소리를 냈다. 눈을 번쩍 뜨고 연신 고개를 젖히며 하! 참 나! 외치더니 다시 말을 이었다.

"이화이, 니 살아 있네."

그러고는 손바닥으로 화이의 어깨를 툭 내리쳤다.

"하지 마."

화이는 벌떡 일어서며 차갑게 말했다.

"황학동 건물만 넘겨줘. 그러면 아버님이 주시기로 했던 다른 자산은 포기할게. 위자료도 양육비도 필요 없어."

"가시나 보소. 이제 막 나가네. 이제 끝난 사이다 이기가."

남편이 손가락 마디를 꺾으며 윗입술을 씰룩거렸다.

"더 이상 할 얘기 없어. 내 입장은 이게 다야."

"니 잘 생각해라이. 위자료로 그 정도면 마, 적은 돈 아니다."

남편이 말했고, 화이는 말없이 호숫가에 심긴 버드나무 주위를 걷다가, 이만 회사에 가보겠노라고 답했다. 그리고 두 사람은 각자의 차에 올라 시동을 걸었다.

16/

주차를 마치고 차에서 내리는데 문득 트렁크에 든 가방들이 생각났다. 돈 가방을 담고 다닌 지 3일째, 화이는 차에 타고 내릴 때마다 생각했다. 저 많은 돈을 이렇게 싣고 다녀도 될까? 누가 가져가면 어쩌지? 은행에 넣거나 여란에게 맡기는 등 여러 방안을 궁리했다. 심지어 엄마가 계신 요양원 구석에 숨길 생각도 했다. 하지만 어떤 방안도 내키지 않았다. 은행은 향후 추적이 들어갈 수 있고, 여란의 경우, 남편이 국세청 공무원이라는 사실이 마음에 걸렸다. 그렇게 이 생각 저 생각 하면서 사흘을 흘려보냈다. 더 이상 지체할 수 없다. 한시라도 빨리 저것들을 차에서 내보내야 한다. 이럴 때 동기간이 있으면 얼마나 좋을까. 언니나 오빠가 있었다면 이럴 때 힘을 빌릴 수 있지 않을까? 아무리 머리를 굴려도, 덥석 큰돈을 맡길 만한 사람이 생각나지 않았다.

화이는 회사에 도착해 컴퓨터 전원을 켰다. 이메일 체크를 하다가 송신인 목록에서 출판사 구 대리의 이름을 보았을 때 한 인물을 떠올린 건, 모든 사안을 돈 가방과 연결해 생각하고 있었기 때문이리라.

"아!"

화이는 엄지와 중지를 마찰시켜 딱 소리를 냈고, 곧바로 구 대리에게 전화를 걸었다.

"김지성 씨라고 아시죠? 문학평론가 하셨던."

구 대리의 목소리를 확인한 뒤 바로 물었다.

"네, 작가님."

아침이라 그런지 구 대리의 목소리가 살짝 쉬어 있었다.

"그분 연락처 혹시 아시나요?"

"김지성 평론가님요?"

전화기 건너편에서 구 대리가 한쪽 눈을 찡그리며 당혹스러운 표정을 짓는 게 보이는 듯했다. 예상치 못한 일이 생기면 구 대리는 늘 그런 표정을 지었다.

"그분한테 부탁드릴 게 있어서 그러는데요, 연락처 좀 알 수 있을까요?"

한때 잘나가는 문학평론가였다. 문학출판사의 편집자라면 지성의 연락처를 알고 있을 것이다.

"김지성 평론가님한테요?"

지성의 이름은 포털 사이트에서 한동안 줄기차게 오르내리다가, 갑자기 사라졌다. 지난번 홍대 앞에서 마주쳤던 걸로 보아 글쓰기를 재개한 것 같은데, 인터넷엔 소식이 뜨지 않는다.

"네."

"작가님, 그분은……"

구 대리가 뭐라 말을 하려다 말고 침묵모드에 들어갔다.

"급한 일이에요. 부탁드립니다."

화이가 채근하듯 말했다. 구 대리와 긴 말을 할 수 있는 상황이 아니었다.

"보냈습니다. 갔죠?"

구 대리는 2초 정도 뜸을 들인 뒤 바로 연락처를 전송했다.

평론 김지성 010 7343 9751. 이렇게 간단하게 알아낼 수 있었구나! 화이는 그대로 통화 버튼을 눌렀다.

지성의 새로운 집은 전에 살던 서단동의 바로 옆동네에 있었다. 80년대에 한창 지어졌던 2층짜리 양옥 건물과 3, 4층짜리 빌라가 빼곡히 늘어선 골목 중 한 건물, 1층에 횟집이 있는 낡은 건물의 꼭대기 층이었다. 2층과 3층은 양쪽으로 마주 보는 두 집으로 구성되어 있었는데, 4층은 한쪽만 집이 있고 건너편이 벽이었다. 건물을 올릴 때부터 4층을 좀 더 넓게 빼고 한 가구만 들어가게끔 설계한 것 같았다. 그래서 집 앞의 공용공간이 비교적 넓었는데, 그곳에 세발자전거에서부터 킥보드, 유모차, 온풍기 등의 잡동사니들이 먼지를 뒤집어쓴 채 무질서하게 쌓여 있었다. 이 건물에 사는 사람들이 철에 맞지 않는 물품들을 모두 이곳에 쟁여둔 것 같았다.

"들어와."

초인종이 눌러지지 않아 문을 두드렸더니 문이 열리면서 지성이 나타났다. 한 손에 가위를 들고 한 손에는 흙을 묻힌 채 현관에 서 있었다. 거실에 들어온 빛이 현관까지 뻗어 화이의 얼굴을 비추었고, 안쪽에서 바이올린과 피아노 소리가 잔잔하게 흘러나왔다. 서단동에서 자주 들었던 음악을 들으며 화이는 자신이 찾아온 인물이 한 시절 동안 함께 살았던 그 인물임을 확인할 수 있었다. 여전히 자장가 같은 음악을 듣는구나, 지성.

"금방 찾았어?"

지성이 거실로 올라서며 화이의 손에 든 짐을 받아주려다 제 손에 묻은 흙을 의식하고 멈칫했다.

"가방을 두 개나 들고 왔네?"

"세 개야."

구두를 벗고 올라서며 등을 돌려 백팩을 보여주자 지성이 기가 막힌 듯 콧소리를 내며 웃었다.

현관에 들어서면 왼쪽에 부엌과 식탁이, 오른쪽에 거실이 곧바로 펼쳐지는 집이었다. 화이는 두리번거리며 집 구조를 확인한 뒤 식탁으로 걸어가 손가방 두 개와 등에 멘 백팩을 내려놓았다. 군데군데 벽지가 터져 안쪽의 시멘트가 보일 만큼 낡았지만 채광이 좋아 밝은 느낌을 주는 집이었다.

"가방 샀어?"

지성이 손에 든 가위를 소파 팔걸이에 놓으며 물었다. 에어컨, 소파, 식탁, 모두 서단동 집에서 쓰던 것들이었다. 다만 그때보다 공간의 면적이 줄고 건물이 더 오래되어, 좁다는 느낌이 강하게 들었다.

"누가 줬어."

눈에 익은 6인용 식탁 위에 놓인 명품 백들이 불쑥 들이닥친 점령군처럼 위세를 자랑했다.

"그래?"

지성이 가볍게 대꾸한 뒤 싱크대로 가 손을 씻고 바지에 닦으며 돌아왔다.

"이 가방이야."

"뭐가?"

지성이 다시 싱크대로 가 전기포트에 물을 올렸다. 화이는 그의 등 뒤로 바짝 다가가 속삭이듯 말했다.

"이것 좀 맡아줄 수 있어? 며칠 있다가 가지러 올게."

뒤돌던 지성의 몸이 화이와 부딪칠 뻔했고, 순간 둘 다 흡, 소리를 내며 뒤로 물러섰다. 지난번 만날 때는 안 그랬는데, 오늘은 그와 있는 게 영 어색하고 이상했다. 말을 할 때마다 제대로 말했는지 신경이 쓰이고, 행여 몸이 스칠까봐 긴장이 됐다.

"차 마실래?"

지성이 아무렇지도 않은 척 돌아서 찬장에서 찻잔을 내렸지만 손이 떨리고, 찻잔과 받침이 흔들려 달그락 소리가 났다.

"아니. 바로 가야 돼."

전기포트가 끓어오르며 부글부글 소리를 내자 지성이 반가운 듯 포트에서 주전자를 들어올렸다.

"어, 그래. 급하구나."

지성이 들어올리던 주전자를 내려놓고 몸을 화이 쪽으로 돌린 뒤 싱크대 구석에 기댔다. 화이는 그에게 한 발짝 다가섰다. 예전에도 이런 사람이었던가. 지성은 너무 조용하고, 너무 평화롭고, 너무 '괜찮아' 보였다. 누가 와서 무엇을 부탁해도 다 들어줄 것 같은 그런 얼굴을 하고 있었다.

"이 가방들 좀 맡아줄 수 있어? 며칠 있다가 찾으러 올 거야."

처음 만났을 때 지성은 이런 모습이 아니었다. 날카롭고, 패기에 차고, 세상에 두려운 게 없는 눈빛이었다. 누구든 덤비면 말과 글로 모두 박살내주겠다는 듯 자신감과 총기가 넘쳤다. 지금 보이는 이 모습은 미투 사건 이후 지성이 보였던 모습과도 다르다. 아무런 힘이 없이, 아무런 생각이 없이 살았던 모습. 몸에서 정기가 모조리 빠져나갔다 할까. 몸만 살아 있고 정신은 완전히 죽어버린 그런 상태로 목숨을 이어갔다. 지금은 모든 걸 초월한 듯, 다 연민하며 내려다보는 느낌이다.

지성의 시선이 식탁에 놓인 가방들을 훑고 화이에게 돌아왔다.

"갖고 있기만 하면 되니?"

지성이 양팔을 싱크대에 올리고 뒤로 등을 젖히듯 기댄 뒤 고개를 옆으로 기울였다. 그 순간 그 눈이 나왔다. 같이 사는 동안 화이가 '평론가의 눈'이라 명명했던 눈. 관찰하는 눈이. 궁금한데 참고 일단 지켜보겠어, 차츰 밝혀지겠지, 라고 말하는 듯한 눈. 같이 사는 동안 그녀가 좋아했던, 지적이기 그지없는 눈빛이었다. 이 사람, 건강해졌구나. 안심이 되면서, 한편으론 서운했다. 그가 멀리 가버린 듯한, 자신이 붙잡을 수 없는 곳으로 훌쩍 떠나버린 듯한 느낌이었다.

"안에 뭐가 들었어? 열어봤더니 사람 팔, 다리, 막 그런 거 나오는 거 아니야?"

지성이 농담처럼 말하고 쿡쿡 웃으며 어깨를 들썩인 뒤 돌아서 찻잔에 끓인 물을 부었다. 농담 같은 혼잣말을 한 뒤 멋쩍은 듯 혼자 어깨를 들썩거리는 것 또한 그녀와 있던 후반기에는 좀처럼 하지 않던 제스처였다.

"눈알하고 심장하고 간이 들어 있어."

이렇게 응수하자 지성이 피식 웃으며 고개를 절레절레 젓고 물 주전자를 내려놓았다. 그가 제 몸에 붙이고 살다시피 했던 옥색 녹차 잔이, 여과기가 장착되어 몇 번이고 차를 우려 마실 수 있는 약식 다기가, 볼록한 형태의 눈에 익은 식기들이 얌전히 싱크대 위에 놓여 있었다. 그녀가 손에 쥐고 수없이 닦았던 찻잔, 뜨거운 물과 찬물을 배합해 수없이 우렸던 찻잔이. 저 찻잔에 차를 우려 마시며 이 사람은 그 시기를 건너갔다. 허공을 보며, 내 잔소리를 들으며, 울음을 삼키며. 화이는 눈을 감고 밀려오는 감회를 소화하려 애썼다. 내가 나간 뒤에 이 사람은 어떻게 살았을까. 어떻게 그 절망감을 해소했을까.

상념을 떨쳐내듯 세차게 고개를 흔든 뒤 화이는 눈을 떴다. 흥미로운 듯 지켜보는 그의 시선에 미소로 답하고 식탁으로 가 알록달록한 루이비통 백을 들어올렸다.

"이런 게 들어 있어."

지성이 볼 수 있게 백을 든 손을 앞으로 내민 뒤 백을 기울여 안의 내용물을 보여주었다. 빼곡히 채워진 달러를 보자 그의 얼굴에서 미소가 사라졌다.

"화이야!"

커다래진 지성의 눈에 긴장감이 감돌고, 입술 주위가 떨렸다. 성인 걸음으로 두 발자국 정도 거리를 두고 마주 선 채, 지성과 그녀의 눈길이 만났다.

"처리해야 할 일이 있어. 그동안 이걸 맡아줄 사람이 필요해."

화이는 으음, 소리를 내어 목청을 가다듬은 뒤 이렇게 말했다. 지성의 입에서 화.이.라는 말이 나오는 순간부터 몸이 붕 떠서 어딘가로 이동해가는 느낌이 들었다. 과거에서 현재로, 막연했던 개념에서 구체적이고 현실적인 물질로. 그리고 이 이상한 느낌이, 확신을 주었다. 이 사람에게 맡기면 될 것이라는.

"무슨 일인데?"

"앞으로 나랑……"

화이는 이로 손톱 거스러미를 뜯어내며 시간을 끌었다. 지성은 찻잔에서 거름망을 들어내 옆에 놓인 그릇에 놓은 뒤 다시 기대선 자세로 돌아갔다.

"나랑 내……"

입을 열었지만 화이는 말을 잇지 못했다. 그녀는 입술을 깨물었다.

"내 아이들이 살아갈 돈이야."

억지로 쥐어짜듯 '아이들'이란 말을 꺼낸 다음에야 화이는 제 마음을 알아차렸다. 그녀는 식탁의자를 꺼내 털썩 소리를 내며 앉았다. 지성은 알고 있을까. 앞에 선 여성이 어떤 중소기업 소유주의 안사람이고 두 아이의 엄마라는 것을.

"이 집에 두어도 괜찮을까?"

지성이 식탁으로 다가와 가방을 하나하나 열어보았다. 그때마다 눈이 벌어지고 볼근육이 떨렸다.

"은행에 맡기는 게 낫지 않아? 너무 큰돈인데."

지성이 가방을 한쪽으로 밀어놓으며 말했다.

"은행에 맡길 수 있었으면 내가 여기에 들고 왔겠어?"

쏘아붙이듯 퉁명스럽게 말했던 것은 그녀를 지나 싱크대로 가는 지성에게서 나는 바디로션 냄새와, 그의 몸에서 건너오는 특유의 향내 때문이었다. 그의 몸이, 그에게서 건너오는 익숙한 향내가, 자극된 후각이 지난 시절 두 사람이 나누었던 순간들을 마구 소환하고 있었다.

"여기는 아파트하고 달라. 도둑이 들어도 손 쓸 방법이 없어."

싱크대로 돌아간 지성이 찻잔을 들어올려 한 모금 마신 뒤 조심스럽게 잔을 내려놓았다. 차를 마시기 직전 얼굴을 찻잔에 가까이 대고 향을 들이마시는 모습이, 첫 모금을 넘길 때 눈을 감고 맛을 감각하는 표정이, 여지없이 화이가 알고 있는 그 사람이었다. 몇 밀리리터의 액체에 지나지 않는 '차'를 얼마나 근사하게 감각하고 있는지를 알려주지 않고는 차를 마실 수 없는 그런 사람.

"그래서 못 맡아주겠다는 거야?"

맡아줄 걸 뻔히 알면서 이렇게 말한 건 빨리 해결하고 이 집을 빠져나가고 싶기 때문이었다. 이 집에 온 목적과 아무 상관 없는 방향으로 자꾸 마음이 흐르는 게 두려웠다.

"맡아줄 수는 있어. 다만……"

"다만?"

"너랑 아이들이 살아갈 자금이라며. 그런 돈인데 혹시 도둑맞으면……"

"도둑맞아도 원망하지 않을게."

"화이야."

다시 들려오는 이름. 날아오는 눈길. 화이는 식탁 위에 부려두었던 차 키와 핸드폰을 집어들고 자리에서 일어섰다. 기대와 실망, 희망과 체념, 말도 안 되는 상상과 현실이 마구잡이로 치솟아 무질서하게 엉키고 있었다.

"잠깐만 있어봐. 갖고 올 게 또 있어."

화이가 말하며 몸을 돌리자 지성이 다급하게 만류했다.

"조금만 있다 가면 안 되니? 위층에……"

지성이 얼굴을 기울여 가리킨 곳을 따라가보니 벽 한쪽에 계단이 보였다.

"2층이 있어?"

"그게 이 집의 장점이지."

지성이 앞장서 세 계단쯤 올라가더니 뒤돌아 손을 내밀었다. 좁은 계단에는 난간이 없어서 발을 잘못 디디면 떨어질 것 같았다. 잠깐 그 손을 쳐다보다가, 화이는 눈앞의 손에 제 손을 얹었다. 차고 부드러운 손이, 그녀가 너무나 잘 알고 있는 손이 그녀의 손을 감싸 쥐었고, 순간 강렬한 전류가 머리끝부터 발끝까지 훑고 지나갔다.

2층엔 삐걱거리는 소리가 심하게 나는 마루가 깔려 있었다. 층계를 오르자마자 보이는 왼편 문밖이 실외공간, 오른편이 한 개의 다락

방이 딸린 실내공간이었다. 어릴 때 살던 집에서 보았던 것과 비슷한 갈색 철제문을 열자 싸늘한 공기가 밀려들면서 높고 깊은 하늘이 펼쳐졌다. 하지만 그 하늘을 만끽하기 위해선 약간의 노력을 거쳐야 했는데, 특이하게 설계된 그 공간의 구조 때문이었다. 몇 발짝 건너편에 있는 널따란 공간으로 가기 위해선 성인 한 사람이 겨우 통과할 수 있을 정도로 좁은 난간을 통과해야 했다. 길이가 2미터 남짓 되어 보이는 좁은 난간은 허리께에 못 미치는 높이의 돌로 된 칸막이만 달랑 둘러져 있어서 자칫하면 건물 바깥으로 추락할 위험이 있었다.

"와!"

나란히 옆으로 걸어 좁은 공간을 통과한 뒤 널찍한 실외공간, 건물의 옥상에 해당할 공간에 이르자 절로 탄성이 나왔다. 베란다도 아니고, 새시도 없는, 글자 그대로의 '옥상'에 서니 주변 건물들의 옥상과 빨래 건조대, 화분, 내다놓은 세간들이 보였다. 깔끔하다고는 할 수 없지만 탁 트인, 해방감을 주는 공간이었다.

"이 공간이 다 지성 거야?"

"그럼, 다 내 거지. 여기 때문에 이 집으로 온 건데."

지성이 손바닥으로 제 가슴을 치며 고개를 치켜들어 보였다. 화이는 그가 권해준 흔들의자에 앉아 눈을 감았다. 따사로운 햇살과 차가운 가을 공기가 얼굴에 그대로 스며왔다.

"이렇게 앉아서 햇빛 받으니까 너무 좋다. 세상이 다 내 것 같은데?"

눈을 떠보니 조금 떨어진 곳에서 담배를 물고 앉아 있는 지성이 보였다.

"한 대 줄까?"

화이는 한동안 피우지 못했던 담배를 보며 강렬한 유혹을 느끼다가, 고개를 저었다.

"담배 피운다고 또 쫓아내려고? 됐거든."

이렇게 말한 다음에야 그녀는 자신이 맘속 깊이 묻어둔 이야기를 자연스럽게 바깥으로 끄집어냈다는 사실을 깨달았다.

"네가 진짜 가버릴 줄 몰랐지."

낚시의자처럼 생긴 의자에 앉아 무릎 위에 두 팔을 걸친 채 담배를 피우던 지성이 연기 사이로 얼굴을 찡그리며 말했다. 화이는 그의 표정을 자세히 보려고 옆으로 고개를 빼다가, 그가 이쪽을 보는 것 같아 얼른 고개를 돌렸다.

마음 어딘가에 존재하는 쾌감 버튼이 눌린 것처럼, 쾌감이 들불처럼 번져나갔다. 나를 쫓아낸 게 아니었다! 그냥 나가라고 소리 지른 것에 불과했다! 화이는 콧등을 찡그리며 눈을 감았다. 지성이 자신을 정말로 내쫓은 게 아니라는 사실이, 그 단순한 진실이 그렇게 좋을 수가 없었다. 그즈음 지성은 툭하면 화이에게 나가라고 소리를 질렀고, 그녀는 나가는 시늉을 했다가 몇 분 뒤 다시 돌아왔다. 그런데도 대치동 집에 돌아온 이후 그녀는 그 부분을 의심했다. 거듭 떠올리며 상처 받았다. 내가 싫어서 나가라 했던 걸까. 내가 그렇게 진저리쳐지는 사람이었을까. 매번 물음을 던지고 고통스러워했다.

의자에 기대 눈을 감고 실외공간의 신선한 공기를 호흡하는데, 자꾸만 웃음이 새나왔다. 조금 전의 대화가 그녀의 마음에 어떤 작용을 했는지, 지성은 알지 못하리라. 그것은 그녀의 전 인생이 걸린, 살아오는 내내 반복되었던 콤플렉스의 문제였다. 그런데 방금, 이 파란 하늘 아래에서, 간단한 문답을 통해, 단숨에 문제가 해결되었다.

"이러고 있으니까 아무 생각이 없어진다."

가리는 것 없이 그대로 하늘이 보이는 공간에 누워 있으니 복잡한 문제들이 모두 사라지는 것 같았다. 지성은 대답이 없었다. 실눈을 뜨고 보니 담배 연기 새로 입꼬리가 살짝 올라가 있는 것 같기도 했다. 화이는 다시 눈을 감고 흔들의자에 몸을 의탁했다. 몸이 앞뒤로 움직이고, 의자 이음새들이 부딪치는 소리가 났다. 이 의자, 서재에 있던 거구나. 생각보다 알뜰한 사람이다. 문득 이런 생각이 들었고, 다음 순간 모든 상념이 끊기면서 무의식의 세계로 빨려 들어갔다.

10분쯤 지났을까. 화이는 재킷 주머니에 든 핸드폰의 진동을 느끼고 깨어났다. 염 대리의 문자였다. 브이엠에서 전화가 왔었다고, 돌아오시면 말씀드리겠다는 보고였다.

"뭐 해?"

핸드폰을 주머니에 넣은 뒤 큰 소리로 외쳤다. 지성은 옥상 앞쪽에 쪼그리고 앉아 화분을 손보고 있었다. 핸드폰으로 음악을 재생시킨 듯, 아래층에서 들었던 음악이 다시 흘러나왔다.

"가드닝."

화이는 일어서서 지성 쪽으로 갔다. 지성은 노랗게 변한 식물의 잎을 잘라주고 있었다.

"이런 것도 해?"

같이 살았던 때, 지성은 화이가 햇빛을 받게 화분들을 창가에 놓아달라거나, 빗물 튀지 않게 창문을 닫아달라고 전화하면 마지못해 요청받은 일을 할 뿐 식물에 관심을 보이지 않았다. 그런데 이제 꽃들을, 세 가지 색상의 꽃을 갖춰놓고 키운다. 제법 큰 것들로.

지성이 한 번 돌아본 뒤 다시 말라비틀어진 가지를 떼어냈다. 그 뒷모습, 학처럼 긴 목과 조막만 한 얼굴, 단정하게 자른 뒷머리 밑으로 보이는 부드러운 귓불이 너무 익숙해서, 하마터면 뒤에서 끌어안을 뻔했다.

"예쁘지?"

지성이 일어서서 그녀를 향해 미소 지었다. 주의해서 보지 않으면 얼굴에 잠깐 서렸다 갔음을 눈치조차 챌 수 없을 그런 미소를. 지성은 원래 외까풀이지만 가끔 한쪽 눈에 쌍까풀이 생기는데, 지금이 그랬다. 한쪽은 외까풀인 눈으로, 한쪽은 쌍까풀이 있는 눈으로 바라보며 은근하게 미소 짓는 그 모습을 보며 화이는 가슴에 알싸한 통증을 느꼈다. 그 모습은 그녀가 알고 있는 지성의 모습 중 가장 매력적인, 누구든 그 모습을 보면 반할 수밖에 없으리라 확신하게 만드는, 무엇이든 다 품어줄 것 같은 그의 너그러운 지성이 은근하게 흘러나오는, 한 폭의 풍경화에 비견할 만한 모습이었다.

예쁘지 않으냐고 묻는 지성의 애교 섞인 물음 덕분에 화이는 비로소 그의 근사한 미소 뒤편에 서 있는 식물들의 정체를 알 수 있었는데, 화분에 심긴 그 생명체들은 서단동 집에서 그녀가 키우던, 그녀가 물을 주고, 해가 좋을 때면 창가에 붙여놓아달라고 전화했던 그 식물들이었다.

"이렇게 커진 거야?"

처음 서단동 집에 배달되었을 땐 이파리가 서너 개 난 아기들이었다. 화이가 중간 크기의 화분에 옮길 정도로 키워놓았는데, 이제 대품이라고 해도 좋을 정도로 커 있다.

"밖에 내놓으니까 무섭게 자라더라고. 사람이건 식물이건 똑같아. 바깥 공기가 좋은가봐."

화이는 화분 앞으로 가 상체를 구부리고 꽃을 들여다보았다. 붉은 꽃잎이 햇빛을 받아 주황, 분홍, 자주의 다채로운 빛깔을 발산하고, 그 모든 빛깔 뒤에 숨겨졌던 금가루가, 햇빛을 받아야만 드러나는 비밀스러운 금가루가 화려하게 모습을 드러내 꽃의 아름다움에 정점을 찍고 있었다. 그 금가루와 조우하며 기뻐하는 순간에 피아노와 바이올린 선율이 귀에 들어왔고, 화이는 그 선율이, 뭔가를 애원하는 듯한 그 가늘고 여린 선율이 지성이 꼼짝도 않고 누워만 있던 시절에 물리도록 듣던 그 음악이라는 사실을 알아차렸다. 그녀는 움직이지 않은 채 시선을 돌려 화분을, 화분 앞에 앉은 지성의 등을, 푸른 하늘을, 흔들의자를 천천히 눈에 그러모았다.

"가야 할 것 같아."

박제하고 싶은 순간에 대한 아쉬움을 떨치며 화이가 마침내 말했다. 아직 해결하지 못한 일에 대한 중압감 때문에 더 이상 시간을 보낼 수가 없었다.

"그래. 같이 내려가자."

지성이 앞장서 난간을 건너가며 다시 손을 내밀었다. 그의 손에 의지해 좁은 난간을 통과하기 직전, 화이는 고개를 돌려 조금 전까지 머물렀던 공간을 둘러보았다.

"밝아서 좋다, 이 집."

이렇게 말하자 지성이 빙그레 웃었다. 그와 함께 화이의 머릿속에 있던 서단동 집의 분위기, 축축하고 음울하고 죽음을 떠올리게 했던 분위기가 걷히고 새로운 이미지가 지성을 감싸고돌았다.

17/

"맡길 게 더 있어."

현관으로 가며 말하자 지성이 층계참에 멈춰 서 바지 뒷주머니에 손을 넣었다.

"차에서 갖고 올게."

바지 주머니에 양손을 넣은 채 물끄러미 응시하는 지성에게 잠깐 다녀오겠다고 말한 뒤 화이는 서둘러 건물을 빠져나갔다. 문을 닫은 횟집 앞에 정차해놓은 차는 탈 없이 잘 있었고, 그 안에 둔 그녀의 소중한 반려동물도 무사했다. 그녀는 보조석에서 캐리어를 조심스럽게 들어낸 뒤 양손으로 붙잡고 천천히 건물 계단을 올라갔다.

"얘도 부탁해."

화이는 구두를 신은 채 현관에 서서 채리가 들어 있는 캐리어를 건넸다. 지성의 눈 코 입이 일제히 벌어졌다.

"화이야!"

또다시 들려오는 이름. 화이야! 그녀는 지성의 건조한 음성으로 제 이름이 발음되는 순간의 느낌을 기억에 새기려 애쓰며 박스를 들이밀었다.

"받아."

"이게 대체 무슨…… 말도 안 되는 짓이야!"

지성이 양손을 번쩍 들어올려 머리를 뒤로 넘기며 천장을 보았다. 그리고 조금 뒤 화이에게 시선을 주었다.

"난 동물 못 키워. 옥상에 걔들은 식물이니까 키우지……"

"며칠만."

화이가 말을 잘랐다.

"화이야!"

"부탁이야. 안 맡아주면 얘, 어떻게 될지 몰라."

일이 끝난 뒤 벌어질 일들에 대한 상상에서 가장 끔찍한 시나리오가 채리와 관련한 것이었다. 남편이, 평소에도 못 없애서 안달하던 채리를 없애버리는 장면이 자꾸만 떠올라, 계획 전체를 다 없던 일로 해버리고 싶은 충동에 시달리게 만들었다. 채리를 어떻게 그 인간의 손아귀에 내버려둔단 말인가.

"아, 진짜……"

뒤돌아서 머리를 짚고 있던 지성이 다시 돌아섰다. 화이는 캐리어를 바닥에 내려놓았다. 채리는 차에서 내릴 때부터 지금까지 줄곧, 캐리어 구석으로 들어가 꼼짝도 하지 않았다.

"얼마나 걸리는데?"

벽에 기대선 채 지성이 작은 소리로 말했고, 그녀는 손가락을 굽히며 날짜를 꼽아보았다. 내일이면 명현의 입시가 끝난다. 그녀와 주석희의 프로젝트는 그다음 날 가동될 것이다. 프로젝트가 끝나면, 곧바로 엄마에게 가야 하리라.

"이틀? 아, 엄마한테 다녀와야 하니까 바로 못 올 수도 있겠다. 넉넉잡고 한 일주일쯤?"

프로젝트를 마치면 엄마를 다른 요양원으로 옮겨드릴 것이다. 남편이 어떻게 나올지 모르지만 일단 엄마를 남편이 모르는 곳으로 옮겨놓는 편이 좋을 것이다.

화이는 손톱을 깨물며 캐리어를 응시했다. 실은 그녀도 잘 몰랐다. 며칠 후에 채리를 찾으러 올 수 있을지. 일이 무난히 마무리되면 사흘 만에 올 수도 있고, 최악의 경우, 언제 올지 기약할 수 없어질 것이다. 그렇게 되면 이 남자는 매우 오래도록 채리를 데리고 있어야 한다. 그러나 물론 그런 말을 할 수는 없다.

"화이야. 난 진짜 강아지 한번 안아본 적이 없어. 그리고……"

지성이 진지하게, 자신이 강아지와 고양이와 어떠한 인연도 없고, 강아지와 고양이가 자신을 무척 싫어하며, 혹시 아프기라도 하면 자기가 어떻게 할 방법이 없다는 말을 늘어놓았다. 화이는 그가 얘기하는 동안 손톱살을 물어뜯으며 고개를 끄덕이다가, 말이 끝난 것을 확인하고 재빨리 메고 온 커다란 가방에서 먹이와 간이 화장실을 꺼내 바닥에 늘어놓았다. 지성은 황당한 표정으로 서 있다가, 그녀가 쭈그리고 앉아 고양이 용품들에 대한 설명을 시작하자, 엉거주춤 쭈그리고 앉았다. 그녀는 그가 유심히 듣고 가끔 질문도 하는 폼에서 맡아줄 것 같은 낌새를 채고 서둘러 설명을 마무리했다.

"부탁드립니다, 김지성 평론가님. 최대한 빨리 데리러 오겠습니다.”

그렇게 말하고 일어서 나오려는데 지성이 불러 세웠다.

“화이야.”

아아, 화이는 그의 목소리에 실려 공기 중으로 퍼져나간 제 이름의 감미로움에 취해 부드럽게 몸을 돌렸다.

“왜에?”

끝을 살짝 올린 애교형 말투가, 태어나서 오직 지성에게만 투하해본, 애교로 흥건한 말투가 리드미컬하게 흘러나왔다.

“이름이 뭐니?”

“뭐?”

“고양이 말이야.”

아! 화이는 입을 벌린 채 가만히 그를 보다가 시선을 내리깔았다.

“채리.”

그녀는 제 구두 끝을 쳐다본 채 지성의 반응을 기다렸다. 지성은 아무 반응 없이 가만히 있다가, 조금 뒤 피식, 웃음을 터뜨렸다.

“채리?”

“그래. 채리.”

화이는 말한 뒤 입에 힘을 주어 웃음을 참았다.

“하, 채리.”

지성이 이마를 짚으며 뒤돌아서서 헛웃음을 짓다가, 두 손을 하늘로 번쩍 들어 머리를 쓸어 넘기고 뒤돌아섰다.

“너 이거 진짜 황당한 거거든. 무슨 사정인지 모르지만 급한 것 같으니까 내가 다 봐주는데, 너, 일주일 뒤에 오면 죄다 이실직고해야 한다. 무슨 일인지. 그리고 그 이후엔 나 진짜 고양이 못 봐준다."

"고마워! 고마워, 지성!"

화이가 울 것처럼 얼굴을 찌그러뜨리며 손으로 입을 막았다.

"노력은 할 거야, 그런데 나, 진짜 동물 잘 못 본다. 우리 그건 확실히 하자."

지성이 허리를 숙여 캐리어 안으로 얼굴을 들이밀었다.

"고양이는 제 이름을 몰라."

화이가 몸을 숙여 손가락으로 구두 뒤축에 끼인 뒤꿈치살을 폈다.

"응?"

"채리는 자기가 채리인지 몰라."

이렇게 말하는데 갑자기 가슴이 쿨럭거리며 웃음이 나오려 했다.

"뭐?"

지성이 허리를 펴며 심드렁하게 대꾸했다.

"개는 자기 이름이 뭔지 알잖아? 근데 얘는…… 자기가…… 채리인지…… "

화이는 상체를 구부리고 킥킥거리다가 얼굴을 쳐들고 웃음을 폭발시켰다. 으흐흐흐핫핫핫핫핫. 으흐흐흐핫핫핫핫핫. 으흐흐흐핫핫핫핫핫. 한 시절 동안 지성과 그녀 사이에 자주 울려 퍼졌던 웃음이 커다랗게 피어나고, 지성의 시선이 그녀의 움직임을 따라갔다. 진기한 것을 보는 듯한 시선이. 지성은 그녀가 이상한 짓을 하고 혼자 웃어젖히면 늘 이렇게 쳐다보았고, 그 시선을 받으면 그녀는 더더욱 희한한 짓을 하며 웃음을 터뜨렸다. 으흐흐흐핫핫핫핫핫. 으흐흐흐핫핫핫핫핫.

"아, 왜 이렇게 웃기지? 지성은 안 웃겨? 솔직히 말해봐. 웃기지, 웃기지!"

화이가 현관에 선 채 양옆으로 고개를 흔들며 대답을 강요하자 지성이 허, 하며 고개를 돌렸다가 그녀를 보았다.

"그래, 웃기다. 웃겨."

화이는 손끝으로 눈가를 훔쳐내며 손을 쳐들었다.

"간다. 연락할게."

거실 입구에 놓인 고양이 박스와 지성을 휘익 훑어 눈에 담은 뒤 화이는 현관문을 열어젖혔다. 바깥은 건물에 들어서기 전보다 더 환해지고 따뜻해져 있었다. 고개를 들어 방금 빠져나온 곳을 올려다보다가, 그녀는 주머니에서 차 키를 빼들고 운전석 쪽으로 걸어갔다. 채리야, 며칠만 있어. 금방 데리러 올게.

18/

저녁식사 뒤 화이는 래현에게 이메일 주소를 만들어주었다. 이메일을 보내는 법과 받는 법도 알려주었다. 입시를 앞둔 명현에게 들리지 않도록 래현의 방에서 둘이 속닥거리자 래현이 반색을 했다. 엄마가 제게 특별히 관심을 가져준 것은 오랜만의 일이었다.

아이들에게 부모란 무엇일까. 이런 풍경을 연출하지 못하게 되리라 생각하니 화이는 문득 궁금해졌다. 엄마의 영혼이 병들어가도 어떻게든 사이좋은 4인 가족 초상화를 유지하는 게 아이에게 좋을까. 화이는 이런 풍경을 유지하기 위해 십수 년을 견뎌왔다. 하지만 이제는 할 수가 없다. 오후에 남편이 갑자기 회사로 찾아왔다. 그리고 '이혼 불가'를 천명했다. 아이들을 생각해서 절대 이혼할 수 없다는 것이 변심의 이유였다. 그의 어린애 같은 변덕을 지켜보면서 화이는 자신이 큰 실수를 저질렀다는 걸 깨달았다.

주차장에서 마주쳤던 새벽에, 남편이 했던 제안을 받아들였어야 했다. 제시한 금액이 유산의 몇 분의 일에 미치네 못 미치네 따질 게 아니었다. 그저 그 액수가 아이들과 살 집 한 채를 장만할 수 있는 정도인지만 생각해야 했다.

"래현인 엄마가 저번에 병원에 있을 때 어땠니?"

침대에 눕는 래현 옆에 누우며 화이가 말을 꺼냈다

"겁났어."

이불을 목까지 끌어올리며 래현이 말했다.

"엄마가 안 올까봐?"

방의 등을 끄고 침대 맡 취침등을 켠 뒤 래현을 당겨 안았다. 아이의 작은 몸피가 품에 쏘옥 들어와 안기고, 막 샤워를 마친 몸에서 부드러운 코코넛오일 냄새가 건너왔다.

"응."

"그런데 어떻게 됐어? 엄마가 돌아왔어, 안 돌아왔어?"

"돌아왔어."

내일 일의 여파에 따라, 이 아이와 한동안 못 보게 될 수도 있다. 물론 아무 일도 없었던 듯 일상을 유지할 수도 있으리라. 화이는 만

일의 사태에 대비해 아이에게 약속의 말을 남기고 싶었다. 훗날 떠올리고 위로로 삼을 말을.

"그렇지? 래현아, 잊지 마. 엄마는 항상 돌아와."

이렇게 말하다 울컥해져서 화이는 입술을 깨물었다. 지금 울어선 안 된다. 아무렇지도 않게, 지나가듯 얘기해야 한다.

"엄마, 어디 가?"

놀란 듯 품에서 떨어져나간 아이가 고개를 돌려 엄마를 응시했다.

"아니. 어디 가는 게 아니고, 그냥 하는 말이야."

화이는 두 팔을 벌려 아이를 안았다. 아이가 재빨리 품속으로 들어와 엄마의 목에 양팔을 둘렀다.

"혹시 엄마가 또 아프거나, 일 때문에 집을 비우거나, 그럴 수도 있으니까."

이혼 소송을 할 것이다. 처음에 최승현이 제시한 위자료를 덥석 받았다 하더라도 그대로 이혼이 마무리되었으리란 보장은 없지 않은가. 최승현은 앞으로도 수십 번 입장을 바꿀 것이다. 그러니 어차피 소송은 필요하다. 소송은 최승현이 너무 억지스러운 제안을 하지 않도록 강력한 저지선 역할을 해줄 것이다. 화이는 래현의 머리를 천천히 쓰다듬었다. 따뜻하고 동그란 뒤통수와 매끈한 머리칼의 감촉이 불안한 마음을 가라앉혀주었다. 내일 주석희와의 일을 마무리한 뒤 추이를 보면서 소송을 진행하는 거다. 그녀는 입을 작게 벌리고 휴우, 숨을 내보냈다. 최승현과 연을 끊는 데 넘어야 할 산이 어쩌면 이렇게도 많은가.

"엄마, 아파?"

래현이 벽 쪽으로 몸을 붙이며 엄마를 보았다. 어둠 속에서 조명등 빛을 반사한 아이의 눈이 반짝이며 화이를 응시했다.

"아니, 안 아파."

화이는 손을 뻗어 아이의 이마를 덮은 머리칼을 넘겨주었다. 동그란 얼굴과 발그레한 혈색, 건장한 체격. 래현은 제 아빠를 꼭 빼닮았다. 제 감정에 솔직하고 구김살 없는 성격도 아빠의 것 그대로다. 이 아이를 통해, 최승현의 성격이 좋게 발현되면 참 밝고 투명한, 매력적인 사람이 되리란 생각을 갖게 되었다. 2세를 통해 최승현을 용서하며 살아온 셈이다. 한때는 최승현이 제 성격을 좋은 쪽으로 개선하며 맑게 살아갈 거라 기대하기도 했다. 이제는 안다. 그럴 수 없다는 걸. 자신이 잘하면 남편의 인성이 나아지리라는 생각은 미련한 오만이었다.

"그냥 혹시 모르니까 해두는 말이야."

다시 눈물이 쏟아질 것 같아 화이는 미간을 좁히고 눈에 힘을 주었다. 주차장에서 만난 날 이혼 얘기를 할 때, 남편은 양육권을 넘기겠다는 말 외엔 아이들 얘기를 하지 않았다. 아이들은 당연히 화이가 알아서 할 거라 생각했다.

"래현아."

"응."

아이가 목에 팔을 두르며 달콤한 살냄새를 풍겨왔다. 초등학교 1학년인 래현에게선 아직도 아기 냄새가 난다.

"혹시 무슨 일이 생기면 엄마가 너한테 이메일 보낼게."

울음기 없이 말한 뒤 조용히 숨을 내보냈다. 부디 이 메시지가 별 탈 없이 래현에게 스며들었다가 필요한 순간에 적절한 형태로 되살아나길.

"싫어."

래현이 팔에 힘을 주면서 단단하게 몸을 밀착해왔다.

"뭐가?"

"무슨 일 안 생겨!"

품에 안긴 래현의 어깨가 들썩이더니 흐느끼는 소리가 흘러나왔다. 이마에 솟은 땀을 닦아내던 화이가 놀라며 아이의 머리를 떼어냈다.

"래현이 울어?"

"엄마 가지 마. 무슨 일 안 생겨. 가지 마!"

울먹이며 말하는 아이를 화이가 바짝 당겨 안았다.

"엄마 어디 안 가. 혹시 몰라서 그냥 하는 말이야. 알았지? 그러니까 걱정하지 마."

안심시키는 말을 쏟아내자 래현이 더욱 크게 울음을 쏟아냈다. 한참 동안 훌쩍이던 아이가 잠잠해진 걸 확인한 뒤 취침등을 끄고 나오는데, 화이의 마음이 무겁게 가라앉았다. 사춘기인 명현도 염려되지만, 어린 래현이 특히 눈에 밟혔다. 아이들에게서 아빠라는 존재를 떼어내려니 괴로워서 미칠 것 같다. 평화로운 가정에 도끼를 들이대는 무도한 악당이 된 느낌이다. 화이는 래현의 방문을 닫은 뒤 건너편 명현의 방문에 귀를 댔다. 방안에서 귀에 익은 음악이 흘러나왔다. 문에 귀를 댄 채 음악 소리에 집중하다가, 노크를 하고 들어갔다.

"안 자니?"

밤 10시. 평소라면 자라고 하기 이른 시간이지만 명현은 내일 실기 입시를 앞두고 있다.

"벌써 자라고?"

명현이 음악의 볼륨을 줄이며 말했다. 얼굴엔 못마땅한 기색이 역력했다.

"소리 줄이지 마. 좋은데? 이거 곡명이 뭐니?"

"저번에도 말해줬잖아. 슈만 바이올린 소나타. 2번."

퉁명스럽게 대답하는 명현. 이 아이는 언제나 화를 낸다. 웃으며 말을 걸어도, 건조하게 말을 걸어도, 조심스럽게 주의를 주어도, 짜증을 내고 인상을 쓴다.

"아, 그래? 슈만 소나타…… 몇 번?"

"2번. 2번. 2번. 이거 곡명 뭐냐고 몇 번 물어봤는지 엄만 모르지?"

"어머, 그러니? 미안하다……"

물어본 적이 있었나? 눈을 깜빡이며 기억을 짚어보던 화이의 얼굴이 굳어졌다. 조심스럽게 손을 내미는 듯한 이 선율은 오늘 아침, 지성의 집에서 들었던 것이다. 그랬구나!

"이 곡이 좋니?"

"지겹게 왜 그래, 엄마."

이전에도 이런 문답을 자주 주고받았었던 듯, 명현의 얼굴에 질린 표정이 떠올랐다.

"내가 요즘 자꾸 깜빡깜빡한다. 이제 겨우 마흔인데 엄마가 왜 이런다니."

화이는 일부러 약한 소리를 했다. 명현의 기억에 마흔 줄에 들어선 엄마가 나이 듦의 애환을 호소했던 장면을 아기자기하게 그려 넣고 싶었다.

"회사 일하느라 바쁜가보지."

명현이 책상 의자로 발을 올려 무릎을 그러안으며 기계적으로 말했다. 어쩐지 책망하는 것처럼 들렸지만, 화이는 내색하지 않았다.

"명현아."

명현에게도 이메일 주소를 알려줄까 하다가 마음을 바꿔먹었다. 중학교 3학년인 명현은 말을 시작하기 무섭게 알아차릴 것이다. 뭔가 자신에게, 자신을 둘러싼 가족의 테두리에 큰 변화가 일어나려 한다는 것을.

"응."

명현이 다시 볼륨을 높이며 쳐다보지 않고 응수했다. 화이는 다가가 안아주고 싶은 마음을, 너를 사랑한다고 말하고 싶은 마음을 억누르기 위해 초인적인 힘을 발휘해야 했다.

"일찍 자."

내일 컨디션 생각해서 얼른 자라고 말할까 하다가 역시 이 말도 하지 않기로 했다. 입시를 앞둔 사람에게는 입시에 관한 말을 하지 않는 게 좋을 테니까.

"알았어. 내가 알아서 잘게."

"그래. 잘 자라, 아가."

'아가'라는 말에 명현의 시선이 엄마의 얼굴에 날카롭게 날아와 박혔다가 이내 제자리로 돌아갔다. 명현을 아가라 부른 건 요 몇 년 동안 하지 않았던 일이다. 엄마 아빠의 사이가 냉랭해진 이후, 명현은 엄마 아빠 둘 다에게서 등을 돌렸고, 그 후로 명현과의 대화는 늘 서먹하고 어려웠다. 아가라는 말 같은 건 꺼낼 생각도 하지 못했다.

"안녕히 주무세요, 엄마."

나가라는 말을 대신한 이 말을 들은 뒤 화이는 조용히 문을 닫고 나왔다. 내게도 내일 시험이 있단다, 아가. 아주 중요한 시험이야. 못다 한 말을 되뇌며 그녀는 안방으로 향했다.

19/

화이는 빳빳한 A4 용지 위의 네모 칸들을 보고 있다. 결재라고 쓰인 커다란 글자 옆에 사장, 상무, 부서장이라는 글자를 인 사각형들이 있다. 부서장 도장이 들어갈 자리엔 전결 도장이, 상무의 도장이 들어갈 자리에는 권 상무의 도장이, 사장의 도장이 들어갈 자리엔 최승현의 도장이 찍혀 있다. 지금으로부터 네 시간 전, 화이가 찍은 도장들이다. 오전 10시에 주건희가 회사에 들러 서류를 전해주었고, 그 서류에 화이가 도장을 찍었다. 계획상으론 그 직후 바로 서류를 넘겨 오전 내로 송금을 마치게 되어 있었는데, 오후 2시가 된 지금까지 서류가 화이의 손을 떠나지 못하고 있다.

맹렬하게 몸을 떨며 통화수신을 알리는 핸드폰을 노려보다가, 화이는 핸드폰 배터리를 뽑아버린다. 주건희가 서류를 건네고 간 다음부터 지금까지, 주석희가 미친 듯이 전화를 걸어오고 있다. 지금 안 하면 끝장이야. 재촉해대는 말에 화이는 그때마다 알았다고, 바로 처리하겠다고 답했지만 지금까지 실행에 옮기지 못하고 있다.

권 상무가 결재한 것이다.

최승현의 대리인 나는 권 상무를 믿고 기계적으로 최승현의 도장을 찍어준 것뿐이다.

주석희가 머리에 넣어준 말, 오늘만 해도 벌써 수십 번씩 되뇐 말을 다시 한번 되뇐다. 주건희가 들고 온 서류봉투 속에는 권 상무의 도장이 들어 있었다. 권 상무가 평소 결재할 때 찍는 도장과 똑같은 도장이.

"화이 넌 도장 찍어서 넘기기만 하면 돼."

권 상무의 도장이 찍혀 있기 때문에 책임이 모두 권 상무에게 돌아가리라는 게 주석희의 설명이었다. 괜히 화이 네가 찔려서 복잡하게 생각하는 거야. 몇 번씩 했던 말을 반복하던 주석희의 얼굴을 떠올리며 화이는 고개를 빼든다. 그녀의 자리에서 일직선으로 사무실의 끝까지 가면 신영진의 자리가 있다. 중간에 아홉 개의 열이 놓여 있어 앉은 이의 표정이나 입모양이 보이지는 않지만, 그 자리에 사람이 있는지 없는지는 식별할 수 있다. 고개를 뺀 상태로 몇 초가 지나자 신영진의 자리에서 까만 정수리가 오르내리는 게 보인다.

지금이다.

화이는 벌떡 일어서서 숨을 들이켠다. 서류를 들고 움직이려는 순간, 갑자기 신영진이 일어서서 사무실 밖으로 나가버린다.

화이는 털썩 주저앉는다. 진즉에 해치웠어야 했다! 자리에 가서 서류를 건네는 게 뭐 그리 어렵다고 이리 시간을 끈단 말인가! 앉아서 차가워진 손을 쓰다듬다가, 화이는 다시 일어선다. 차라리 지금, 신영진이 없을 때 일을 처리하는 게 나을지도 모른다. 화이의 손이 번개같이 움직여 서류를 집어들고, 발이 기계처럼 움직여 신영진의 자리로 간다. 누구의 눈에도 띄지 않는, 빠르지만 빠른 티가 나지 않는 발걸음이다. 신영진의 책상에 제 손을 떠난 세 개의 서류철이 놓이는 것을 확인한 뒤 화이는 날 듯이 제자리로 돌아온다. 컴퓨터를 끄고 백을 챙겨 사무실을 나선다. 문을 열고 나가다가 핸드폰을 귀와 목 사이에 끼운 채 상기된 얼굴로 들어오던 신영진과 마주친다.

"책상 위에 결재 건 있어요."

화이가 입모양으로 말하자 신영진이 손으로 핸드폰을 가리고 소곤거린다.

"급한 거야?"

"응, 바로 처리해줘요."

고개를 끄덕이자 신영진이 엄지와 검지로 동그라미를 만들어 보인 뒤 다시 통화를 시작한다. 화이는 계단을 내려가다가 뒤돌아 신영진이 사무실 문을 열고 들어가는 것을 확인한다. 거짓말처럼 일이 이루어졌다. 상황이 그동안 몇십 번씩 그려보았던 대로 전개되었다면, 오히려 조금 전처럼 자연스럽게 대사를 해내지 못했을 것이다.

화이는 차를 몰고 명현의 학교로 향했다. 오후 3시. 지금쯤 명현은 제 차례를 맞아 연주를 하고 있을 것이다. 실기고사에서 마지막 순번을 받았다고 울상을 지었던 명현의 얼굴이 떠올랐다. 어떻게 하고 있을까. 오늘 연주에서 합격점을 받으면 명현은 지금 다니는 학교와 같은 재단인 제일 예술고등학교에 들어갈 것이다.

좌회전 차선에 들어서서 신호를 기다리다가 차창을 내렸다. 이제 이 시간대의 공기도 제법 차다. 화이는 팔을 차창에 걸치고 손바닥으로 얼굴을 받쳤다. 래현이 꼭 합격하길 바라는 건 아니다. 가출 사건 이후로, 명현의 앞길에 대한 생각이 180도 바뀌었다. 예술중학교와 고등학교를 졸업시킨 뒤 명문이라 불리는 대학의 피아노 학과에 들여보내는 데 절절맸던 지난날이 농담처럼 느껴지면서, 이제라도 천문학적인 금액의 돈으로 유지되는 그 학교생활을 멈추어주고 싶단 생각이 들었다. 하지만 명현은 자신이 피아니스트가 될 거라 생각하고 살아온 아이였다. 갑작스럽게 그 궤도에서 이탈시킬 수 없었다. 그리고 이제, 아이의 앞날은 오늘 치르는 시험 결과에 따라 달라질 것이다. 만일 합격한다면, 계속해서 피아노를 칠 수 있도록 화이 혼자서라도 어떻게든 경제적 지원을 해줄 작정이다. 합격하지 못할 경우, 제일 예술고에 가지 못하게 되었는데도 굳건히 피아노를 치고 싶어 한다면, 명현의 갈 길은 피아노가 맞을 것이다. 그러나 그렇지 않다면. 그럴 경우 명현은 집 근처 고등학교에 진학하게 될 것이다. 마음속 바람은 반반이다. 더 이상 '잘사는 집 딸'로 살 수 없게 될 미래를 생각하면 차라리 지금 단계에서 불합격하길 바라는 마음이, 아이가 받을 상처를 생각하면 합격하기를 바라는 마음이 앞선다. 화이는 손바닥으로 이마를 탁탁 쳤다. 이혼은 지진과 같은 일이다. 화이와 아이들 인생에 엄청난 변화가 일어날 것이다.

학교에 도착했을 때, 명현의 차례가 거의 끝나가고 있었다. 전염병 때문에 교내에 들어갈 수 없게 된 학부모들은 주차장에 서서 들려오는 연주 소리에 촉각을 곤두세웠다. 명현 친구 엄마들에 의하면 명현은 '최고의 연주'를 했다. 실수 한 번 하지 않은 완벽한 연주였다. 엄마들이 다른 아이 엄마에게는 아이에 대해 과장된 칭찬을 하기 마련이라는 점을 감안해도, 명현이 큰 실수 하지 않고 연주한 건 틀림없는 것 같았다.

연주를 끝내고 나온 명현의 얼굴은 밝았다. 차에 들어서며 환하게 웃는 명현의 얼굴을 보며 화이는 생각했다. 합격이겠구나. 앞으로 자신이 홀로 짊어지게 될 비용에 대한 부담은 잠시 옆으로 비껴나고, 노력한 만큼 결과를 얻게 된 딸이 느낄 기쁨과 안도감이 뿌듯하게 마음을 채웠다. 명현이 먼저 연주를 마치고 기다리던 친구와 놀다 오겠다고 해, 화이는 용돈을 쥐여주고 차에서 내보냈다. 친구와 나란히 걸어가는 명현을 지켜보다가 다시 시동을 걸고 핸드폰을 확인했다. 그새 신영진의 메시지가 들어와 있었다.

서류 처리했음

염 대리한테 송금 완료 컨펌도 받았음

나란히 들어온 메시지 두 개를 본 순간 심장이 거세게 뛰었다. 신영진은 처리한 서류에 도장 찍은 사람들에게 모두 보고를 한다. 사내에 있으면 메신저로, 없을 땐 문자로 즉각 알린다. 특히 오늘 건처럼 단위가 큰 금액이 건너간 경우에는 반드시 보고한다. 그러니 지금쯤 권 상무에게도 소식이 갔을 것이다. 화이는 핸드폰 통화기록을 확인했다. 그녀가 명현의 실기시험에 정신이 팔려 있던 동안 권 상무는 전화하지 않았다. 화면을 바꾸어 문자 수신기록을 확인했다. 권 상무는 문자를 보내지 않았다. 시동을 걸어놓은 채 핸드폰을 뚫어지게 쳐다보다가, 화이는 운전대에 손을 올렸다. 권 상무는 오후에 외부 일정이 있다. 회사에 들어오지 않을 가능성이 높다. 하지만 권 상무도 이 건의 결재에 신경을 곤두세우고 있을 것이다. 화이는 차를 움직여 주차장을 빠져나갔다. 조금 전까지만 해도 학부모들로 북적이던 주차장이 그새 한산해졌다. 신영진이 연락을 했다면 권 상무는 일이 이상하게 흘러간다는 걸 인식했을 것이다. 그런데 왜 가만히 있을까. 학교 앞 사거리에서 운전대에 양팔을 올린 채 신호를 기다리다가, 화이는 피 냄새를 인식하고 상념에서 깨어났다. 양쪽 엄지손톱 주변에서 피가 나고 있었다. 몇 번씩 뜯겨 거무스름해진 엄지손가락에 돋은 새빨간 피를 보고 그녀는 비로소 통증을 느꼈다. 생살을 뜯어낸 자리에 돋아나는 뜨끈한 아픔을.

20/

집에 돌아오는 동안 핸드폰을 확인한다. 주석희는 전화하지 않았다.

집에 돌아온 뒤 핸드폰을 확인한다. 주석희는 전화하지 않았다.

창문을 열고 바깥을 내다본다. 혹시나 주건희가 돈 가방을 들고 나타나지 않을까. 그러나 주건희는 오지 않는다.

저녁 어스름이 내리고, 명현과 래현이 돌아와 함께 저녁을 먹는다. 식사시간 내내 화이의 눈은 핸드폰을 향한다. 그러나 핸드폰은 울리지 않는다.

다음 날 아침. 의식이 들자마자 핸드폰을 확인한다. 주석희는 전화하지 않았다.

회사에 가지 않고 집에 머물며 계속 핸드폰을 들여다본다. 누구도 전화하지 않는다.

정오가 지나가고, 1시가 넘어가고, 2시가 넘어가고, 3시가 넘어간다. 주건희는 오지 않는다.

석양이 지고, 어둠이 내리고, 나갔던 아이들이 들어와 저녁 식탁에 앉도록, 주석희는 전화하지 않는다. 주건희도 오지 않는다.

마침내 밤이 내려 완전한 암흑이 세상을 감쌀 무렵, 화이는 그제야 안다. 주건희가 오지 않으리라는 걸. 주석희가 약속한 돈을 주지 않으리라는 걸. 그리고 또한 안다. 주석희와 자신이 계획한 일이 실은 주석희 혼자 계획한 일이며, 주석희와 권 상무 사이의 이권 다툼에 불과했다는 걸. 자신은 그 둘이 돈의 행방을 놓고 벌인 전투에서 주석희의 말 노릇을 했을 뿐이라는 걸.

21/

최승현이 헐크처럼 포효하며 전화를 걸어온 것은 엄마가 계신 요양원에 거의 다다랐을 무렵이었다. 화이는 내용을 알아들을 수 없을 정도로 심하게 소리를 질러대는 최승현에게 휴게소에 가서 전화하겠다 말하고 전화를 끊었다. 화이가 다시 최승현에게 전화를 건 것은 휴게소에 도착해 야외 테이블에 자리 잡고 전의를 다진 뒤였다. 최승현은 육두문자로 범벅된 말을 쏟아내며 당장 자기 앞에 나타나라고, 이번 참에 너를 죽여버리겠다고 씩씩거렸다. 눈앞에 없기 때문일까. 화이는 그다지 무섭다는 느낌이 들지 않았다. 화이는 통화상태를 스피커폰으로 전환하고 테이블 위에 핸드폰을 올려놓았다. 기나긴 최승현의 말을 견디며 사태를 파악하려 애썼다.

회사 돈을 탕진. 쓸데없이 폼 재느라. 회사가 네 건지 알아. 이 미친년이 뭘 믿고 책상 같은 데 돈을 뿌려. 앞으로 회사 근처에 얼씬거리면 죽여버린다. 복지 같은 소리 하고 있네. 구멍가게 같은 회사에서 복지는 무슨 복지. 회사 근처에 모습을 나타내면 네년 눈깔의 먹물을 빼버리겠다.

현란한 욕설이 튀어나오는 핸드폰을 응시하며 화이는 곰곰이 사태를 짚어보았다. 이것은 필시 권 상무의 입김이리라. 권 상무는 최승현의 부재 기간 동안 화이가 어떤 일을 했는지를 주로 '낭비'의 측면에서 세세하게 일러바친 것 같았다. 그중에서도 최승현이 가장 아까워할 일, 즉 직원들에게 안 줘도 되는 돈을 주고, 안 해줘도 되는 책상을 해줬다는 부분을 강조해 말한 듯했다. 권 상무는 최승현이 어떤 사람인지 정확하게 파악하고 있다. 최승현이 직원들에게 나가는 돈은 정당하게 지급되는 월급조차 아까워하며, 어떻게든 직원들의 월급을 깎거나 직원 수를 줄일 궁리만 하고 있다는 것을 알아차리고, 최승현과 말할 때 모든 초점을 그에 맞춰 이야기한다. 자신이 단행한 조치들 중 비용 절감이나 월급 삭감과 관련지을 수 있는 건 하나도 빼놓지 않고 말해 제 상사의 환심을 산다. 이번에도 그런 전략을 사용한 듯했다. 그리고 최승현은, 세상 누구와 견주어도 뒤지지 않을 투명한 인격을 가진 사람답게, 펄쩍 뛰며 제 배우자에게 상상할 수 있는 모든 종류의 욕지거리를 투하하고 있다. 최승현은 저급한 인간이긴 하지만 욕을 아주 화려하게 하는 스타일은 아니었다. 화이에게 이년 저년 하며 눈깔을 어떻게 하겠다는 말을 한 적은 결혼 뒤 딱 한 번밖에 없었다. 그러니 지금 남편이 얼마나 화가 났는지 알 수 있었는데, 그 화려한 욕설들 사이로 새어나오는 정보를 들으며, 화이는 차츰 안심이 되었다. 수많은 욕설과 거친 말들과 화이가 한 행동에 대한 비난들 중 어디에도, 이번 결제 건과 관련된 말은 없었다. 남편의 비난은 오직 그녀가 행한 사내 복지제도 신설과 사무용품에 관한 것들을 향했다.

뭉개고 넘어가려는구나.

스피커폰을 통해 나오는 남편의 박력 넘치는 음성을 들으며 화이는 권 상무의 의지를 확인했다. 아마도 신영진의 보고를 받자마자, 권 상무는 행방을 감춘 제 아내가 제가 가져갈 몫을 가로챘다는 것을 알아차렸을 것이다. 그리고 '부사장'이 제 아내의 조력자라는 사실도 알았겠지. 그런데 화이에게는 일절 연락하지 않았다. 대신 최승현이라는 해맑은 멍청이를 통해 화이를 내치려 하고 있다.

화이는 차갑게 식은 커피를 들이켠 뒤 컵을 테이블 옆 쓰레기통에 버렸다. 목요일. 평일 아침의 휴게실은 한산했다. 사람이라곤 푸드코트를 지키는 직원과 화장실 주위에 서서 담배를 피우는 점퍼 차림의 중년 남자들밖에 없었다. 문득 생각이 나서 지성에게 전화를 걸었지만, 그는 전화를 받지 않았다. 어젯밤에도 전화를 받지 않았다는 생각이 떠오르면서 그녀는 조금 불안해졌다. 채리를 맡기고 돌아온 뒤로 지성과 연락이 되지 않는다. 채리가 잘 있을까. 잘 있겠지. 무슨 일이 있다면 연락이 왔을 것이다. 자고로 어린 생명체를 맡긴 뒤엔 쓸데없는 생각을 하지 말아야 한다. 어린 이들에 관한 한 무소식이 희소식인 법이니까. 마스크를 쓰고 일어서려다가, 차가운 나무 의자에 다시 주저앉았다. 테이블 아래에 누군가 먹다 흘린 떡볶이 국물이 흘러 있고, 그 옆으로 가늘게 연기가 피어오르는 담배꽁초가 놓여 있었다. 온기가 남아 있는 긴 장초였다. 그녀는 잠깐 동안 장초를 들여다보며 갈등하다가, 꽁초를 쓰레기통에 버리고 편의점으로 향했다. 담배와 라이터를 산 뒤 다시 테이블로 돌아왔다.

새로 사 온 담배에 불을 붙이고, 연기를 입에 불룩하게 품었다가 한꺼번에 삼켰다. 아. 비명이 나올 만큼 강렬한 쾌감이 목구멍을 타고 넘어갔다. 첫 한 모금에만 느껴지는 감각이 오늘은 매번, 조금도 희석되지 않은 충만한 강도로 발생했다. 손끝에 뜨거움이 느껴질 때까지 악착같이 매달려 흡연을 마친 뒤 그녀는 하, 하고 숨을 내보냈다. 소스라치게 차가운 바람을 맞으며 앉아 있는 마흔의 여체에서 하얀 김이 피어올라 하늘로 영역을 넓혀갔다.

화이는 카디건 자락을 여민 뒤 테이블 위에 한쪽 팔을 올려놓고 옆으로 엎드렸다. 깃털 모양의 구름이 한 방향으로 일제히 사선을 이룬 가운데 높고 파란 하늘이 펼쳐져 있었다. 문득 궁금해졌다. 불안으로 널뛰던 마음이 진정된 것이 조금 전 남편과의 통화 때문인지, 아니면 흡연 행위 때문인지. 그녀의 입이 완만한 곡선을 만들어내고, 성대가 흐, 소리를 내보냈다. 불안과 초조함이 깔끔히 사라져 있는 이 상태가 좋다는 생각을 하면서 그녀는 다시 한번 흐, 소리를 냈다.

주석희는 송금받은 돈을 현금화했을까. 주건희와 안전한 곳으로 갔을까. 아니면 권 상무에게 덜미를 잡혀 한바탕 난리를 치르고 있을까. 이제 화이는 알 수 없을 것이다. 연락이 오지 않을 테니까. 문득 자신이 처음부터 알고 있었다는 생각이, 결국 주석희에게 이용당하고 끝나리란 걸 알고 있었다는 생각이 들면서 씁쓸한 웃음이 흘러나왔다.

화이는 다시 차에 올라 엄마가 있는 요양원으로 향했다. 조금 전 운전할 때와 완전히 다른 사람이 된 것처럼 마음이 가라앉아 있었다. 그 평화는 자신이 수갑을 차고 붙잡혀가거나, 범죄자라고 뉴스에 뜨거나, 아이들에게 부끄러운 엄마가 될지도 모른다는 불안감이 제거된 데서 온 것이었다. 그녀에게는 이편이 훨씬 나았다. 잘됐다! 몇십억, 몇백 억을 손에 쥐어 무엇 하겠는가. 차라리 이렇게 이용당하고 마는 게 나을지도 모른다.

예쁜 명품 가방에 들어 있는 돈. 그 돈이 화이의 몫이었다. 오직 그만큼의 분량만이, 그녀에게 배정된 것이었다. 그렇다면 그 돈이라도 쥘 수 있게 되어 다행이라 생각해야 할까. 노력할 필요도 없이 이미 그녀는 그렇게 생각하고 있었다. 뿐만 아니라 신성포장이 무사하다는 사실, 권 상무가 그 자리를 지키며 회사를 존속시켜가리라는 전망에 안도하고 있었다. 이럴 줄 알았으면 주석희에게서 신뢰의 증표로 좀 더 많은 돈을 받았다면 좋았을 뻔했다는 생각을 하면서 화이는 너털웃음을 터뜨렸다.

국토의 최남단 도시에 입성하고 있음을 알리는 알림판을 지나쳐 간 뒤, 화이는 오디오를 켰다. 라디오에서 올여름 즐겨 들었던 걸그룹의 노래가 흘러나왔고, 그녀는 한손으로 핸들을 쳐가며 노래를 따라 불렀다.

지구를 등지고 떠올라 맘껏 crazy crazy crazy 긴 춤을 춰

엄마가 머물게 된 새 요양원은 화면으로 봤던 것보다 시설이 양호하고 일하는 사람들의 표정이 밝았다. 엄마를 새로운 요양원으로 옮겨드린 뒤, 화이는 근처에서 하룻밤 머물렀다. 다음 날 아침, 간단하게 요기하고 일찌감치 출발해 부지런히 위쪽으로 올라갔다. 정신없이 달리다가 죽전 휴게소를 알리는 표지판을 보았을 때, 시간은 막 정오를 넘기고 있었다. 집에 가기 전에 부동산을 알아보아야겠다는 생각이 들어 핸즈프리로 여기저기 전화를 걸었다. 이사할 동네는 이미 점찍어놓았다. 명현이 다니게 될 학교에서 지하철로 한 번에 갈 수 있는, 서울의 남동쪽 경계선이 되는 동네였다. 화이는 오래된 20평대 아파트 전세와 30평대 신축 빌라, 두 가지 선택지로 좁혀

놓고 갈등하는 참이었다. 30평대 신축 빌라의 경우, 아파트에 거주할 때만큼 관리받지는 못하겠지만 꼭대기층이라 옥상을 제 집 마당처럼 쓸 수 있을 것이다. 명현의 피아노를 들여놓고도 공간이 더 나온다는 점도 큰 장점이다. 다행히 부동산에서 오늘 두 집 모두 보여줄 수 있다는 연락을 해왔고, 화이는 이사 가게 될 새로운 동네 후보지를 목적지로 설정했다.

손에 쥘 돈이 한정적이라는 사실은 더 좋은 선택지가 있지 않을까 안달복달하는 마음을 단번에 소거해주었다. 화이는 빌라를 택하기로 하고, 그 자리에서 계약을 단행했다. 집에 돌아와선 곧바로 이삿짐센터에 연락했다. 내일 아침에 대치동 집으로 견적을 내러 올 두 업체의 담당자와 통화를 마치고 여행 가방을 풀려는데, 현관문 열리는 소리가 들렸다. 명현이 현관으로 들어서며 들고 있던 택배를 건넸다. A4 용지 반절 크기의 서류봉투였다. 가방부터 풀자 싶어 봉투를 거실 소파에 올려놓다가, 화이의 눈길이 송신인 란에 가 머물렀다. 작은 서류봉투의 송신인 란에, 주석희, 라는 이름이 쓰여 있었다. 어린아이가 쓴 것 같은 큼직하고 동글동글한 글자들을 본 화이의 눈이 커다랗게 벌어졌다.

22/

세면대 거울에 김이 뿌옇게 서려 있다. 불붙인 향초에서 나오는 향이 욕실을 가득 채우고 있다. 화이는 턱까지 잠기게 몸을 담그고 온수의 촉감을 만끽한다. 얼마 만에 하는 목욕인가. 큰일을 해치우고 돌아와 욕조에 몸을 담그는 기분은 달콤하다. 해결해야 할 일이 아직 남았지만, 일단 한 발짝 뗐다는 생각이 안도감을 준다. 엄마를 안전한 곳으로 모셨다!

머리끝까지 물에 들어갔다가 푸, 소리를 내며 빠져나오는데 현관문 번호키 소리가 들린다. 화이의 몸이 벌떡 일어나고, 그 바람에 욕조 머리맡에 놓았던 와인잔이 욕조 안으로 떨어진다. 욕조를 채운 물이 붉게 물든다. 화이는 붉은 기운이 물속에서 원을 그리며 영토를 넓히는 걸 내려다보다가, 욕조 바깥으로 나와 화장실 문에 귀를 댄다. 설마 최승현이 돌아온 건 아니겠지? 문 열리는 소리와 함께 도우미의 통화하는 소리가 들려오고, 화이는 안도하며 욕조로 돌아간다. 마트에 다녀온 길인 듯, 도우미가 내는 비닐 소리와 방문 여는 소리, 냉장고 여닫는 소리가 들려온다.

"저 목욕하고 있어요."

화이는 큰 소리로 자신이 집에 있음을 알린 뒤 욕조마개를 뽑아 물이 빠져나가게 한다. 한 모금밖에 마시지 않은 와인을 쏟아버렸다. 나가서 다시 한 잔 가져올까 하다가, 깨끗이 단념한다.

다시 채운 물에 몸을 담그지만 처음처럼 아늑한 느낌은 사라지고 없다. 지척에 도우미가 있다는 사실이 신경 쓰이고, 언제든 최승현이 들이닥칠 수 있다는 사실이 목욕탕 한가운데 떡하니 자리 잡고 있다.

서류봉투를 오픈한 채 안방에 두었다는 사실이 떠오른 건 샤워볼로 막 몸을 문지르기 시작했을 때다. 등을 문지르던 손길이 멈춰 서고, 그녀는 갈등한다. 지금이라도 나가서 서류를 서랍에 넣어두고 올까.

주석희가 보낸 서류봉투에는 사진이 들어 있었다. 호텔에서 낯선 여자와 잠들어 있는 최승현의 사진이. 위에서, 옆에서, 아래쪽에서, 먼발치에서, 가까이에서, 다양한 각도에서 찍은 사진들이었다. 벗어 던진 옷가지와 콘돔 껍질 같은 소품까지 완벽하게 갖춰진 사진들이었다. 몇 초 만에 넘겨본 뒤, 봉투에 처박아두고 욕실로 들어왔다.

멈추었던 손이 다시 등을 문지르기 시작한다. 최승현의 사진이 어떻게 주석희 손에 들어갔을까. 권 상무의 얼굴과 주건희의 얼굴, 묘령의 흥신소 직원의 실루엣이 어지럽게 스쳐간다.

위에서 아래로, 아래에서 위로, 빠지는 부분이 없도록 구석구석 등을 문지른다. 작은 볼로 닿지 않는 부분이 있어서, 수납장에서 길게 늘어지는 샤워타월을 끄집어낸다. 위에서 아래로 움직이자 그제야 손이 닿지 않았던 부분이 시원해진다.

화이는 샤워기로 머리를 적시며 생각한다. 처음부터 주석희는 돈을 나눌 생각이 없었다. 나를 이용해 권형욱에게 갈 돈을 중간에 가로채는 것이 목적이었을 뿐, 나와 한 배를 탈 생각이 없었다. 내가 그나마 의심하는 기색을 보이지 않았다면 달러가 든 가방조차 주지 않았을 것이다. 그녀는 펌프질해 나온 샴푸를 머리에 묻힌 뒤 문질러

거품을 낸다. 그러니까 주석희는 나름 공정한 거래를 한 것이다. 저에게 돈을 넘겨주는 대가로 내게 최승현과 이혼소송을 할 때 유용하게 쓰일 자료를 제공하는 거래를. 그러니 주석희에게 감사하는 마음을 가져야 할까.

샴푸가 눈에 들어가는 바람에 화이는 눈을 감고 손을 더듬어 샤워기를 찾는다. 눈이 타들어가는 것처럼 쓰리다. 세차게 문지를수록 눈은 더 뜨겁게 불타오른다. 샤워기로 얼굴에 마구 물을 뿌리다가, 그녀는 욕조에 주저앉는다.

화이가 권 상무가 사라진 회사의 앞날에 대한 걱정을 늘어놓았을 때, 주석희는 이런 말을 했었다. 권형욱은 절대 신성포장에서 나가지 않을 거라고. 신성포장의 디지털 혁신은 브이엠 이노베이션에서 외주를 준 다른 하청업체에서 잘 진행되고 있고, 그 업체는 이미 받을 돈을 다 받았다고. 그러니 남은 금액은 순전히 권 상무와 주석희가 챙기려던 몫이었다는 소리다. 화이가 그 얘기를 들었던 것은 호텔로 주석희를 데려다준 첫날이었다. 그게 어떤 의미심장한 암시였던들 새겨들을 여유는 없었을 것이다. 화이는 무릎을 그러안고 당시의 상황을 곱씹는다. 그때 그 얘기를 주의해서 들었으면 눈치챘을까. 그 계획이 화이와 주석희 둘을 위한 것이 아닌, 주석희 한 명만을 위한 것이었음을.

주석희에게 쓸데없이 친밀감을 느낀 것도 치명적인 패인이었다. 화이는 냉정하고 틈을 주지 않는 주석희가 봉변을 당했을 때 자신을 떠올리고 연락했다는 것, 자신을 믿고 의지한다는 것에 필요 이상의 의미를 부여했다. 주석희와 제가 무슨 '델마와 루이스'이기라도 한 양.

공벌레처럼 웅크리고 앉아 샤워기에서 나온 물이 욕조 구멍으로 흘러들어가는 것을 보다가, 욕조 옆 손잡이를 잡고 일어선다. 간통죄도 폐지됐는데 그 사진들이 도움이 될까? 보는 것만으로 구역질이 나던 사진이 다시 뇌리를 채운다. 없는 것보단 나을 것이다. 최승현이 양육권을 담보로 비열하게 나오면, 그 사진을 마지막 카드로 쓸 것이다.

화이는 머리를 헹군 뒤 수건으로 빠르게 몸을 닦는다. 나가자마자 사진부터 봉해서 치워놓아야겠다. 그녀는 속옷에 몸을 끼워 넣다가 발을 헛디뎌 욕조에 얼굴을 부딪힐 뻔한다. 마음이 급하니 간단한 동작조차 마음대로 되지 않는다. 그녀는 균형을 잡고 서 심호흡을 한 뒤 다시 속옷을 입는다. 보이지 않게 사진을 밀봉한 뒤엔 변호사를 알아봐야겠다.

욕조 바깥에 서서 바디로션을 펌프질해 팔다리에 문지르는데 피부가 따끔거리면서 밀리는 느낌을 준다. 11월 초인데 벌써부터 건조함이 피부를 포박해온다. 코코넛 향의 부드러운 크림이 피부 위에서 번들거리는 걸 보며 화이는 조용히 숨을 들이마신다. 약속한 돈을 받지 못하게 됐다는 사실보다 주석희에게 배신당했다는 사실에 마음을 쓰는 자신을 인식하며 씁쓸하게 웃는다. 실내복을 걸치고 욕실 바깥으로 나가자 기다렸다는 듯 싸한 공기가 덮쳐온다. 11월 초반인데 이렇게 추우면 어쩌겠다는 건가. 생각하며 거실로 가 보일러 온도를 높인다. 이내 보일러 돌아가는 소리가 들려오고, 부엌에서 도마질을 하던 도우미가 돌아보며 인사를 건넨다. 웃는 얼굴로 답인사를 해 보이는데, 도우미의 얼굴 뒤로 얼마 전에 만났던 변호사들의 얼굴이

둥실둥실 떠다닌다.

23/

좌표로 삼았던 디저트 가게까지는 잘 찾아갔다. 일이 꼬인 건 오른쪽으로 돌 골목을 놓치면서부터였다. 화이는 생각에 잠겨서 걷다가 지금 지나는 데가 어딘지 모른다는 사실을 깨달았다. 뒤돌아서 다시 걷다가, 이번에는 원래의 디저트 가게를 한참 지나쳐왔다는 것을 알았다. 그녀는 핸드폰을 켜고 제 현재 위치를 보여주는 지도가 뜨길 기다리며 외투를 여몄다. 이른 아침에 안개가 끼더니, 종일 가는 비가 내린다. 우산을 쓰기도 안 쓰기도 뭐해서 그냥 맞고 있는데, 애매하게 내리는 비 때문에 기분이 우중충해진다.

출발지였던 출판사를 찍어 되돌아가려다가, 아예 지하철역을 찍었다. 지하철역은 그리 멀지 않았다. 직진하다가 편의점이 나올 때 우회전, 두 블록 간 뒤 좌회전하면 나올 것이었다. 오른쪽에 보이는 간판 이름을 일일이 확인하면서 걷는데, 기시감이 밀려왔다. 그동안 출판사를 다섯 번도 넘게 방문했다. 다른 사람들이었다면 눈을 감고도 찾아갈 것이다. 화이는 길눈이 어두웠다. 집이나 회사처럼 매일 오간 곳이 아닐 경우, 일단 지붕 있는 데 들어갔다 나오면 우주의 미아가 되었다. 여기가 어디지?

평소였다면 이런 일이 별것 아니게 느껴졌을 것이다. 제가 원래 그런 사람이라는 걸 아니까. 오늘은 다르다. 처리할 일이 태산처럼 쌓여 있다. 변호사 사무실에 가야 하고, 명현의 피아노를 옮겨줄 피아노 전문 이사업체도 알아봐야 한다. 시간이 된다면 부동산에도 들를 것이다.

지도상에 명시된 편의점 간판이 나오는 걸 확인한 뒤, 화이는 멈춰 서서 변호사에게 전화를 걸었다. 받지 않았다. 한 번 더 걸었지만, 이번에도 받지 않았다. 깜빡이는 통화시간 표시를 보며 서 있다가, 화이는 다시 걷기 시작했다.

지난주, 염두에 두었던 변호사들 중 한 명과 계약을 했다. 소통이 잘되고 이야기를 끝까지 들어주었던 여자 변호사였다. 나머지 두 남자 변호사들은 경력은 화려했지만 이혼 전문 변호사가 아니었던데다가, 자꾸 말을 끊어먹었다. 그런데 이 친절한 여성 변호사가, 착수금을 받은 뒤부터 태도가 변했다. 화이가 하는 얘기를 끝까지 들어주지 않고, 읍소를 모두 대수롭지 않게 여기며, 무엇보다 연락이 되지 않는다. 전화를 걸면 바로 받는 경우가 한 번도 없는데, 몇 시간 내에 답 전화를 해오지도 않는다. 이틀 뒤에야 전화를 걸어와 아무 일 없었다는 듯 제 할 말을 하는 식이다. 그동안 명현 친구 엄마들에게, 소송을 하면 결국 변호사한테 질려서 소송 상대와 합의를 하게 된다는 말을 들었지만, 막상 자신의 사례로 다가오니 황당해서 어쩔 줄을 모르겠다. 이런 사람과 어떻게 재판을 진행하지?

거리는 놀라울 정도로 한산했다. 올해 들어 도돌이표처럼 반복되는 일, 즉 전염병 확진자가 가파르게 늘고, 정부가 낮추었던 거리두기 단계를 높이고, 그와 동시에 시내에 인파가 증발하는 일이 다시 한번 전개되고 있었다. 여기저기 문 닫은 가게들이 보이고, 문을 연 가게에도 사람이 없었다. 화이는 갈증을 느끼고 편의점 문 쪽으로 가다가, 건너편에서 걸어오는 남녀를 발견했다. 남녀 모두 검은색 정장 바지 차림이었는데, 여자 쪽이 특이할 정도로 키가 커서 절로 눈길이 갔다. 남자보다 머리 하나 정도 커 보이는 여자가 상체를 살짝 구부리다시피 해 남자와 손을 잡고 있었다. 연인 중 어느 한쪽이 너무 크면 그것도 힘들겠구나, 생각하며 고개를 돌리다가, 화이는 다시 그 쪽을 쳐다보았다. 여자와 손을 잡은 채 한쪽 손을 바지 주머니에 넣은 남자의 모습이 어딘가 낯익었다. 검은색 베레모, 검은색 슈트, 검은색 타이를 맨 남자가 모자를 고쳐 쓰다가 화이와 눈이 마주쳤다. 커다랗게 벌어진 화이의 눈에 남자의 눈길이, 마스크 위로 보이는 웃음 서린 눈길이 날아와 꽂혔다. 핸드백을 고쳐 메며 남자와 어디서 만났는지를 떠올리려 애쓰는 동안, 커플은 그녀를 지나쳐 가버렸다. 둘의 모습이 앞모습에서 뒷모습으로 바뀌었을 때에야, 화이는 그 남자를 이 근처에서 본 적이 있음을 알아차렸다. 이 근처 어딘가 음식점이 있고, 진주색 차가 있었다. 그리고…… 주석희가 있었다. 화이는 아, 소리를 내며 멈춰 섰다. 방금 지나간 남자는 주석희가 울면서 매달리던 그 남자였다.

편의점 문을 열고 들어가려다가, 몸을 돌려 멀어진 커플의 뒷모습을 지켜보았다. 저 남자와 주석희는 헤어진 걸까. 겨우 떨쳐냈다 싶었던 주석희의 얼굴이 커다랗게 떠올라, 화이는 세차게 고개를 저었다. 편의점 문손잡이에 손을 올렸을 때, 그리고 다시금 커플 쪽으로 고개를 돌렸을 때, 2미터 전방으로 멀어졌던 남자가 멈춰서 몸을 돌리는 게 보였다. 옆에 있던 여자가 상체를 기울여 남자와 말을 나누더니 화이가 있는 쪽을 바라보았다. 그때 모른 척하고 편의점 안으로 들어가야 했을까. 그랬다면 그 남자가 이쪽을 향해 빠르게 걸어오고, 자신에게 다가와 귓가에 제 음성을 불어넣는 일이 일어나지 않았을까. 순식간의 해프닝이 지나간 뒤 뒤늦게 그런 생각을 해보게 되는 그런 순간, 하지만 그 순간 화이는 그 남자를 쳐다보는 걸 멈추지 못했고, 그가 제게 다가오는 걸 지켜보았다. 큰 보폭으로, 마치 만나기로 약속된 사람처럼 당당하게 걸어왔기에, 화이는 아무런 방비 없이 정면으로 그 남자를 맞닥뜨렸다. 편의점 문을 잡고 선 화이 앞에 한 뼘 정도의 사이를 두고 선 그가 모자를 벗고 마스크를 뺀 뒤 머리를 쓸어 넘기며 그녀를 쳐다보았다. 화이는 재빨리 턱에 걸쳤던 마스크를 올렸다. 자, 내 얼굴을 봐라, 라고 말하는 듯, 남자의 얼굴이 흥미와 조롱으로 일렁이고 있었다.

"왜 그렇게 쳐다보지?"

남자가 화이의 귓전에 얼굴을 밀착시키며 말했다. 어조를 높여 일부러 드라마틱한 느낌을 내는 게 역력했다.

화이가 뒤로 물러서려 하자 그가 한 손으로 그녀의 어깨를 당기며 다시 속삭였다. 살짝 꺾인 듯한 음성이, 불길하고 귀에 익은 음성이, 뱀처럼 그녀에게 흘러들어왔다.

"나하고 한번 하고 싶은가봐?"

못 박힌 듯 서서 방금 귓전으로 흘러들어온 말의 의미를 파악하려 애쓰다가, 화이는 소스라치며 뒷걸음질쳤다. 그는 화이와 시선을 맞춘 상태로 씨익 웃은 뒤 모자를 쓰고 몸을 돌렸다. 다가올 때 그랬던 것처럼, 커다란 보폭으로 도장을 찍듯 당당하게 걸어 앞으로 나아갔다. 편의점 불투명창에 기대어 멀어져가는 남자의 뒷모습을 보면서, 화이는 조금 전 마주했던 눈빛을 떠올렸다. 조소가 스민 강렬한 눈길을. 그리고 섬광처럼 그녀의 의식을 스쳐간 것은 그의 귀, 말을 마치고 몸을 돌리던 순간 드러났던 귀, 동그랗고 커다란, 얼굴과 따로 노는 듯한 특별한 귀의 형상이었다.

24/

쇼핑을 마친 화이가 마트에서 나왔을 때, 큰 키에 짧은 머리를 한 여자가 다가왔다. 여자가 주석희라는 사실을 알아차린 건 한 발짝 앞으로 다가왔을 때 드러난 입가의 흉터 덕분이었다. 우둘투둘한 흉터가 아니었다면 상대가 제가 아는 그 인물임을 알아차리기 힘들었을 정도로, 주석희는 변해 있었다.

두 사람은 한동안 말없이 서 있었다. 원래 마른 편이었던 주석희는 그동안 살이 올랐다. 화장기 없는 얼굴은 푸석푸석했고, 짧게 커트한 머리는 한쪽으로 뻗쳐 있었다. 무엇보다 옷차림. 목이 늘어난 남색 티셔츠에 흰색 줄무늬가 들어간 빨간 트레이닝복 차림이, 주석희를 완전히 다른 사람처럼 보이게 만들었다. 목에 칼이 들어와도 트렌디한 옷차림을 포기하지 않을 것 같았던 인물의 변모를 보면서 화이는 제 안의 적대감이 누그러지는 것을 느꼈다. 동시에 다른 측면으로 화가 치밀었는데, 그것은 주석희가 그런 몰골로 나타났다는 사실이 의미하는 바를 곧바로 알아차렸기 때문이었다. 겨우 이런 차림새로 나타나려고 나를 배신했단 말인가!

둘은 마트 앞에 놓인 넓은 사각의자에 앉아 말없이 시간을 보냈다. 서로 다른 방향을 응시한 채 침묵을 지키다가, 쇼핑몰 지하의 푸드코트로 갔다. 정부 시책으로 카페에 들어가 앉을 수 없었기에, 돈가스 집으로 들어갔다. 메뉴판을 넘겨보던 주석희가 눈을 빛내더니 제 몫으로 음식 두 개를 주문했다. 화이는 점심을 먹은 지 얼마 안 된 터라 따로 주문하지 않았다가, 주석희가 전투적으로 음식을 먹는 걸 보고 뒤늦게 카레덮밥을 주문했다.

"저거 나 먹으라고 주문한 거지?"

주문한 카레덮밥이 나왔을 때, 주석희의 시선이 종업원의 손에 들린 접시로 날아갔다.

이것도 이 여자의 수작일까.

꼭 다문 입으로 부지런히 카레덮밥을 먹는 주석희를 보며 화이는 손가락을 질겅질겅 씹었다. 추레한 차림으로 나타나 굶주린 듯 음식을 먹어 상대에게 저를 불쌍히 여기게 만들려는 전략일까.

많은 말과 감정이 들끓었지만 화이는 서두르지 않았다. 팔짱을 끼고 기다렸다. 입가에 흉터를 가진, 세련됐다거나 도도하다거나 하는 이미지와는 조금의 연관도 없게 되어버린 여자가 배를 다 채우기를.

"우리 계획은 실패했어."

주석희가 입을 연 것은 카레덮밥 접시를 깨끗이 비우고 휴지로 입가를 닦은 다음이었다.

"우리 계획?"

"피곤하게 그런 거 따지지 말자."

주석희가 물로 입을 헹군 뒤 손으로 눈을 뒤덮었던 앞머리를 쓸어 넘겼다.

"피곤해? 누가? 당신이야 피곤하겠지!"

화이의 입에서 날 선 말이 튀어나갔다. 그녀는 마스크를 내리고 거칠게 호흡했다.

"너도 보이지? 나 개털된 거? 네가 아무리 난리를 쳐도 난 만 원짜리 한 장 못 준다고. 그러니까 우리 쓸데없는 얘기하지 말고 본론으로 들어가자."

이글거리는 눈으로 주석희를 보다가, 화이는 마스크를 올리고 의자에 기댔다. 주석희는 마스크가 없었다. 처음 나타났을 때부터 마스크를 끼지 않았는데, 그래서 더욱 눈에 띄었던 것 같다.

주석희는 빠른 속도로 그동안 있었던 일을 털어놓았다. 주건희는 제 동생이 아니라 애인이었고, 진짜 이름은 조우식이다. 그와는 권상무와 이혼한 뒤 정식으로 결혼할 계획이었다. 그 조우식이, 신성포장에서 건너온 돈을 찾으러 나간 뒤 자취를 감추었다. 계획대로라면 통장에서 돈을 찾아 화이에게 절반을 전달한 뒤 둘의 아지트로 돌아왔어야 했다. 그러나 조우식은 돌아오지 않았다. 돈을 찾았다는 연락도, 화이에게 탈 없이 전달했다는 연락도 하지 않았고, 해가 질 때까지 깜깜무소식이었다. 핸드폰의 전원은 계속 꺼져 있었다. 다음 날 아침 조우식에게 전화했다가 사용이 중단되었다는 안내음을 들었을 때에야, 주석희는 깨달았다. 배신당했다는 것을.

"그 인간이 언제부터 권형욱이랑 엮였는지는 나도 몰라."

조우식이 처음부터 권 상무의 조종으로 주석희에게 접근했는지, 아니면 권 상무가 어느 시점에 조우식을 찾아가 제 편으로 회유했는지는 알 수 없었다. 중요한 건 권 상무가 처음부터 이 계획을 훤히 알고 있었다는 점이었다.

"내가 당신 말을 어떻게 믿어?"

화이는 마스크를 벗어 식탁에 올려놓았다. 종업원들은 주방에 모여 이야기꽃을 피우고 있었고, 카운터에 앉은 중년 여성은 두 사람이 들어올 때부터 지금까지 계속 누군가와 통화 중이다. 마스크를 쓰지 않는다고 주의를 줄 사람은 한동안은 없을 것이었다.

"주기로 한 돈은 어떡할 거야?"

화이는 목소리를 낮추어 짜내듯 말했다. 이런 멍청한 여자를 믿었다니. 세상에 이런 머저리가 또 있을까.

"너 바보니? 내 말 못 들었어? 난 거지야. 권형욱이 다 벗겨갔다고."

주석희는 권형욱에게 형사고발당한 상태라 맘 편히 어디 돌아다니지도 못한다고 했다. 제가 얼마나 한심한 처지에 놓였는지를 한참 동안 늘어놓다가, 수저통 옆에 두었던 메뉴판을 다시 집어들었다.

"어디 보자, 여기 술이 뭐가 있나."

메뉴판에 고개를 박고 사케와 맥주 중 무얼 마실지 고민하는 주석희를 노려보다가, 화이는 눈을 감아버렸다. 테이블 위에 두 손을 얹고 이마를 받친 뒤 숨을 골랐다. 권 상무의 일거수일투족을 살피며 계획을 짰던 시간들이, 권 상무를 보면서 몰래 미안해하고 연민했던 순간들이, 차마 결재서류를 넘기지 못해 가슴 졸였던 시간들이, 고스란히 되살아났다. 다 알고 있었단 말이지. 처음부터 그 남자의 손바닥 안에서 놀고 있었단 거지. 얼마나 재미있었을까. 저를 바보 취급하며 나름 기발한 책략을 펼친다 믿었던 나를 보며 권 상무가 얼마나 가소로웠을까.

"이 집에 사케가 있구나!"

주석희가 반색을 하며 종업원을 불렀다. 화이는 고개를 빼고 메뉴판에 적힌 가격을 보았다. 그리 고급스러워 보이는 집이 아닌데 사케 가격이 꽤 셌다.

"아니요, 사케 한 병 말고요."

화이가 주문을 받은 뒤 주방으로 가는 종업원을 불러 세웠다.

"네. 말씀하세요."

남자 종업원이 몸을 돌렸다.

"그냥……"

화이는 머뭇거리다 말을 이었다.

"사케 두 병으로 주세요."

얻어먹는 주제에 비싼 술을 시키는 게 괘씸해 맥주로 바꿀까 하다가, 마음을 바꾸었다. 주석희는 겉보기엔 이전과 완전히 다른 사람이 되었지만, 저 하고 싶은 대로 하는 배짱은 그대로였다. 그게 괘씸했는데, 생각해보니 그런 면이라도 유지하는 게 차라리 나을 것 같았다. 빨간 트레이닝복 차림으로 나타난 여자가 눈치를 보며 맥주를 주문했다면 얼마나 기가 막혔겠는가.

차가운 술이 들어가자 화이는 들끓던 감정이 가라앉는 걸 느꼈고, 그걸 눈치챈 주석희가 침묵을 깼다.

"더 안 바래. 딱 반절만 돌려줘."

'반절'이라는 말이 나오는 순간 화이의 시선이 주석희의 얼굴에 못 박혔다. 주석희는 무표정하게 시선을 맞받았다. 화이는 두 손을 테이블 위에서 맞잡으며 고개를 수그렸다. 아. 아. 입에서 앓는 소리가 새어나왔다. 어처구니가 없어서 어떻게 반응해야 할지 알 수가 없었다. 주석희는 화이에게 건넨 돈 가방을 노리고 온 것이었다. 달러의 절반의 지분을 주장하려고.

화이는 얼음이 담긴 작은 볼을 제 쪽으로 당겼다. 불투명한 하얀 면이 뒤섞인 얼음이 모락모락 김을 피워 올렸다. 사케 잔을 차갑게 유지하기 위해 나온 얼음 볼. 두 사람은 얼음 볼의 김이 채 가시기도 전에 사케 한 병을 다 비운 것이다.

"난 개털이야. 당신이 난리를 쳐도 만 원짜리 한 장 못 준다고."

어떻게 대응할까 궁리하다가, 조금 전 주석희가 했던 말을 그대로 돌려주었다. 그리고 웃음을 터뜨렸다. 으흐흐흐핫핫핫핫핫. 으흐흐흐핫핫핫핫핫. 주석희는 발작하듯 웃는 화이를 가만히 쳐다보다가, 손톱으로 빈 술잔을 두드려 탁탁 소리를 냈다.

"실은 믿었던 사람이 있어."

잔에 남았던 술을 비운 뒤 화이가 말했다. 믿었던, 이라는 말을 하는데, 가슴 한구석에 어디에 받친 것처럼 통증이 일었다. 믿었던 지인에게 가방을 맡겼다. 그런데 그 지인이 일주일째 연락이 되지 않는다. 아무래도 그 돈을 떼먹힌 것 같다. 말하는데 가슴의 통증이 점점 크게 번져갔다. 지성과 연락이 되지 않은 지 8일째. 수차례 전화를 걸었지만 지성은 받지 않았다. 지성 쪽에서 연락을 해오지도 않았다. 전원이 꺼져 있다는 안내음을 들을 때마다 가슴에 집채만 한 쇳덩이가 얹히는 것 같아, 화이는 어제부로 전화 걸기를 중단했다.

주석희가 새로 나온 사케를 따라 연거푸 두 잔을 마시더니 술잔의 가장자리를 살짝 혀로 핥고 내려놓았다. 주석희는 모든 종류의 술을 좋아하지만 특히 사케를 좋아하는 것 같았다.

"남자야?"

"남자야."

화이는 천천히 고개를 끄덕였다. 지성은 남자다. 그녀의 연락을 피하는 남자. 그녀의 돈을 들고 나른 남자.

"애인?"

화이는 대답 대신 어깨를 으쓱해 보였다. 애인이라. 지성을 애인이라 할 수 있을까. 그랬으면 좋겠다. 차라리 애인이라 할 만한 사이라도 되었다면.

"아무튼 남자들 조심해야 된다니까. 세상에 개자식들이 많아."

주석희가 고개를 절레절레 저으며 제 잔에 술을 따랐다. 화이는 탁자 위에 한쪽 팔을 접어 올린 뒤 상체를 기댔다. 주석희는 반대쪽으로 기대 화이와 비스듬히 시선을 마주한 채, 조우식을 비롯한 남자들 얘기를 두서없이 늘어놓기 시작했다. 중간중간 상스러운 말을 섞어 넣었는데, 그 욕이 부자연스러울 뿐더러 내용 또한 애써 다른 남자들 얘기를 섞으려다 결국 도돌이표처럼 조우식 얘기로 귀결되는 단순한 것이었다. 화이는 어느 시점부터 눈을 감아버렸다. 제대로 쳐다보지도, 대꾸하지도 않는 자신에게 탄식과 욕설과 분노가 섞인 말을 토하듯 쏟아내는 주석희의 목소리를 듣고 있으니, 문득 자신이 오랫동안 소원하던 일 한 가지를 이루었다는 생각이 들었다. 인간적인 주석희의 모습을 보고 싶다는 소원을.

"그만하고 이제 가자."

벌써 두 병째 사케가 비어가고 있었다. 주석희는 더 마시고 싶은 눈치였지만 화이는 한시라도 빨리 이 자리를 벗어나고 싶었다. 이 여자와 앉아 있는 자신이 너무 바보같이 느껴졌다.

"넌 가. 난 더 마시다 갈 거야."

화이는 다시금 주석희의 말에 말려들었다. 주석희는 자기가 정말로 돈이 없다는, 밥 사먹을 돈이 없어서 며칠을 굶었다는, 농담 같지만 살짝 진짜인가 싶어지는 그런 말들을 늘어놓았고, 화이는 가능하면 도와주겠다고 말했다. 이혼소송을 할 건데, 이기면 도와주겠다고, 손에 넣는 금액의 일부를 떼어주겠다고 했다.

"변호사는 선임했어?"

이혼 얘기가 나오자 테이블에 엎어져 있던 주석희의 상체가 발딱 일어섰다.

"어? 어."

그 모습을 보자 화이는 곧바로 후회의 감정에 휩싸였다. 소송에서 이길 자신도 없고, 무엇보다, 이 여자에게 도움을 주겠다는 건 순간적인 충동에서 나온 말이었다. 취기 때문이었을 것이다. 주석희가 안됐다는 생각이 들면서 무슨 말이라도 해주고 싶었다.

"어떤 변호사야?"

주석희는 변호사 이름과 나이, 학력, 경력에 대해 자세히 묻더니 제가 아는 변호사로 바꾸라고 법석을 떨었다. 한참 동안 변호사 선임과 소송 전략을 두고 이것저것 아는 척을 하던 주석희가 별안간 화제를 바꾸었다.

"돈 가방 가져간 건 어떤 남자야? 다시 못 받아?"

아무래도 이혼소송을 통해 화이에게 돈 뜯긴 어렵겠다 싶어졌는지 방향을 선회하는 것 같았다.

"못 받지. 연락이 안 되는데."

뭐 하는 남자인지, 같이 잤는지, 원래 그 남자랑 어쩔 생각이었는지, 주석희의 물음에 뜨뜻미지근하게 얼버무리다보니 화이도 궁금해졌다. 나는 지성과 어떻게 할 생각이었을까? 둘은 40여 일을 같이 살았고, 함께 보낸 전반부엔 거의 매일 '같이 잤다'. 지성이 미투 사건으로 몰락의 길을 걸었던 후반엔 더 이상 관계를 갖지 않았지만, 그 기간 동안 두 사람은 엄청난 속도로 가까워졌다. 전반부에 화이가 지성의 애완동물이었다면, 후반부엔 지성이 화이의 애완동물이었다. 그러니까 두 사람은 세상 누구와도 갖기 힘든 기묘한 형태의 관계를 맺었던 셈이다. 그리고 이제, 그 관계는 배신으로 끝났다. 잊을 수 없는 화끈한 배신으로. 이제 화이는 지성에게 말할 수 없을 것이다. 20대 때 처음 문화센터에서 강의를 들었을 때 자신이 그를 얼마나 동경했는지, 같이 지낸 기간 동안 자신의 내면에서 어떤 일이 일어났는지, 그 기간으로 인해 자신의 인생이 어떻게 바뀌었는지를. 언젠가 말해주리라 생각했는데, 말할 수 없게 되었다. 영원히.

"그 남자 집에도 가봤어?"

이제 화이의 머릿속엔 집에 가고 싶다는 생각밖에 없었다. 술을 너무 많이 마셔서 머리가 쪼개질 것 같았다. 이 상태로 이런 바보 같은 여자와 무의미한 문답을 주고받는 것을 더는 참을 수가 없었다.

"집엘 왜 가. 전화도 안 받는 남자가 그 집에 살고 있겠어? 내가 주소랑 다 아는데?"

주석희는 자기 같으면 집에 가보겠다고, 이사 갔으면 새로 이사 온 사람을 닦달해서 연락처를 알아내면 되지 않느냐고, 아무짝에도 쓸모없는 잔소리를 늘어놓았다. 화이는 바닥을 드러내기 시작한 인내심을 닥닥 긁어모으며 주석희의 말들을 견디다가, 한순간 자리에서 일어섰다.

"갈게."

일어서는데 몸이 휘청하면서 속이 울렁거렸다.

"지금 가자고?"

빈 잔을 홀끔거리며 아쉬워하던 주석희가 마지못해 자리에서 일어섰다.

"뭐뭐 샀어?"

옆에 부려놓았던 쇼핑백들을 집어들자 주석희가 관심을 보였다.

오늘 쇼핑을 온 것은 더 이상 회사에 나가지 않게 되어 시간 여유가 있기 때문이기도 했지만, 오랜만에 아이들이 좋아하는 음식을 해주고 싶었기 때문이다. 그런데 이 여자, 주건희가, 만 원짜리 한 장도 갖고 있지 않노라고 떠벌리듯 밝혔던 이 여자가, 쇼핑한 물품에 눈독을 들이고 있다. 로브스터와 한우와 견과류와 생블루베리와 석류즙에. 예전 같았으면 마음껏 사들일 수 있었을 식재료에.

"가져갈래?"

갑자기 그렇게 말한 건 순간적인 감정 때문이었다. 쇼핑백을 본 주석희가 너무나 갖고 싶다는 눈빛을 했고, 그 눈빛을 보자 화이의 마음이 뭉글거리면서, 와락, 주고 싶다는 생각이 솟아올랐다.

"고맙지."

주석희는 말 떨어지기 바쁘게 화이 손에 들린 쇼핑백들을 채갔다. 다른 쪽 손으로는 의자에 남은 두 개의 쇼핑백을 챙겨 들었다. 음식점에 들어올 때는 주황색 플레어스커트 차림의 여자 손에 들려 있던 네 개의 쇼핑백이 빨강 트레이닝복 차림의 여자에게 옮겨간 상태로, 두 여자는 음식점 출입구를 향해 걸어갔다. 텅 비었던 홀에 움직임이 발생하자 카운터에 앉아 졸던 중년 여성이 일어나 지불해야 할 금액을 읊었고, 플레어스커트 차림의 여자가 카드를 내밀었다. 계산을 마친 뒤 두 여자는 나란히 가게를 나갔다. 두 여자 모두 조금씩 비틀거렸는데, 양손에 쇼핑백을 든 여자가 특히 더 비틀거렸다. 그리고 음식점 바깥으로 나가 갈지자로 걸어가던 쇼핑백 여자가 엄마야, 소리를 내며 넘어질 뻔한 것을 플레어스커트 차림의 여자가 붙잡아주는 모습이, 두 여자가 방금 빠져나온 음식점에서 조망할 수 있는 마지막 장면이었다.

25/

지하철이 소리를 내며 달린다. 어둠 속을 달리는 차량 바깥쪽으로 시멘트벽이 나타나더니 잠시 뒤 지상 풍경이 보이기 시작한다. 예각의 가느다란 세모였던 바깥 풍경이 조금씩 확대되고, 이내 차량은 한강 다리 위를 달린다. 순식간에 펼쳐지는 강의 풍경. 조금 전까지 어두운 터널에 있었다는 게 믿기지 않을 정도로 순식간에 지하철은 강 위를, 도시의 한가운데를 가로지르고 있다. 동글동글 뭉친 솜사탕 같은 구름이 파란 하늘을 배경으로 안정적으로 유동한다. 하늘과 도시의 스카이라인과 강이 맞닿는 풍경을 보며 화이는 쓸쓸해진다. 아직 11월이 반도 지나가지 않았는데, 겨울처럼 스산하다. 오늘 아침엔 얇은 바바리코트를 입었다가 두꺼운 겨울 코트로 갈아입었다.

어두운 지하구간을 지나며 덜컹거리는 소리를 들을 때는 혹시 얘가 도로에 뛰어들어 어디 치이지 않았나 생각했다. 채리가 이런 지하구간을 돌아다니고 있을 것 같았다. 이제 지상으로 나와 서슬 퍼런 강물을 보니 채리가 한강변에서 뛰어다니다 강에 빠지는 모습이 그려진다. 채리는 밖에 나가는 걸 싫어하고, 물가에 가는 건 더욱 싫어하니, 절대 그럴 리가 없는데도, 눈에 감겨오는 모든 풍경이 채리가 사고를 당하는 장면으로 연결된다. 아가, 잘 있니? 너 찾으러 가고 있어. 금방 갈게.

신기루처럼 펼쳐지던 강 풍경이 사라지고 전차가 다시 사선으로 암흑에 휩싸이기 시작한다. 완전한 지하구간에 이르렀을 때 화이는 비로소 안도한다. 마음이 좋지 않을 때 대면하는 아름다운 풍광은 소외감을 안겨준다. 그녀는 어둠에 잠겨 있고 싶다.

새벽에, 누군가 채리를 육중한 둔기로 내리치는 꿈을 꾸다 깨어났다. 생생하게 남은 꿈의 잔상에서 헤어나오지 못하고 누운 채 가만히 있다가 생각했다. 그 집에 가봐야겠구나! 주석희가 그 남자네 집에 가보라 했을 때, 불현듯 채리가 떠올랐다. 자신이 제 일부와도 같은 그 아이를 손쉽게 포기해버렸다는 게 놀라웠다. 지성이 돈과 함께 채리를 데려갔을 거라 생각했을 뿐, 채리가 근처를 돌아다니고 있을 경우를 생각하지 못했다. 지성은 채리를 그리 반기지 않았다. 떠날 때 유기했을 수 있다. 그랬다면 채리는 지금쯤 그 빌라 근처를 돌아다니고 있을 것이다. 그렇게 생각하자 화이는 자신이 혐오스러워졌다. 나는 왜 그렇게 게을렀을까. 그동안 채리를 지성이 데리고 갔을 거라고만 생각했다. 아니, 더 나쁜 경우를 떠올리기 싫어 생각하기를 회피했다. 화이는 두 손을 치맛단 아래로 껴 넣은 뒤 고개를 숙였다.

지성의 집으로 찾아가는 것이 채리 때문만은 아니다. 내일이 이사 들어갈 집의 잔금 날이라는 현실적인 문제도 있다. 지성에게 맡긴 돈을 찾을 수 없으리라는 걸 찾아가 직접 확인해야, 계약을 취소하든가, 집을 월세로 돌리자고 집주인에게 제안하든가, 할 수 있을 것이다. 지금까지, 배신당했다는 걸 뻔히 알면서도, 지성이 오늘이라도 연락을 해와 돈을 돌려줄지도 모른다는 희망을 품고 있었다. 지성이 배신하지 않았을 거란 생각. 사정이 있어 연락이 되지 않았을 뿐 알고 보니 그녀가 오길 기다렸다든가 하는 스토리를 짜내며.

지하철이 멈추고 문이 열린다. 짧은 랩스커트를 입은 젊은 여자와 머리를 투블럭으로 민 젊은 남자가 부둥켜안은 채 들어온다. 둘은 서로의 허리에 손을 두르고 힙을 밀착시킨 상태로, 큰 소리로 떠들며 건너편 좌석에 가 앉는다. 여자의 허리께에 둘러진 남자의 손이 슬쩍 가슴께로 올라가자 여자가 눈을 가늘게 뜨며 짜증을 낸다. "구리게 이런 데서 왜 이래", "내 거 내가 만지는데 니가 뭔 상관이야" 같은, 연인 사이에서 피어나는 유치하고 찬란한 말다툼이 들려온다. 그 모습에 눈이 부셔서, 화이는 고개를 돌려버린다. 저렇게 찬란한 20대의 순간을, 그녀는 맞아본 적이 없다. 그 이후엔 있었을까.

김지성. 그는 화이가 제 의지로 다가간 최초의 이성이었다. 그의 집에 머무르기로 한 것도, 어느 순간 그의 몸에 손을 뻗친 것도, 오직 본능으로만 대하겠다 마음먹고 관계를 맺었던 것도, 모두 그녀의 선택이었다. 지성의 집에서 그렇게 기이한 형태로 머물렀던 건 모두 그러한 쾌감, 의도하고 실행했더니 그대로 현실이 되는 것을 확인할 때의 쾌감에서 비롯된 일이었다. 놀랍게도 그 모든 게 가능했다. 아무 생각 없이 동물처럼 사는 것이, 상대에게 저를 단순한 생물로 인식시키는 것이. 뿐만 아니라 그녀 자신이, 동물처럼 단순한 사람이 되어버렸다. 그리고 이제 지성과 다시 볼 수 없게 된 지금, 어떠한 방식으로도 그와 다시 관련을 맺을 수 없으리란 걸 예감하는 이 시점에 이르니 알겠다. 자신이 그를 얼마나 많이 생각해왔는지. 그와 살았던 기억에 얼마나 많이 기대왔는지.

화이는 고개를 숙이고 운다. 그 여름. 남편에게 걷어차여 쫓겨난 뒤 맞닥뜨렸던 신세계. 낯선 남자. 부드럽게 감겨들던 몸. 매일 이어졌던 축제의 날들. 새롭게 태어나던 느낌. 빗소리. 미투. 남자의 몰락. 몰락한 인간을 돌보던 기쁨. 그리고 지금 여기에서의 깨달음. 보고 싶다는, 그의 가슴에 머리를 묻고 냄새 맡고 싶다는 사무침. 이 모든 것들이 다 이 순간을 위해 준비되어 있었다는 말이지. 돈과 고양이라는, 내게 가장 치명적인 두 가지를 앗아가는 인물로 박제되기 위해 그 모든 순간들이 있었던 것이란 말이지.

뜨거운 눈물이 볼을 타고 흘러내리고 짭짤한 콧물이 입안으로 침투해 들어온다. 화이는 혀로 콧물을 핥으며 생각한다. 그래도 가야겠지. 가서 확인해야겠지. 그 집 문을 두들겨보고, 살고 있는 이가 있으면 먼저 살던 이가 어디로 갔는지 물어보고. 동네를 뒤져야 하리라. 동네 부동산을 모조리 훑고 다녀야 하리라. 지나가는 행인을 한 명 한 명 붙잡고 물어보아야 하리라. 혹시 채리를 보지 못했느냐고. 회색 털을 가진 고양이라고. 얼핏 보면 회색 같지만 자세히 보면 푸른빛이 감도는 아이인데 그만 잃어버렸다고. 김지성과 이화이의 관계가 어떻게 결론지어졌든, 그녀는 찾아나서야 했다. 찾든 못 찾든 해볼 만큼 해봐야 했다. 그래야 다음 수순으로 넘어갈 수 있을 테니.

지하철역을 빠져나와 낮은 건물이 즐비한 골목을 걷는다. 지하철에서 한바탕 울었더니 속이 편안해져 있다. 화이는 가벼워진 마음으로 생각한다. 그 여름, 그래도 얻은 게 아주 없지는 않았다. 그때 그 아파트에서 그렇게 지내지 않았다면 지금처럼 이혼을 도모했을까. 그녀는 씁쓸하게 웃으며 고개를 젓는다. 아니. 그러지 못했을 것이다. 남편에게서 벗어나겠다고 마음먹을 수 있었던 건 그 여름을 통과했기 때문이다. 다른 삶을 맛보았기에, 어둠을 어둠이라 인식하게 되었다.

핸드폰으로 거리 뷰를 확인한 뒤 걸어왔던 길을 되돌아 걸어간다. 이번에도 길을 잘못 들어섰다. 화이는 멈춰 서서 콤팩트로 얼굴을 확인한다. 눈물로 흐트러진 화장을 고치고, 마스크를 내려 입술도 덧칠한다. 잘못된 길로 가면 어떤가. 되돌아가 다시 찾으면 된다. 결혼도 마찬가지다. 잘 못한 결혼이라면, 이제라도 노력해 이혼하면 그만이다. 변호사는 소송에 자신감을 보였다. 재산분할도 상당 부분 가능할 거라 했다. 화이는 집과 자산이 모두 부모에게 물려받은 것이라 배우자 분할이 전혀 안 될 거라 생각했는데, 남편이 회사 재직하면서 받았던 월급이나 화이가 재직하면서 받았던 월급은 모두 기여한 것로 인정되어 분할받을 수 있다고 했다. 시부의 유산은 구두로만 전달된 것이라 증명하기 힘들지만 월급으로 일군 재산은 절반을 가져오게 될 것이라고. 결혼 전 화이가 모아둔 돈을 집 살 때 보탠 것도 인정받을 수 있다 했다. 또한 불륜의 증거가 될 사진도 유리하게 작용할 것이라 했다. 아무리 못해도 이혼을 '할' 수는 있게 될 거라고. 그 과정에서 사진의 존재를 알리면 좋은 조건으로 합의할 가능성이 크다고 했다. 연락이 잘 되지 않고 착수금을 받기 전만큼 친절하진 않지만, 변호사는 실력이 좋아 보였다. 말투나 태도에서 오는 고자세만 감당하면 소송 진행에는 문제가 없을 것 같았다. 화이는 변호사를 바꾸겠단 생각을 깨끗이 버리고, 지금 상태에서 최선을 다하기로 했다.

모든 걸 잃으니 그제야 길이 보인다. 마지막 패로 여겼던 달러 가방을 날리고 나니 모든 것이 투명해지고 단순해진다. 이제 화이는 최승현의 선의를 기대하며 눈치 보지 않을 것이다. 소송을 통해 정당한 몫을 받아갈 것이다.

이혼소송에 적극적으로 임하겠다는 결심을 굳히는 사이, 김지성이 사는(혹은 살았던) 4층짜리 건물이 눈앞에 나타난다. 가장 낡고 가장 빛바랜 건물이라 금방 눈에 들어온다.

엘리베이터가 없는 낡은 건물의 4층까지 걸어 올라가는 길은, 지난번보다 훨씬 고되고 힘들다. 허리를 땅에 붙이다시피 하고 헉헉거리며 4층에 다다르니 완전히 달라진 풍경이 나타난다. 집 앞에 쌓였던 잡동사니들이 말끔히 치워지고 빈 사기 화분 두 개가 덩그러니 남겨져 있다. 지성의 집 현관은 하늘색으로 도색이 되고 천주교 신자임을 알리는 십자가 표식이 붙어 있다. 끝부분이 포도알처럼 둥글게 처리된 십자가 표식을 보며 화이는 체감한다. 그가. 김지성이라는 남자가. 이 집을 떠났음을. 지성은 종교를 경멸하는 사람이다. 나약한 인간만이 종교에 의지한다고 믿는 유물론자다. 죽었다 깨나도 이런 십자가 표식을 대문에 부착하지 않을 것이다.

화이는 멍한 얼굴로 계단에 걸터앉는다. 예상은 했지만 막상 명백한 증거를 보니 한 대 얻어맞은 것 같다. 은근히 기대했던 것일까. 오면 만날 수 있을 거라고. 지성이 그녀를 기다리고 있다가 반갑게 맞은 뒤 돈도 돌려주고, 채리도 돌려줄 거라고. 지하철을 타고 오며 했던 생각들, 비록 돈은 잃었지만 지성과 함께했던 날들이 의미 없는 게 아니라는 자기위안과 낙관 어린 결심이 일거에 물거품으로 변한다. 돈이고 이혼이고 다 싫다! 일어서서 집에 가기도 싫고, 아이들에게 이제부터 엄마가 하려는 일을 설명하기도 싫고, 새로 갈 집의 집주인에게 월세로 돌리자고 부탁하기도 싫다! 아아, 그냥 이대로 앉아 있었으면. 영원히 움직이지 않았으면. 아무것도 하지 않고 이 상태로 이 풍진 세상 끝까지 갔으면 좋겠다.

화이는 자리에서 일어섰다. 401호 문 앞으로 가서 새로 칠한 페인트 냄새를 깊이 들이마신 뒤 문 앞에 모로 드러누웠다. 잠깐만. 잠깐만 누웠다 가는 거다. 한잠 자고 일어난 뒤 이 집과 관련된 기억을 잊는 거다. 올여름 일어났던 모든 일들을.

26/

"채리 일어나!"

목소리가 들려온다. 쉰 듯한 메마른 목소리가. 지성은 목소리랑 생김새가 너무 똑같아. 생각하면서 화이는 눈을 뜬다. 꼬챙이처럼 마르고 키 큰 남자가 커다란 상자를 안은 채 높은 데서 내려다보고 있다. 남자가 상자를 옆에 내려놓고 몸을 구부려 그녀를 흔든다.

"왜 여기서 이러고 있어!"

"너는 참 목소리랑 생긴 게 똑같아."

화이의 입에서 하품인지 말인지 모를 소리가 흘러나가고, 상체가 남자의 손길로 일으켜 앉혀진다.

"뭐? 너? 얘가 이제 막 나가네."

남자가 한 손을 들어 그녀를 치는 시늉을 해 보인다. 그 모양을 보고 한동안 눈을 깜빡이다가, 그녀는 벌떡 일어선다.

화이는 눈을 치켜뜨고 남자를 올려다본다. 눈앞에 있는 사람은 지성이고, 그녀와 지성은 마주 보고 있다.

"왜 이렇게 늦게 왔어. 일주일 있다 온다더니."

지성이 번호키를 눌러 문을 열고 도어스토퍼를 내린 뒤 바닥에 내려놓았던 박스를 들어올린다.

"야, 내가 네 고양이 봐주느라 진짜 시간을 내다버렸다, 버렸어. 너 나중에 이거 다 변상해라. 내 시간, 노력, 놀란 가슴, 털로 뒤덮인 집 안과 그로 인한 호흡기 질환."

화이는 아무 말도 못한 채 서서 눈만 깜빡인다. 박스를 들이고 문을 붙잡고 선 지성이 고갯짓으로 그녀에게 들어오라고 한다.

"안 들어올 거야?"

화이는 들려올라간 치마를 내리고 헝클어진 머리를 매만진 뒤 현관문에 걸린 십자가 팻말을 가리킨다.

"이거 뭐야?"

"뭐?"

지성이 현관을 건너와 그녀의 손가락이 향하는 곳을 본다.

"아, 그거. 엄마가 다녀가셨거든."

엄마! 지성에게 엄마가 있다는 사실을 망각했다. 그러니까 저 십자가는 지성이 이사 갔다는 표식이 아니라, 지성이 엄마의 비위를 맞춰줄 정도로 정신적 건강을 되찾았다는 징표였다. 화이와 함께 지낼 때, 지성은 엄마의 방문은커녕 전화연락도 피했다.

현관문 안으로 발을 들이자마자 타다다닥 소리와 함께 채리가 나타난다. 푸른빛이 도는 회색 털과 초록 눈동자. 빳빳이 꼬리를 세운 채 올려다보는 반려동물을 본 화이의 입에서 비명이 터져나온다.

"채리야!"

얼굴을 찌그러뜨리며, 어떡해, 어떡해, 를 연발하며, 채리를 안아 올린다. 채리가 머리를 들이밀며 미야오 미야오 소리를 내고, 화이는 채리의 몸에 미친 듯이 얼굴을 비빈다. 채리의 부드러운 털과 살의 움직임이 몸에 그대로 전해져온다. 채리를 안고 무릎을 굽혔다 폈다 하며 그녀는 웃음도 울음도 아닌 괴성을 쏟아낸다. 으으으, 아아으, 아으아으.

신발을 벗고 거실로 올라선 뒤 화이는 폭포수처럼 말을 쏟아낸다. 너무 늦게 왔지. 미안해. 미안해. 미안해. 누웠다, 엎드렸다, 앉았다 하며 채리와 보조를 맞춘다. 같은 말과 같은 동작을 수없이 되풀이한 뒤 정신을 차리니 거실 창가에서 툭탁툭탁 소리를 내며 뭔가를 만들고 있는 지성이 보인다. 그녀는 벌떡 일어서서 그에게 간다. 채리는 날쌔게 거실 커튼 뒤로 몸을 감춘다.

"내 돈 내놔!"

제게서 나오는 표독스러운 눈초리와 말에 그녀는 살짝 놀란다. 등을 돌린 채 망치질을 하던 지성이 고개를 돌리며 인상을 쓴다.

"지금 작업하는 거 안 보여?"

공격적인 말투, 찌푸린 눈살. 순간 화이는 발끈한다. 이 인간이 지금 나를 뭘로 보고!

"빨리 줘, 내 돈! 나 빨리 가야 돼. 당장 내놔 당장!"

이 남자에게 돈을 맡긴 건 말도 안 되는 짓이었다. 이 남자를 어떻게 믿고 그렇게 큰돈을, 목숨보다 귀한 채리를 맡겼단 말인가. 빨리 돈을 회수해 이 집을 나갈 것이다. 그리고 다시는, 다시는 이 남자와 엮이지 않을 것이다. 화이의 맥박이 빨라지고 숨이 거칠어진다. 갑자기 치밀어오르는 감정을, 뭐라 이름 붙일지 알 수 없는 거센 감정덩어리를 주체할 수가 없다.

망치질 소리가 멎고 쿵 소리와 함께 망치가 바닥에 놓인다.

"빨리 줘, 내 돈!"

입술을 깨물어보지만, 목소리에 울먹임이 섞여 나온다. 화이는 한 손으로 다른 쪽 손의 손톱살을 잡아 뜯는다. 왜 이럴 때 울먹임이 튀어나오는가. 적정 순간에 자제심을 동원하지 못하는 자신이 원망스럽다.

일어서 쳐다보는 지성의 눈을 보고 화이는 주춤한다. 손끝을 깨물며 그를 쳐다보다가, 고개를 돌려버린다.

"처음부터 끝까지, 넌 진짜 일방적이구나."

지성에게서 강렬한 분노가, 거침없는 말이 터져나온다.

"너 우리 집에 왔던 것도 그렇고, 우리 집에 살면서 했던 행동들, 갑자기 말도 없이 나가버린 것, 어느 날 불쑥 나타나 돈 가방이랑 고양이를 들이밀고 가버린 것, 약속한 날짜에 나타나지 않은 것, 이게 상식을 가진 사람이 할 만한 행동들이야? 넌 어떤 행동을 할 때도 나한테 설명을 하거나 양해를 구한 적이 없지. 아주 황당해요. 와, 너처럼 멋대로 하는 애는 진짜 보다보다 처음 본다, 내가."

지성이 입술로 후, 바람을 불어 앞머리를 흐트러뜨린 뒤 말을 잇는다.

"분명히 말하는데, 나는 네가 싫다는 데 억지로 너한테 뭘 강요한 적 없다."

지성이 오른쪽 손을 쭉 펴서 위에서 아래로 내리치며 눈을 부라린다.

"일단 그 점은 명확히 하자. 네가 여자고, 나보다 많이 어린 건 사실이야. 하지만……"

지성은 자신이 "열여덟 살이나 어린" 그녀를 성적으로 착취한 적이 없음을 천명하고, 자신이 결코 그녀의 의사에 반해 억지로 그녀를 "어떻게 한 적"이 없음을 반복해 강조한다. 봇물처럼 터져나오는 성난 음성을 들으며 화이는 두 손을 맞잡는다. 그와 알아온 기간 동안, 이런 식으로 말하는 걸 본 적이 없다. 전에 토론 프로그램에서 이렇게 말하는 걸 본 적이 있으니, 정확히 말하면 실물로 대면하는 인간 김지성이 눈앞에서 이렇게 열변을 토하는 걸 본 적이 없다 해야 하리라.

"쉽게 말하면,"

다시 말을 잇는 지성을 보는 화이의 얼굴에 미소가 걸린다. 쉽게 말하면. 이 말은 그가 토론 프로그램에 출연했을 때 자주 썼던 말이다. 인문학적 용어를 사용해 상대를 설득하려 할 때, 지성은 이렇게 말함으로써 자신이 상대보다 지적으로 우월하다 생각하고 있음을 드러냈다. 그녀는 그 모습이 싫지 않았다. 유들유들하게 웃으며 마음 속 깊이 간직한 엘리트로서의 우월감을 절대로 드러내지 않는 여타의 지식인들과 달리 지성은 솔직하게 자신을 드러냈다. 일부러 드러냈다기보다, 무의식중에 들켰다 해야 할까. 그렇다. 그는 쉽게 들키는 사람이었다. 지성을 싫어하는 대중은 그 점 때문에 그를 잘난 척한다고 생각했지만, 화이는 서툴고 잘 들키는 그의 그런 특성이 좋았다. 그리고 이제, 그런 말투와 공격적인 에너지가 그녀를 향하고 있다. 이것은 지성과 그녀의 관계가 사람들이 평균적으로 맺는 범상한 관계와 비슷해졌다는 징후로 보아야 할까?

"나는 너를 성적으로 착취한 적이 없어. 네가 나보다 열여덟 살이나 어리다고 해서 내가 너를…… 후."

지성이 두 손을 앞으로 죽 모으며 언성을 높이다가 한숨을 쉬며 돌아선다. 한 손을 허리께에 얹고 한 손을 머리에 짚은 채 거실을 왔다 갔다 한다.

"나는 마흔 살이야. 그러니까 열세 살이 어린 거지. 그리고 지성은 나를 성적으로 착취한 적이 없어. 그 반대라면 모를까."

이 말과 함께 고개를 젖히고 요란하게 웃은 것은 화이의 의지와 아무런 관계가 없는 일이다. 우발적으로, 자신도 모르게 웃음이 터져나왔다. 그리고 그녀는 이내 후회하면서 태세를 바꾼다.

"돈부터 줘. 그 돈이 없으면 난 집 계약을 취소해야 해. 빨리 줘."

이 인간이 돈을 갖고 있을까? '내가 아는 김지성이라면 돈을 온전히 돌려줄 것이다.' 그녀 안에 도사리고 앉아 끈질기게 존재감을 발산하는 지성에 대한 신뢰감이 끊임없이 이렇게 속삭인다. 하지만 인간의 마음속엔 수만 가지 인격이 있기 마련 아닌가. 이렇게 순결한 얼굴을 한, 이렇게 지성인스러운 표정을 한 남자가, 속으론 쾌재를 부르고 있을지 모른다. 돈은 이미 안전한 곳에 옮겨다놓은 상태에서, 성적 착취 어쩌고 하면서 그녀를 돌려보낼 심산인지도 모른다. 아니면 그녀가 저와 살았던 때를 소설로 쓴 데 대한 트집을 잡으며 설전을 벌일 작정일지도.

"하."

어처구니없다는 듯 그녀를 보고, 고개를 돌리고, 다시 그녀를 보고, 고개를 돌리며 혀를 차는 수순을 여러 차례 되풀이한 지성이 성큼성큼 걸어 방으로 들어간다. 지성이 사라진 걸 알아차린 채리가 커튼 뒤에서 튀어나와 화이의 발목에 감긴다. 가구 문짝을 여는 소리, 뭔가가 가구에 부딪히는 소리, 문짝을 닫는 소리가 들린 뒤 지성이 다시 눈앞에 와 선다. 손에 가방 세 개가 들려 있다. 새 가죽 냄새를 물씬 풍기는 빳빳한 가방들이 소파에 놓이고, 화이의 몸이 그 가방들에 달려든다. 입을 벌린 가방들에는 푸른 돈이 가득가득 들어 있다. 가방들을 서너 번씩 열어보고, 푸른 돈을 뭉텅이로 꺼내 만져보고, 코에 대고 냄새를 맡아본 다음에야, 긴장으로 빳빳했던 어깨에서 힘이 빠져나간다. 힘주어 맞댔던 윗니와 아랫니에 틈새가 생겨난다.

"그대로 있네!"

소파에 앉아 백들을 무릎에 올려놓은 화이의 얼굴이 햇살을 받은 꽃처럼 피어나고, 팔이 광야처럼 벌어진다.

팔짱을 끼고 서서 황당하다는 듯 보고 있던 지성이 치, 소리를 내며 천장을 올려다본다.

"가라."

지성이 굳은 표정으로 그녀의 어깨너머를 응시한다.

"그러게 왜 전화를 안 받아."

화이가 콧소리를 섞어 말한다. 말은 이렇게 하지만 슬그머니 상대의 눈치를 보고 있다. 그는 미간을 찌푸린 채 눈을 감고 있다가, 조금 뒤 눈을 뜬다.

"됐다. 이제 가라."

화이는 거실을 둘러본다. 소파 한쪽에 서류가 쌓여 있고, 커다란 영상 장비가 있다. 그 아래쪽에 채리가 숨어 있는 커튼이 보이고, 그 앞에 그가 손대다 만 목재들이 있다. 한동안 쳐다보다가, 화이는 눈을 동그랗게 뜬다. 캣타워. 커튼 앞에 놓인 저 목재 구조물은 캣타워가 틀림없다.

"넌 내가 한가하다고 생각하는 것 같은데, 나 한가하지 않아. 영상 촬영도 해야 하고, 원고 마감도 있어."

지성이 한가하지 않다는 건 알고 있다. 그가 근래 유튜브에 인문학 콘텐츠를 올리고 있다는 것을. 철학사조를 문학과 접목시켜 정리한 형식인데, 난이도 있는 내용을 특유의 입담으로 이해하기 쉽게 풀어낸다. 화이도 첫 번째 회차분을 들어봤는데 꽤 밀도 있고 신선했다. 물론 아직도 지성을 성범죄자로 여기는 이들은 그의 활동 재개를 못마땅해하지만, 그의 결백을 믿는 이들은 그 프로그램을 두 팔 벌려 환영하고 있다. 구독자 만 명을 넘긴 것까지 봤는데, 지금은 더 늘어났을지도 모르겠다.

"그런데 내가 쟤 때문에……"

지성이 커튼 안쪽에 있는 채리를 가리킨다.

"왜 전화를 안 받았어?"

화이가 백들을 내려놓으며 심각한 표정을 한다. 오해한 건 미안하지만, 연락을 받지 않은 건 그였다. 그러니 의심을 불러일으킨 책임은 그에게도 있다.

"야, 어떻게 넌 저런 애를 키우냐? 아무리 잘해줘도 얼굴을 안 보여줘요, 저게. 저번에 내가 한번 만지려다가, 와, 이거 봐라."

지성이 내민 손등에 할퀸 자국으로 보이는 생채기와 딱지가 있다. 화이가 푭, 웃음을 터뜨린다.

"재는 우리 가족들한테도 그래. 나 아니면 쳐다도 안 봐."

지성이 위아래로 화이를 흘겨본 뒤 거실 바닥에 앉아 양반다리를 한다.

"왜 전화를 안 받았냐고? 그것도 원인 제공한 건 너야. 핸드폰을 재가 해먹었거든."

지성이 커튼 쪽을 얼굴로 가리키며 고개를 세차게 젓는다. 채리는 평소 부엌 싱크대 밑이나 커튼 뒤에 숨어 있다가 지성이 방에 들어갈 때만 집 안을 활보하고 다녔는데, 어느 날 책장 위에 올라가 있다가 지성이 방문을 열고 나오는 소리를 듣고 후다닥 뛰어내리면서 옆에 놓였던 핸드폰을 떨어뜨렸다. 그 이후로 핸드폰이 작동하지 않았는데, 지성은 처음엔 곧바로 고치러 갈 생각이었지만 중간에 마음을 바꾸었다. 한창 유튜브 콘텐츠를 만들고 원고에 집중하던 때라 이참에 핸드폰 없이 살아보자 싶었고, 그 상태로 지금까지 있었다는 것이, 그의 핸드폰이 불통이었던 이유였다.

"미안해."

이야기를 들은 뒤 화이가 낮게 부르짖는다. 눈길을 내리깐 채 짧게 말했지만, 지성의 기세가 누그러지는 게 느껴진다.

"미안하다고?"

지성이 반문하더니 일어서서 얼굴을 한 손에 묻는다. 그 상태로 후, 소리를 내며 앞뒤로 왔다 갔다 하더니, 이제 그만 가달라고 냉랭하게 말한다. 그럼에도 화이가 꼼짝 않고 앉아 있자 몇 번 더 가라는 말을 반복한다.

"저거 캣타워지?"

하도 가라고 재촉해서 엉거주춤 일어서던 그녀가 창가에 놓인 목재들을 가리키며 묻는다.

"그래."

"채리 주려고 만들었던 거?"

"그래."

지성이 허공을 올려다보며 대답한다. 이쪽을 쳐다보지 않고 말하는 폼이 이상해서, 화이는 가까이 다가가 얼굴을 들여다본다. 그의 고개가 그녀보다 더 높이 있고, 그녀의 시선이 미치지 않는 방향으로 돌려져 있지만, 그녀는 알 수 있다. 그의 눈이 충혈되어 있다는 것을. 감정을 억제하기 위해 얼굴에 잔뜩 힘을 주고 있다는 것을.

"지성."

화이는 그의 하얀 드레스셔츠의 소매 부분을 잡아당긴다.

"가라. 걔 데리고."

"지성."

화이의 손이 미끄러져 그의 손등에 가 닿았다. 그가 움찔하며 손을 빼낸다.

"하룻밤만 재워주면 안 될까."

빠져나갔던 그의 손을 잡아끌며 그녀가 조용히 말한다.

"안 돼."

지성이 한쪽 팔을 제 것이 아닌 것처럼 내맡긴 채 부엌 쪽으로 몸을 돌린다. 살이 없다 못해 움푹 들어간 듯 보이는 그의 허리께와 두 손으로 누르면 바로 평평하게 압축될 것 같은 비쩍 마른 가슴, 가늘고 긴 목이, 하얀 드레스셔츠 아래 눈부시게 드러난다. 이 마른 몸. 금방이라도 뼈가 드러날 것 같은 이 고혹적인 앙상함. 화이는 아, 소리를 내며 눈을 감는다. 이렇게 마른 몸을 보면 현기증이 난다. 너무나, 너무나 아름답지 않은가!

"하룻밤만. 내일 아침엔 갈 데를 찾아볼게."

화이가 손을 내밀어 그의 다른 쪽 손을 제 쪽으로 가져온다. 그가 손을 뿌리치고 층계참으로 걸어가고, 화이는 재빨리 뒤쫓아간다.

"하룻밤만."

층계 난간에 한 손을 올린 채 뒷모습을 보이던 지성이 돌아서며 말한다.

"저녁때 가봐야 할 데가 있어."

지성의 눈과 그녀의 눈이 만나고, 그의 촉촉한 눈가를 보는 순간 그녀의 눈에도 습기가 차오른다.

"어디?"

"친구가…… 친구 딸이 아파."

지성이 고개를 숙이고 한 손으로 얼굴을 덮는다.

"문병?"

"그래."

'친구'가 여자냐고 물으려다가, 화이는 손바닥으로 한쪽 볼을 꾹 누른다. 고개를 젖히고 눈을 깜빡여 눈에 고인 습기가 다시 흡수되도록 한다.

"그래, 그럼."

돌아서서 커튼을 향해 가는 그녀의 가슴속에서 커다란 덩어리가 치솟아오른다. 이대로 간다고? 이렇게…… 헤어진다고?

"채리야, 이제 가자."

다행히 눈물은 모두 유래했던 곳으로 되돌아가고, 입에서는 침착한 목소리가 나간다. 그녀는 커튼 뒤에 웅크린 채 꼼짝도 하지 않는 채리를 안아 들고, 가방 세 개를 한 손에 몰아 쥔 뒤, 현관에 가 선다. 지성은 싱크대로 가 전기포트에 물을 붓는다. 가는 그녀를 보지 않으려는 것이다. 그러나 그녀는 작별인사를 할 것이다. 인사하지 않고 헤어지는 건 예의에 어긋나는 일이니까.

"그동안…… "

입을 떼니 코끝이 찡해지고 눈이 얼얼해진다. 입술을 깨물며 잠깐 동안 추스르다가, 그녀는 다시 입을 연다.

"그동안 고마웠어."

"내일은 괜찮아."

화이가 작별인사를 완성한 것과 그가 입을 연 것은 동시의 일이다. 화이가 제 음성과 동시에 터져나온 그의 음성을 복기해 해석하는 동안, 그가 뒤돌아서 그녀를 본다.

"내일 다시…… "

그가 한 말의 뒷부분이 물 끓는 소리에 묻혀 잘 들리지 않는다.

"뭐라고?"

그녀의 품에서 채리가 빠져나가 거실 쪽으로 미끄러져 간다.

"내일 다시 올래, 이화이?"

순간 화이의 손에서 명품 가방들이 떨어져나가고, 몸이 쏜살같이 부엌으로, 그를 향해 달려든다.

"지성!"

화이의 두 팔에 그의 갈비뼈가, 허리에 그의 엉치뼈가 느껴지고, 그의 몸 전체에서 시원한 향이 풍겨나온다. 그가 즐겨 썼던 바디로션 냄새, 가슴에 얼굴을 묻으면 가차 없이 후각을 뚫고 들어오던 그 냄새가. 화이가 그의 평평한 가슴에 얼굴을 묻고 숨을 들이마시자 뻣뻣하게 서 있던 그의 몸에서 힘이 빠져나가면서 천천히, 팔이 움직이기 시작한다. 길고 마른 두 팔이, 그를 이루는 수많은 요소들 중 가장 아름다운 그의 신체부위가, 그녀의 몸을 감싸고, 이윽고 한쪽 손이 그녀의 머리 위에 얹힌다. 좋다. 너무 좋다. 생각하면서 화이는 그의 가슴에 얼굴을 비빈다. 아주 짧은 순간, 앞으로 이 사람과 어떻게 할 것인가 하는 물음이 솟아오르지만, 이내 사라진다. 그런 건 생각하지 말자. 오직 이 순간, 이곳, 얼굴을 묻고 있는 이 가슴, 그것만 생각하자. 거실 창가에서 먀먀 하는 소리가 들려오고, 그녀는 이것이 인생에서 맞는 드문 축제의 순간이라는 것을, 자신이 그 순간을 온전히 만끽하고 있으며, 앞으로도 그러하리라는 것을, 뚜렷이 예감할 수 있었다.

어느 날 몸 밖으로 나간 여자는

1판 1쇄 발행 2021년 10월 29일

지은이 정아은
펴낸곳 (주)문예출판사
펴낸이 전준배

출판등록 2004.02.12. 제 2013-000360호 (1966.12.2. 제 1-134호)
주소 03992 서울시 마포구 월드컵북로 6길 30
전화 02) 393-5681
팩스 02) 393-5685
홈페이지 www.moonye.com
블로그 blog.naver.com/imoonye
페이스북 www.facebook.com/moonyepublishing
이메일 info@moonye.com

ISBN 978-89-310-2236-0 03810

잘못 만든 책은 구입하신 서점에서 바꿔드립니다.

문예출판사® 상표등록 제 40-0833187호, 제 41-0200044호